Seitsemäs taivas

Laajakangaskuva kannessa: elonet.fi, Kuin uni ja varjo
Taitto & Kansi: Books on Demand
Kustantaja: BoD – Books on Demand, Helsinki, Suomi
Valmistaja: BoD – Books on Demand, Norderstedt, Saksa
ISBN: 978-952-80-8618-5

Seitsemäs taivas

LINDA LAINE

Sisältö

Prologi

Hyvästi, kaunokaiseni

En tiedä, mitä tapahtui, missä vaiheessa tapahtumat alkoivat vyöryä vaaralliseen suuntaan.

En tiedä, miksi käännyit minua vastaan, muutuit rakastamastani miehestä murhaajaksi. En tiedä, milloin aloit minua vihata.

– Tapetaan toi, kuulen rauhallisen äänesi.

Repliikki voisi olla jonkin yliampuvan melodraaman kohtauksesta. Nyt se kaikuu öisin korvissani, pyörii unissani. Pääni puristuneena lattiaa vasten, hengitys salpautuneena.

Ja peilit särkyvät, kuvat hajoavat tuuleen.

En tiedä, miten kaikki kävi. Sen tiedän, veit hengen, hitaasti, lamaannuttaen. Veit kylmäverisesti järjen. Uskon, toivon. Ajoit rauhallisesti hymyillen hulluuteen, suistit epätoivoon, avaruuden täyttävään hätään. Julmaan taistoon, jossa rakkautemme saranoiltaan repäistyjä ovia paiskoi huuto.

Ja tähdet putoavat mustaan, eikä se ole enää elokuvaa.

Murhasit minut. Valmistelit sitä vaivihkaa lähelläni, selkäni takana, juonia punoen. Sanoit yhtä, teit toista, vaihdoit naamiota tilanteen mukaan, tunteita kuin valepukua.

Kuka sinä olet?

Oliko liittomme petosta alusta alkaen?

Peliä?

Rakastitko?

Rakastitko koskaan?

Niin säälittävä olen, että sitä kysyn. Etten tuntisi olevani niin petetty, hylätty ja huijattu. Että olisit edes hieman, jonkin aikaa, hetken, rakastanut. Että olisin ollut jonkin arvoinen.

Vai onko julmuuden määrä suhteessa rakkauden määrään. Sitten rakastit minua paljon. Liikaa. Vihasi määrää en kestä. Et sinä niin paljon rakastanut.

Kerro siis, kerro sinä, mitä tapahtui. Ohjaa itsesi tähtiin, kun omani on sammunut ja taivaani on tyhjä.

1. Paikka auringossa

Olen unohtanut kaiken muun. En muista elokuvan nimeä, en elokuvateatteria, joskin sen on täytynyt olla jokin niistä jo kadonneista menneen ajan pyhätöistä kuten Pikku-Roban Gloria.

Muistan rakeisen hämyn aulassa, johon laskeuduttiin loivia portaita kuin pitkin pehmeää samettista viittaa, yläikkunoista siivilöityvän samean valon. Muistan hartaana odottavat hahmot, kuiskauksiksi vaimentuneet äänet, tiheän tunnelman – ennen kuin valikoitunut joukko istuutuu katsomoon, ovet suljetaan, valot sammutetaan ja elokuva alkaa.

Ja katseeni osuu sinuun.

Nojaat syrjemmässä aulan pylvääseen. On täytynyt olla kevät, sillä olet pukeutunut kevyesti farkkuihin, pikkutakkiin ja paitaan, kaulassasi löyhästi solmittu punainen huivi.

Jähmetyn.

Miehiä ei luonnehdita kauniiksi, mutta sinä olet. Vai pysäyttääkö minut sinusta huokuva outo, maaginen rauhallisuus, katseesi lempeä järkähtämättömyys?

Käännät katseesi minuun hitaasti, kuin pitkässä kamera-ajossa. Sinun voisi sanoa tuijottavan, ellei olemuksesi säteilisi käsittämätöntä sisäistä – voimaa? Jos toimisin vetovoiman mukaan, lennähtäisin syliisi.

Katseemme kohtaavat, ja aika lakkaa kuin pysäytyskuvaan, siihen hetkeen ja paikkaan. Olet läsnä epätodellisen rohkeasti.

Ja minä häkellyn hymyn kareesta, jossa on niin paljon uskallusta, katseesta, jossa häivähtää hyväilevää utua.

Hymyiletkö minulle, rakastuneesti? Vai vaanitko saalista, kuin kissaeläin?

Sillä sinun hymysi, sinun sylisi, minun maailmani. Mansikkapaikkani, paikkani auringossa.

Silloin en tiennyt, kuinka onnelliseksi minut tekisit, kuinka paljon sinua rakastaisin, kuinka kaikkineni syliisi heittäytyisin. Ja kuinka auliisti, käsivarret laajassa kaaressa ottaisit minut vastaan. Piittaamatta mistään – muista, maailmoista.

Sillä lempeitä silmiä, pikku tyttö minussa, oli aina etsinyt. Herkkää hymyä, katsetta, joka ei väistänyt. Pikku tyttö, yksinäinen ja ujo, Topeliuksenkadun hiekkalaatikolla yksin avaruuden huminassa odottaen, että joku tulisi, jokin katkaisisi, pysäyttäisi edes hetkeksi liikenteen, joka pyörsi humisten vierestä ohi.

– Olisitko voinut ajatella, että päädymme yhteen, kuulen hellän äänesi.

– Toivonut kyllä, mutta en uskonut.

Miksi siihen meni niin kauan?

Tosiseikat hämärtyvät, tunne jää. Se huuma, kun tuntee olevansa rakastettu. Se haava, kun jää yksin. Kaikki ne kadotetut rakkaudet, rakkauksien hautuumaa, pois pyyhkäistyä.

Tanssisin kanssasi taivaisiin. Onnellinen sadun pikku prinsessa, suppusuu.

Mikä se elokuva oli, joka silloin ennakkonäytöksessä kriitikoille esitettiin? Oliko se jokin romanttinen nyyhkyelokuva, joista poistuin aina silmät kyynelissä, kiireellä? Amerikkalainen moraliteetti, selviytymistarina? Jotain sotaisaa, väkivaltaista, ei, ei. Trilleri? Melodraama se ei ollut, lajityyppi oli kuihtunut. En muista.

Muistan vain sinut, rakkaani. Voiman, joka sinusta säteili. Kivun, jonka se minussa aiheutti. Lumouduin sinusta silloin, siellä elokuvateatterin aulassa ennen ennakkonäytöstä, hymysi pysäyttämässä hetkessä ennen kuin astuimme pimeään.

Se oli ensimmäinen kohtaus elokuvassa, jonka en tiennyt silloin edes alkaneen. Et tiennyt sinäkään, käsikirjoitus oli meille avoin, juonen käänteet arvoitus, roolijaot, aikajana auki, tyylilaji tuntematon. Kertojan luotettavuudesta ei tietoa. Noudattaisiko se romanttista kaavaa vai kuvaisiko tosielämää? Komediaa? Pidithän niin Tatista. Poukkoileva Monsieur Hulot! Kuinka katketakseni nauroin, kun matkit leuka pystyssä, etukenossa, kädet lenkkinä selässä maailmaa tutkailevaa koomikkoa. Tragediaa, miten muka? *Film noiria*, aina niin veret pakkaavaa, pateettista?

– Kaikki minkä taivas sallii, nauramme. Elämämme parhaat vuodet!

– Minä tulen rakastamaan sinua aina. Me emme eroa koskaan, sanot ja kiedot minut lujasti syliisi.

– Kuolemaa suurempi rakkaus. Tanssimme tähtiin!

– Tuulen viemää, täyttä meloa, ei kun menoa! Värähdän. Rakastin melodraamoja, mutta halusin onnellisen lopun.

Valkokankaamme oli silloin tyhjä ja tahraton, taustalla aavistus hentoa punaa. Olimme valmiit kuvien vieteltäviksi odottaessamme katsomon pimeydessä ne hetket, jolloin kaikki on vielä edessä, ihan kaikki on mahdollista, yllättävimmätkin käänteet, onnellisimmat loppuratkaisut. Elämän rikkaudet, kaikki kaunis.

Saatoimme heittäytyä odotuksiin, unohtua illuusioon. Me silloin vuosikausia sitten, ja vasta ihan hiljattain – kuin juuri nyt, tässä hetkessä. Esirippu oli avattu. Elokuva oli alkamassa.

2. Viimeiseen hengenvetoon

– Sinä olet minun, kuulen äänesi.

Tunnen vaativat kätesi uumallani, kuuman hengityksen kaulallani. Sanasi ja otteesi ovat pyörteistä kuohua. Istumme yön hetkinä sohvalla tunnelmavalaistussa ravintolasalissa, talvena jona elämämme kevät tuli varkain. Likistät, kehooni sattuu. Ikään kuin et uskoisi minun uskovan vähemmällä, minun, jolle riitti hellä katse. Mutta kosket virtaavat tyveneen, ja halusinhan tulla viedyksi. Toisen omaksi.

– Olen sinun, sanon hiljaa ja suoristan selkääni.

Tunnistan harhan, mutta oletan sinunkin tunnistavan. Mehän olemme yhteisellä pakomatkalla. Maailmasta. Unohdetaan kaikki! Muu! Siihen on nyt vihdoin mahdollisuus.

Miksi sinä et olisi tarttunut siihen, miksi en minä. Kerran elämässä! Tulikukat! Kuherruskeväämme räjähtävässä lähdössä vain arjen vaateet sitoivat meitä todellisuuteen.

Miten tavoittamattomalta rakkautemme oli tuntunut, väliin jo kadotetulta, kun se nopeasti muuttui ainoaksi mahdolliseksi todeksi. Niin pakahduttaviin mittoihin kuin tarinamme ylsi, se oli yhtä varmasti totta kuin suloista kuvitelmaa. Kunnes vääjäämätön, tyly tyven tuli, ja ehdin tallentaa pakenevia hetkiä, sinua varten rakkaani. Kuvia ja kohtauksia sinulle, rakas kertojani, joka täydennät ne omalta kannaltasi. Kerrot, mitä tapahtui. Kerrot, kun muistini heittelehtii enkä katseestasi kiinni saa.

Repivät vuodet, en minä sinulle niistä kertonut pyörryttävinä hetkinä ravintoloissa enkä myöhemminkään. En kertonut, että suhteessa Särestöön olisi voinut olla enemmän hyväntahtoisuutta, niin, levollisuutta, vähemmän tahtojen mittelöä. Vaan ei, hiiteen harmonia, kunhan alistut, ihailet. Unohdat itsesi ja annat rakkauden huuhtoa mukanaan aavalle merelle, hyökyä ylitsesi, vetää syvälle pyörteisiin, upoksiin.

Unohdat kunnioituksen ja luottamuksen, sillä sellaista on rakkaus, ei se noudata sääntöjä. Ei sillä ole maaperää, johon jalat yltäisivät, ja jos hetken yltävätkin, tulee yllättävä, voimakas kierre, joka murtaa yhdellä ahneella hieraisulla pohjan alta. Olet taas tuulien vietävissä, aallokossa, joka höykyttää, velloo ja ärjyy, paiskaa rajusti rantaan. Tyyntyy sitten, mutta ei tuudita.

Rakkaus on uhrautumista, Särestö oli määritellyt, ja olin tukahduttanut kauhuni. Minulla oli ollut oppimista rakkaudesta, sen voimasta ja sille nöyrtymisestä. Sillä olihan hän rakastanut minua tulisesti.

Mutta emme me setvineet mennyttä, epäonnisia liittoja, emme. Menneisyys oli lakannut.

En kertonut, kuinka toivoton olin ollut seistessäni autiolla Meilahden sairaala-alueella kauniina elokuisena päivänä ja nostaessani katseeni ylös kohti silloista maailmankaikkeuteni keskipistettä, taivaan täyttävää sairaalarakennusta.

Olin käynyt sairaalassa päivittäin.

Särestön sairaskohtaus juhannuksena oli tuonut kuoleman hälyttävän lähelle. Se lennätti hajonneita liitoksiamme yhteen ja loihti elämääni sisällön, jollaista en ollut kokenut. Heittäydyin hoivaamaan toipilasta.

En kertonut hädästä, kun sairaalasta soitetaan myöhään illalla. Särestö on kadonnut. Kadonnut! Ei syytä huoleen, mutta emme tiedä, missä hän on. Ei syytä huoleen! Soitan poliisit, sairaalan turvamiehet, peräänkuulutan etsintöjä. Mies makaa jossain kasvot veressä, ojassa, kuolleena.

Aamulla puhelin soi ja Särestö pyytää minua aamiaiselle hotelliin Kampissa. Syöksyn autoon ja kaahaan hotellin eteen, pysäköin miten sattuu sakot silmissä ja näen miehen side päässään ikkunapöydässä. Vähän aikaa kallon avaamisen jälkeen! Kun pääsen pöytään, hän kertoo ottaneensa edellisenä iltana taksin sairaalan edestä ja ajaneensa hotelliin, josta tosin vasta toisessa hänet oli hyväksytty asiakkaaksi, pää kääreessä. Hotellihuoneessa hän oli, kuten tutkimistani kuiteista kävi ilmi, tilannut maksullisen tv-kanavan ja tyhjentänyt baarikaapin viskistä.

Kun hämmästelin Särestön vanhalle ystävälle kuinka helppo vakavasti sairaan potilaan on sairaalasta karata, tämä naurahti: *tyylilleen uskollinen*. Seuraavina päivinä Särestö makasi huoneessaan apaattisena vyötettynä sänkyynsä.

Niin, emme me puineet menneitä, mehän tunsimme toisemme, tai niin ajattelin, jo niin kaukaa. Kaipuumme oli yhteinen, vahvin mahdollinen side, niin, ja muistin sen lohduttoman hetken silloin kauniina elokuisena päivänä, kun tunsin hautautuvani sairaalakompleksin sisuksiin ja tajusin vaurioiden lopullisuuden. Nostin katseeni ylös taivaalle ja kuiskasin rukoukseni humisevaan avaruuteen. Siihenhän vastattiin.

Elämän hauraus ja kaiken katoavaisuus! Pitää elää, ennen kuin kaikki päättyy. Elää miten? Kun päämääristä ei muodostu etappeja, on vain päiviä vailla hehkua. Kun ei ole unohtanut ja kaipaa.

Rakkaus, maailmaa yllä pitävä tunne ja tila! Rakkaudelle omistautuminen ei voinut olla huono valinta. Ei hoivaa vaan rakkautta, ja vastarakkautta! Muistathan, armaani, kuherruskeväämme. Vimmaa, vetoa ja viiniä! Me juhlimme kuin viimeistä päivää, sitä mitä pelkäsin. Jo se kiihko olisi voinut viedä hengen.

Vastasit janooni, joit kuin sieni, törmäsit Kosmoksen pylvääseen kuin mykkäkomediassa. Meille sanottiin, ihanat, rakkaat ihmiset, menkää kotiin. Saimme taksin.

Ja niin sitten Seurahuoneen sohvalla pyörteisinä yön hetkinä tunnelmavaloissa korotat ääntäsi, sinä olet niin minua, minua, viet kätesi selkääni, ja minä myötäillen, pääni olkaasi vasten, olen niin sinua.

– Sinä muutat luokseni. Jalavatielle. Äänesi kumisee syvältä kuin lähestyvä maanvyöry.

– Kotona, kupsuttelemme, sanot ja painaudut minuun.

Samanlaiseni, hymyilen mielessäni ja puserrun sohvan nurkkaan.

– Otetaan kaikki irti. Antaa palaa! Äänesi nousee ja huomaan tarjoilijan kysyvän katseen. Hellitä, rakkaani, ei tilata lisää, lähdetään.

– Olet minun aina, painat huulesi kaulaani ja vedän henkeä.

Minua kihelmöi ja yritän suoristautua. Olen vajoamassa ja ponnistelen hyllyvältä pohjalta ylös nostamaan kuohuvaa maljaa, kepeästi. Elämälle! Me majattomat!

Se yhteinen. Se piti löytää.

3. Suurinta elämässä

Lähetit tekstiviestejä kuherruskeväänämme niin paljon, että puhelimeni pullisteli. *Yo te quiero, Olet kaikkeni, Äänesi sametista teetän vielä puvun, Olet runo, olet valo, olet elämä, Mon chat toujours? Raks, Ik haven jou.* Kaikki kielet olivat käytössä.

Ylisanoista en piitannut, ne virittivät tyylilajin, jossa taiteilin parhaani mukaan. Jos hämmennyin, se oli yksinäisen sydämeni epävarmuutta. Äkkiroihussa kaikki keinot, ylilyönnit, ovat sallittuja. Sykähdyttävät, suloisimmat sanat.

I miss and mess you but I luuv.

Tekstitin samalla mitalla. Kauneuden ylistyksiin vastasin sinun menettäneen näkösi.

Olen mieluummin sokea kuin ilman sinua.

Raks oli ytimekäs tapa aloittaa puhelinkeskustelu. Koodimme.

Ei tällaista tapahdu, mietin kun aristelin avata puhelimen – ja petyin, jos viestejä ei ollut. On lahja saada rakkauden mahdollisuus! Aina yhtä järisyttävä ja uusia maailmoja avaava, iästä riippumatta. Onnentila ulottuvilla, taivaan täyttävät räiskyvät revontulet riemuitsemassa ihmeestä!

– Minä tiesin, että se olisi menoa, sanoit kuin olisit jo lukenut pitkällekin käsikirjoitusta.

Mutta nyt olen edennyt tapahtumissa kuin niillä ei olisi järjestystä. Sillä tapahtumat ovat hetkiä ja ne syntyvät tunteista ja niillä on kaarensa, vaikka muisti aikajanaa rikkookin ja hajottaa asiayhteyksiä.

Olimme tavanneet sattumalta alkusyksystä kadulla, siitähän tarinamme sai uuden alun. Olin kotimatkalla poikennut Kiasman myymälään. Museokaupoissa oli aina houkutuksia, taidekirjoja tarjouksessa, ja nautin kuvien katselusta. Väreihin ja muotoihin oli ihana vajota, kuin aistilliseen kylpyyn.

Olit tulossa Tennispalatsin suunnalta, arvatenkin ennakkonäytöksestä. Tunnistin hahmosi kaukaa ja jäin odottamaan Taidehallin nurkille. Ja voin nyt nähdä korkealta kuin lintuperspektiivistä tumman hahmon lähentyvän toista, sulautuvan siihen pehmeästi, kunnes maiseman laajentuessa hahmot pienenevät pisteeksi ja haihtuvat tähtisumuun.

Halasin sinua kevyesti ja aloin kohteliaasti kysyä kuulumisia, vaikka vaistosin, ettet ollut juttutuulella. Näytit vieraalta, eikä se johtunut vain siitä, että hiuksesi roikkuivat leikkaamattomina. Itse asiassa näytit hirveältä – ja hirmustuneelta. Seisoit edessäni musta laukku olallasi kuin patsas. Kun sitten sanoit eronneesi, hölmistyin. Niin kuin olit varjellut liittoasi. Eronnut!

– Oletko tosissasi?

– Ollaan asumuserossa, tokaiset ja näytät pakoa suunnittelevalta vangilta. Muistan, miten nopeasti kasvosi kivettyvät tummien aurinkolasien takana.

– Soita minulle. Jos sinusta siltä tuntuu, hymyilen avuttomana.

Samalla taivaalta hulmahtaa pisaroita kuin tahtipuikon iskusta äkillisenä, pehmeänä kuurona, ja käännyt jatkamaan matkaa.

Taivutan pääni ylös kohti taivasta, suljen silmäni ja annan sateen näppäillä kasvojani. Et ollut edes kysynyt vakiokysymystäsi, olenko vielä Särestön kanssa.

Sinusta ei kuulunut, ja soitin työpaikallesi. Et ollut toimituksessa, niin kuin et kuulemma yleensäkään, eikä ollut tietoa milloin olisit, varmimmin ehkä loppuviikosta. Jätin soittopyynnön ja näin silmissäni kuinka viesti hukkuu postin ja muun paperin alle työpöydälläsi.

Vastasit soittopyyntööni seuraavan vuoden helmikuussa. Pyysit minua ohjaajaystäväsi uuden elokuvan *Katoavat hetket* kutsuvierasnäytökseen Bio Rexiin Lasipalatsiin. Minulla oli toinen tapaaminen, mutta siitä en maininnut.

Siirsin menoani, ja menoa se oli. Niin kuin sanoit tienneesi heti soittosi jälkeen. Kevät oli alkamassa etuajassa. Tulisit ennen näytöstä luokseni Dagmarinkadulle aperitiiveille.

Ovikello soi. Liikun hiljaa pimeään eteisaulaan ja sytytän valon kristallikruunuun. Raotan varovasti väliovea. Ovisilmä tuikkii tähtenä. Seison paikallani henkeä pidätellen kuin kuullakseni rakkaani sydämen lyönnit oven läpi. Kaikkien näiden vuosien jälkeen meitä erottaa enää vain silmänräpäys, käden liike ja lukko aukeaa ja ihan muutamassa sekunnissa näen sinut rappukäytävän vahvassa valossa. Hetki sähköistyy, en voi viivytellä enää, vedän henkeä ja avaan oven.

Jähmetymme oviaukkoon, katsomme toisiimme ja tunnistamme ajan yli kestäneen vetovoiman. Yhteisen halun. Ja sinä hymyilet minulle ja hymysi kertautuu moninkertaisina lämpöaaltoina jännittyneessä hetkessä ja valahdan heikoksi ja luulen, että tervehdykseni on hento parahdus. Kasvoillesi levinnyt hehku kytee tulilankana ja valaisee minunkin kasvoni, sytyttää lumon. Taistelen häkellystä vastaan samalla kun haluan syöksyä kaulaasi.

Sinun hymysi, sinun sylisi, minun maailmani. Sinun hymysi pysäyttämä hetki, niin kuin silloin, kauan sitten, elokuvateatterin aulassa.

Otat minut lujasti käsivarsiesi väliin ja halaamme hitaasti kuin pitkään eksyksissä harhailleet matkalaiset eteisaulassa, Dagmarinkadulla, loppuelämämme ensimmäisenä iltana.

Kaukainen menneisyytemme välähtelee kristallinkimalteisena kuvien sarjana punertavalla kankaalla. Kihelmöivät kohtaamiset, viipyvät silmäykset ennakkonäytöksissä, minä roihuamassa rinnallasi Cannesissa, sinä luvattomasti luonani, utuinen ilmeesi Marskin klubilla aikojen alussa, askeleesi seuratessasi minua, askeleet, jotka tunsin polttavina takanani ja ne nopeat, läpitunkevat katseet kuin neulan pistot, kun seuroissa lähestyä ei voinut. Silloin kauan sitten, nuoruutemme hehkussa.

– Kesti vain puoli vuotta vastata soittopyyntööni, henkäisen takkisi kaulukseen. Jalkani eivät kanna, eivät ne yllä lattiaan. Naurahdat.

– Halusin olla valmis, kun tiesin mitä tapahtuisi. Vedät pääsi taakse ja katsot minua silmiin.

– Sinä olet minua varten.

Perhosparvi lehahtaa lentoon ihollani.

4. Inho

Astun Vincentin kanssa rapusta sisäpihalle, päästän koiran irti ja se viilettää kohti roskakatosta. Taivas on pilvessä ja sataa tihuuttaa. Voisi olla syksy. On juhannusaatto ja olen lähdössä eläinteni kanssa piilopaikkaani, salaiseen puutarhaan. Pakenen mullalta tuoksuvaan suojaan ja käperryn kerälle syvälle luolan perälle. Ja annan kuvien tulla. Kunhan menevät, tunteet, menojaan ja pääsen niiden pakottavasta piinasta, unohdan viimeisen kuvan sinusta valtaistuimellasi kultaisessa auringonkehrässä, viimeisen sivalluksen – viimeiset hetket, jolloin kaikki oli mahdollista. Kunhan saan tarinamme vaiheet koottua ja pois mielestäni.

Hengitän raikasta ilmaa, lokki kirkaisee ja sydämessäni läikähtää katsoessani hevostallista idylliseksi kodiksi kunnostettua taloa sisäpihalla. Tätä unelmataloa hämmästelimme tullessamme toissa kesänä Pursimiehenkadulle katsomaan myytävänä olevaa kolmannen kerroksen kulmahuoneistoa saunoineen ja Eliel Saarisen suunnittelemine takkoineen.

Katson villiviiniä, joka leviää romanttisesti sisäpihan talon pompeijinpunaisella seinällä.

– Raunioille suoraan, kuulen huvittuneet sanasi ihasteltuani antiikkista värisävyä.

– Pompeijinpunainen on maaväri, jonka koostumus on arvoitus, sanon. Hipaisen vaaleaa hiussuortuvaa otsallasi ja miehekästä leukaasi.

Katsot minua ikiaikainen hymy huulillasi, ja voin melkein haistaa partaveden tuoksun, nojautua sinuun, tarttua käteesi. Violetit varjot vievät minua. Tunnen jo huuliesi pehmeyden, kun olet kadonnut. Hätkähdän, minua näykitään säärestä. Vincentillä on asiaa.

Koirani on juossut riemullista ympyrää pihassa ja nyt se seisoo edessäni. Se katsoo minuun lujasti, nousee takajaloilleen, nostaa eturaajansa ylös ristiin ja haroo ilmaa. Sen koko pieni keho on jännittynyt pyyntöön. Nuppuseni, ihan kohta.

Seison koirani kanssa hiljaisella sisäpihalla, sade kostuttaa ihoani. Hengitän raikasta ilmaa syvään ja taivutan pääni taakse. Lepään hetken kuin kelluen ilmassa.

Sisäpihan talon ikkunoita koristavissa kukkalaatikoissa sykkivät kirkkaat värit. Murattiamppelit roikkuvat kutsuvina sisäänkäynnin molemmin puolin. Korttelin sydämessä piilossa oleva koti on haikea häivähdys turvasta. Jostain pysyvästä.

Tartun koiran hihnaan. Minun on päästävä pois.

Kun me silloin sateisena heinäkuun lauantaiaamuna kotonasi Jalavatiellä saimme kiinteistövälittäjältä viestin, hihkuimme ilosta. Olin noussut keittämään kahvia, kun huomasin puhelimessani viestin: *Tarjouksenne Pursimiehenkadun huoneistosta on hyväksytty.* Ryntään herättelemään sinua, haemme kuohuviinin ja lasit ja kiiruhdamme kylpytakeissa patiolle skoolaamaan. Mehän teimme hetkistä juhlaa – ja syystä. Saimme asunnon edullisesti, voisimme muuttaa kuun lopussa!

Kevään kestänyt risteily kotiemme välillä päättyisi. Asuntoni myyntiin, sinä jättäisit riitojen runteleman talosi ja elämänvaiheen, jonka avioero oli jauhanut murskaksi. Luopuisimme vanhasta ja aloittaisimme yhdessä kaiken alusta. Suuresti ja puhtaasti.

Niin ajattelin silloin, kaksi vuotta sitten, muuttomme kynnyksellä. Nyt mieleeni tulee, että olisimme voineet tehdä toisenlaisenkin ratkaisun.

– Sinä voisit muuttaa Jalavatielle, isäsi oli huikannut puskiessaan pyöräänsä nuoskassa pihalta kadulle. Hän asui naapurissasi.

Ihana ajatus, mietin seistessäni talosi ulko-ovella odotellen sinua, joka olit taas kadonnut lähdön hetkellä jonnekin. Mutta miten mahtuisin? Olit levittäytynyt täydesti perheeltäsi vapautuneeseen tilaan surrealistisine luomuksinesi, jotka olivat pölyyntymässä kuten huomasin ihaillessani raameihin kiinnitettyä hehkuvansinistä pientä banjoa, jonka pinnassa tuikki vuokkoja kuin tähtiä, ihmeellistä katosta roikkuvaa shakkilautaa, niin, ja sinullakin oli Magritten kuva päästä pilvissä! Sekä päät kääreissä suutelevista *Rakastavaisista!* Ja fantastinen kuva leopardivartaloisesta naisesta painamassa poskeaan miehen poskea vasten. *Hyväilyjä*, oli työn nimi.

– Dadaa koko mies! Vessanpönttö suihkulähteenä, nauran iloisesti. Sinä et. Yhden leikki, toisen tosi.

– Pisuaari.

Niin tietenkin.

– Olisit voinut ryhtyä taiteilijaksi.

– Minä olen taiteilija.

Nimesin kissasikin Dadaksi, mutta sinä huhuilit Pöpöä. Se on niin höpö, sanoit.

– Itse olet höpö. Kissasi on yhdistelmä roikotettavaa räsynukkea ja päiväkausiksi katoavaa yön kulkijaa. Se on Dada.

– Tule luokseni, sanot vaativasti, kotirouvakseni, jatkat isäsi ajatusta ajaessamme Jalavatieltä kohti keskustaa.

– Tule sinä isännäkseni Dagmarinkadulle.

– Minä en mahdu sinne. Sinä tulet minun luokseni.

– Tiedät kuinka paljon pidän Jalavatiestä. Ja kuinka paljon tavaraa minulla on, sanon ratkoen hankalaa yhtälöä.

– Me emme mahdu mihinkään, sanot vakavalla äänellä.

Purskahdan nauruun.

– Kun on rajat! Tarvitsemme rajattomasti tilaa!

– Isäni pitää sinusta. Kehuu sinua sujuvaksi.

– Asiat saa sujumaan. Isäsi on mukava, kun hänelle on ystävällinen. Ei se sen kummempaa ole. En ymmärrä, miksi vihoittelet välillä vanhaa miestä kohtaan. Ota hänet huomioon. Ei hän sinua määrää. Sinulla on oma elämäsi.

– On määrännyt. Kerron joskus.

– Oli mitä tahansa, anna olla. Ole itseäsi suurempi, sanon, vaikka en ihan tiedä mistä puhun.

Ajattelen periaatteeni olevan oikean, sillä olin ihmetellyt piittaamattomuuttasi, äkillisiä vihanpuuskia, ärtymistäsi isäsi toiveista. Kuin kuoriainen, joka sätkii selällään toivottomasti, sinä sisussasi.

– Aloitetaan yhteiselämä karsimalla kaikki turha, tavarasta lähtien. Irrottaudutaan menneestä, sanon kaartaessani Taidehallin ja koiratarhan ohi Dagmarinkadulle.

– Etsitään asunto keskustasta. Eletään ensin urbaanisti ja vietetään vanhuuden päivät Jalavatiellä, sanon ja vilkaisen jykevää profiiliasi. Nousemme autosta ja sytytät savukkeen. Tyylikkäästi leikatut vaaleanruskeat hiuksesi liukuvat tummille aurinkolaseille. Kohennat mustan olkalaukkusi hihnaa ja puhallat savurenkaita ilmaan kun lähdemme astelemaan Manalan ja Temppeliaukion kirkon välistä katuosuutta.

Astelen sisäpihan rautaportista kadun yli. Vajoan jatkuvasti menneeseen, ajattelen sitoessani Vincentin Perämiehenkadun Alepan seinään pultattuun renkaaseen. Hiljattainen muuttosi, tyhjyyttä kaikuvat tilat, on kuin muistot tunkisivat täyttämään elämäni autiuden.

Suunnistan kaupan vihannesosastolle. Valitsen tomaatit, paprikat ja sipulit pusseihin ja punnitsen ne. Vaistoan jotain häiritsevää. Nappaan vielä kurkun, salaatin ja valkosipuliletin koriin, nopeasti. Vaihdan hyllykäytävää varoen katsomasta sivuilleni. On kuin tyhjillä käytävillä leijuisi – liikettä. Outo leuhahdus? Keskityn tuotevalikoimaan, vaikka mieleeni on alkanut työntyä jotain tummanpuhuvaa. Tunkkaista. Jauhelihaa ja tonnikalaa eläimilleni, Vincentille ja Theolle, juhannuksen kunniaksi, kananmunia, juustoa, maitoa, kahvia, tuoremehua.

Epämääräinen inhon tunne voimistuu. Kiihdytän vauhtia, lohi- ja sienisäilykkeitä, oliiveja. Saa jo riittää, tuoreruoan haen Kauppahallista. Olen jo kassajonossa, kun teen virheen. Haistan jotain ja vilkaisen taakse.

Näky käy iskusta. Olento seisoo takanani. Samassa tunnistan sammaleen hajun. Vavahdan ja katson suoraan eteeni, mutta olen jo nähnyt ilmeettömissä kasvoissa tuijottavat pienet, julkeat silmät, tiukkaan myrkynvihreään takkiin ahdetun kehon, pehkuksi tupeeratut punaiset hiukset. Aiemmin ne olivat luonnottoman mustat, ja näen ilmestyksen aina lepakkona. Lyijyn maku leviää suuhuni. Maksan ostokset ja kiiruhdan ulos ympärilleni katsomatta.

Tämä mustanpuhuva hahmo, joka tunkeutui väkisin elämääni, ensimmäisen kerran toista vuotta sitten. Silloin se juoksi karkuun, loikkasi hädissään kadulta sopivasti kohdalla olleeseen *Titaniciin*. Seurasin sitä kapakan baaritiskille ja sähisin, silmäni hehkuvina kekäleinä palaen.

– Pysy kaukana! Tajuatko!

Silloin mustatukassa oli vielä hiven häveliäisyyttä. Se ei kestänyt katsettani, mutta minä ehdin nähdä välähdyksen vilppiä ja raukkamaisuutta. Silmien pinttyneen likaisen kalvon.

5. Lassie palaa kotiin

Heitän ruokakassin auton takapenkille. Olen joutunut pysäköimään auton *Titanicin* eteen. Jos kadulla ei muuten ollut tilaa, sen edessä oli, sillä kukapa halusi kapakasta kaatuvien kolhivan autoaan, minulle oli sanottu, ja olin nauranut kuin hyvällekin vitsille.

Theo-kissa saa odottaa vielä vähän, hillitty yön prinssi linnassamme, vaeltaen peilisaleissamme, hiipien hylätyissä huoneissamme, kadotetussa tilassamme, nuuhkien murskatuista unelmista tihentynyttä ilmaa, parta-vaahdon jäänteitä seinissä, tomaatin tuoksua matossa. Ihan hiljan tyhjentyneessä asunnossa, josta olin halunnut tehdä kodin. Johon sinä minut jätit.

– Teillä on upea asunto. Niin paljon tauluja, persoonallisia esineitä ja kirjoja. Olette muka vieneet divariin mielettömät määrät? Ystävättärien liverrys tunkeutuu mieleeni ja muistan miten hykersin vastaukseni aina samoin sanoin.

– Voi, kaikki on kesken, hakee vielä muotoa. Oikeastaan on ihan pienestä kiinni, ja sitten pidetään tupaantuliaiset.

Vien Vincentin tarpeilleen tuttuun Sinebrychoffin puistoon. Istahdan valtavaa shakkinappulaa muistuttavan tornin vieressä olevalle penkille, ja koira asettuu jalkoihini.

Hengähdän. Etova olo laantuu, mutta silmänpohjia alkavat repiä punaiset lintuparvet. Pysy poissa silmistäni, pala pelehdinnöissäsi, korvennu juonitteluihisi, ruikuttava ruikku. Mustatukka! Hamuan Vincentin päälakea. Mitä lepakko näillä nurkilla enää lenteli, sehän onnistui aikeissaan. Sai helpotusta rahapulaansa, tajuan yhtäkkiä.

Katson koirani punertavana hehkuvaa turkkia, sen stoalaisen ylvästä asentoa. Vincent ei väisty rinnaltani. Rakkaat ketun kasvot ovat kääntyneet nurmikon yli kohti telakka-alueelta kohoavia nostureita. Olemme seuranneet tässä puistossa jo kaikki vuodenajat.

Mieleeni kiemurtaa vuoden takainen episodi keväisenä viikonloppuna, jona istuin yksin Sepänkadun koiratarhan penkillä typertyneenä. Odottaen ihmettä, että Vincent ilmestyisi tarhan portille. Toivoen, että sinä tulisit jakamaan hätää kanssani.

Olimme olleet kävelemässä Kaivopuistossa ja palaamassa kotiin, kun ravintola Laivakoiran kohdalla pysähdyit juttelemaan ulkopöydässä istuvan tuttusi kanssa. Samassa Vincent, vasta hankkimamme koiranpentu, riuhtaisi, pantalukko petti ja pentumme vilisti iloisesti tiehensä. En osannut edes kiinnittää koiran hihnaa oikein! Sinä et laukkaisi koiraa etsimässä minun toilailuni vuoksi. Toilailuni?

– Eikö koira ole vielä löytynyt?

Isket oven kiinni takanasi ja kuvassa tärähtää.

– Hoidat vahingon kun sen aiheutit, sanot pyörähtäessäsi taas nopeasti olohuoneessa.

– Olen kiertänyt lähikorttelit ja soittanut löytöeläintaloon.

– Sitä saa mitä tilaa!

– En tiedä enää mitä tehdä, sanon ja vereni jähmenee. Käännyt taas ja lähdet.

Neuvottomuuteni tuntui lisäävän tuulta purjeisiisi. Äkkileikkaus, ja olit jo kadonnut seuroihisi. Sait syyn häipyä, vai rankaisitko minua jostain?

Illalla kiersin vielä Eiranrantaan Carusellille, Koffin puistosta Bulevardille, ympäriinsä sivukatuja, lopuksi vielä autolla. Ei jälkeäkään. Eihän koira voi kadota! Miten saa tiedon, jos sille on tapahtunut jotain, jos se on jäänyt auton alle!

Aamulla soitin uudestaan pieneläinklinikat ja poliisit. Annoin taas tuntomerkit ja yhteystiedot. Ei yhteydenottoja. Kiinnitin koiratarhan taululle kuvallisen katoamisilmoituksen Vincentistä. Sykerryin sohvalle myöhään yöhön.

Seuraavana aamuna minulle soitettiin. Vincent oli toimitettu nopeasti karkaamisen jälkeen poliisille. Pelastus ja onni! Pentumme oli turvassa. Soitin löytöeläintaloon, olen tulossa! Ei täällä ole yhtään shibaa. Pakko olla, tulen sinne tuota pikaa! Ja siellä se on, loikkaa syliini villinä onnesta pitkän piinan jälkeen. Mikä ilo, mikä riemu! Piina olisi ollut lyhyempi, jos antamiani tuntomerkkejä olisi kuunneltu. Nyt japaninkääpiöpystykorva sotkettiin japaninpystykorvaan. Ne ovat valkoisia. Illalla kerään herkkuja lautaselle ja vien ne olohuoneeseen. Puristan Vincentiä sylissäni, suukotan sen päälakea ja kosteaa kuonoa. Theo hypähtää notkeasti sohvalle. Vedän sen kiinni kylkeeni ja annan sille lautaselta muutaman makupalan. Tuntomerkeissä on syytä olla tarkkana, hymähdän mielessäni, ja annan käteni liikkeitä herkeämättä seuraavalle Vincentille toisen kanatikun. Merkkejä pitää osata lukea oikein. Yleensäkin tunnistaa ne. Theo puskee käsivarttani ja alkaa kehrätä, Vincent kaluaa tuhisten kanaansa.

Selaan elokuvan esiin kaukosäätimellä. *Vaarallinen suhde.* Glenn Close ja trilleri, ihan parasta. Elokuvailtamme voi alkaa.

6. Rikosten pyörteessä

Miten ihanteelliseen ammattiin olit päässyt, ja vaivattomasti. Saanut helposti paljon.

Olit istunut filmihullujen tapaan teini-ikäisestä elokuvissa ja elokuvakerhoissa ja menettänyt sitten sydämesi ranskalaisen uuden aallon elokuville. Löysit tasokkaan alan lehden, johon kirjoittaa ja johon sinut pian haluttiin vakinaistaa. Osasit sanasi. Aalto vei sinua mukanaan ja avasi mahdollisuuksia käsikirjoittamiseen ja ohjaamiseen ihannoidun *Cahiersin du Cinéma* -väen malliin. Vaatiko se poliittista sitoutumista, se ei minua kiinnostanut enkä sitä kysynyt, mutta kielsit hanakasti kysymättäkin liittyneesi milloinkaan yhtään mihinkään. Hyvä kritiikki ja taide syntyy taiteellisista, ei poliittisista lähtökohdista.

– Kun sai tehdä työtä, jota rakasti, ja siitä vielä maksettiin, viittasit urasi alkuun elokuvakriitikkona ja ajattelin, että olit todella onnekas. Maailmoja, rajattomasti!

Kun kysyin, mikä sysäsi sinut lopullisesti ammattiin, vastaus tuli kuin tykin suusta. Jean-Luc Godard. Kuulin todistelun aina silloin tällöin, varmuuden vuoksi.

– Minusta ei olisi tullut elokuvakriitikkoa ilman Godardia.

Minua ohjaaja ei ollut koskettanut. Tunsin nimen paremmin anarkistisen maineen perusteella: Godard räjäytti elokuvan rakenteen, rikkoi peilin ja kokosi sirpaleista erilaisen uuden. Muistin *Viimeiseen hengenvetoon* -elokuvan lähinnä vetävästä nimestä. Ja vetävistä kamera-ajoista. En ollut ihan ymmärtänyt sitä.

Sodankylän elokuvafestivaaleilla, viikonloppumatkalla ennen häitämme, katsoimme ohjaajan uusimman elokuvan. Se ei kolahtanut minuun, mutta ihme kyllä ei sinuunkaan. Tai niin ajattelin, sillä olit vaisu. Joskin olit yleensä hiljaa, kun minä pulppusin huomioitani nähtyämme yhdessä elokuvan, kuuntelit kärsivällisesti, kunnes muu-

tamalla lauseella asetit elokuvan perspektiiviin ja sijoitit tähtikar-
talle. Mustasankaisten silmälasien ja mustien paksujen kulmakarvojen ta-
kana piilotteleva Godard päätyi kehyksiin yhteisen kotimme keittiöön
Pursimiehenkadulla. Sängyssä loikoileva Jean-Paul Belmondo ja roh-
keasti poikatukkainen Jean Seberg *Viimeiseen hengenvetoon* -elokuvan
julisteessa seurustelivat puolestaan olohuoneessa. Se oli suosikkieloku-
vasi. Seuraan sopi muutama muukin ohjaajan töiden mustavalkoinen
mainosjuliste. Olihan kaikki alkanut Godardista.

Kun saa mallin, se pysyy. Idoleista ei irroteta.

Syksyn mittaan, muuttomme jälkeen, katsoin usein elokuvajulisteen
Jean Sebergiä. Totuttelin hänen hiustyyliinsä, joka olisi tuleva omani.
Naistähden ansiosta se tuntui siedettävältä.

Kollegasi antoi meille häälahjaksi Pariisista ostamansa Godardin
dvd-kokoelman. Ihan hiljan, vähän ennen muuttoasi, erään seisahta-
neen sunnuntain iltapäivänä muistin boksin. Kevään valo kajasti paina-
vien pilvien ja violettiin värjäytyneiden olohuoneen pitsiverhojen läpi.
Afrodite-patsas heitti vinon varjon sohvalle, jolla nukuit hellyttävästi
käsi tyynynä posken alla. Hipaisin huulillani kevyesti poskeasi, olkaasi
kädelläni ja otin esiin *Viimeiseen hengenvetoon.*

Näin mustavalkoisen puolitoistatuntisen kuin ensimmäistä kertaa.
Kerronta oli poukkoilevaa, kömpelöäkin, siinä oli aukkoja, jyrkkiä leik-
kauksia ja äkisti loppukuva. Imua elokuvassa oli, se oli tehokas ja loppui
kuin seinään. Minua järkytti elokuvan rakkaudettomuus.

Kaikkea en ymmärtänyt, sillä elokuvaa ei ollut tekstitetty. Viimei-
nen yhden sanan repliikki, *dégueulasse,* kuulinko oikein? Inhottavaa,
ylenkatse elokuvan loppuhuipennuksena. Minua kylmäsi. Täydellinen
tunnekylmyys menehtymisen hetkellä.

Elokuva näytti sen, mikä jää kesken, menee rikki. Kun kaikki on myö-
häistä. Peili pirstaleina. *Á bout de souffle.* Istuin jäykkänä sohvalla. Sil-
mäni kostuivat ja korvissani humisi.

Viimeiseen asti ikävöisin, näköjään. Tukahdutin nyyhkäyksen ja ajattelin, että Godard oli näytellyt tarinassamme osaansa – osansa, joka rikkoi rajusti rajat.

Asunnossamme oli lohduttoman hiljaista. Olin täysin yksin. Katsoin sinua ja sinä olit kaukana, syvässä unessa. Jo lähtenyt.

Mikä elokuvassa oli sinuun vaikuttanut, ehtisinkö koskaan kysyä sinulta. Vahva elämän maku? mietin kuin kadonnutta avainta etsien. Rajuus? Jean Seberg? Kaunis tyttömäinen nainen lehtiä kaupittelemassa Pariisin kaduilla. Häneen ihastunut Belmondon renttu, ikuisella pakomatkalla, normeista irronneena, tupakka huulessa, naista vonkaamassa. Godard itse.

Olit hullaantunut elämään valkokankaalla! Näihin kuviin ja katkelmiin, joista Godard loihti elokuvan ystäväpiirinsä ihmeeksi elämäntilanteessa, jossa hän joi itseään hengiltä ja oli äärettömän onneton. Kunnes päähäni pälkähti, että ihailusi kohteena olikin elokuvan sijaan elokuvan tekijä.

Kaikki ne tärähdyksistä heilahdelleet kuvat, niin, nyt kun ajattelen käytöstäsi, oli kuin filmillä olisi ollut skarvivirhe, pomppu tai hypähdys, jonka myötä kohtauksesta tuntui puuttuvan jotain. Olin torjunut sinnikkäästi aukkokohdat, selittänyt hyppyleikkaukset oman tunnepalettini pohjalta, väriasteikolla, johon tajuni riitti. Värit, joita en ymmärtänyt, etäiset, kylmät sävyt, oppisin nekin. Niin toivoin. Tai ehkä katsoit elämää kuin elokuvaa, kuvasit käsivaralla, yllätit oudoilla leikkauksilla ja loit ihan vaan huviksesi omapäisiä kohtauksiasi. Kun kerran voit.

7. Punaiset kengät

Vincent hapuilee tassullaan säärtäni, ja painan kämmeneni sen päälaelle kuin saadakseni kiinni nykyhetkestä. Puistossa on autiota. Sivelen koirani otsaa, mutta mieltäni kirvelee mustatukan näkeminen. Vokottelija. Repisin punapehkoisen, ilkeän ilmestyksen silmistäni, jos voisin.

– Hieno, viisas ihminen, niinhän sinä tätä sinua ihailevaa yön lentäjää minulle luonnehdit, tekee lisensiaattityötä, osaa hakea toimeentulo- ja mitä kaikkia työttömyys- ja asumistukia, sain ymmärtää, ja maksaa pienestä yksiöstään enemmän vuokraa kuin mitä meidän yhtiövastikkeemme on, ihmettelit.

Herran jestas, et tiennyt asumisesta mitään! Olithan saanut isältäsi talosi. Minä olin elänyt myllynkivi kaulassa ensimmäisestä omistusyksiöstäni lähtien. Lyhentänyt nuoresta pitäen lainojani, jotka lohkaisivat valtaosan mitättömästä palkastani. Kyllästyttyäni Kallion kulmiin ostin pankin lunastaman asunnon Töölöstä ja minulle valkeni, että koti on sijoitus.

Valun alaspäin puistonpenkillä ja suuhuni leviää lyijyn maku. Miten ihmismieli voikaan muuttua, ajattelen, ja mielessäni pyörähtää kuherruskeväämme huuma.

Olemme tulleet *Katoavat hetket* -elokuvan kutsuvierasnäytännöstä jatkoille yökerho *Tiikeriin*. Kaappaat minut syliin baaritiskillä, taivutat selkäni syvälle taakse, suutelet suurieleisesti.

– Rakastan sinua, olen aina rakastanut. Aletaan olla yhdessä, kuulen matalan, miehekkään äänesi.

Herätämme huomiota, ja yritän hillitä sinua. Siirrymme syrjemmälle saliin. Valokiilat lakaisevat säännöllisin välein pimeää tilaa, jolloin me toisiimme kietoutuneina olemme hetken baaritiskillä seisovien muiden kutsuvieraiden silmissä. Näen tutun elokuvamogulin tuijottavan meitä, saman, joka roikkui kauan sitten mukanamme Cannesin yössä. Tönäisen jalkaasi, mutta sinä et piittaa muusta maailmasta.

– Rakastatko sinä Särestöä?

Äänesi on tiukka. Odotat vastaustani hiljaa katsomatta minuun. Avaruus humisee korvissani.

– Kyllä.

Istut ilmeettömänä.

– Mutta minä en ole onnellinen hänen kanssaan.

Ja lisään kuin anteeksi pyytäen uupuneeni. Jääneeni niin yksin. Katsot minuun ja sanot, ettet ollut soittanut syksyllä, koska halusit odottaa asumuseron loppuun. Koska tiesit, mitä tapahtuisi.

– Sinä olet minun naiseni. Puristat reittäni.

Sinun vimmasi varmistua, että kuulun sinulle, kun en halua mitään muuta. Hiljenet, kun otan sinua kädestä, vien sen huulilleni ja vedän poskeani vasten. Tunnen kuinka kehosi huokaa, tartut käsiini, painat ne kämmeniesi väliin ja sanot.

– Minä olen rakastanut sinua niin kauan.

Levolle laske luojani.

Hiljennymme molemmat. Suo jo rauha, suo varmuus. Päästä meidät pahasta. Valokiila pyyhkäisee ylitsemme kuin aamenen rukoukseen.

Ja olen niin täydesti mukana ohjaamassasi kohtauksessa, josta haluan onnellisen uloskäynnin, keskinäisen luottamuksen, toden ja kauniin alkavan, että kun otat minua kädestä kiinni, katsot silmiini, hymyilet ja sanot, *sinä olet minun, me olemme aina yhdessä,* maailma pysähtyy ja kaikki alkaa ja päättyy siihen yhteen kuvaan.

Kun sitten sinä helmikuisena yönä lepäät ensi-iltajuhlien jatkojen jälkeen vierelläni ja kysyt, mitkä kolme asiaa elämässä ovat tärkeimpiä, vastaat samantien itse: *rakkaus, rakkaus, rakkaus.*

Onni on helppoa ja yksinkertaista.

Yksi yö kuin nopea ja vavahduttava auringonnousu.

Emme me silloin tienneet, että yö viitoitti tien avioliittoon, joka siunattaisiin saman vuoden juhannusaattona Uspenskin katedraalissa.

Se oli ainoa aurinkoinen päivä kesäkuussa, oikeastaan koko kesänä, kuten eräs ystävätär myöhemmin muisti korostaa. Saatoimme astua Uspenskin ovista ulos kirkkaaseen valoon silmiä siristellen, alas jyrkkiä portaita ainutkertaisen tapahtuman lauetessa riisisateeseen, minä hennosti punaisella ja roosalla kirjaillussa kermanvaaleassa, tyköistuvassa silkkijakussa, valitsemissasi tulipunaisissa korkokengissä, nekin kukkasin kirjaillut, korvissani helmikorvakorut, helmiä kaulassa ja ranteessa, huulissa tummaa hehkuvaa punaa, hiukset punaisilla ruusuilla taakse nostettuina, vaaleat hiukset niin kuin ei koskaan enää, ja sinä askeleen taaempana hiukset kihartuneina, tulipunainen ruusu tumman pukusi napinlävessä.

Miten kauniisti otat kasvoni käsiesi väliin ja suutelet. Suutelet minua katedraalin tasanteella, korkealla, laajan taivaan kaaren alla. Kattonamme avaruus, joka ei humise, vaan ottaa syliinsä. Suutelet ja kiedot kätesi selkääni. Pidät kiinni vaimoasi. Tuliterä aviopari myötäelävän ystäväpiirin keskellä.

Silloin onneamme ei himmentänyt edes yhteinen salaisuutemme. Sen vaaran olimme päättäneet voittaa rakkauden voimalla. Muu vaara lymysi varjossa.

8. Peilin takana

Niin, silloin talvella sinä soitit, ja ilmasto muuttui hetkessä, jäät lähtivät ryskyen etuajassa.

Taannuin rakkaudenkipeäksi teiniksi, joka sai vaivoin pidettyä aikuisen naisen julkisivua yllä. Iloitsin soidinmenoista, silkkisistä yöasuista, kukista ja huulipunista, ajatuksella valituista kirjoista ja levyistä, herkuista, kalliista Chablis'sta, kaikesta mitä minulle toit. Olin onnellinen odottaessani sinua.

Hullaannuksen huume! Ihmiset tunnistavat toisissaan hulluutensa ja siksi kai hullaantuvat toisiinsa. Niin, tunnistavat toisessa itsensä ja antautuvat luottavaisesti toisilleen. Mutta nyt kun ajattelen, rakastuessaan on heikoilla, on ollut sitä jo sitä ennen ja siksi niin altis. Menettämään järkensä – koska haluaakin menettää järkensä. Uskoa illuusioihinsa.

Ei niin saa tehdä, pistää päätään pensaaseen!

Mutta minä lannoitin kasvia, joka puhkeaa kukkaan viimeisen kerran. Silloin on kaipuussaan hellittämätön, sokeudessaan järkähtämätön. Paluu entiseen on mahdoton. Pompuista, tärähdyksistä viis! Kun ei halua nähdä, ei näe. Päättää toisin.

Milloin minun olisi pitänyt nähdä, kuherruskeväänämmekö, kun jouduin rutiinitarkastuksen jälkeen lisäkokeisiin? Sairaus kuin tuomio, armoton käänne juuri kun olimme löytäneet toisemme. En minä silloin halunnut, voinut nähdä yhtään mitään.

Elämän hetkellisyys oli totta. Kuoleman pelko, sekin oli totta. Miten valmistautua luopumaan – kaikesta? Epätietoisuus imaisi minut alhoon, jossa ei ollut tietoa loppukuvasta.

Minun oli kerrottava sinulle, sinulle, jos kenellekään. Kelpaisinko, kestäisitkö epävarmuuden? Minun oli kerrottava jostain, jolle ei ollut edes sanoja. Jota en halunnut pukea sanoiksi. Jos joutaisin, aikani olisi.

Soitin ja selitin sinulle tilanteen, ja sanoit nuorena seurustelleesi balettitanssijan kanssa, joka oli sairastunut leukemiaan – ja kuoli, tyrskähdit. Kuuntelin hiljaa, ja kirosit.

Paul McCartneyn vaimolla on vain yksi jalka, viestitit, kun olin ajanut Kaivopuiston rantaan ja istuin tuijottamassa himmentynein silmin harmaata meren selkää. Tuijotin tekstiä ja purskahdin nauruun. Ja sitten itkuun. Suru voi hetkessä leikkautua iloon.

Katsoin merelle ja ajattelin lähestyvää matkaamme. Meillä olisi ainakin Amorgos!

Niin, olisiko minun pitänyt nähdä silloin Dagmarinkadulla, kun sopersin murheissani pelkääväni kaiken jäävän kesken, nähdä kun kuva tärähti. Nähdä, mitä?

Tulet makuuhuoneen ovelle etsiessäni alusvaatteisillani päälle pantavaa. Jään seisomaan selin peilikaapin eteen. Katseesi, sen tunsin. Lempeä, utuinen katseesi, joka ei väistänyt.

Katseesi kuumottaa ihoani. Tulet lähelleni ja kiedon käteni kaulaasi. Nojaan pääni leveää rintaasi vasten ja taistelen liikutusta vastaan. Seisot hiljaa.

– Jaksammeko vaikeudet? Haluatko jaksaa, kanssani? ääneni karheutuu.

Puristan sinua lujasti ja piilotan kostuneet silmäni paitaasi. Hengitän sinua, rintakarvojasi ja painan huuleni paidan alle ihoosi. Mieleni on mustaa pitsiä.

– Kestätkö rinnallani?

Olet hiljaa. Kurkkuani kuivaa. Ehkä pidät yllä rohkeaa asennetta, kätket tunteesi.

– Ymmärrän, jos et.

Et sano vieläkään mitään. Korvissani humisee. Et vastaa, ja puristan vettyneet silmäni kiinni.

Lasket kätesi alastomalle vyötärölleni, asetat peukalot vastakkain navalleni, puristat lujaa ja koetat saada keskisormesi kohtaamaan selkäpuolellani. Eivät ihan yllä, niin hirvittävän hoikka kuin sinä keväänä olinkin.

– Minun isäni sormet ylettyivät äitini vyötärön ympäri.

Haen katsettasi, mutta olet toisessa kohtauksessa. Käännän päätäni ja näen, että katsot ohitseni meitä kahta vaatekaapin peiliovesta.

9. Täältä ikuisuuteen

Makaan tutkimuspöydällä. Valkotakkinen rypäs tuijottaa uteliaasti naista, minua, sivuhenkilöä, tuijottaa ylhäältä tätä nimetöntä tapausta, uhria muiden tuntemattomien joukossa. Lihaani on työnnetty neuloja. Sisuksiani ei revi fyysinen kipu vaan tukahdutettu itku ja myötätunnon tarve, kun siinä häkkiin nitistettynä, niin paljaana, hätä kiristyneenä kasvoilleni tajuan, ettei ulospääsyä ole. Jaa-a, näin on, bongasimme taas yhden, hänen ongelmansa, meidän tutkimustuloksemme. Jaa-a, kiinnostuneet naamat napittamassa loukkuun listittyä eläintä, joka odottaa pakahtuneena armonlaukausta. Kun uloskäyntiä ei ole. Jaa-a, voitte nousta. Miksi muka, minut on jo teloitettu.

Seuraavana aamuna hyppään taksiin ja ajan Eteläsatamaan. Soitan laivan aamiaispöydästä sinulle. Olet ihmeissäsi. Lähdit työmatkalle Tallinnaan?

– Perumisesta olisi tullut enemmän vaivaa, käyn vielä nämä antiikkikaupat.

– Koeta jaksaa.

En minä uskalla sanoa mitä ajattelen. Jaksan, jos minulla on sinut. En minä halua normisympatiaa, ja sääliä inhoan. En minä uskalla kysyä, milloin tapaisimme, en minä kuule niitä sanoja, joita sydän toivoo. Olit kertonut sairaalakammostasi, ja ymmärsin sen koskevan kaikkea sairastamista.

En tiedä, miten selviän vai selviäisinkö ylipäätään tästä osumasta. Tyhjennän kahvikupin ja huokaan hiljaa. Puristan huuleni tiukaksi sykeröksi. Nyt hoidan pakolliset kuviot ja sitten hengähdän. Makaan viikonlopun kotona ja itken, jos siltä tuntuu. Jos vain voisin, piiloutuisin luolan perälle enkä tulisi esiin ennen kuin olisin nuollut haavani kiinni.

Takaisin Helsingissä ja istun ravintola *Pianossa* Särestön kanssa. Istuimeni on neulatyyny, jolta näykin ruokaa. Keskityn hengittämään.

Särestö selaa iltapäivälehdet lounaan päätteeksi. Juon kahvia, joka vavahtelee kupissa.

– Kyllä sinä selviät, älä hermoile, Särestö sanoo, maksaa laskun, sopii puhelimitse ajan tutulle lääkärille ja ajaa minut Roballe. Syöksyn vastaanotolle.

– Saan hermoromahduksen tai olen jo saanut, en pysty keskittymään mihinkään, tunnen itseni työkyvyttömäksi, ryöppyän kuin haljennut vesijohtoviemäri.

Voin kirjoittaa sairauslomaa, en tee sillä mitään, jos kirjoitan kuitenkin, tämän sairauden hoito on Suomessa erinomaista ja teillähän se on havaittu hyvissä ajoin, paranemisennuste on sen mukainen, kiitos, pitää pysyä rauhallisena, tässä rauhoittavien lääkkeiden resepti, kiitos, takeltelen pakahtumaisillani ja jännitän voimani kolmiloikkaan kohti ovea.

Pakenen pakokauhun vallassa vastaanotolta. Päästäkseni karkuun – mitä? Ajan taksilla kotiin Dagmarinkadulle jäätyneessä kuoressa, jonka alla poreilee tulikuuma.

Kotona menen suihkuun, levitän kalleinta geeliä huolellisesti ympäri kehoa, varovasti pehmein vedoin rintakehään ja kainaloihin. Vaahdotan sen iholla. Hieron kuorinta-ainetta kasvoille ja huuhtelen sen pois. Suihkutan itseäni pitkään, hiljennyn veden ropinaan, sen rauhoittavaan painoon kasvoilla ja rinnoilla.

Kuivaan ja rasvaan vartaloni kauttaaltaan huumaavimmin tuoksuvalla voiteella, kasvoille sivelen tehoseerumia ja suihkutan mielihajuvettäni ranteisiin ja kaulalle. Harjaan vahvoja, vaaleita hiuksiani kuin viimeistä kertaa. Pysähdyn alastomana peilin eteen ja katson itseäni. Sivelen rintojani ja vedän henkeä. Ne ovat niin napakan täydet. Hetken mietin tallentaako hetki, mutta en viitsi hakea puhelinta.

Pukeudun mieluisimpaan silkkiseen yöasuuni ja haen ihanimman torkkupeittoni. Lasken makuuhuoneen kaihtimen alas, sytytän tunnelmavalon yöpöydälle ja suljen puhelimen. Kietoudun peittoon, asettelen pääni tyynyille ja painan kämmeneni ristiin rinnalle. Suljen silmäni. Olen valmis sadan vuoden uneen.

Nukun seuraavan päivän iltapäivään. Käyn apteekissa ja nukun lisää, ja kun ajantajuttomassa tilassa avaan puhelimen ja sinä soitat, virkoan äkisti.

– Saanko tulla luoksesi?

– Tietenkin. Voin laittaa ruokaa.

– En halua olla vaivaksi.

– Haen viiniäkin.

– Huomiseen.

Toimintatarmon puuskassa älyän, etten voi vain istua ja odottaa kuin orpo piru. Minun täytyy saada lisätietoa ennusteista, sairauden laadusta, hoidoista. Tuskallisinkin tieto on valoa!

Saan nopeasti ajan Meilahden sairaalakompleksin ylimpiin kerroksiin. Minua päästä varpaisiin mittailevan ymmärtäjäkuivakiskoisuuden tapaaminen tuottaa vain sisäisen raivokohtauksen, joka purkautuu pyörremyrskymäisellä lähdöllä kuulustelupöydästä. Jaa-a.

– Onko teillä läheistä, joka - -.

Rikostutkijakin saa paremman kontaktin mahdollisesti sähkötuoliin päätyvään epäiltyyn. Vai oliko poliisisarjoihinkaan luottamista? Niissä pidätettyjen oikeudet vaihtelivat pidättäjän persoonan ja maan oikeuskäytännön mukaan, vai käsikirjoittajako niistä päätti! Kuka kertoisi satimeen jääneen oikeudet? Kuka ymmärtäisi, lohduttaisi.

– Minä haluan vain tietää saanko elää, käännyn majesteettisesti lausahtamaan ovella rynnätessäni ulos ammattiauttajan huoneesta hisseille.

Olen raunioina – ja raivoissani, ajattelen porhaltaessani takaisin Dagmarinkadulle. Minun on siedettävä pimeä, kestettävä jää ja kylmä. Edessä on Antarktis.

Sairauden ennuste selviäisi vasta leikkauksen jälkeisissä kokeissa. Niin, ja aina oli myös mahdollisuus, että potilas herää leikkauksen jälkeen suurempi kolo kehossaan kuin ennakkoon suunniteltu. Ja leikkausta saisin odottaa vielä viikkoja.

10. Pitsinnyplääjä

Luonasi Jalavatiellä oli hyvä olla. Kissasi retkotti kainalossasi, minä sylissäsi. Löysäilimme. Kunhan lehtiröykkiöt saatiin ulos niin, että ruokapöydän sai katettua meille ja lapsillesi, viikonloppukylään äitinsä luota tulleelle Aleksille ja omilleen muuttaneelle Ainille.

Rönsyliljat rehottivat, ja sommittelin versotöyhdöistä ja kivistä asetelman isoon, matalaan vatiin olohuoneen pöydälle. Pöpö litki siitä vettä. Seuraavana viikonloppuna Aleksi välitti tiedon, että entinen vaimosi Venla vaati rönsyliljoja itselleen. Istutin versot ruukkuihin ja Aleksi vei ne äidilleen.

Nautin talosta, tästä uudesta maailmasta, kaupunginosasta, jossa oli pientaloja ja luontoa, somia pihoja ja oikukkaita katuja, joita autolla pujotellessani järjestään eksyin. Kun turhautuneena illan pimeässä soitan sinulle ja sanon olevani umpikujassa, pyydät minua odottamaan, olet jo tulossa, vaikka ajo-ohjeiden avulla uskoisin olevani nopeammin luonasi. Sukellat yllättävästä suunnasta kasvot etulasiin kiinni, ja purskahdan nauruun.

Opettelin labyrinttia luoksesi pitenevien päivien myötä. Sitä iloa ajaessani pienen Peugeotini Jalavatien pihaan, parkkipaikkaan korkean kuusen alle. Sitä iloa kiiruhtaessani ovelle, joka usein oli lukitsematta, ja luotisuoraan kaulaasi. *Raks!* Aina sama ilo päästyäni lähellesi.

Olen saanut sinut sytyttämään olohuoneen takkaan tulen, jota siinä ei ole nähty kai vuosiin. Olemme saunoneet kolmisin Aleksin kanssa, ja nyt hän on rakentanut olohuoneen lattialle autoratoja pahveista ja väsähtänyt.

Pieni Aleksi on ilmetty isänsä sinisine silmineen ja vaaleine hiuksineen. Taidelukiota käyvä tyttäresi Aini taas on tullut tummahiuksiseen kaunotar-äitiinsä.

Aini lähtee kotiinsa, sinun isäsi hänen käyttöönsä antamaan yksiöön keskustassa, ja Aleksi menee sänkyysi. Kannat hänet myöhemmin omaan huoneeseensa.

Alkuun Aleksi nukkui kanssamme viikonloppuvierailujensa aikana, kunnes ehdotin, että hän alkaisi totutella omaan sänkyyn. Siivosin Aleksin huoneen, petasin pikku sängyn, muovialus yöllisiä pissan karkaamisia varten levitettiin aluslakanan alle ja Oskari, Aleksin pehmokissa, asetettiin tyynylle. Otimme tavaksi mennä yhdessä toivottamaan villiviikarille hyvää yötä. Annoin hyvänyönsuukon ja sinä tarinoit pojan uneen loikoillen hänen vieressään.

Iltasatusi ovat yllättäviä ja absurdeja, keksit ne kertoessasi. Osaat runojakin, äitisi oli opettanut, ja lausut ne taianomaisella, viettelevällä äänelläsi. Kuuntelen tarinointiasi kuin Liisa ihmemaassa katsellessani vaihtuvia kuvia taulutelevisiosta olohuoneessa. Minä en ollut kotona kuullut runoja, oliko luettu satujakaan. Koti, jossa ei satuiltu.

Myötäsi maailmaani on tullut uusia ihmisiä. Perhe.

Laitat Nat King Colen levyn soimaan ja rojahdat viereeni sohvalle.

– Minä tapan sinut, jos sinä kuolet, veistelet ja tunnen, etten pelkää mitään, jos sinä rakastat minua.

Asettelen torkkupeittoa päällemme pesäksi ja käperryn kainaloosi. Olo on saunasta ja huoneeseen soljuvasta musiikista raukea. *Mona Lisa, Mona Lisa*, hellä ääni ja kaihoisa sävel virittävät melankoliaan. Kuinka romanttista, jazzahtavaa musiikkia joskus tehtiin. Hymyn ikuinen mysteeri, vietteleekö se vai peittääkö särkyneen sydämen? Hymyn taakse voi kuvitella mitä tahansa.

– Miksi hymy on muka niin arvoituksellinen?

– Hymy kertoo enemmän kuin silmät, sanot.

– Minä rakastan molempia sinussa.

– Sinun silmissäsi palaa taivas ja maa, sanot ja punehtuneilla kasvoillasi värähtää hymy. Katsot minuun vedensinisillä silmilläsi. Ne kimaltavat. Piilotat pääsi syliini.

Mona Lisan loppusäkeet iskevät asiaan. Oletko aito ja todellinen vaiko kylmä, kaunis ja yksinäinen taideteos? Silitän päätäsi. Sinä itket, ja minä olen onnellinen.

Televisiosta on alkamassa minua kiinnostava elokuva, mutta tiedän sinun nähneen sen. Et sinä vapaa-ajallasi halunnut katsoa elokuvia televisiosta. Näytit minulle mieleisiäsi elokuvia dvd-kokoelmastasi – ja se oli juhlaa, kun sunnuntai-iltapäivisin hiljennyimme taidenautinnon ääreen. Ei sinua häirinnyt, vaikka olit nähnyt *Sinisen, Punaisen* ja *Valkoisen, Viisi vuodenaikaa*. Katsoit niitä kanssani, puuhasit välillä keittiössä valmistellen ruokaa, ja minä kehräsin ja ojentelin itseäni sohvalla hartaana runsaasta tarjonnasta.

Niin, se oli juhlaa, kun *Betty Bluen* lyhentämätön kolmituntinen versio toimi aperitiivina verkkaiselle, viinin siivittämälle päivälliselle. Miten uusin silmin näin hullun rakkauden kuvauksen. Traagisesti. Miten olin saattanut huvittua rantatalon tuleen roihahduksesta? Ikään kuin se olisi ollut elokuvallinen tehokeino, karrikoitua tunteen paloa.

Ja huomasin miettiväni, miksi elokuvissa tunteet piilotettiin toimintaan. Ikävistä tunteista ei puhuttu. Tunteet tukahdutettiin juonen käänteisiin, kuten *Betty Bluessa* siihen, että mies tukehduttaa rakkaansa tyynyllä kuoliaaksi. Luotako minuun? Huh! Vie hengiltä, tunne!

Mihin tunteiden mitätöinti perustui, mietin Jalavatiellä kävellessäni pihaa ympäri, vastaten ystävättärien puheluihin ja lopettaen ne nopeasti kun puhe kääntyi tulevaisuuteen. En halunnut kertoa sairaudestani liikoja, tai välttämättä mitään, en sopia tapaamisia tai jutella suunnitelmista. Tuleva oli sameaa, läpitunkematonta utua, jota valaisi vain yksi tähti.

Tunteita käsiteltiin mitättömästi siihen nähden, miten ne ohjasivat elämää. Ei tunteille ollut tarpeeksi sanojakaan. Ja kuka tiesi tekojen ja tunteiden yhteyden, oliko niiden välillä selkeä yhtälö?

Siunasin mielessäni Kieslowskia, yhtä harvoista, joka uskalsi surun ja yksinäisyyden ytimeen. Kuvasi tunnetiloja. Tunnekylmyyttä ruokittiin jo tarpeeksi viihteellistämällä raakuus, kuohahtelin mielessäni. Mutta enhän itsekään halunnut rasittaa muita kärsimyksilläni. Tunteillani! Kiersin kehää pihalla ja päätin mennä sisälle.

– Olen toivonut, että minulla olisi sisaruksia. Isoveli olisi huippu. Nojaudun sinuun ja kierrän käteni reiteesi.

– Olisi joku, joka tuntee toisen niin hyvin, ettei tarvitse selitellä mitään. Joku, joka olisi aina tukena ja turvana.

– Symbioottista.

– Sinäkin olet ainoa lapsi, kannamme samaa taakkaa, naurahdan ja painan pääni olkapäällesi.

– Sehän selittää itsekeskeisyyden!

– Minun äitini ei koskaan pitänyt sylissä, paijannut poskea, äänessäsi särähtää.

Tunnistan sinussa omia haavojani. Samoja sanattomia tuntemuksia. Sanat tulivat myöhemmin – ja syy-yhteydet.

– Ja syyllisti minut.

– Äitini marmatus hermostutti minut kerran niin, että huitaisin häntä monolla polveen, jatkat.

Hymähdän.

– Hän valitti polveaan pitkään ja väitti sen johtuneen iskusta. Kun hän sairastui syöpään - -.

– Älä jatka. Minäkin syytin itseäni kun äitini kuoli, huokaan ja päätän, etten koskaan syyllistä sinua mistään. Paijaan poskeasi.

– Kehän voi katkaista, ei maailman tarvitse pyöriä samaa kaavaa. Ja unelmat ovat toteutettavissa. Puristan reittäsi. Sinun unelmasi – meidän, ajattelen.

– Sinun elokuvasi, sinä ohjaat, sanon painokkaasti ja tavoitan katsettasi, mutta sinä nouset ja menet keittiöön. Viivyt, ja kuulen oven kolahtavan. Tulet takaisin sohvalle vesilasi kädessäsi.

– Muistatko laulun sanat *"kosketuksen puutetta ei voi mikään korvata"*? Hörähdämme nauruun.

– Lauluissa on lupa ilmaista tunteita, oikein räytyä, ooppera-aarioissa ne vasta roihuavatkin, huomautan.

Lapsuutemme tunnekylmyys. Koteloituneiden sukupolvi. Tunteita ei ilmaistu, taisi olla maan tapa. Mitä kaikkea peiteltiinkään, ja millä seurauksella? Vasta nyt aikuisinako osasimme pukea tunteemme sanoiksi? Kun ilmapiiri oli muuttunut?

Se ei satu, mistä ei tiedä, pohdimme. Vasta kun tietoisuus kasvaa, osaa kaivata sellaista, mistä ei ole ollut osallinen.

– Mitä tuhlausta olla osoittamatta tunteita, paijaan taas poskeasi.

Ne ovat aarteita, jotka pitää löytää ja jakaa, tuumaamme.

– Olet aarteeni.

– Olen arkkusi, sanot ja hymähdän.

Smile, though your heart is aching, smile even though it's breaking, kuuluu kaiuttimista.

– Vaikka sydän märkänis. Varastaneet karjalaisesta kansanperinteestä, virnistät minulle.

– Rynnit sieltä surun ja säryn läpi, loikkaat isosti, jatkat ja otat ankaran ilmeen.

– Väännä nyt se hymy naamalle, mieluummin hyvällä! Minua alkaa naurattaa.

Tyhjenen kevyeksi, eikä mikään kiristä, kun katsomme toisiimme. Jaksan odotella leikkausta, jaksan epävarmuuden. Jaksan mitä vain, kun sinä olet.

Haet keittiöstä lounaalta jääneitä täytettyjä paprikoita ja kaadat laseihin viiniä. Kohennat takkatulta. Poskeni hehkuvat.

– Minua karaistiin lapsena. Äitini uskoi, että liiallinen vaatteisiin tälläytyminen altisti sairauksille. En vieläkään palele kylmässä, sanot tarttuessasi viinilasiin ja ajattelen, että minut puettiin myssyä, kaulaliinaa ja lapasia myöten lämpimästi.

– Äitini letitti hiukseni aamuisin, ja kun hän ei kerran ehtinyt vetää niitä edes hölläksi pitkoksi niskaan, olin hädissäni, sanon ja muistan saamani katseet. Kouluun vyötäröön ulottuvat hiukset valtoimenaan liehuen, yhtäkkiä toinen tyttö.

Kerron sunnuntaista, ainoasta aikuisten vapaapäivästä. Äiti touhuaa aamulla keittiössä ja vanhempien harvinainen, ylellinen läsnäolo virittää läheisyyden kaipuun. Yritän sängyssä lukevan isän luo ja tämä työntää pois. Vaakasuora liike kuin viilto, pudotus syvä kuin rotko.

– Irrotin leikkipuiston keinussa otteen kaaren korkeimmassa kohdassa ja lensin leuka edellä soraan ihan vaan, että penkillä lukeva isäni nostaisi katseensa kirjasta, sanon ja katson sinuun.

Niin, ne haavat, kun pyrkii lähelle ja tulee torjutuksi, kun putoaa eikä kukaan ota kiinni. Tiesit mistä puhuin.

– Kerran suutuin ja karkasin kotoa ikiajoiksi. Kiersin katuja tunnin pari ja palasin kotiin, hymähdät, ja ajattelen, kirjekyyhkyseni, et ole pitkävihainen.

Tutkit leukaani ja sanot, ettei valkoinen viiruni ole mitään verrattuna kyljessäsi olevaan viiltoon ja vedät paidan päältäsi. Kissan paijaamisesta, ulkomailla, selität taas kerran. Rapsutan lapaluusta kainaloon kaartuvaa pitkää valkoista juovaa ja ajattelen, että ulkoiset arvet eivät kerro suhteesta sieluun jääviin.

Kerrot olleesi pienenä viikkokausia eristyksessä sairaalassa ja näytät vanhasta lääkärikirjasta pientä kuvaa vauvasta, jonka kasvoja repii itku. Se olet sinä. Havainnollistamassa muiden yhtä kamalien kuvien joukossa vauvojen vitsauksia. Oletko sinä todella tämä vauva? Läimäytän kirjan kannet kiinni.

– Sinulla oli naisesi kesäpaikassanne Hämeessä, naissukulaiset, jotka olivat ihastuksissaan sinusta, hellivät ja häärivät, olit niin kaunis pieni poika. Ja ne kaunottaret festivaaleilla, Armaani, sanon. Olit kertonut filmitähdistä, joiden kanssa olit viettänyt pitkää iltaa.

Olin kutsunut sinua monilla hunajaisilla hellittelynimillä ja saanut osakseni mulkaisuja. *Armaani*. Ärsyynnyit siitäkin. Sinäkö jokin italialainen tuotemerkki, muotipelle, mutta kun sitkeästi käytin sitä, taivuit. Sinä olit armaani.

– Piti olla *cool*, vaikeasti tavoiteltava, sanot ja lisäät, ettet ollut ikävä kyllä ymmärtänyt nuorempana viehätysvoimaasi.

– Etkö todellakaan?

– Kukaan ei koskaan kertonut, sanot, ja ajattelen, että voi olla yllätys tajuta oma vetovoimansa. Yllätys voi aiheuttaa myös torjunnan.

– Tunnistit kai kuitenkin omat tunteesi?

– Miten niin? Kaadat lisää viiniä laseihin ja näykit paprikaa lautasella. Katsot minuun.

– Miksi et mennyt nuorena naimisiin?

Sinä olit mennyt ensimmäisen kerran naimisiin parikymppisenä.

– Kun tajusin, että naiseus ei riitä – itse asiassa se rajoitti. Halusin opiskella, olla jotain enemmän, sosiaalisellakin asteikolla. Janosin elämää, nähdä maailmaa, halusin jotain - -.

Jotain, jota ei ehkä edes ole, jätän sanomatta.

Opinnot, ura, menestys, korskeasti eteenpäin. Piti olla tutkinnot ja asema, yliopistolla oltiin luokkatietoisia ja päämäärähakuisia. Arvostettuun ammattiin, kiinni rahaan. Miksi kiirehtiä sitoutumisessa? Kun oltiin niin tavoiteltuja. Kunnianhimoisia. Parempi sauma voi odottaa nurkan takana, lapset ehtii myöhemmin. Aika ei ollut romantiikan.

Jos olin ihan rehellinen, minua oli hirvittänyt. Olin pelännyt ylimielistä itseriittoisuutta, snobismia, tähän etuoikeutettujen ryhmään kuulumisesta seuraavaa ahdasta ajattelua ja naiskuvaa. Kun kotibileissä uima-altaaseen tyhjennettiin viinapulloja, kun kirjahyllyt kaatuivat seiniltä, kun tyttöjä painostettiin makuuhuoneisiin, riitti kun iski silmänsä, suu irveessä survaisi, raju otto kuin raiskaus kävi rakastelusta. Kosioriitit olivat turhanaikaisia, hyveellisyys hapatusta, rumia irvittiin, hitaille naurettiin, tyhmästä vastauksesta sai idiootin leiman ja se oli vapaamielistä ja hauskaa. Kun päteminen oli valttia ja tunteet heikkoutta. Ja kauniit sanat tarpeettomia. Minulle rakkaus, ja rakastelu, oli pyhää.

En ollut mennyt nuorena naimisiin, koska kukaan ei ollut rakastanut minua. Ainakaan osoittanut sitä, lujaa. Tarpeeksi lujaa.

11. Rhapsody

Ostit minulle kultaiset helmikorvakorut ja veit minut katsomaan elokuvaa *Tyttö ja helmikorvakoru*. Järjestit meille aition, varasit syötävää ja juotavaa kuin piknikille. Kuninkaalliset kaksin juhlanäytöksessä. Ostit kirjankin, kirjoitit siihen omistuskirjoituksen. Olit nähnyt elokuvan ja antanut sille viisi tähteä. Sanoit, sinun pitää nähdä se, meidän yhdessä, äänessäsi karheutta. Sanoit, tiedän, että sinä ymmärrät.

Kierrän käsivarteni käsivarteesi, puristan reittäsi elokuvan ensimmäisen kuvan iskeytyessä laajakankaalle. Saan tehdä matkaa kuviin kanssasi, rinnakkain, kaksin aitiossa kuin säihkyvässä tähtisateessa. Helmikorvakorut korvissani.

Muistan sydämeni sykkeen aiemmin keväällä, kun löysin sinut päivällä samasta Bristolin aition pimeydestä.

Olin päättänyt tulla yllättäen ennakkonäytökseen, johon olit sanonut meneväsi. Olit maininnut istuvasi vakioaitiossasi. Omassa ylhäisyydessäsi, olin ajatellut. Elokuva oli jo alkanut ja odotin katsomon käytävällä, että valkokangas valaisisi aitiot. Olithan sinä siellä, välähdit esiin, syvälle tuoliin vajonneena. Ryntäsin turkin helmat viuhuen aulan kautta koputtamaan aition ovea, jossa vastassa oli yllättäen kollegasi vihainen kasvo. Suljin jo ovea, kun huusit nimeäni. Vedit minut syliisi kuin olisit sinäkin ikävöinyt. Kiedoit käsivartesi harteilleni, ja kollegasi valahti alemmas nurkkatuolissaan.

Onko mahdollista taantua hetkessä pikkutytöksi, kokea spontaania iloa läheisyydestä, ajasta ja paikasta piittaamatta. Muusta maailmasta! On, se täyttää syvän tarpeen ja elämä sädehtii. Sain olla suppusuu, lellikkisi, ja valkokankaan valot ja varjot leikkivät kasvoillamme.

Elokuvat tarjoavat todellisuuden, jonne unohtaa omansa. Minä olin lapsellisen iloinen löydettyäni uuden todellisuuden sinusta, turvapaikan rakkaudestamme. Valkokankaan rajaamassa maailmassa me kaksi, kaksinkertainen piilo, niin ajattelin. Pakenimme kuin suurta kuivuutta seuranneen metsäpalon alta.

Mutta nyt olemme saapuneet yhdessä katsomaan elokuvaa. Se on alkukuvista lähtien kaunis kuin koru. Hiveleviä interiöörejä, pukuja, kaupunkikuvia ja värit, kuvakompositiot suoraan Vermeerin maalauksista. Miten vahvasti komea ja ryhdikäs Vermeer on läsnä silloinkin kun hän ei ole kuvissa, jopa niin että häntä odottaa, ja ikävä kasvaa, kun häntä ei jo kuulu, sillä niin kaikki pyörii hänen ympärillään: talon naiset, talon talous ja taide. Ja kun hän sitten ilmaantuu oviaukkoon tai huoneeseen kuin maalaukseensa, vaikka vain vilahtaa jo kadotakseen, hän valaisee ja täyttää tilan.

On täysin mahdollista, että roolihahmo on niin aito ja vangitseva, että muuttuu todeksi, astuu valkokankaalta ja tunnet hänen hengityksensä vierelläsi.

Jan Vermeer oli ollut suosikkini siitä lähtien, kun silmiini osui kuvia hänen töistään mielipaikassani, taidehistorian laitoksen kirjastossa, yliopiston päärakennuksen ylimmässä kerroksessa. Hurmaannuin kuvien tunnelmasta ja tuijotin arvokkuutta henkivässä ajassa eläneitä naisia, milloin kirjettä lukemassa, milloin sitä kirjoittamassa, sensuellisti hehkuvassa punaisessa hatussa, soittamassa kitaraa tai sovittelemassa helmikaulanauhaa. Oli kuvien joukossa taiteilija itsekin, mallia maalaamassa – selin, sääli kyllä, ja vain etäisenä heijastuksena peilissä.

Vermeer tarkasteli naisia hienovaraisesti, kunnioittaen etäältä. Kuin hiipien tilanteisiin, vaivihkaa, kärsivällisesti odottaen. Todellakin, monessa maalauksessa huokuu vahva odotus. Ja monessa on vihje johonkin – luvattomaan, salaiseen – tunnesiteeseen? Tunnetta ja jännitteitä tihkuvia tilannekuvia.

Sinä tiesit intoni Vermeerin, epookkiin ja rakkaustarinoihin ja saatat siinä vakiopaikallasi painaa pääsi rennosti olkapäätäni vasten ja sulkea silmäsi. Katson kasvojasi valkokankaan heittelehtivässä valossa ja ajattelen, kuinka kauniit ne ovat, kuinka komea olet, hypnoottisesti saman oloinen kuin miespääosaa, tätä sisäistä latausta viileän kuoren alla pidättelevää taiteilijaa esittävä suosikkinäyttelijäni. Minä nautin tarinasta sinunkin puolestasi, kun torkahdat siinä vierelläni. Hipaisen pisarana korvassani roikkuvaa helmeä ja antamasi koru heilahtelee painavana. Ja minä ymmärrän, mitä haluat minulle kertoa elokuvan kautta.

Voi puhdassieluista, aristelevaa piikatyttöä, voi Vermeerin kytevää, tukahdutettua halua, voi aviovaimon hillitöntä mustasukkaisuutta. Voi olosuhteissa jyräytyvää tunteen paloa.

Onko rakkautta koskaan kuvattu yhtä vähäeleisesti, melkein piilottaen. Kuin salaisuutta, joka taiteilijan ja hänen mallinsa suhde elokuvassa onkin. Heidän taiteen ja kauneuden tajunsa, rakkautensa ja siitä pidättyminen. Helmi, luonnon ihme. Kuin rakkaus, lahja. Harvinainen aarre, syntynyt ja piilossa simpukan sisällä, heidän rakkautensa.

Pakahduttavinta on, että rakkaus kantaa epäsäätyisyyden, välimatkan, ajan ja arjen yli. Huipennuksena taiteilijan mallilleen lahjoittama helmikorvakoru.

Kaunis syntyy ja kasvaa, olosuhteiden oikusta, hiljaa kätkössä, eikä kukaan näe prosessia. Ja kun se löytyy, se ei koskaan katoa.

Pidit elokuvaa mestariteoksena.

Sitä se oli. Vermeerini.

12. Kaipuun punainen hetki

Palaan Vincentin kanssa Koffin puistosta Pursimiehenkadulle. Punapehkon näkeminen kaupassa oli saanut minut kuumenemaan. Pieninkin viittaus liitelijään sysäsi minut ajatusmyrskyyn, jossa tempoili sitkeänä säikeenä epäusko tapahtuneeseen.

Kuinka saatoimme olla nyt tässä tilanteessa! Kuinka voimakkaana olin rakkautesi tuntenut, kuinka paljon saanut sinusta voimaa. Hälvensit kuolemanpelkonikin. Ja minä olin luonut meille oman kodin, sataman, jonne ankkuroitua. Mutta kiinnikkeet - -, ne olivat pettäneet.

Kiihdytän askeleitani ja nousen portaat kolmanteen kerrokseen hakemaan kissan, joka on lähdettyäsi jäänyt minulle.

Otit mitä halusit, vaadit kissaakin, mutta Theoa en sinulle antanut. Veljeksillä on side toisiinsa, haluatko senkin katkaista, taisin korottaa ääntäni.

Theo ei vastustele, ei hätäänny, kun nostan sen häkkiin. Ovatko kissat noin vain vietävissä, ikään kuin tajuttomia siitä mitä niille tapahtuu? Eivätkö ne reagoi kun elintila, johon ne ovat tottuneet, kutistuu häkiksi?

No, Theo laskee alleen autossa matkalla puutarhaan, mutta pianhan se vapautuisi.

Huristan pitkin Kulosaaren siltaa, taivas alkaa varovasti aueta, Vincent istuu ylväänä takapenkillä ja katselee merelle Mustikkamaan suuntaan. Siksi kai eläimet ovat hellyttäviä ja niitä rakastaa niin paljon, kun ne ovat kovin luottavaisia. Niiden olemassaolo ja hyvinvointi on ihmisen varassa. Niitä ei voi pettää.

Silmissäni välähtää punaista.

Hieno, viisas ihminen – sinun on täytynyt menettää järkesi, väännän rattia voimalla ja jarrutan kurvatessani Kipparlahteen. Mieleeni on kimmahtanut toinenkin kommenttisi.

– Sinä ajat minut hänen syliinsä.

Itse sinä sinne kävelet – tämän työttömänä tai pätkätöissä heittelehtivän, lisurillaan ratsastavan onnenonkijan, tämän *Titanicissa* lepattavan lepakon syliin. Mitä sillä oli menetettävää, ajattelen ja lyijyä valuu vereeni. Ei kunniantuntoa, ei säädyllisyyttä, se syli on musta. Miten se voi elää sovussa itsensä kanssa, ei – en ajattele tätä vyyhteä, en nyt.

Pysäköin auton parkkialueelle ja kannan kissan, kassit ja kirjoitusvälineet puutarhamökkiin. Vincent hölkkää hihnassa tuttua reittiä. Puran ruokaostokset jääkaappiin ja liitän tulostimen lasikuistin pöydälle asettamaani kannettavaan. Theo seuraa minua keittiöön kun avaan viinipullon. Olen asettumassa taloksi ja aion nauttia sen kunniaksi lasillisen eläinkuntani kanssa. Uudessa kesäkodissamme. Siitä olin aina haaveillut, siirtolapuutarhamökissä asumisesta. Joskaan en asumuseron alkajaisiksi.

Aurinko piilottelee pilvissä. Siemaisen viiniä ja vajoan lepotuoliin.

Meidän avaruuden täydeltä räiskyvät revontulemme! Missä vaiheessa riemullinen hehku alkoi häilyä kuin arvaamaton, petollinen virvatuli? Milloin sanat ja teot alkoivat korventaa, milloin tunteet kyteä vaarallisesti?

En saa kiinni syistä, en seurauksista. Olin halunnut selvitä sairaudestani, ja jos ja kun selviäisin, saada itsevarmuuteni ja ulkonäköni kohdalleen. Odotin toipilasaikana niin kovasti kevättä, vapautumistani väsyneen vangin tilasta – hoidoista ja niiden sivuvaikutuksista. Halusin päästä elämään kiinni. Sitten voisi järkeillä, jos nyt oli jotain järkeiltävää. Mitä järkeiltävää tunteissa oli?

Sinä seisoit rinnallani ja minä olin toipunut pelosta, jonka saattoi torjua kun oli rakkaus. Toinen ihminen voi sammuttaa kauhun huomisesta.

– Moni mies ei olisi mennyt kanssasi naimisiin, sanasi kimpoavat jostain kaukaa. Ne olivat oudoksuttaneet minua, vaikka uskoin ymmärtäväni, mitä tarkoitit.

Epähienouksia, tahallisiakin, oli kertynyt kummankin tilille. Vaaka-kupit olivat varmaan heilahdelleet tasoihin.

Aurinko soljahtaa kultaisena pallona pilvestä, Vincent on sijoittunut sfinksiksi vierelleni. Theoa ei näy. Suljen silmäni. Olen itse suoraviivai-nen, teeskentelemätön. Miksi en kestäisi samoja piirteitä toisissa? Enkö näe asioita toisten kannalta?

Sinä olit karaistuneempi kuin minä, pumpulinen. Silti herkkä, ro-mantikko. Niin olin ajatellut. Missä suhteessa sinä erehdyit minusta, mielessäni välähtää. Ja minä itsestäni!

Oli paljon, mitä en vielä ymmärtänyt. Tajuaisin olennaisen, kunhan kokoaisin ajatukseni ja tapahtumien kulun. Havaitsisin vaaran merkit, ymmärtäisin milloin olisi pitänyt toimia toisin, sanoa toisin – herätä, etten olisi jäänyt niin yksin. Nyt muistan vain mitä olen tuntenut, mie-luummin sen kauniin, niin tuskallista kuin sitäkin on muistaa. Paijaan hitain vedoin koirani päälakea ja unohdun menneeseen, joka on kier-tynyt nykyhetkeeni tiukkana rihmastona.

Niin kiihkeästi kuin odotimme Kreikan matkaa!

Lähdetkö kanssani Amorgosin saarelle? Lähden! Olimme molemmat yhtä intomielisiä ja nopeita. Tuliluonteita! Olit aina valmis ehdotuksiini, rakkaani.

Olimme päättäneet matkasta jo ennen käänteentekevää diagnoosia. Minut oli määrä leikata ennen lähtöä, mutta siirsin sen paluumme jäl-keiseksi päiväksi. Halusin tehdä ensimmäisen yhteisen ulkomaan mat-kamme ehjänä – tapahtukoon sen jälkeen mitä tahansa.

Lähtöä edeltävänä iltana ajoin matkatavaroineni luoksesi Jalavatielle. Aamulla otimme taksin lentokentälle, lensimme Ateenaan ja jatkoimme sieltä bussilla Pireuksen satamaan. Pörrättyäni selvittämässä laivayhte-yttä sinun vahtiessasi matkatavaroitamme baarissa nousimme laivaan, joka olisi yöllä perillä. Matka oli raskas, mutta leijuimme kevyinä kuin ilmapallot. Edessä viisi päivää rakkauden saarella ja sitten pari päivää Ateenassa, Plaka ja Akropolis. Ihana matka.

Laivassa Pireuksesta Amorgosiin junailet meille hytin melkoisen kalabaliikin jälkeen, sillä niitä sai vain yli vuorokauden kestäville matkoille. Kun pääsemme Amorgosissa hotelliin, saaren ainoaan, ilmoitat suurieleisesti ja kantavalla äänellä meidän olevan häämatkalla. Tästä riemastuneena hotellin johto antaa meille kattohuoneiston siivessä, josta avautuu kolmeen suuntaan pelkkää turkoosinhohtoista merta. Terassille tuodaan samppanjaa, tähdet tuikkivat tummalla taivaalla. *Skål!* Lomamme oli alkanut, ja tyylillä.

Kukaan ei ihmettele, kun meitä ei seuraavana päivänä näy. Illaliselle menemme ja saan hoidettua seminaarimatkan virallista puolta, esittäydyttyä ja perehdyttyä ohjelmaan. Minusta on hauska tutustua eri puolilta maailmaa tulleisiin taiteentuntijoihin, historioitsijoihin, vanhan tavaran keräilijöihin ja entisöijiin.

Sinusta ei. Sanot, ettet kuuntele tylsiä luentoja, et istu bussissa tutustumassa luostareihin, et seurustele sulavien keinottelijoiden kanssa. Et osallistu yleensäkään ohjelmaan. No, en minäkään sitten – tai jos kuitenkin. Olemme keitaalla, emme autiolla saarella.

Hotellin illalliset alkavat kymmenen jälkeen. Pöytiin kannetaan viiniä ja leipää, ja sitten seuraa kolmen ruoan menu. Sinä tilaat omaan laskuun hienoimpia viinejä. Ensimmäisenä iltana pöydässämme istuu korukauppiaaksi esittäytyvä Winston, lämpimästi hymyilevä kiinalainen mies. Seuraamme kiinnostuneina, kun hän ottaa esiin rasian, jossa loikoilee helmiä rivissä. Helmiä, katson sinuun merkitsevästi.

Tunnistatteko jäljitelmän viljellystä? Aidon?

Winston huomaa tietomme hatariksi ja selvittää nopeasti helmien hierarkian. Saamme havainnollisen oppitunnin makeanveden ja Etelämeren helmistä, *Akoya*-helmistä, sileäpintaisista *Majorica*-jäljitelmistä ja siitä, kuinka aidot ja viljellyt erottaa jäljitelmistä pinnan perusteella. Miten huomaamaton aito helmi on kultivoidussa seurassaan, ajattelen. Ei jäljitelmiäkään silmällä erota.

Winston hankkiutuu seuraavinakin iltoina pöytäämme. Sitten sopivana hetkenä, kun illallinen on lopuillaan, hän kysyy, mikä on tärkein paikka ihmisessä.

Katson sinua kulmakarvat koholla. Mielessäni välähtää ilmiselvä vastaus, kun Winston aloittaa tarinan, jossa tärkeimmäksi paikaksi osoittautuu olkapää.

– Siksikö, että olkapäät kannattelevat päätä? Winston katsoo meitä. Emme yritäkään vastata.

– Ei vaan siksi, että olkapää kannattelee murheissaan olevan läheisen päätä, kun hän itkee, Winston vastaa.

Vien käteni reidellesi ja katson sivusilmällä sinuun. Kaunis päätös tarinalle, ajattelen, mutta Winstonin ilme tietää jatkoa.

– Ihmiset unohtavat, mitä sanot ja mitä teet, mutta he eivät koskaan unohda sitä, mitä saat heidät tuntemaan. Miehen kasvot leviävät hymyyn kuin hyvän työn jälkeen.

– Viehättävä tarina, kiittelen, hymyilen sinulle ja sinä tirskahdat.

Winston, Ateenassa työskentelevä mies, jolla oli elätettävänään perhe Kiinassa. Winston, joka huolehti, että saimme taksin Pireuksesta Ateenaan hänen itsensä jäädessä seisomaan liikenteen kaaokseen, kun me kaasutimme eteenpäin. Sinulla oli kiire eikä kyytiimme mahtunut – ja Winstonilla taisi olla matkatavaroitakin, kuten huomioit.

Kauneimmat ajatukset lentävät höyheninä tuuleen.

Kun ystävättäret Suomessa kysyvät matkakuulumisia, kerron Winstonilta kuulemamme tarinan siitä, mikä on kehon tärkein kohta. Saatan vielä mainita päivien Amorgosissa olleen helmeileviä. Epäusko ja pettymys, niin, kaikki matkalla ilmennyt, se muu, se pitäisi setviä myöhemmin.

13. Porvariston hillitty charmi

Kihlajaisiamme vietämme kolmisin parhaan ystäväsi Benin kanssa Dagmarinkadulla. Pyyhällätte sisään riemukkaasti etuajassa kuin purjehtijat maaliin voimallisessa myötätuulessa.

– Pusupari, Beni hykertelee, kun suukotan sinua ja siirrän kiireesti keittiöstä maljakollisen liljoja ruokasalin pöytään, jolle puratte tuomisenne. Beni on hauska mies, josta pidän heti. Hän on hauskannäköinen ja hänellä on tumma tukka ja pehmeä ääni.

– Pidämme molemmat kauniista, hymyilen Benille, joka silmäilee kirjahyllyssä näyttävästi esillä olevia taide- ja sisustuskirjoja.

Sinä istuudut komeana vakiopaikallesi pöydän päähän. Vaaleat suortuvat kehystävät lennokkaasti kasvojasi, joilla loistaa leveä hymy. Miehet pukeutuvat usein yhdentekevästi, mutta sinulla on silmää väreihin ja yksityiskohtiin. Nyt olet kietonut löyhästi sinisen, valkopilkullisen silkkihuivin kaulaasi. Se on tehokas sinivalkoruudullista paitapuseroa ja tummansinistä bleiseriä vasten.

Beni siirtyy tuijottamaan alaluokilla tekemääni värikylläistä liitupiirrosta leijonan päästä.

– Armaanin mielestä se on mestariteos. Olkaa kuin kotonanne, huikkaan mennessäni keittiöön.

– Minusta saa hyvän miehen rakastamalla, sanot vahvalla bassolla, kun olen tarjoillut alkupalat ja olemme kohotelleet maljoja.

– Saat hänestä hyvän miehen, Beni sanoo.

– Se on totta, Armaani on hyvä mies. Hänellä on sydäntä, hän uskaltaa osoittaa tunteensa, hän osaa rakastaa. Eivät kaikki osaa, tai uskalla, sanon hivenen hengästyneesti.

Minua ujostuttaa näin suora puhe, paatos, mutta tiesin sinun tuntevan herkästi. Olinhan nähnyt kyyneleesi. Saatoit liikuttua katsoessamme televisiota, itkahtaa milloin mitenkin niin odottamatta, etten ehtinyt tajuta, mikä tunteitasi oli sykähdyttänyt.

– Minä rakastan Armaania yli kaiken, ääneni värähtää. Hän on kaikkeni, ajattelen, ja niinhän minustakin saa hyvän vaimon, rakastamalla.

Hypistelen sormustani, se välähtelee nimettömässäni. Leijun keveänä kuin tuulahdus parfyymin tuoksua ilmassa. Olimme päättäneet mennä kihloihin, jos leikkaus menisi hyvin – siis jos kävisi ilmi, että sairaus oli hallinnassa.

Diamonds are for ever, olin hyräillyt sinulle valitessamme kihlasormuksia Karhupuiston kultasepänliikkeessä. Sinä halusit hopeaa, joka vaihtui toivomuksestani platinaan. Itselleni halusin kultaa ja ehdottomasti sädehtivän timantin. Myönnyit, vaikka pidit sormuksia kalliina. Elämä on kallis! Tämän kerran. Tämän yhden ja ainoan, viimeisen kerran.

Oli perjantai-iltapäivä, lääkäri oli soittanut sovitusti koetuloksista ja maailma säteili. Ihan kaikki oli mahdollista! Kaikki kaunis! Odotit soittoani Bristolin ennakkonäytöksen jälkeen, ja minä soitan, olen sydän pakahtuen jo täyttä vauhtia hyppäämässä autoon ja sinä nyyhkit puhelimessa. Astut kyytiini Ateneumin edestä, ja niin me haemme upeat kihlat ja jatkamme ruokakaupan kautta Jalavatielle valmistamaan kihlajaisateriaa. Beni naisystävänsä kanssa on kutsuttu juhlaan, ja jos elämässä on täydellisiä hetkiä, niin silloin.

Onni on hetkissä, ja ne on tallennettava nopeasti kuin valo impressionistiseen työhön. Valo vaihtuu, varjot syvenevät ja maisema muuttuu. Varjoon jää paljon.

Ne juhlat Jalavatiellä keskeytyivät ruokailun jälkeen Benin naisystävän ulosmarssiin. Beni hallitsi tilanteen selittämällä meidän aiheuttavan paineita heidän suhteeseensa tai ainakin naisystävälle, joka oli alkanut puhua löysässä hirressä roikkumisesta ja avioliitosta Benin hämmennykseksi nyt kymmenen vuoden seurustelun jälkeen. Niin, ja, olihan tunnelma ollut riehakas, olinhan täysin pitelemättömästi ollut sinussa kiinni, suukotellut, hakeutunut käsivarsiesi väliin. Olimmehan ihan mahdottomia, naisystävälle tuntemattomasta syystä.

Mutta nyt me juhlistamme kihloja toistamiseen, ja kaadan *Keltaista leskeä* laseihin.

– Miten teidän matkanne Amuur-gosiin sujui? En ole kuullut siitä paljoakaan.

Olet hiljaa, samoin minä.

On vaihdettava puheenaihetta. En puhuisi matkasta, sillä en tiennyt vielä miten valehtelisin tietyt seikat siedettäviksi edes itselleni. Ja, onhan yhteisissä hetkissä aina kaksi, erilaisia odotuksia. Vääriä odotuksia? Matkalla oli ollut kiihkoa, vääränlaista.

– Otin paljon kuvia Armaanista. Hän on niin kuvauksellinen, mustat aurinkolasit silmillä kuin elokuvatähti. Hurmaava Errol!

– Minä katson mieluummin kuvia sinusta. Saako niitä nähdä? Beni kysyy.

Ei minusta ollut kuin yksi kuva matkalta, jonka otit huomaamattani loikoessani bikineissä huoneistomme terassilla. Sanoit, että otat kuvia päässäsi, kun ihmettelin, mikset yleensä välitä ottaa valokuvia.

– Te kun olette niin vanhoja kavereita, kerro mikä Armaanin avioliitossa Venlan kanssa mätti? Vaihdan aihetta ja katson Beniin.

Beni vastaa samoin sanoin kuin sinä samaan kysymykseen aiemmin – jos se nyt oli vastaus. Venla kiristi jatkuvasti rahaa, eron jälkeen elatusmaksujen lisäksi. Oli diiva ja komentelija, valvoi yöt ja valmisteli iltakoulun oppitunteja, päivät puhui puhelimessa. Huusi ja raivosi ja oli ajautunut välirikkoon isäsi kanssa. Oli kutsunut poliisit teille kotiin, vielä joulun alla, kun olit Benin kanssa viipynyt jouluostosten jälkeen oluella ja tullut lahjapakettien kanssa myöhässä kotiin. Lahjat olivat lentäneet lattiaan ja sinä olit paennut isäsi luokse poliiseja.

– Poliiseja! kauhistelen. Kyllä oli yliampuvaa.

Olin vakuuttunut asiantilasta vähän myöhemmin eräänä iltana Dagmarinkadulla. Silloin hääpäivästämme oli jo päätetty ja lapsesi olivat kyläilleet luonani. Pidit tärkeänä, että Aleksi ja Aini hyväksyisivät minut ja että meillä olisi hyvät välit. Totta kai! He kehuivat sinun nauravan ja vitsailevan nykyisin enemmän.

Niin sitten tulet luokseni illalla pizzan ja punaviinipullon kanssa ja äidyt kertomaan kurimuksestasi Venlan pihdeissä. Olet juuri maksanut elatusmaksuja puolelta vuodelta ennakkoon, mutta kinuaminen jatkuu, tuskailet, ja suutun välittömästi. Päätän soittaa Venlalle. Yrität estellä, sanot, ettei siitä mitään hyvää seuraa, mutta haluan yrittää rauhoittaa tilannetta – ja sanoa muutaman sanasen. En ehdi kuin esitellä itseni, kehua kuinka hienoja lapsia teillä on, kun Venla irtoaa nuottiviivastolta.

– Mitä sä tänne soitat!

– Lastenne takia olisi tärkeää, että voisimme sopia asioista ennen naimisiin menoamme - -.

– Naimisiin, ja kirkossa. Ortodoksikirkossa!

– Soitan asiassa. Anna miehesi elää omaa elämäänsä - -.

– Eihän se tullut isäni hautajaisiinkaan, Venlan ääni nousee.

– Vointini ei ole ollut paras - -.

– Tiedetään! Ja puhelu katkeaa. En ehdi sanoa lausettani loppuun. Että vaivani lienevät ohimeneviä.

Istun tyrmistyneenä. En voi uskoa korviani. Enkä tajuta, mitä sanoissa piili. Oliko meillä vielä salaisuutemme – koettelemukseni, jonka voittaisimme yhdessä? Halusin pitää yksityisasiat ominani – kertoa niistä itse, niille, joille halusin – ja tietää, kuka niistä tiesi! Sinä istut jähmettyneenä, sanomatta mitään. Nostat pääsi ja katsot minuun taivaansinisillä jättisilmilläsi kuin olisit saanut korvillesi sinäkin.

– Nyt kai tajuat, minkälainen se on.

Parin päivän kuluttua saan postissa kolmisivuisen kirjeen, jossa minua onnitellaan tekemästäni päätöksestä. *Kun nyt astut avioliittoon ja aloitat elämässäsi...* Luen Venlan selitykset suurperheen rahan tarpeesta, jota minä en hänen mukaansa raharikkaana tietenkään voi ymmärtää. Luen, kuinka moni mies kuittaa elatusavut ennakkoon *kokonaan* (isoilla kirjaimilla), jotta entinen vaimo saa ostettua velattoman asunnon. Venla haluaa varmistaa osansa sinun – entisen miehensä – hiljattain myymästä yksiöstä, käy mielessäni, ja silmäilen jatkon, kommentit elämäntavoistasi ja kuinka olin jo pilannut välini lapsiinne. Vuodatusta ryydittää sopivin välein ytimekäs *sori vaan*.

Kirje oli ilkeä, manipuloiva ja siinä oli jotain verhottua. *Sori vaan,* tähän panetteluun en mene mukaan. Näistä sävelkuluista pitää pysyä kaukana.

– Sinulla on oikeus jatkaa eron jälkeen elämääsi haluamallasi tavalla, sanon näytettyäni sinulle kirjeen ja nähdessäni miten allapäin olet.

– Ei sinun tarvitse olla loppuelämääsi Venlan lypsylehmä. Meillä on oikeus olla onnellisia – rauhassa, sanon kun yhtäkkiä mieleeni tulee, että olit maininnut, että Venla oli ostanut asunnon ja muuttanut talostanne sinun ollessasi lastesi kanssa ulkomaan matkalla. Palasit pyöreitä vuosiasi viettämästä tyhjennettyyn kotiin.

– Heitä se sepustus roskiin, älä lue sitä, sanot. Asia oli siltä erää loppuun käsitelty, mutta mielessäni käy tumman tuulen leuhahdus. Venla oli jättänyt sinut. Miksi? Ja nyt on sitten niin mustasukkainen.

Beni kaataa jääkuutioita lasiin niin, että kolina käy.

– Ei Venla muutu, eivät ihmiset yleensä, hän sanoo ja nostaa lasin huulilleen.

Kyllä voivat muuttua, edes vähän kasvaa kaavoistaan, ajattelen. Onhan maailmaakin muutettu. Vanhasta ei pääse irti, mikään ei muutu, niinkö! En ole saanut täyttä vastausta liittosi kariutumisen syistä, mutta uskon tietäväni sanomatta jääneestäkin jotain.

Haen nipun sinusta Amorgosissa ottamiani kuvia, taustanasi suuret meret, niiden sini. Rajatonta taivasta, ei pilven, ei varjon häivää, ja hymysi lempeä kaari. Näytän vain osan kuvista. Beni selaa niitä, sinä tarkkailet Beniä, ja kun Beni kehaisee jotain otosta, hymyilet hiljaa ja jäät vaeltamaan omiin mielenmaisemiisi. Ja minun katseeni vaeltaa kasvoillasi ja haluaisin seurata sinua kuviisi.

Oman mielensä mukaan menijä, mietin, siihenkin pitää mukautua, ja minä rakastin mielen teitäsi, synkkämielisyyttäsikin. Suutelen sen pois.

Miten hienoa kun on aikaa oppia tuntemaan toinen ihminen – rakkaansa, elämän pituinen yhteinen seikkailu! Meillä oli aikaa hioa särmät, hypyt ja pomput. Meillä oli aikaa hitsautua yhteen, loppuelämä.

Beni katsoo kuvaa, jossa istut ravintolan terassilla meri taustalla ja kaadat aurinkolasit silmillä hymyillen punaviiniä lasiin, murean punakka pala rosmariinikaritsaa koskemattomana edessäsi. Beni viheltää, upea annos – ja otos, tässä kuvassa on kaikki, ja mietin, kuinka paljon yksi kuva voi valehdella.

Tiesin sinusta jo, paljon. Senkin, ettet viihtynyt isoissa seuroissa.

– Haluan jutella yhden ihmisen kanssa kerrallaan, sinun, olit sanonut, ja tajusin sen vihjeeksi, ettet jaksanut ystävättäriäni, sirkuttavaa lintuparvea.

Et ollut mikään sosiaalinen perhonen. Benin kanssa teillä oli hauskaa, haastoitte toisenne sanaleikkeihin, verbaalisiin voltteihin, ajatukselliseen akrobatiaan. Syötitte kierteellä yllättävästi viistoon, otitte hienosti kiinni toisen palautuksesta, juoksutitte hervottomia pelipalloja, hämäten, selän takana kättä vaihtaen, ehtymättä eteenpäin yltyen yhä absurdimpaan ajatuksenjuoksuun niin että lopuksi olitte itsekin tikahtua. Räjähtävät naurukohtauksenne herättivät melkein kateutta. Joskus niille ei tuntunut tulevan loppua ja se kihelmöinti oli tosiystävyyttä.

– Minkälainen Armaani on? kysyn Beniltä lapsellisesti.

– Helv-huo, uh, helv-hyv, horjumaton filmikriitikko! Beni henkäisee ja kumauttaa päänsä nääntyneesti pöytään, ja alan nauraa.

– Sano, yhdellä sanalla. Sinä kun olet käsikirjoittajana perehtynyt antiikin kirjallisuuteen, mikä on Armaanin *tragic flaw,* keksin kysyä.

– Mikä sinun?

– Niitä on niin monia.

– Niitä on vain yksi tragedioissa.

– Joo. Meni turhan dramaattiseksi. En halua hakea huonoja puolia, rakkaus silottaa ne. Rakkaus on suurin lohtu. Rakkaudessa hyväksyy toisen virheineen, ääneni ohenee.

– Tuli niin filosofisesti. Kaiken se kärsii, kaiken se kestää, Beni sanoo ja sukaisee otsatukkaansa.

– Ja kaikessa uskoo. Meni sitten raamatulliseksi, sanon.

– Tulee niin teatraalisesti, että hiukset nousevat irti päästä, sinä jylähdät.

– Tarkoitat ehkä *hybristä*? Suurin rikos antiikin aikana, Beni palaa kysymykseeni, ja tuijotan häntä.

– Toisen häpäisy ja nöyryyttäminen, Beni jatkaa.

– Pysytään nykypäivässä.

– Itsepäinen.

– Hahhaa, niinpä. Armaani on niin itsepäinen, että ostin hänelle puskuasennossa seisovan puisen pässin. Niin jukuripäinen osaa olla, jäärä kuten tässä koira-asiassa, lirkutan ja hyppään hajareisin syliisi.

– Toinhan jalkojesi juureen luomakunnan uskollisimman edustajan, sanot.

– Ei se aitoa korvaa, eivätkä korvikkeet kestä, kuiskaan korvaasi, vaikka olin tietenkin pitänyt lahjaksi antamastasi olkikoirasta.

– Armaani ei siedä sanaakaan entisen miesystäväni jackrusselista, jota minulla on joskus ikävä. Se ei kuulemma astu kotimme kynnyksen yli ikinä. Mitäs jos minä sanoisin, ettei kissasi astu kotimme kynnyksen yli – tai lapsesi?

– Ei niitä voi verrata.

– Verratonta, sanon ja annan sinulle suukon.

Hetken näytät turhan vakavalta, ja kierrän käteni kaulallesi. Haluaisin vajota suudelmaan. Katson lemmikinsinisiin suuriin silmiisi. Ruiskaunokkeihini. Tähän avaruuteen, tähän sineen, näihin taivaan heijastaviin peilityyniin lampiin haluan sukeltaa, upota syvälle. Kellua loputtomiin, liukua rantaviivaa pitkin, tunnustella hetteiköt, aluskasvillisuuden, tutkia pohjan syvyyden.

– Kyllä sinä minusta vielä miehen teet, sanot ja äänesi pudottaa minut syvemmälle syliisi.

– Rakkaus on tyranni. Ei säästä yhtäkään, Beni sanoo.

Tyrannini, ajattelen ja hymyilen sinulle. Hymyilet takaisin ja poskeesi syntyy pieni kuoppa.

– Ruhtinasainesta, Beni sanoo.

– Ainesta vaikka mihin, naurahdan ja painan huuleni huulillesi. Tartut minua vyötäröltä ja otat kiinni selästäni, lapaluista, mielikohdastani.

– Julma, Beni napauttaa.

Käännyn ääntä kohti.

– Armaani osaa olla julma, Beni sanoo ja lisää, *cool*.

Katson sinua.

– Minä osaan olla todella julma.

– En usko. Miksi muka?

Hetken pöydässä vallitsee hiljaisuus.

Nousen sylistäsi ja istuudun omalle paikalleni. Täytän lasit, kohotan omaani ja sipaisen merkitsevästi helmikorua korvassani. Väläytän hymyn molemmille miehille ja henkäisen keveästi.

– Niinhän me kaikki.

14. Kun rakkaus kypsyy

Kevät eteni ja nautin malttamattomana pienimmästä värähdyksestä luonnossa. Iloitsin scilloista, keväänkaihosta, krookuksista. Tarkkailin maaperää, seurasin kasvua ja odotin sen voimistumista. Halusin sen kukoistavan.

Olin innoissani Jalavatien talon isosta pihasta, patiosta alppiruusuineen, seinustan valloittaneista kallionauhuksista ja ennennäkemättömän korkeasta mahoniasta, pihaa rytmittävistä jumalaisista jasmikkeista, jotka loivat pihapiiriin rehevän, salamyhkäisen tunnelman. Pihassa oli vanha, hyvä runko. Suostuit oitis ehdotukseeni tehdä siitä entistä näyttävämpi.

Tässä talossa, piilossa maailmalta, kuin sammalmättään alla, sanailin sinulle, *sinne ei hallin hammas, minä kyllä, niin kuin lammas.*

Entisen vaimosi Venlan jäljiltä kukkapenkeistä nousi laihoja rankoja. Ne piti kiskoa juuriltaan ja istuttaa liljoja tilalle. Halusin rakentaa puutarhaunelman, ja isäsi kannusti: hankkikaa kaikki kukat mitä haluatte, ei ole rahasta kiinni, minä maksan. Menimme kasvikauppataivaisiin, keräsimme kärryyn sipuleita, yrttejä ja perennan taimia, tulipunaisen rhodon ja ruusuja, pioneja, kuusaman ja kosmoskukkia. Multaa ja lannoitteita – maaperän parantamiseksi. Ulko-oven pieliin ripustin amppeleihin miljoonakellot. Istuttaisin myöhemmin palavanrakkauden sisäänkäyntiä koristamaan.

Rehkimme istutustöissä niin, että Venla alkoi hermostua. Mitä Jalavatiellä tapahtuu? Aleksi välitti tietoa kärkkäästi: isä ei ehdi puhelimeen, tekee uutta kukkapenkkiä, kärrää multaa, kastelee istutuksia. Ei pääse puhelimeen, heiluu lapion kanssa pihalla. Tämä kaikki oli ennätysmäistä, niin kuin sekin, että isä imuroi, vei roskat ja ruokapöytään mahtui istumaan. Sattuuko kun järki lähtee päästä! Aleksi hihkui ja sinäkin nauroit. Ja niin me, Aleksi, Aini ja sinä pöydän päässä, söimme yhdessä hyvällä mielin, sinäkin, joka söit kuin lintu. Etkä mennyt puhelimeen jankuttamaan Venlan kanssa raha-asioista. Unohduit sinäkin luonnon lumoon, tai niin ajattelin.

– Nämä ovat vauvojamme, sanot, kun painelemme taimia kuohkeaan maahan.

Niin saattoi vallan hyvin ajatella! Rakensimme yhteistä maaperää. Kukoistaisimme molemmat.

Kun uurastuksen jälkeen etsin sinua ympäri asuntoa ja ihmettelen missä olet, päädyn lopuksi keittiöön. Hidastan askeleitani ja pysähdyn ovelle. Ja kuin kamera hitaasti panoroiden katseeni siirtyy raollaan olevaan oveen. Näen sinun seisovan komerossa ja tiheänä kuvien sarjana kallistavan kaaressa pulloa, kulauttavan vedenväristä nestettä suuhusi pitkään kuin hidastuskuvassa, suoraan pullon suusta, pää takakenossa. Panet pullon hyllyyn ja astut esiin.

Käännyn nopeasti tiskipöydälle pesemään käsiäni. Suuhuni leviää karvas maku. Taidan irvistää. Inhoan salailua. Kahvimuki kaatuu ja kolahtaa altaan reunaan.

– En rikkonut mitään, sanon hätääntyneenä.

– Toisin kuin sinä. Lupauksesi, lisään hiljaa.

Suljet komeron oven ja ryhdyt valmistamaan päivällistä. Otan rätin ja alan pyyhkiä keittiön pöytää. Tapoja voi muuttaa, *kohtuullistaa*, käännän ajatuksiani kuin kääntäisin multaa uutta kasvukautta varten. Seulomatta rikkaruohoja mullasta.

Voi rakkaani, minä rakastin sinua, rakastan, kaikkinesi. Salattuine suruinesi, pelkoinesi, epävarmuuksinesi. Pidinkö valmistamastasi ruoasta, oliko minulla hyvä kanssasi? Ihmeelliset liikuttumisesi, tärskähtelysi, ärtymisesi, niskoittelusi isääsi vastaan, minä nuolin nokareetkin haarukasta, minä ahmin sinut kaikkinesi.

And I love you so... mieleni harhautuu melodiaan. Kohennan asentoani lepotuolissa ja vien käteni Vincentin pehmeään turkkiin. Lämpö on tarttunut ihooni. Silmäluomeni painuvat kiinni kuin raskas esirippu, ja taas vajoan kuviini.

And I love you so... Olin hyräillyt niin usein korvaasi lyhyttä sävelmän pätkää, että saatoit huomauttaa, jos en sitä tehnyt.

Mikä yllätys kuulla melodia sitten yhtäkkiä radiosta! Olemme ajamassa isääsi tapaamaan, on toukokuu, on valo, päivät täynnä toivoa ja odotusta. Luonto on avannut silmunsa täynnä elinvoimaa, ahnaana avautumaan täyteen kasvuun. Mekin olemme täysiä olemassaolon ilosta, ahneita uudelle, uljaalle alulle körötellessämme Jalavatielle, sokaisevassa kirkkaudessa.

And I love you so... Perry Comon hellyyttä väräjävä ääni täyttää auton sisätilan. Kovemmalle! Ei voi olla totta, tässä nyt soi kokonaisuudessaan sävelmä, josta mieleeni oli tarttunut vain lyhyt sanojen häntä. Ihmeellistä, sopivasti ennen häitämme!

Sanot jäljittäväsi kappaleen ja päätämme, että se on häävalssimme.

Jalavatiellä käymme pikaisesti talossasi. Seuraan vierestä, kun täytät kastelukannun ja huolehdit kasvit huone huoneelta, kierrät ikkunalaudat ja kurkotat vettä amppeleihin. Huutelet höpöäsi, mutta sitä ei näy. Vaihdat kissan juomaveden ja kaadat kuivamuonaa kippoon. Tarkkailen toimiasi hymyillen. Luottamus syntyy pienestä.

Kiiruhdamme naapuritaloon. Isäsi avaa oven ja toivottaa meidät tervetulleeksi silmät vilkkuen. Hän on keittänyt jo kahvit. Istumme vierekkäin olohuoneen sohvalla ja katson olohuoneen jätti-ikkunasta patiolle, joka on samanlainen kuin sinun talossasi. Isäsi on asettanut sinne pöytä- ja tuoliryhmän sekä muovikukkia ruukkuun. Odotamme kun isäsi tuo valmiiksi katettuun kahvipöytään pullapitkon, kuten hänellä on tapana. Sinulle hän pyytämättä tarjoaa kahvin kostukkeeksi lasilliset väkevää. Olemme kertoneet hänelle tulevaisuuden suunnitelmistamme.

– Olemme löytäneet oman laulumme, katson isääsi ja vinkkaan silmää sinulle. Isäsi ilme on leveää hymyä.

Kilistelette laseja, ja isäsi sanoo alkavansa etsiä vuokralaisia taloosi. Hänenhän se on, hän on rakennuttanut molemmat vierekkäiset talot.

– Suunnittelit tulitikkuaskin kanteen, huomautat.

– Taloja ei nouse elokuvia katsomalla, isäsi tokaisee ja täyttää lasinne.

Mikä se kappale sitten oli, jonka me tanssimme juhannusaattona ravintola Pianossa Uspenskin siunaustilaisuuden jälkeen? Niin siinä kävi, ettei lauluamme löytynyt, kun tanssin aika tuli. Hyppyleikkaus, ja häävalssimme oli kadonnut.

Piti valita nopeasti toinen, ja oli toki mistä valita. Olit ottanut mukaan pinon cd-levyjä äänittämäsi hääkasetin lisäksi.

Tartuit Elviksen kappaleeseen *Love me tender, love me true.* Se! Mutta kun silmiini osui *Unforgettable*, Natalie ja Nat King Colen laulamana, se oli siinä. Täysosuma, koskettavampi kuin Elvis! Kertosäe oli osuva, *it's incredible that someone so unforgettable thinks that I'm unforgettable too...*

Myöhemmin päätimme, että oli parempi, että laulumme ei kaikunut kaikille korville. Meidän rakkautemme ei ollut kömmähdyksistä – ei kankeista kaavoista, muodoista kiinni. Sehän hakikin muotoaan! Elämä määrää, ottaa ihmeellisesti ohjat, hoitaa ja kääntää asiat oikeille uomille. Niin halusin ajatella.

Mutta yhteinen sävelemme oli lipsahtanut viivastolta hääjuhlapäivänä, ja jo ennen. Joskin se oli oma asiamme. Laulumme oli vain meidän laulumme. Epävireisenäkin.

15. Kissa kuumalla katolla

– Meille tapahtuu niin paljon asioita lyhyessä ajassa, naurahdat, että ulkona käydessään voi päätyä Uspenskin katedraaliin. Minulle ei riittänyt vihkiminen maistraatissa. Halusin liittomme siunattavan Länsi-Euroopan suurimmassa, sipuleillaan merellisen Helsingin siluetin puhkaisevassa ortodoksikirkossa. Viis ateismistasi! Sinä jumalaton, uskoton mies! kiusoittelin sinua. Halusin riittejä. Pyhät toimitukset, häät ja hautajaiset, yhdistävät, ne ovat elossaolon juhlaa.

Niin sitten tullessasi leppoisasti kasseinesi tavalliselta verkkaiselta lauantaiaamuiselta kauppareissultasi ryntään kaulaasi kertomaan, että olin varannut meille kirkon! Juhannusaatoksi! Ja patiolle.

Menimme naimisiin nopeasti, ja moni yllättyi, mutta kukaan ei lausunut mahdollisia epäilyksiään ääneen. Ystävättäret halusivat uskoa onneeni, tukivat ratkaisua. Olimmehan viisikymppisiä, silloin tunnetaan pelin säännöt, turha hukata aikaa. Kaikki tai mitään! Nyt tai ei koskaan!

Joku kyynisempi taisi mainita, että avioliitossa on kyse sijoituksesta. Se on taloudellinen liitto. Miksi muuten mennä naimisiin – ellei sitten perheen perustamiseksi. Me perustimme perheen! Ja investoimme toisiimme!

Niin, Särestö oli ainoa, joka varoitti epäonnistumisesta. Sanoi tuntevansa minut ja antoi ymmärtää, että hän vetäytyy, vaikka olisi ollut valmis pitämään huolta. Kun olin pitänyt hänestä.

Kesäkuun alussa olin saanut tietää joutuvani uuteen leikkaukseen. Järkytyimme. Kiihkeän kevään jälkeen vaikeuksien oli pitänyt päättyä hääkellojen soittoon!

No, vaivani vain pitkittyisivät. Ei se mitään muuttanut. Rakkauttamme! Sanoithan myös, että tällä kertaa tulet katsomaan minua sairaalaan. Olin luottavainen, pelothan veivät vain lähemmäs niiden toteutumista.

Niin, mikään ei muuttunut, kun nyt ajattelen, ja muistan torjutut kuvat Amorgosin saarella. Sinä kirjoittamassa lounaspöydässä auringon paisteessa postikortteja ystävillemme ouzoa naukkaillen, sanailemassa kuinka rikottu korjataan, *lempi paikkaa loven*, ja lounaan lopuksi pääsi romahtaneena lautaselle karitsan lihaan, kaatuneen punaviinilasin roiskeet pöytäliinassa. Aurinkolasisi lennähtäneenä ylösalaisin. Upea otos.

Ja se näännyttävä tilanne kylän paahteisella sivukujalla, minä painamassa sinua valkoiseksi rapattua seinää vasten, painautumassa sinuun kuin hukkuva, hamuamassa kaulaasi, työntämässä sormia hiuksiisi, suutelemassa, etkä sinä vastaa, et suutele, et syleile, et.

Se huoli ja ikävä sinua palatessani yksin opastetulta saarikierrokselta hotellihuoneeseemme ja nähdessäni sinut mahallasi sängyllä kädet levällään kuin kelluisit elottomana uima-altaassa. Sännätessäni luoksesi käännyt ja huudat nimeäni kuin takaumana tilanteesta, jossa olit valmis retkeen, luostareihinkin, mutta sinua ei kuultu ja jäit kyydistä. Huudat, vaikka olen vieressäsi, huudat hylätyn huutoa kuin et saisi sille loppua. Käyn makuulle viereesi ja rauhoitan sinua, suojaan meitä käsivarsillani.

Ja vielä, viimeinen ilta saarella, kun olemme saaneet tarjoilijan kanssa vaivoin laahattua sinut illallisen jälkeen sänkyyn ja luulen tajuntasi lakanneen. Winston koputtaa huolestuneena oveen ja näkee sinut vinottain sängyssä.

– Mikä hätänä?

Sammunut tähteni, ajattelen ja vakuutan kaiken olevan hyvin. Tajuan, että olen yksin hiljaisessa epätoivossani. Ei kukaan voi auttaa.

– Te olette komea pari, paljon rakkautta, mutta hupsuja asioita, Winston sanoo, kun ohjaan häntä ovesta.

– Winston on se, joka elokuvissa koputtaa illallisen jälkeen oveen toivottaakseen hyvää yötä ja tarkoittaa jotain ihan muuta, sanot ja nouset oudosti vironneena istumaan sängyn laidalle.

Istun viereesi, vien käteni olallesi ja pyydän sinulta anteeksi. Winston seisoo ovella ja vetää sen hiljaa kiinni takanaan.

Kun palaamme matkalta Jalavatielle aamuyöstä, paiskaat matkatavarasi eteisen lattialle, kivahdat, mitä helvettiä mä tollakin matkalla tein, huitaiset takkisi laukkujen päälle, pudottelet vaatteet päältäsi käytävään matkalla suihkuun.

Olin nähnyt riittävästi matkalla, vaan sitten päättänyt toisin. Ajattelin Winstonin helmirasiaa. Mikään ei ollut täydellistä, ei edes aito. Aidot helmet ovat oikkuja, sattumia. Äärimmäisen harvinaisia. Viljellyt käyvät täydestä. Olisiko parempi ilman?

Viljellyt riittävät rakastavan kaulanauhaksi, kunhan lukko pitää.

Ja olithan matkan jälkeen sanonut ne kolme vaativaa, pakottavaa sanaa. Ja luvannut. Kohtuutta. Kuinka olisin voinut?

Oli kiinni minusta, että rakkautemme kantaisi.

16. Mies ja nainen

Olemme olleet vaateostoksilla. Halusit Italian häämatkaamme varten rennon ja tyylikkään kokopuvun, ja olin hyvilläni. Valkoisen. Valkoinen on vähän arka, jarruttelin. Pääasia oli, että halusit uusia garderobiasi – ja hankkia asun hyvissä ajoin ennen muuttoamme Pursimiehenkadulle ja häämatkaa. Olit suunnitelmallinen. Et aikaillut miesten vaateosastolla. Tartuit yhteen mieleiseesi, minä kiikutin sovituskoppiin harkittavaksi toisen puvun.

– Inhoan sovittamista ja teen valintani aina nopeasti, puhiset tullessasi näytille.

Takissa on linjakas leikkaus ja housut laskeutuvat kuin mitattuna nilkkaan. Puku istuu nappiin – se oli siinä, hienostuneesti kaakaoon taittava beige asukokonaisuus.

– Et sitten vilkuile italiaanoja, virnistät nähdessäsi hyväksyvän ilmeeni.

Loikoilemme sängyllä, ja jalkopäähän levitetty uusi pukusi uhkaa rypistyä.

– En pidä liian sliipatusta, sanot ja nostat takkia jalallasi.

Olet kyllä ilmiselvästi ryhdistäytynyt. Hiuksesi ovat lyhentyneet ja käyt säännöllisesti parturissa. Olet ottanut käyttöön antamani partavedet, vaahdot ja tuoksut ja toiveestani luopunut muutamasta vaatteesta.

– Minä olen rakastanut sinua yli kaksikymmentä vuotta. Ihastuin sinuun heti ensi näkemältä, teutaroit ja potkaiset takkisi ilmaan.

– Niin minäkin sinuun, sanon ja mielessäni välähtää elokuvateatterin aula, ikiaikainen hetki, jonka hymysi pysäytti. *Rakkauden hymy*, ajattelen. Mitä sisimmässä saattoikaan syntyä, kenenkään tietämättä.

– Miksen lähtenyt kanssasi Saint Tropeziin? Sinähän ehdotit sitä. Olisin voinut jättää yhden päivän leffat väliin. Olet siirtynyt hetkiimme Cannesissa kauan sitten.

– Niin, Bardot'n jalanjäljille. Sinun piti hankkia perheellesi tuliaisia, sanon ja näen meidän kävelevän Cannesin polttavilla kaduilla ja istahtavan katukahvilaan. Aurinko porotti kuumasti, vaikka kello ei ollut kymmentä, ja muistan särisevässä tilassani ajatelleeni, ettei ollut viisasta istua aamulla yhdessä missään. Sinä tilasit valkoviiniä ja olit täysin *cool*, kun se, mitä pelkäsin, tapahtui. Joku näki meidät. Edellisiltana seurassamme viihtynyt elokuvamoguli sattui kävelemään ohi ja pysähtyi juttelemaan.

– Meillä on aina Pariisimme, sanon ja nieleksin. Käännän pääni nopeasti piiloon.

– Sinussa on paljon Ingrid Bergmania, korkeat poskipäät ja otsa – –, aloitat ja painan käden suullesi.

Menneisyyden hetket, joista olisi voinut tulla käännekohtia. Jotkut niistä muuttavat elämää joka tapauksessa, ajattelen. Ja muistan yön, jonka olit luonani ensimmäisen kerran, Cannesin jälkeen.

– Lähdit silloin niin hiljaa pois.

Aamulla olin kehosi lämmössä, taivaallisilla höyhenillä.

– Toivoin silloin, ettet koskaan lähtisi viereltäni, jatkan.

Muistan kuinka minuun sattui painettuasi oven kiinni takanasi. Sanomatta sanaakaan. Sinulle yö oli ollut vain levähdyshetki.

– Särestö soitti sinulle ja silloin päätin mennä, sanot ja pukusi valahtaa sängyltä lattialle.

– Meillä jäi aina kesken, jostain syystä, sanon. Arkuuden – ylpeydenkö vuoksi?

Ja tajuan, että en muista mitään Särestön soittoa. Törmään kauhistuneena ajatukseen, että olemme saattaneet tulkita toisiamme useamminkin väärin. Onnettoman tietämättöminä toistemme käytöksen syistä.

Käännyt kyljellesi ja katsot minuun odottavasti. Pala nousee kurkkuuni. En sano mitään, sillä ajatukseni ovat iskeytyneet sanoihisi: *sinun täytyy saada lapsi. Muuten menet naisena hukkaan.* Ja sitten myöhemmin soitit ja kerroit uutisena, että olitte päättäneet perheenlisäyksestä. Olin puhelun jälkeen typertynyt. Miksi soitit? Satuttaaksesiko? Tästä asiavyyhdestä en halunnut nyt puhua, olin sen käsitellyt ja koteloinut. Voisimme puhua kaikesta, ajan kanssa. Kysyn kuitenkin.

– Miksi sinä soitit minulle? Että teette lapsen.

– Me olisimme voineet tehdä lapsen.

Nielaisen tyhjää. Sanot sen nyt.

– Silloinko?

– Oletko ihan varma, ettemme voi nyt? Meillä pitäisi olla lapsia, sanot, ja mykistyn.

– Olen varma.

– Miten me tutustuimmekaan? kysyn ja nousen äkisti sängystä ja alan oikoa lattialle levähtänyttä pukuasi. Mainitset *Pressiklubin* iät sitten, kun se vielä sijaitsi *Hotelli Marskin* kyljessä, pöydissä oli valkoiset pöytäliinat ja portieeri tarkisti eteisessä asiakkaiden henkilöllisyyden. Istuin ystävättären seurassa, sinä lähipöydässä.

– Olit kaunis.

– Älä aloita taas. Ei jalustoja!

– Kasvosi hehkuivat, sädehdit elinvoimaa. Olit niin - -, tyrskähdät.

– En ole koskaan nähnyt yhtä ilmeikästä naista, henkäiset, ja suoristan polkkatukkaani.

Muistin tilanteen. Katseessasi oli jotain arvoituksellista, tummanpuhuvaa, enkä ajatellut hetkeäkään tekeväni aloitetta. Muistin ne monet silmäykset illan aikana, ne nostivat sykettä, vaikka katseemme välttivät taitolentäjien tarkkuudella kohtaamasta.

Olit iskenyt silmäsi minuun. Ajattelin, että tulisit juttelemaan pöytäämme, ehkä tutustuisimme sinä iltana, vihdoinkin. Se oli mielestäni vain ajan – mutta eritoten tyylillinen kysymys. Vai ajattelinko silloinkin, että olet luoksepääsemätön. Saavuttamaton kuin unelma valkokankaalla.

Poistuimme ravintolasta ystävättäreni kanssa ja herkistyin askelten kaikuun kadulla. Sinä todella seurasit meitä. Olisiko meidän pitänyt pysähtyä odottamaan sinua?

– Olisitko lähtenyt matkaani silloin, sinä iltana, jos olisin pyytänyt?

– En tiedä, mutta halusin kyllä tutustua sinuun.

– Odotin hieman sinun tekevän aloitteen.

– Minä sinun. Eikö miehen kuulu?

– En uskaltanut silloin.

– En minäkään.

– Silloin en ollut mennyt vielä toisiin naimisiin. Olin vapaa.

– Vapaa valitsemaan kenet vain halusit.

– Niin sinäkin.

– Miten erilainen elämästäni olisi tullut, jos olisin mennyt sinun kanssasi naimisiin. Meidän olisi pitänyt mennä yhteen jo silloin. Meillä olisi perhe. Lapsia, sanot karhealla äänellä.

– Olisithan sinä halunnut lapsia?

– Olisin tietenkin.

– Sinulla pitäisi olla lapsia.

– Niin, mutta ensiksi pitäisi olla suhde, johon lapsia uskaltaa hankkia, vedän henkeä, lapsen pitää olla toivottu - -. Sinulla on lapsia minunkin edestäni.

– Minun olisi pitänyt mennä sinun kanssasi naimisiin jo yli kaksikymmentä vuotta sitten, sanot ja äänesi murtuu.

Olet yhtäkkiä syvällä joissain syövereissä, murheisessa ajatuksessa tai oivalluksessa, josta en saa kiinni. Kiedon käteni kaulaasi.

Onnellista on nyt! Nykyhetki on kaikki. Turha jossitella tehtyjä valintoja, emme me saa mennyttä korjattua.

– Me olemme toistemme suuri ja viimeinen rakkaus.

Painaudun sinuun ja tunnen, että vavahtelet. Ja näen, että itket, hiljaa, lohduttomasti. Suurta virhettä – menetystä? Vaikka meillä on toisemme, meillä on kaikki, tässä ja nyt. Vedän sinut kiinni lujaa itseeni. Ja sinä itket.

Makaan kiinni sinussa uupuneena. Menneisyys ei ollut lakannut. Sehän alkoi vasta valjeta. Toisen ihmisen tunteista ei tiennyt juuri silloin kuin se olisi ollut tärkeää. Elintärkeää, ajattelen.

Pian alan valmistaa meille ihanaa illallista ja skoolaamme *tulevaisuudelle*. Irrottaudut minusta ja käännyt selällesi.

– Miten emme koskaan tavanneet yliopistolla? Emme ruokaloissa, kuppiloissa, kysyt.

– Kunpa olisimme törmänneet edes kirjallisuuden luennoilla, sanon. Mutta sinä olit minua edellä opiskeluissa, ja tajuan, että sinä olit silloin pienen lapsen, vauvan, isä. Sinulla oli vastuu perheestä, toimeentulosta. Kuinka erilaista elämää olimme eläneet.

Minä opiskelin broileriputkessa, tahkosin samalla temmolla kuin ystävät lääke- ja oikeustieteellisessä, vaikka filosofisessa tiedekunnassa kirjoittamattoman säännön mukaan olisi voinut ottaa rennommin. Tutkinto oli etappi, jonka jälkeen elämä alkoi.

En ollut unohtanut lukioaikaista ensirakkauttani, joka oli suomalaiseen yritysverotuskäytäntöön tuskastuneen isänsä mukana riuhtaistu Atlantin yli. Hain stipendiaattia ja sain sen vuodeksi Yhdysvaltojen itärannikolle. Vietin sen istuen luennoilla ja tapaillen ensirakkauttani. Palattuani rakkaus kellui etäisyyden sanelemien poijujen varassa, kunnes huomasin valmistuneeni.

Sinä olit arvonsa tunteva elokuva-arvostelija, kun minä tein sekalaisia tiedotustöitä. Näin sinut televisioyhtiön käytävillä ja muistan ajatelleeni, että tv-elokuvien katseluihin saappaat kopisten, hiukset liehuen saapuvat kriitikot olivat kuin hurja joukko, kauniita ja rumia. Ilma sähköistyi, alkoi vihellys, huilun ja huuliharpun ujellus, huohotus voimistui, basso kumahteli. Naiset pyörtyilivät, kun te ratsastitte kaupunkiin. Miehet hamusivat aseitaan.

Kun aloin kirjoittaa ilmaisjakelulehteen elokuva-arvosteluja, törmäsin kriitikkoeliittiin konkreettisesti. Vajaa tusina miehiä ja naispäällikkö muodostivat linnakkeen, joka hylki ulkopuolisia. Itsetietoisuus ja ylenkatse oli muuri, johon ei halunnut itseään kolhia.

En piitannut hierarkioista. Rakastin elokuvia, olin elokuvan historiat ja teoriat tenttinyt, istunut elokuvagurun lennokkailla luennoilla. Olin alempiarvoinen, mutta en huonompi. Taisin pistää tylyn tyylin saman kulttuurisokin piikkiin, joka oli järkyttänyt minua Yhdysvalloista paluun jälkeen. Ei Suomessa hymyilty, ei tervehditty, vaikka naama oli kuinka tuttu – saati että olisi jutusteltu.

Sinä kai kävit *Vanhan* kuppilassa, minä taas joskus viikonloppuisin *Helsinki-klubilla.* Ilman elokuvia emme olisi kohdanneet. Todellakin, elokuvilla oli roolinsa rakkaudessamme.

Et lähestynyt minua ennakkonäytöksissä. Pidit välimatkaa. En tiennyt miksi, kun kuitenkin tunsin katseesi. Kunnes kerran kysyit, miksi kirjoitin elokuvista. Puhuttelit minua ja minua heikotti.

– Koska elokuva on seitsemäs, suurin taidemuoto. Siihen sisältyvät kaikki muut taiteet.

– Ne avartavat, - - avaavat uusia maailmoja, erilaisia todellisuuksia, sanon ja kaasutan kaarteeseen saamatta oikaisematta alkavaa luisua.

– Lisääväthän ne ihmistuntemusta, selkiyttävät tai kyseenalaistavat arvoja. Voivathan ne vahvistaa moraalia - - oikeudentajua. Yleensä.

Taistelen yhä tukalammassa liirrossa.

– Ihmiset kohtaavat elokuvissa itsensä todemmin kuin elämässä. Elokuva on muokannut länsimaista tajuntaa ehkä enemmän kuin kirjallisuus. Elokuvista saa malleja, tiedostamattakin. Amerikoissa elokuva on kuin oppituoli, hoipertelen.

Pito on hävinnyt, jarrut pettäneet. Olen ajautunut hallitsemattomaan ohjaukseen. Sompailen hymyä huulilleni.

Seisot naama soikiona.

– Kuvat hallitsevat elämää – kaikkea.

Soikiokin voi venyä.

– Pidän analysoimisesta. Minä kirjoitan nopeasti, huvikseni.

– Ei elokuvista saa kirjoittaa huvikseen.

Seisot jäykkänä kuin toteemipaalu, ja tiedän reputtaneeni.

Istuin ennakkonäytöksissä yksin katsomon takariveillä. Mieskriitikot istuivat ryppäässään eturiveillä. Rikkoiko herttainen hupattaja tiukan kastijaon? Niin että saattoi tapahtua niinkin ennen näkemätöntä, että kolme mieskriitikkoa päätyi kaksiooni Kallioon viettämään kuplivaa alkuiltaa. Silloin oli kevät ja kaikilla kepeä mieli, mutta asetelma ontui. En ollut kiinnostunut minua liehittelevästä kaksikosta – vaan sinusta, joka varoit.

Arvelin ymmärtäväni syyn, taisit olla varattu. Kunnioitin sinua korrektiutesi tähden. Myös ihmettelin, miten olit kuitenkin lähtenyt niin helposti tilanteeseen mukaan.

Milloin se tapahtuikaan? Emme me muistaneet ajallisia kaaria loikoillessamme sängyllä sinä kesäisenä iltapäivänä, häämatkahankinnastasi suoriutuneina. Muistimme jännitteisen tunnesiteen, muistimme tilanteita, ja minä sen hetken ennakkonäytöksessä Bio Rexissä, kun näin sinut alemmalla penkkirivillä.

Juuri ennen kuin katsomo pimentyi ennen elokuvan alkua sipaisit vasemmalla kädellä hiuksiasi. Nimettömässäsi kimalteli. Sormuksen välähdys osui kuin tikarin pisto.

Kerron sinulle, miten minua oli kouraissut kauhea menetyksen tunne. Purskahdat itkuun.

17. Kairon purppuraruusu

Cannesissa poltteli. Valtava väenpaljous, valtava kuumuus. La Croisetten ulkoilmakahviloista oli mahdoton löytää vapaata pöytää. Hektistä. Jostain kelvollisesta tähystyspaikasta naisseurueemme levähdyspaikan kuitenkin löysi. Jätin kielikurssiystäväni nauttimaan viilentävistä juomista ja kihelmöivästä tunnelmasta. He halusivat bongata tähtiä. Lähdin hakemaan lehdistölippuja elokuvafestivaalille.

Halusin nähdä kotimaista elokuvaa, vieraalla maalla. Se kävi helposti. Suomalaisen elokuvan näytöksiin ei ollut tunkua kuten havaitsin mennessäni katsomaan Rauni Mollbergin elokuvaa. Paikalla oli kourallinen ulkomaisia toimittajia ja suomalaista filmiväkeä. Katsomo ammotti mustana.

Elokuvan maailmaan sukeltaminen Cannesin helteestä ja ihmisvilinästä kävi hypystä avantoon. Lopullisesti veret seisautti jäätävä hiljaisuus elokuvan loputtua, ihmispako katsomosta ja ranskalaisen toimittajan esittämä kysymys: Onko tällainen alkoholin käyttö yleistä Suomessa?

Saman kysymyksen toisin muotoiltuna olin kuullut jo Rouenin pohjoismaisilla elokuvafestivaaleilla: Ovatko suomalaiset miehet aina humalassa?

Poistuin nolona elokuvan synkkyydestä ulos valoon. Kaivoin kutsukortin esiin ja suunnistin kohti Carltonia. Sen terassi kuhisi väkeä, ei siellä voinut rentoutua. Menisin suoraan elokuvan jälkinäytökseen, Elokuvasäätiön järjestämälle vastaanotolle. Aie jännitti.

Jostain ylemmästä kerroksesta, muutaman huoneen tilasta löytyi tutunnäköistä väkeä. Olin päättänyt olla hiljaa elokuvan herättämistä ajatuksista. Väki oli varmaan musertunut elokuvan saamasta vastaanotosta, olihan se esitetty myös edellisenä iltana. Sen maailmankuva oli raaka ja tunkkainen, eivät sitä ulkomaiset tähtöset, Stina Ekbladit ja

Mikk Mikiverit, muuksi muuttaneet. Tunnelma kokkareilla oli yllättä-vän hilpeä.

Olin ajoittanut kahden viikon kielikurssin tarkoituksella Cannesin elokuvafestivaalien aikaan. Halusin osallistua tähtisateessa kylpevään megatapahtumaan. Apartementoni sijaitsi Juan les Pinsissä Antibesin rajalla, junat kulkivat melko myöhään eikä seuraavana päivänä ollut oppitunteja.

Yrittäisin nauttia illasta, olivatpa suomalaisen elokuvan kansainvä-liset mahdollisuudet – tai omani – mitä olivat. Hain ruokaa ja juomaa ja etsiydyin seuraan reunemmalle, josta saatoin vaivihkaa kartoittaa paikalla olevia.

Juttelin ihmisten kanssa näennäisen rennosti näkemättä tai kuun-telematta heitä ja tajusin olevani pettynyt. Oloni oli väljähtänyt kuin aurinkoon unohtunut viini. Aika kului, ilta alkoi valua tyhjiin. Olinko toivonut tapaavani sinut?

Taatusti. Tiesin sinun olevan Cannesissa. Olin uumoillut kohtaavani sinut jo aiemmin päivällä.

Sinua ei näkynyt. Lähtisin, oli jo aika.

Näinkö sinut syrjemmässä istumassa, vai tulitko vastaan portaissa? Se ja sama, käännyin kannoillani. Niin kuin koko loppuilta.

Sinä iltana roihusin niin kuin en koskaan. Polttoroviolla. Kosketuksesi, hipaisu, pieninkin, tahattomin, nostatti liekkimerta.

Romanttinen sankarini oli astunut valkokankaalta, kirkkain tähteni, ylväs, tavoittamaton intohimon kohteeni oli lihallistunut todeksi rinnal-leni. Elokuva voi muuttaa elämän!

Leijuimme Cannesin kahviloissa ja kaduilla. Seisoimme baareista kaduille pursunneissa ihmisryppäissä, äänen sorinan täyttämässä hy-väilevän pehmeässä illassa, lasimme piripintaan täynnä. Tiesit minne suunnata, määräsit menon, johdatit minut uuteen paikkaan. Näit välillä tutun, juttelit ja palasit luokseni. Sen illan en olisi suonut päättyvän.

Kulkivatko junat? Ei, ne lentelivät pitkin taivasta iloisesti höyryjä tuprutellen kuin Chagallin maalauksessa. Halusinko ehtiä Antibesiin menevään junaan? En. Oliko tumma taivas sakeana tähdistä? Oli, oli. Tähdet sykkivät avaruuden täydeltä, silmissäni, sädehtivinä heijastuksina omissasi, kun sanoit, että voin tulla hotelliisi yöksi.

18. Salainen puutarha

Haluan nopeasti takaisin ainoaan turvalliseen syliin, jonka tunnen. Puutarhaan. Minuun sattuu.

Olen käynyt hoitamassa keskustassa sisustusasioita ja saanut toimitettua asiakkaille divaanin sekä kiinalaisen kaapin, lähempää kuin uskoin, Pursimiehenkadun asunnostamme, joka on nyt – odotustila. Varasto. Kaikkein vaalituin, tavaroistakin, sai joutaa.

Pysäköin vakiopaikalleni Kipparlahden silmukkaan ja kiiruhdan koira hihnassa huomaamattomille puuportaille, joista laskeudun puutarha-alueelle.

Heti käytävällä pionien ja ruusujen tuoksu lehahtaa vastaan. Seisahdan hetkeksi, hengitän syvään, mutta kipu ei hellitä. Haavani on revitty auki, repäisty kääreistä.

Tein virheen vastatessani puheluusi. Pyysit kuvaa meistä yhdessä. Sinulla ei ollut yhtäkään. Sanoin, että niitähän on läjäpäin Uspenskista. Olin työntänyt niitä muuttolaatikkoosi. Halusit kuvia jostain muusta tilanteesta ja sanoin, ettei niitä ole. Väitit, että on, ja muistin, että tosiaan oli yksi, yksivuotishääpäivästämme ja rantakuvat Brasiliasta, kun yhtäkkiä linjalle tuli mustatukka ja luikautti *kahden kauppa, kolmannen korvapuusti* ja katkaisi linjan. Silmiäni verestää. Ympyrähän oli jo sulkeutunut!

Avaan portin Unikkopolulla, kello kilahtaa ja olen piilopaikassani. Vincent alkaa vimmaisesti haukkailla pikku lentelijöitä ilmasta, ne saavat sen vauhkoksi. Mieleeni muistuvat Strindbergin sanat, *herhiläisen jatkuva ininä korvassa voi saada leijonankin järjiltään.*

Kasvit ovat ilakoineet. Pituutta varsiin on venähtänyt nopeasti, ja pionit ovat puhjenneet kukkaan, hehkuvan verenpunaiseen, vaaleanpunaiseen, lohenpunaiseen, pakahduttaviin sävyihin, joista ei saa kyllikseen.

Rhodon ja juhannusruusun kukat ovat lakastumassa ja sireeni on varisuttanut viimeiset violetit tähtösensä ruoholle, mutta keltaliljat ojentelevat suippoja kukintojaan uljaassa kaaressa. Ruusuissa on kymmenittäin nuppuja.

Mooseksen palavapensaat loimuavat korskeina. Ei uskoisi, minkälaisen poltinmerkin kasvi ihoon jättää. Olin edellisenä kesänä kevytmielisesti häärinyt bikineissä näiden kahden huumaavasti tuoksuvan kasvin alustaa siivoamassa ja saanut rajun ihoreaktion. Tiesin kasvin nesteen olevan myrkyllistä, mutta unohdin sen aktivoituvan lämmössä. Terveysasemalla saamastani piikistä ja voiteista huolimatta kehoani tatuoivat vielä keväällä punertavat läikät.

Katson näitä kahta voimakasta yksilöä. Siirrä pensaat pois, naapuri oli kehottanut.

Niin tietenkin. Toisaalta, ne ovat komeita, juurtuneet paikkaansa – ja mitä tilalle?

– Jospa vain varoisin niitä. Vähän niin kuin leijonia. En minä niitäkään halua tappaa, vaikka ne raatelevat. Se on niiden luonnossa.

– No niitä täällä nyt ei ole! naapuri oli hölmistynyt.

– Ehkä vaarojen kanssa pitää osata elää, olin sanonut ja naapuri huojutteli päätään.

Naapuri oli oikeassa. Vaaralliset elementit pitää eliminoida ympäristöstä, välittömästi. Mutta pedon merkit pitää myös osata tunnistaa.

Lyijyn maku on taas leviämässä suuhuni. Ei saa työntää päätään pensaisiin, ei heilua iho paljaana myrkkynesteiden ulottuvilla! *Sitä saa, mitä tilaa*, niinhän tapasit sanoa.

Tuijotan raamatullisia kasveja ja tiedän, etten poista niitä tänäkään kesänä.

Tunnen pehmeän turkin liukuvan säärtäni vasten. Theo katsoo minua mustilla silmillään ja naukaisee. Voi pieni, sydämessäni värähtää ja nostan sen syliini. Painan kissan kaulalleni ja heijaan sitä kuin vauvaa. Suljen kirvelevät silmäni. Poltinmerkki sydämessä, siitäkö lamaannukseni? Ilma on surua, jota en voi olla hengittämättä. Olen kadonneen onnen tilassa, enkä osaa ottaa askeltakaan mihinkään suuntaan. En halua.

Valkoisissa jalopioneissa on voimakkain tuoksu. Työnnän kasvoni haalean korallinpunaisiin terälehtiin ja hengitän syvään. Haen sakset ja leikkaan muutaman kukkavarren maljakkoon. Parsa on venähtänyt, ja katkaisen kulkureittiä tukkivat rungot pionien seuraksi. Tänä yönä hengitän harsoista luonnon parfyymiä.

Köynnöshortensia esittelee anteliaasti kermanvaaleita kukintojaan paksurunkoisena seinämänä pesunurkkauksen edessä, kiinanlaikkuköynnös levittelee siipiään ilmassa, etsii kiinnekohtaa kärhöillään talon katon reunoista. Rakastan sitkeitä, ihmisen hoidosta piittaamattomia köynnöskasveja. Ne luovat villillä kesyttömyydellään ja runsaudellaan puutarhan tunnelman.

Joskin, kasvit ovat eläviä olentoja ja vaativat hoitoa. Olinhan nähnyt mitä tapahtuu, kun puutarhatyöt kevätkesältä kerran jäivät: villiviidakko. Pihaan sai raivata tiensä, kasvusto oli levittäytynyt valtoimenaan, nousukkaat olivat kiipineet kukkapenkkeihin, tunkeneet sisäpiiriin ja rehottivat yli rajojen. Ovelimmat tulokkaat iskivät niin tiukasti kylkeen, että niitä kitkiessä jalompikin irtosi juuriltaan. Riuhdoin elintilaa arvokasveille ja ihmettelin, kuinka nopeasti valtaus oli tapahtunut.

Puutarhan ajatus ei ole yksyhteen villin menon. Hoito vaatii karsimista, rohkeaa ja herkkää kättä, pitkäjänteisyyttä. Kaunista on työlästä vaalia.

Lajiominaisuudet vaihtelevat. Palavarakkaus ottaa lujan sijan kasvupaikassaan ja versoo tyvestä vahvaksi pensaaksi. Juhannusruusu puskee juurta näkymättömissä kauas yli pesän ja pullauttaa jälkikasvua vauhdilla yllättäviin paikkoihin. Sitten saa kiskoa harharetkille päätyneitä versoja sopimattomista paikoista, sitkeine juurineen.

Hypistelen palavarakkauden heleänpunaista kukintoa ja mietin miten kasvi on juurtunut uudessa paikassaan Jalavatiellä. Olin siirtänyt sen sisäänkäynnin vierestä, kun se oli oudosti riuhtaistu juuriltaan tai jotenkin tallaantunut viime kesänä.

Tarkistan viiniköynnöksen. Se on selvinnyt jo ties kuinka monesta talvesta ja tehnyt pieniä vaaleanvihreitä rypäleitä. Niin epävarma kuin olin ollut sen jaksamisesta!

Oli kasveja, joita piti vahvana, mutta jotka yhtäkkiä katosivat, varoitta-matta. Eivät kertoneet voivansa huonosti, tarvitsevansa ravinteita, olivat hiljaa ja kuolivat pois. Tai lehahtivat tavoittamattomiin uusiin seuroi-hin, kun meni hermo, tai sitten toukat tai jyrsijät iskivät niihin kiinni. Olivat hiljaa, unohtuivat, ja unohdettiin nopeasti. Uusien, elinvoi-maisten tulokkaiden tieltä.

Pohjanneito kukkii korkealla kuistin ikkunaa vasten, mutta Flam-mentanz, tummanpunainen kaunotar, antaa odottaa hehkuaan. Jatkan kierrostani.

Leijonankidat kukkivat, päivänkakkara, akileija, tiikerinlilja, niin, ja ei voi olla totta, vitsikkäästi ulkomailta sipulina ostamani *Latin lover*, kuumaverinen rakastaja, jonka kukinnot, violetin ja punaisen rusotta-vissa sävyissä hehkuvat, valtavat heltat erottautuvat eksoottisina.

Se kukkii vain lyhyen ajan ja tuo aina mieleeni L.Onervan hienot säkeet: *Yhden kerran elämässä tuliruusu aukee, yhden yön se kukoistaa ja aamulla jo raukee. Sill on syvä silmänluonti, kutsuva ja kuuma, sill on hehku heteillänsä...*

Yhden ja viimeisen kerran, mieleni peittyy mustaan harsoon ja sil-missäni särisee. Unelmat kohtaavat huumaavan, lyhyen hetken ja jo hajoavat. Tunnepalo, ja kaiken hetkellisyys.

Niin, ensimmäisenä syksynämme Pursimiehenkadulla luimme ru-noja toisillemme. Tai minä sinulle. Lue vielä yksi, pyysit, silmät kiinni siinä vieressäni, ja nukahdit.

Minun piti tehdä pikakierros puutarhassa, nyppiä nopeasti räikeimmät rikat ja orvokkien ja lobelioiden, näiden sirojen viettelijättärien, nuu-pahtaneet kukat. Menetän ajantajun, kierroksen jälkeen käteni ovat mullassa ja naarmuilla, hiukset hamppuna, koirat ja kissat karanneet, aurinko horisontissa ja olen vasta aloittanut. En ole kitkenyt vain kärk-käimpiä rikkaruohoja vaan reuhtonut salakavalasti ja lannistumatta leviävää valkojuurta hengiltä kuin pirullista painajaista. Tarhassani rikkaruohoilla on rajat!

Haravoin jäämän ja kärrään sen kompostiin. Kottikärryt keikkuvat heppoisasti kuin maailman moraali, mielessäni tärähtelee. Niin kaatuvat kuvitelmat, joutavat roskiin, maailmat maatumaan.

Silmään isäni valtakuntaa, hyötypuutarhaa.

Se on aina niin hyvin hoidettu, ettei minun tarvitse kuin huoata hyväksyvästi. Peruna, porkkana, sipuli, kaalit, herne, papu, tomaatti ja maissi siisteissä riveissä, oma erikoisuuteni, fenkoli, siellä joukossa kokeilun vuoksi. Maa-artisokka tuuheaksi puskaksi rehevöityneenä. Mansikat kaula pystyssä suojukseen puhkotuissa aukoissa.

Katson yrttimaatani. Lipstikka on venähtänyt yli pään, tekee kukkaa. Iisoppi sinnittelee kainaloon asti ja minttu, luojan kiitos se on aisoissa. Rautalevyä maahan ja nyt sen röyhkeydelle on rajat. Oregano on lähtenyt valloitusretkelle, ottanut timjamin tiukkaan syleilyyn ja uhkaa tukehduttaa sen uhkeisiin mättäisiinsä. Viime kesänä isoksi pensaaksi hujahtanut salvia ei ole kestänyt tässä joukossa. Tervemenoa. Yrttimaan pitää selvitä itsekseen. Niin kuin koko puutarhan. En istuta enää yhtään pölyttämisen vuoksi paria vaativaa pensasmustikkaa, Ainoa ja Alvaria, en laventelia, en basilikaa, en mitään, mikä ei pärjää omillaan. Ilman apua. Vaatii liikaa, on liian vaikea, ei sovi yhteiseloon, yhteisellä maaperällä, sen säännöillä – kohtuuden rajoissa!

Haluan vain unohtua, ja unohtaa.

19. *Varjoja paratiisissa*

Asun nyt puutarhamökissä, en lähde täältä koko kesänä. Minun ei tarvitse tavata ketään, paitsi ehkä sinut asunnon myyntiin liittyen. Mutta nyt olen puutarhassa ja annan tapahtumien virran viedä.

Viimeisenä viikonloppuna Dagmarinkadulla tyhjennän pakastimen ja sulatan sekalaisen sisällön osaksi lounasbuffettiamme. Emännöin uusperhettämme kotonani viimeisen kerran ennen muuttoamme Pursimiehenkadulle. Ajatuksissani jätän lopullisia jäähyväisiä entiselle elämälleni. Kaikelle vanhalle.

Aini ihmettelee, kuinka raaskin lähteä ihanasta asunnostani, ja hymyilen hänelle. Aleksi kyselee innokkaana, minkälaista Punavuoressa on.

– Saattepa nähdä! Lähellä on meri ja puistoja. Siitä tulee meidän kaikkien yhteinen koti.

Koskemme virtaa tyveneen.

Illalla vähän juhlimme kanssasi heinäkuun huumassa ja kierrämme Kuut ja Kuu Kuut Töölössä. Kerrot, kuinka sait rakennustyömaalta ensimmäisen palkkasi, jolla ostit gramofonin. Olit kävelemässä kotiin, kun vastaan tuli sinua isompi kulmien kundi. Pysähdyit esittelemään kallisarvoista hankintaasi. Kaveri tempaisi sen käsistäsi ja paiskasi katuun.

– Kell onni on, sen kätkeköön, sanon ja katson sinuun lempeästi.

Ilmeesi on totinen, ja kiedon käteni kaulaasi.

– Ja pitäköön lujaa kiinni.

Tartut käsivarsiini ja irrottaudut otteestani.

– Pääsi on pilvissä, sanot.

– Niin on, olen rakastunut.

– Kääreissä kuin Magritten maalauksessa.

– Sen toisenkin pää on. Virnistän sinulle, mutta pidät vakavan ilmeesi.

– Menneisyyden raskas taakka painaa harteitasi, värisytän ääntäni.

– Sinä se olet nyt niin ihanan kevyt. Keskeytit minut.

– Anteeksi. Jatka!

Et kerro tapahtuneesta kenellekään. Vuosien päästä satut kohdakkain saman, elämän reunoille ajautuneen kaverin kanssa. Vedät päin naamaa ja sanot, että se oli siitä grammarista. Olit sujut.

– Pidit sisälläsi, et ollut unohtanut.

Eikö se vaadi pitkää vihaa? Ja miksi nyt synkistelet, meillä on ollut hauskaa.

– Et antanut anteeksi.

– Olisiko pitänyt?

Yritän kietoa käsivarteni kaulaasi, mutta työnnät minut rajusti pois. Kuvassa tärähtää. Mittaat minua katseellasi, ja menen hämilleni. En ymmärrä, miten olen sinua loukannut. Olen pyytämässä anteeksi, kun silmäsi välähtävät jäätävän sinisinä ja en sano mitään.

Kerroithan toisenkin tapahtuman nuoruudestasi. Olit ollut mukana poikajoukossa, joka oli käyttänyt hyväksi jotenkin yksinkertaista kulmien tyttöä. Olit katsonut vierestä poikien touhua tytön kimpussa ja kieltäytynyt kunniasta.

– Minä en tommoseen koske, kerroit sanoneesi. Ja päätit tarinasi. Ymmärsin vaihtaa puheenaihetta.

Toisen sisin avautuu yhdessäolon myötä, ajattelin silloin, säröt saavat selityksen. Sinä olit kaukana mielenmaisemissasi, mutta nyt kun ajattelen, on salaisuuksia, jotka ovat käsittämättömiä ja joista kärsii voimattomana niiden selvittyäkin.

Silloin sinisten silmiesi viilentämässä hiostavassa illassa ajattelin myös, että kosto on väärää energiaa, sitoo mielen vinoon. Minusta ei olisi oman käden oikeuteen, olin liian heikkohermoinen ja kuohahdin ja lepyin liiankin nopeasti, tai niin ajattelin.

Mutta nyt me olimme muuttamassa yhteen.

Muuttopäivä oli elokuun ensimmäinen, ja tilasin muuttolaatikot tahoillemme viikkoa ennen.

Minulla oli tavarameri purettavaa – ja myytävää Dagmarinkadulla. Tein kaupat Kiinasta ostamastani jalopuisesta sängystä – niin kuin olin sitä vaalinut. Myin verhoja ja mattoja, tekstiilejä, korkeat palmuni, vaatteita ja upeita löytöjänikin, art deco -nurkkakaapin, lasivitriinin, esineitä, joilla oli historiansa – ne saivat nyt joutaa. Ystävättäret auttoivat keittiön pakkaamisessa. Kirjoista minun oli selvittävä yksin, ja paneuduin hylättävien valikointiin huolella. Oli vaikea arvioida, kuinka paljon kirjoja uuteen kotiin mahtuisi. Niitä voisi seuloa myöhemmin. Pyöritin tavarasirkustani ja oletin sinun tekevän samaa Jalavatiellä.

Kävin kiireiden keskellä luonasi. Punaisia laatikkopinoja jökötti pihalla tihkusateessa. Eteinen ja olohuone olivat laatikoita täynnä, mutta ne olivat melkein kaikki tyhjiä. Mitä täällä on tapahtunut? Siis, miksei täällä ole tapahtunut mitään?

Tulet eteiseen ja näytät heiveröiseltä. Olet väsynyt, kukapa ei.

– Muutto on minulle iso muutos, väistelet.

Oluttölkkejä seisoo osin kaatuneena armeijana keittiön pöydällä, ja kerään ne muovipusseihin.

– Älä juo, ei silloin jaksa hoitaa asioita.

– Olen asunut suurimman osan elämästäni täällä. Enkä koskaan Pitkänsillan toisella puolella. Olen minä pakannut, mutta kirjoja pitää miettiä, sanot tukahtuneesti.

Ei tässä määrin. Tunnelmointiin ei nyt ole aikaa. Et voi uinailla sammalmättäiden alla loputtomiin! Tyhjennämme yhdessä kirjahyllyt. Minulla on tuo, ota tai jätä. Olit valmis luopumaan omista kaksoiskappaleistasi. Me emme eroa koskaan.

Sillä kauhistelluamme molemmille kertynyttä valtavaa kirjamäärää oli selvää, että jo kirjojen yhdistäminen ja kaksoiskappaleiden seulonta merkitsi elämän pituista sitoutumista.

Edellisenä iltana ennen muuttoa menen Pursimiehenkadulle ja kokoan Ikeasta hankitut valkoiset Billy-kirjahyllyt. Sinä olisit halunnut käyttöön vanhat Lundiasi, mutta olin tiukkana. Niitä pölynkerääjiä ei meille tuotaisi.

Hyllyt kiinnitettäisiin aamulla heti ensimmäiseksi olohuoneen pitkälle seinälle lattiasta kattoon. Olisi mihin purkaa kirjani ja saada tilaa sinun muuttolaatikoillesi. Aamulla varhain olen vastassa muuttoja vapaa-ajallaan hoitavia palomiehiä. Mikä asenne, mitkä voimat! Kiinalainen satakiloinen sänky kannetaan lavalle viimeisenä, se viedään matkan varrella ystävättären mainostoimistoon. Rumba toimi hyvin, kun Pursimiehenkadulla on kolme ystävätärtä purkamassa kirjojani laatikoista suoraan hyllyihin. Vielä myöhään iltapäivällä sinusta ei näy vilaustakaan. Tule jo, sinua tarvitaan täällä, olen viestitellyt päivän mittaan. Aini ja vanhin poikasi Aaro, ensimmäisestä avioliitostasi, kuten ilokseni huomasin, juoksevat auttamassa: kustavilainen kaappi ei sovi kaakeliuunin viereiselle seinälle. Nopeita ratkaisuja, raskaat huonekalut on saatava järjellisille paikoille ja kaiken on mahduttava sisään.

Seuraavana päivänä lentäisimme kahden viikon häämatkalle Italiaan.

Alkuillasta talkooväkemme on juuri asettunut nääntyneenä pöytään *Neronessa* kun muuttoautosi kaartaa rapun eteen ja miehet alkavat kantaa tavaroitasi sisään. Olemme alkamassa ruokailla, kun taksi pysähtyy ravintolan eteen.

Näemme ikkunasta jalkasi haparoivan auton ovesta ja musta laukku heilahtaa jalkakäytävälle.

20. Bussipysäkki

Elokuvat ja kavalkadi kuvankauniita naisia, vietteleviä, suojeltavia. Sädehtivimpänä tähtenä Marilyn Monroe.

Ahmit Lontoosta aikoinaan löytämääni kirjaa Marilynista, jossa oli kuvasarja tähden hylkäämistä negatiiveista. Marilyn oli vetänyt niiden päälle ruksit, niitä ei saanut julkaista. Arpi Marilynin rinnan alla näkyi, tähti ei ollut täydellinen. Marilyniä oli viilletty.

Hän oli kaunis, ja sinulla jano kauneuteen, naisiin, naisen mysteeriin. Minulla jano läpi kuvien, yli kiiltävien pintojen, härnäävien harsojen, lähellesi. Sinä olit kuvissasi, hämmästelit fantasiaan tullutta tahraa, ja minä mietin, miten armeliasta.

Ajattelin, etten tule ymmärtämään kuvia, joina mies naisen haluaa nähdä tai kuvittelee näkevänsä. Nainen aina kiinni sukupuolessa. Eikö nainen saisi olla ihan vaan ihminen. Ajattelin, kaunis rakas, katso minuun, ja sinä katsoit kuvia Marilynista.

Naisen ihannointi, sokaistuminen ulkomuodosta. Eikö kauneususkonnossa ollut jotain dekadenttia? Kuvien palvonnassa? Kuvat hallitsevat maailmaa, mutta pakenevat ihmistä vastaamatta kysymyksiin.

Kerroit, että olit nähnyt Catherine Deneuven Cannesissa rantakadulla ja lähtenyt seuraamaan tähteä. Halusit tarkkailla, miten hän kävelee.

Minäkin olin tavannut Deneuven! Ihan kasvokkain, Antibesin antiikkimarkkinoilla art deco -osastolla, jossa ihastelimme yhdessä esineitä galleristin poltellesssa pitkässä holkissa savuketta posket lommolla.

Vasta kun tämä meitä sivusta seurannut, läkähdystään pidättelevä galleristi liittyi seuraamme ja esittäydyin, katsoin kunnolla tummia aurinkolaseja käyttänyttä seuralaistani ja tunnistin hänen profiilinsa ja tyylikkäästi kasvoja kehystämään kammatut vaaleat hiuksensa. Taivas!

Hillitsin itseni ja poistuin osastolta, ryntäsin etsimään tavaramäärään

uuvahtanutta Särestöä ja usutin hänet ottamaan kuvan klassisen kauniista ihanteestani – huomaamatta – ennen kuin livahdimme paikalta.
Tähdet, tähdet!
Mitä heille kuuluivat massojen mielikuvat, jumalointi! Valkokankaan voima ja hurma! Tähti säväyttää olemalla elämäänsä elävä, kuolevainen ihminen. Tulemalla lähelle, farkuissa ja villapuserossa.

Häämatkalla Italiassa vietimme päivän muurien suojaamassa keskiaikaisessa Urbinossa, joka tunnetaan Rafaelista. Sielläkin törmäsimme Marilyniin. Huikaiseviin kuviin.
Halusin käydä taidemaalarin synnyinkodissa, josta oli tehty museo. Tunnelmallinen kolmikerroksinen renessanssirakennus isoine takkoineen ja sisäpihoineen oli komea. Kiersin huoneita, tutkin huonekaluja ja tajusin, että taiteilija oli tuskin nähnyt yhtäkään niistä. Eivät ne olleet alkuperäisiä, ehkeivät kaikki hänen ajaltaankaan, mutta Rafael oli kasvanut, hengittänyt näissä huoneissa.
Museosta hakeudumme ravintolaan pienelle aukiolle. Kuoli vain 37-vuotiaana, samanikäisenä kuin Vincent van Gogh, ajattelen uppoutuessani museosta ostamaani kirjaan.
Syömme kevyen lounaan ja juomme sitä raskaammin. Paahtava helle juoksuttaa kissoja lipittämään vettä aukion suihkulähteestä.
Osumme Palazzo Ducalen lähellä olevalle kirjatorille, josta löydämme muutaman kauniin Italia-aiheisen kirjan sekä Marilynin kuvallisen elämäkerran italiaksi. Sen kansi hehkuu lohenpunaisena.
– Marilyn heittäytyi seksiobjektiksi. Kestämätön naisen malli, noin pidemmän päälle. Mutta kuvina häntä voidaan palvoa ikuisesti, tunnustelen suunnatessamme kahvilaan.
– Ilman kuvia hän olisi jo unohtunut – ja vanhentunut, *du-duppidu*, jatkan kun istumme pöydässä aurinkovarjon alla ja selailet Marilyn-kirjaa.
Bussi lähtisi piakkoin, tarjoilijaa ei näy. Päätän käydä naistenhuoneessa ja tilata samalla juotavamme. Olen palaamassa pöytäämme, kun yhtäkkiä jalkani eivät kanna, taivas heilahtaa ja leikkaa pimeään.
Sinun hymysi, mielessäni häivähtää, kun tajunnassa ylinopeudella

pyörähtänyt kuvasarja pysähtyy kasvoihisi. Ylivalottunut kuva palaa puhki ja haihtuu valkeuteen. Makaan maassa. Siristelen silmiäni kovassa valossa. Aurinko peittyy ja voin avata silmäni. Seisot tyynenä jättiläisenä viistosti auringon edessä ja katsot alas minuun.

Hahmosi on vastavalossa kuin tumma kivipatsas, kuvakulma ja tilanne niin epätodellinen, etten saa sanaa suustani. Kehoni on raskas, en pysty liikkumaan. Heikottaa, en pääse jaloilleni. Minun on päästävä ylös! Valo välähtää ja sokaisee minut iskullaan, en ehdi ajatella tukkalaitetta, en nousseita hameen helmoja, kun varmat kädet nostavat minua.

Häpeällinen hetki on ohi, ja hymyilen niin urheasti kuin taidan minut pystyyn auttaneelle tarjoilijalle.

Istut pöydässä ja ojennat minulle nupulakiviltä pelastamasi aurinkolasini. Istuudun pöytään ja keskityn hengittämään, syvään ja rauhallisesti. Juomat tuodaan pöytään. Siirrän juomani eteesi ja tyhjennän vesilasin.

Bussi lähtisi kohta, hörppäät lasit tyhjiksi ja viitot tarjoilijaa. Istun jäykkänä, silmät auki revähtäneinä mustien aurinkolasien takana.

Bussi tulee ja kiiruhdamme pysäkille. Lasku jää maksamatta. Päästyämme penkeillemme vedät laukustasi kirjan Marilynista, siirrät sen sivujen välistä kahvilasta pihistämäsi tuhkakupin laukkuusi ja uppoat kirjan kuviin.

Nojaan päätäni ikkunalasiin. Alamme laskeutua hitaasti jyrkkää rinnettä. Vilkaisen alas syvään pudotukseen. Kuvankauniit maisemat levittäytyvät eteen rajusti tärähtelevänä panoraamana. Suljen silmäni.

21. Uusien tähtien alla

Piti ottaa kiinni arjesta, ryhtyä rouvaksesi. Saada Dagmarinkadun asuntoni myytyä, hoitaa osoitteenmuutokset, vakuutukset, järkeistää menot. Tavarat paikoilleen, kruunut kattoon. Ja ne kirjat. Liitelit käytännöistä, kävit töissä, niin kuin muistutit, mutta sinä teit ruokaa ja teit siitä taidetta. *Haukku osti kananmunan, haukku paistoi, haukku söi. Ja sitten lähti merille*, runoilit siirtyessäsi lieden ääreen, ja helähdin nauruun.

Oli kuninkaallista saada eteen valmistamiasi herkkuja, valkokankaan viettelevimmät ateriat! Siitä ilosta annoin anteeksi sotkun keittiössä, työlään kattiloiden, siivilöiden ja pannujen pesun, mikä jäi kontolleni taiteellisen panoksesi jälkeen.

Halusin laittaa uuden asuntomme kauniiksi, vaikka milloin elämä nyt olisi täysin järjestyksessä. Halusin hyödyntää toipilasaikaani, tupaantuliaisiakin silmällä pitäen. Halusin saada loputkin kirjat seulottua, viimeisetkin muuttolaatikot purettua. Saada muuton päätökseen.

Halusin jaksaa, olihan toinen leikkaus hoitunut kuin huomaamatta. Enää en ollut suistunut tuntemattomille kiertoradoille. Olin vaimosi.

Kun huomautit vaatteistani, pidin asiaa toissijaisena. *Blanche*, vitsailit ääntä värisyttäen, on muitakin värejä kuin beige, ja minua huvitti – ja sitten, enkö kelvannut?

– Käytä hameita, ja sukkia. Kokeile tätä Venlalle ostamaani mekkoa, sopii taatusti, maanittelet ja työnnät vaatteen syliini.

– En halua.

– Sinun pitäisi käyttää värejä rohkeammin.

Kirkkaita värejä, kun olin niin kalpea, mietin haluttomana. Ehdotit minulle punaista tukkaakin. Naiseuteni vahvistamiseksiko? mietin epäuskoisena. Joksikin naiskuvaksi?

Hulmuaisin rinnallasi, viilettäisin vierelläsi, kyllä, kun vereni kiertäisi vahvana ja myrkkyhoidot olisivat ohi. Nyt pysyttelisin syrjemmässä, kotona kanssasi. Laittautuisin myöhemmin.

– Sinähän osaat olla trombi, toteat rauhallisesti ja kovasti liioitellen. Olet tullut rautatieasemalta Aleksia saattamasta ja rojahdat olohuoneen sohvalle.

Tunnen syyllisyyden pistoksen, vaikka se on perusteetonta. Olin vain huomauttanut, että Aleksin ei ehkä pitäisi katsoa niin paljon videoita, heti aamusta. Voisimme myös siivota jälkemme, kun tämä on koti. Tavoille on helpoin oppia varhain.

– Kävellään meren rantoja, Kaivopuistoon. Otetaan koira, sanon, painan nappulaa ja letku keriytyy suhahtaen imurin uumeniin.

– Minä olen kissaihminen, niin kuin Aleksikin, julistat.

Kuinka surittekaan Höpön katoamista. Venla oli ottanut kissasi hoitoon häämatkamme ajaksi, ja se oli karannut. Olimme viikkoja epätietoisia kissan kohtalosta, kunnes päätimme sen saaneen uuden kodin. Sinä syytit Venlaa, pitkään.

Haet oluen jääkaapista ja palaat olohuoneen sohvalle. Tulen ovelle pölyrätti kädessä, olen lopettelemassa siivoamista. Pyyhkäisen vielä olohuoneen tasot.

– Täytyyhän asioista voida sanoa, ja sopia, sanon ja jatkan hetken mietittyäni.

– Minun puolestani tunteita saa purkaa. Ei se tarkoita asevarustelua, sodan julistusta. Maailmanloppua, naurahdan.

– Voin saada tunnekohtauksia, minä ikään kuin mölyän mielipahan pois sisältäni, lisään ja hymyilen sinulle.

Eihän nyt tarvitse niin totisesti kaikkeen suhtautua.

Olin tulinen luonne ja leimahdin ärsytettynä. Mutta aina syystä, lepyin nopeasti ja halusin aina heti sopia.

– Ei kai meidän tarvitse hävetä tai peitellä tunteitamme, yritän valmentaa sinua.

Alat katsoa pöydällä lojuvia hääkuviamme.

– Valikoi niistä mieleisesi, järjestän ne albumiin.

– En siedä huutamista, sanot ja äänesi kumpuaa jostain syvältä. Otat yhden kuvan pinkasta.

– Lähden pois, jos minulle huudetaan. Meillä huudettiin niin paljon, etten kestä sitä yhtään. Äänesi kumisee yhä matalampana.

– En minä ole huutanut, sanon ihmeissäni, mutta tunnen epävarmuutta. Hetken minua kylmää, minussa itsessäni piili vaara. Pitäisi olla varovainen, hillitä itsensä.

Ajattelin Särestöä, joka julmistui vähästä ja leppyi yhtä nopeasti kuin mannerjää sulaa. Olin kärsinyt vihoittelusta, johon ei tuntunut tehoavan kärsivällinenkään sovittelu. Mies rankaisi olemalla tyly ja luoksepääsemätön päiväkaupalla, mitättömistä syistä. Kerran tein kyllästyneenä lähtöä, mutta sekään ei sopinut. Ähisimme eteisessä ja takistani repesi hiha. Mutta asenteeni muuttui, en enää hyssytellyt. Katkaisin tilanteet, joissa näkemykseni mitätöitiin. Suutuin, jos oli tarpeen. En enää leikkisästi muistuttanut sananvapaudesta, toteutin sitä. Jouston vara oli loppunut. Ja suhde.

Lähden pois, jos minulle huudetaan. Sanasi tykyttävät mielessäni kuin pelote desinfioidessani keittiön pesuallasta. Mutta ymmärsinhän minä, olin kuullut, kuinka entisesi kiljui komentojaan puhelimessa. Pumppasi rahaa ja pompotti vaateilla: Ainin on päästävä ulkomaille, kursseille, kosmetologille, on hammaslääkäriä, tarvitaan uusia kausivaatteita, kenkiä, niin ja toimita niitä leffalippuja ja Aleksi ei tulekaan seuraavana viikonloppuna, ei ainakaan, elleivät rahat hoidu.

Olit puheluiden jälkeen kuin jäämurskaa lasin pohjalla. Taisit ottaakin drinkin.

Armaani hyväksyy minut sellaisena kuin olen, ajattelen vetäessäni imuria siivouskomeroon. Kunhan hän oppii tuntemaan minua – eikä juutu äänenpainoihin, mietin ja suljen komeron oven. Armaani on rauhallinen mies ja rauhoittaa naarasleijonankin.

– Syödäänkö voileivät?

Selailet ulkomaista elokuvalehteä ja kiität, juustolla. Paahdan leivät paahtimella, jonka olit huomaavaisesti hankkinut. Täällä olisi tosi kaunis yksilö, lehtitalon myyjäisissä, olit soittanut, enkä pilannut iloasi sanomalla, että meillä oli jo paahdin, parikin.

Iltauutiset ovat alkamassa ja kotimme on siisti. Tuon voileivät ja pyytämäsi oluen pöytään.

– Minulla on hyvä olla sinun kanssasi, sanot ja vedät minut kainaloosi, ja ajattelen taas kerran, että hellyys on rakkauden parasta polttopuuta.

– Kotosalla, hyrisen.

Ei, ei riitely, ei huuto vaarantaisi välejämme. Olin siihen liian väsynytkin. Satunnaiset mielipahani kätkin sisimpääni. Ja muistan pitsinkevyen, utuisen olotilan, jossa liitelin uudessa kodissamme, ja sen syksyisen alkuillan, kun tulet kotiin ja kiiruhdan sinua vastaan.

– Soitin sinulle iltapäivällä, mutta et vastannut puhelimeen ja sitten myöhemmin olit sulkenut sen. Missä sinä olit? kysyn ja olen halaamassa sinua, kun käännyt asettamaan mustaa olkalaukkuasi huolellisesti eteisen lattialle.

– Olin katseluissa koko iltapäivän, sanot auttaessani takkia päältäsi laittaakseni sen henkariin.

Haistan kostean sammaleen hajun.

Kuvassa tärähtää. Olin nähnyt päätteeltä, että katseluja ei ollut. Olen vaiti ja pääni painuu.

Se oli kai ensimmäinen kerta, kun tajusin sinun valehtelevan. Oliko se valkoinen valhe? Olisin ymmärtänyt, jos halusit itsellesi omaa aikaa.

Yksi kohtaus ei riitä draamaksi, yksi särö ei hajota vaasia. En halunnut tentata, tehdä heti pienestä numeroa. Olisiko pitänyt?

Kun suukopuja, pikku puhureita vääjäämättä tuli, unohtuivat ne nopeasti. Turhaa tuiverrusta, annoit ymmärtää, pedanttisuuttani, ja pikkuruiset nuotiot, kytevät tulipalon alut sammutettiin ja saatoimme katsoa toisiimme luottavaisesti, tai niin ajattelin. Aiheet olivat niin mitättömiä: Vastaa minulle. Ole puhelimen päässä, tietäisin milloin tulet kotiin, tai et tule. Haluathan sinäkin tietää missä olen, vaikka olenkin aina kotona. Ja menoni näet päivyristäni. Älä väistele. Katso minuun.

22. Varkaiden paratiisi

Ilmassa leijuu lauantaisen puolipäivän lempeys.

Aleksi on viikonloppukylässä, saapui edellisiltana pikku selkäreppu pakattuna, toimintatarmoa täynnä kuten aina, ja ajattelen, että hän suhtautuu isänsä uuteen elämään edelleenkin kuin seikkailuun.

Nyt poika paahtaa piirustustensa parissa, uuteen harrastukseen ei ollut tarvittu kuin piirustuslehtiö ja värikynät. Ei pelkkää Potteria koko päivää.

Aleksi piirtää yksikerroksisten talojen viereen monikerroksisia. Nyt kun pojalla on erilaisia koteja. Katson Aleksin piirustuksen päälle kaartuvaa hentoa kaulaa ja vaaleita niskahiuksia, seuraan vauhdikkaita vetoja paperiarkilla, joka vaihtuu tiuhaan uuteen. Asetan käteni lempeästi hennoille olkapäille ja pojan vedot rauhoittuvat.

Alan asetella edellispäivänä Töölöntorilta hakemieni voimakastuoksuisten liljojen joukkoon olohuoneessa komeilevasta kolibrista leikkaamiani veneenmuotoisia lehtiä. Kukka kuin paratiisilintu, olin ajatellut ostaessamme toista metriä korkean kasvin kotiimme. Olimme tutkineet yhdessä kolibrit niin kasvi- kuin lintukirjoistakin.

– Vaimoni haluaa aina tehdä kaunista, kehaiset Aleksille kantaessani maljakon ruokasalin pöydälle.

Ja varjella rumalta, ajattelen. Olin nähnyt pojan vilahtavan aamulla makuuhuoneestamme sängyn viertä kyyryssä. Olisin halunnut suojata poikaa aristelemaltani tosiseikalta. Ja vaalia yksityisyyttäni, olin sitä hartaasti sinulta pyytänyt. Pitäisikö minun nyt puhua Aleksille sairauteni hoidosta ja sen seuraamuksista, minkä ei ollut tarpeen paljastua – ja jonka hän nyt tiesi.

Pyysin sinua puhumaan Aleksin kanssa. Poika sanoo nukkuneensa, sanoit ja lähdit kauppaan.

En halunnut paisutella asiaa.

Pauhua oli pojan vierailuihin liittyen ollut riittävästi. Heti häämatkalta palattuamme.

– Täällä on tavaraa huoneet pullollaan. Tultiin eilen Italiasta, toteat exällesi rauhallisesti puhelimeen.

Istut tukka pörrössä aamutakissa ruokasalin pöydän päässä. Matkatavaramme ja tuomisemme ovat purkamatta eteisessä. Olemme muuton jälkeisessä lähtöruudussa. Täydessä kaaoksessa. Asunnossa pystyy kulkemaan eteisaulasta olohuoneeseen ja pitkää käytävää makuuhuoneeseen ja ruokasaliin. Muualla velloo huonekalu- ja tavarameri. Ennen matkaa ehdimme purkaa vain muuttolaatikot, jotka kasasimme noudettaviksi rapputasanteille alimpaan kerrokseen asti. Niitä oli ollut neljättä sataa.

Tivaus puhelimen toisessa päässä jatkuu. Aleksi tulee nyt meille viikonlopuksi.

– Ei Aleksille ole edes makuusijaa. Me haluamme olla rauhassa muutenkin, kahdestaan, kun on vaimoni syntymäpäivä. Syödään rapuja ja juodaan samppanjaa, *Keltaista leskeä*, eikö niin, suuntaat kysymyksen minulle.

Olen asettelemassa rapuveitsiä, lautasia ja muuta rapurekvisiittaa sivupöydälle illallistamme varten.

Minulle oli tärkeää tehdä häämatkamme ennen toista leikkausta. Halusin myös viettää viisikymmenvuotispäiväni sinä viikonloppuna kanssasi kahden. Se oli minulle suurinta juhlaa, ennen maanantaista sairaalaan menoa. Kuvassa tärähti, kun myöhemmin illalla sanoit, että oli surku, kun syntymäpäivilläni ei ollut enemmän ihmisiä.

Saat Venlan tajuamaan, ettei Aleksi nyt sinä viikonvaihteena voinut tulla meille, ennätyksellisen jaakauksen jälkeen.

– Ai nyt alkaa rahan kiristäminen, puhut edelleen yhtä paljon minulle kuin puhelimeen.

– Mene lisätienestiin Alepan kassalle tai vie kamojasi kaniin, sanot hyvin rauhallisesti ja suljet puhelimen.

– Älä puhu meidän Italian matkoistamme ja ravuista, jos hänellä on rahapula. Ole tahdikas, sanon ja asetan ison koristeravun pöytään.

Se oli ensimmäinen ja viimeinen kerta kun Venla vaati, että Aleksi tulisi viikonlopuksi meille. Kun pikkumiehelle oli saatu yösija työhuoneeseen, äänilaji muuttui. Alkoi vääntö, soutaminen ja huopaaminen saiko poika tulla meille yleensä ollenkaan.

Huippu makaaberissa leikissä saavutetaan sitten sinä lauantaina, kun ilmassa leijuu puolipäivän lempeys. Sinä viivyt kaupassa, minä raivaan jääkaappia ja Aleksi on ryhtynyt teippailemaan kotitossuani, jonka pohjassa on lovi. Puuhissamme, pikku perhe. Oloni on suloinen. Kohta ruokailisimme ja sitten lähtisimme ulos.

Lankapuhelin soi. Vastaan, ja kodikas tunnelma jäähtyy äkisti, kun kuulen tulitusta enteilevän syvän hengenvedon.

– Aleksin isä puhelimeen!

– Armaani on kaupassa. Mitä asia koskee? kysyn ja ihmettelen, miksei Aleksi kelpaa.

– Ei kuulu sinulle.

Korvaani kuumentaa.

– Sano, että soittaa minulle heti! Kipunat lentelevät. Linja napsahtaa kiinni.

Tulet kaupasta ja vedät kassista Aleksin lauantaikarkkipussit. Lasket keittiötasolle kaksi pahviin pakattua pizzaa ja sanot tehneesi kunnon kävelylenkin jätettyäsi tilauksen alakerran Neroneen. Olet hyvällä tuulella ja sanot tekeväsi joulustamme joulujen joulun. Vähän ennenaikaista, ajattelen, mutta suunnitelmallisuutesi lämmittää mieltäni.

Välitän soittokäskyn ja alan kattaa pöytää. Soitat Venlalle, kuuntelet hiljaa puhelin kuin kuuma kekäle korvallasi.

– Nyt se uhkaa poliiseilla ja tulee hakemaan Aleksin pois.

Katson sinuun hitaasti.

– Mitä sinä puhut?

– Se tulee hakemaan Aleksia.

– Miksi?

– Uhkaa poliiseilla!

– Tämähän on uskomatonta.

– Se voi tehdä mitä vaan, sanot ja pidät puhelinta kädessäsi linja auki.

– Ei sitä mikään laite jumalallisesti alas taivaasta kotiimme laske.

– Tulee hakemaan, vaikka poliisien kanssa.

– Taivaan vallat, älä nyt ota todesta moisia uhkauksia. Ei niille ole mitään perusteita.

– Se huutaa siihen malliin, että tehköön mitä haluaa.

– Et kai alistu tällaiseen. Tämä on infernaalista!

– Se joutui tulemaan keskustaan muissa asioissa ja keksi jipon. Ei se muuten näkisi vaivaa.

– Keksi! Meidän ei tarvitse mennä mukaan näihin jippoihin. Oletko sinäkään järjissäsi!

– Se voi tehdä tästä oikeusjutun! Jos sattuu korventamaan.

– Mitä! Oikeutta tässä tarvittaisiinkin. Tämähän on yhtä helvettiä.

Katsomme toisiimme kuin tyrmäystippojen jäljiltä, ja ilmeestäsi päätellen päätäsi repii *Psykosta* tuttu viulujen kirkuna. Aleksi ryntää puhelimeen.

– Äiti, älä tule tänne! Anna minun olla täällä. Täällä on kaikki hyvin. Älä aina pilaa kaikkea.

Sinun alistuneisuutesi, entisen vaimosi mielivalta ja pojan hätä: Minä haluan olla täällä. Seuraan tyrmistyneenä rapputasanteelta, kun laskeudut poikasi kanssa käsi kädessä portaita alas, molempien päät painuksissa.

Ikkunasta näen Venlan taluttavan vääntelehtivää poikaa tiukassa otteessa pitkin Perämiehenkatua, musta työöstuva takki puolessa sääressä heilahdellen, korkokenkien kannat asfalttiin vihaisesti iskien.

Mikä näytös, jolla pyrittiin siis mihin? Todellakin, mikä *hybris!* Tähän jumalaiseen näytelmään astuessaan sai kaiken toivon heittää.

23. Laulu tulipunaisesta kukasta

Sanoit, ettet ole mustasukkainen, sanoin samaa. Olit kärsinyt naisten omistushalusta, teiniajoista lähtien, saanut laukulla päähän ja naarmun naamaan diskojonossa nuorelta naiselta, jolle olit luvannut, mutta unohtanut soittaa. Minua huvitti, jaksoitkin muistaa.

Venla oli vahdannut, kytännyt ja penkonut. Ymmärsin. Sellainen ei kuulunut rakkauteemme. Emme olleet mustasukkaista tyyppiä, nimenomaan kärsineet tästä jöröjukasta, takapirusta, kypsymättömyydestä sikiävästä kyystä.

Silloin en tiennyt tunteesta, joka on lyijyä veressä ja estää syömästä, vaikka on nälästä heikko. Tunteesta, joka myrkyttää ravinnon.

Torkuin usein päivisin ensimmäisenä syksynämme, televisio auki, sillä se kävi seurasta, kun toinen leikkaus oli pitkittänyt hoitoja ja toipumistani. Sitten tein löydön.

Elokuva *Mieletön rakkaus* ja löytämäni elokuvakanavan muut vanhat klassikot olivat hurjia melodraamoja. Raha-avioliitot, luokkaristiriidat, luonnehäiriöt, alkoholismi, näissä vanhoissa elokuvissa käsiteltiin rohkeasti elämää. Niitä oli ihana katsoa. Mihin nämä aiheet tässä tunnevoimaisessa tyylilajissa ja yleensäkin tämä tyylilaji olivat sittemmin unohtuneet?

Bette Davis ampumassa hänet jättäneen miehen heti alkajaisiksi elokuvassa *Kirje*. Kostoksi – kun tuli petetyksi! Amerikkalaisessa elokuvassa! Katsoin elokuvaa silmät ymmyrkäisinä.

Miksi näitä ei ollut nähnyt missään, ihmettelin sinulle. Ovatko kaameat tunnetilat, petetyn viha ja mustasukkaisuus, vaarallisia aiheita?

– Olet mennyt minun vereeni, olen tulta ja hehkua, tule jo. Tempaat minut kiinni vyötäisiltä.

– Mustasukkaisuutta ei saa ilmaista, ainakaan väkivaltaisesti, yritän vakavissani, kun karjahtaen kiristät otettasi.

– Se on häpeällinen tunne, kuten kateus, mutta eikö siinä tunteessa ole jotain pyhää? Kuuntele nyt, se aiheuttaa kärsimystä, vaikka olisi kuinka hyvä itsetunto. Kai tuskalla on jokin tarkoitus?

– Oletko sinä itse puhdas, kun minulta sitä vaadit, sanot hitaasti synkällä äänellä, elokuvarepliikkiä ironisoiden. Kätesi kiristävät pihteinä vyötäröäni.

– Onko mustasukkaisuuden tarkoitus suojata pesää, turvata parisuhde - -.

Painat huulesi kaulalleni, ja henkeäni salpaa. Imaiset lujaa, ja kohta siinä on mustelma.

– Onko rakkautesi musta – vai tulipunainen laulu, nostat ääntäsi ekstaattisesti.

– Ei pidä antaa käytöksellään aihetta mustasukkaisuuteen.

– Helvetillistä, en käytä mustia sukkia. Enkä keksinyt heinäkasaa, sanot ja taivutat minua selästä omintakeisessa tangossa, ja heitän dramaattisesti pääni taakse.

– Ole minun, ota minut, värisytän ääntäni kohtalokkaasti ja purskahdan nauruun.

– Sinä, sinä, Siriseni, sinä senkin hekkuman huippu, tavoittelet kihelmöivää äänenpainoa kouriessasi kehoani, ja päätän lopettaa siltä erää huvituksemme. Olit ylivoimainen repliikeillä ja elokuvaviittauksilla vitsailussa. Hauskinta oli irrotella Tulion tyylilajissa.

Minua uskollisempaa ei ollut. En hylkää rakkaimpiani koskaan. Puolustan piiriäni naarasleijonan vaistolla, uskoin tietäväni. Ja sanoin sen sinullekin. Raatelen röyhkeät, huudan huijarit, sadattelen sietämättömät. Hörhöt, herhiläiset, verenimijät. Todellakin – enkä edes tiennyt tulevasta.

Sinä taas, sinä olit mustasukkainen. Se järjettömin syytös, ja muistin julmistuneen ilmeesi katseittemme kohdatessa ajat sitten Akateemisessa kirjakaupassa Taiteiden yönä.

– Olit niin rakastuneen näköinen siihen kumppaniisi, kuka sekin oli, moitit minua.

– Siitähän on toistakymmentä vuotta, mitä väliä! Ja olit itse naimisissa ja vielä vaimosi seurassa! Ihmettelen kuitenkin tarkkanäköisyyttäsi ja muistiasi.

Sodankylän elokuvafestivaaleilla ennen häitämme suutuit, ja ajattelin sinun pelleilevän.

– Sehän oli ikivanha tuttu, mehän vain tanssimme, en kai minä voinut kieltäytyäkään. Eikö kukaan saa ilahtua meidän onnestamme?

– Etkö sinä tajua, että olen aina inhonnut sitä imelää kukkoa, ärähdät.

– Hänhän halusi vain vilpittömästi onnitella meitä. Et kai tosissasi luule jotain, hullua! Nyt lopetat, rauhoittelen ja ajattelen, että menneisyyteemme kuului yhteisiä tuttuja, mutta eri silmin nähtynä.

– August hyvä, minä näyttelen vain sinun kirjoittamissasi näytelmissä, heittäydyn taas kerran Siriksi lepyttääkseni sinut.

– Kanarialintunne, neiti Julie, sanot nöyristellen ja teet naurettavan hovikumarruksen, ojentaen kättäsi kuin tarjotinta.

– Hui, älä pelottele. Luokkajaolla.

– Se on nirri pois, jos lintu lentää vois.

– Eiköhän se ole häkissä! Minä en esitä kenenkään muun kuin sinun kirjoittamaasi roolia. En ota vastaan muita tarjouksia. Ja meidän näytelmässämme on vain yksi miespäärooli!

Niin vihaiset kasvosi pehmenevät, kurkotan kaulaan, silitän poskeasi, suutelen. Myrsky on ohi. Nuotio sammutettu.

Miten hupaisaa sitten on, kun pörrötät hiuksesi pystyyn, otat tiukan demonisen ilmeen, muutaman uhkaavan askeleen, mutristat huulet, kurtistat silmät ja räväytät ne pyöreiksi ja killität suu ruusukaalilla, heität vielä voimallisesti käsivarret ristiin rinnalle. Olet ilmetty Strindberg.

– Tässä avioliittodraamassa roolijaoista määrään minä!

– Oioi, kirjoita minulle elämäni rooli, August! Ohjaa meidät tähtiin! Oi August, eikö sinullakin ole jo nälkä, ja jano? Tehdään Aukustin ahventa.

Olit löytänyt ahvenreseptin ruokakirjakokoelmassani olevasta Strindbergin keittokirjasta. Minulle oli ollut yllätys, että äkkijyrkkä kuohukimppu oli suosikkikirjailijasi.

Kun sanoit, että pidit ainoana uhkana Särestöä, tiesin mitä tarkoitit. Et ollut unohtanut iltaa kellariravintolassa Yrjönkadulla, jolloin Särestö oli yllättäen vetänyt tuolin altasi. Siitä oli aikaa, mutta sanoit, ettet antaisi sitä ikinä anteeksi. Olitte nousseet sitten sisäpihalle ottamaan mittaa toisistanne. Olin rynnännyt perään rauhoittelemaan ja nähnyt välähdyksenä komean kuoresi läpi. En kestänyt katsoa. Etkä tullut takaisin pöytääsi.

Oi olosuhteiden jyrää. Ja voi, luonnon ihmettä! Synnyttyään, kuin aarre piilossansa. Se kantaa, ajan yli. Ei se mihinkään katoa.

Niin, Särestö oli silloin halunnut eliminoida vaaran, heti. Oli tunnistanut sen, luoja ties miten, ja asemoinut itsensä. Niin, ja nyt kun ajattelen, siellä sisäpihalla näkemässäni oli ehkä myös syyllisyyttä. Et luottanut. Luotitko koskaan.

Olimme sopineet kuherruskeväänä, muistathan, että kertoisimme tahoillamme uuden tilanteemme.

Kerroin Särestölle tavanneeni miehen. Kun en halunnut kertoa, kenet, Särestö iski nimesi pöytään. Sitä vainua ihmettelin. Ja sitten räjähti.

Viestitin sähköpostilla työpaikallesi: *Armaani, ainoaa huolenaihettasi ei enää ole. Välimatkaa monen solvauksen verran. Yhdestä sanasta voi revetä sellainen raivo ja ilkeys, ettei enää sanoja tarvitakaan. Tuus.*

Olin puhdistanut pöydän. Oletin sinunkin tehneen niin ja typerryin tekstiviestistäsi: *Zorgen.*

Mitä anteeksipyydettävää sinulla oli? ihmettelin sinulle. Et vastannut.

Mielleyhtymällesi, että Särestö oli hiippaillut Uspenskin liepeillä siunaustilaisuutemme aikana, nauroin. Ei ikinä, tunsin hänen tyylinsä. Kuvitelmia kaksoiskerien!

Olithan sen kerran, kun Särestö sattui soittamaan Dagmarinkadulle, tehnyt asemasi miehekkäästi selväksi. Otit puhelimen kädestäni ja sanoit rauhallisesti, että rakastat minua ja pidät minusta huolta. Poskeni punehtuivat. Suljettuasi puhelimen sanoit minulle, että Särestön nimeä ei sitten enää mainita.

24. La Dolce Vita

Seisomme eteisessä Pursimiehenkadulla. Oion tummanpunaista kaulaliinaasi ja kiedon käteni kaulaasi.

– Tarvitsetko näitä, hymyilen sipaisten aurinkolasejasi.

– Kaikki mikä peittää on eduksi, toteat. Painan suukon poskellesi.

– En halua lähteä töihin. Jo portaissa tulee ikävä.

– Odotan sinua täällä, sanon ja silitän poskeasi.

– Minun pitää aina lähteä. Sinä saat olla kotona.

– Tiedät miksi. Haluaisitko olla minun sijassani?

– En.

– Minä rakastan sinua.

– Miksi minun pitää aina lähteä?

– Tulet pian takaisin. Odotan sinua. Teen ruoan, syödään kun tulet. Hamuan sinusta kiinni ja heijaan kuin suurta vauvaa.

– Kun en haluaisi olla kotoa pois ollenkaan, tyrskähdät.

– Näen sinut kaikkialla, sanot ja irrottaudut minusta. Suljet raskaasti oven perässäsi.

– Tämä on luksusta, sanon sinulle myöhemmin iltapäivällä, kun ennakkonäytökset ovat ohi ja puhumme puhelimessa.

– Olen niin onnellinen.

Istun olohuoneen pyöreänä kaartuvassa erkkerissä, johon olen sijoittanut rokokoopöydän tuoleineen.

Pöydällä on posliinikulhossa rönsyliljoja juurta kasvamassa. Pitsi- ja silkkiverhot ryöppyävät korkeista ikkunoista. Korkea kolibri on avannut eksoottisia kukintoja. Jalavatiellä pihakoristeena ollut toista metriä korkea valkohipiäinen Afrodite on syventynyt itseensä, sokeana klassisen täydellisille suloilleen. Meitä suojaava kauneus, kaikki tämä kaunis.

Olit tarkka, että kipsipilarin päälle nostamamme alaston jumalatar näkyi erkkeristä kadulle. Maamerkkimme, ajattelin.

Taustahäly voimistuu linjalla, ja sanot soittavasi uudelleen. Katson taas kerran ikkunasta entistä Fazerin karamellitehdasta, joka oli tuntunut pitkään järkälemäiseltä Eiran pienidylliin nähden. Talon porrastettu kattofasadi johtaa katseen taivaan korkeuksiin. Olen alkanut pitää jätistä tai sitten vain tottunut katsomaan sitä, niin kuin olen tottunut odottamaan – sinua, tervehtymistäni ja kevättä. Niin kauan siihen menisi.

Katseeni kiinnittyy kiinalaisen kaapin yläpuolella olevaan peiliin, josta näen eteisaulaan ulko-ovelle, mutta myös kaistaleen ruokasalia aulan peilikaappien kautta. Peilit hämäävät tilakäsitystä, tietyistä kulmista kubistiseksi, ajattelen, rikkovat aistien rajat, kuin näkisi hetkiä äkkikulmista. Kuten sinut järjestelemässä mustan olkalaukkusi sisältöä huolellisesti, ja hätkähtävän kun katseemme kohtaavat peilissä.

Aikoinaan Pukevan konkurssista hankkimani korkeat sovituspeilit halusin ruokasaliin, vastakkaisiin seiniin. Kaari-ikkuna niiden välissä kertautuu ruokapöydässä istuessa. Kotimme on peilipalatsi.

– En halua nähdä itseäni, kun syön, protestoit.

– Pian et huomaakaan niitä. Ei peileihin katso, usko minua, ne ovat vain sisustusratkaisuja, avartavat tilaa.

Olohuoneen lattialla on edelleen odottamassa kirjapinoja. Niiden seulonta on kesken. Ne jo tehdyt lukemattomat retket antikvariaatteihin, kiloittain upeita kirjoja kasseissa auton takapenkillä! Niitä reissuja on tehtävä lisää. Kaksoiskappaleista luopuminen käy helposti. Me emme eroa koskaan.

Öljyvärimaalauksia, nuoruudentöitäsi, nojaa rykelminä seiniä vasten, odottamassa nekin ratkaisua, ja uskomattomin, pari metriä leveä surrealistinen maalauksesi Garbosta, mihin se sopisi?

Kumman näköiseksi koti tehdään? Eikö tehdä molempien näköiseksi. Sinä halusit kaiken kuten ennen, minä hain uuttakin ilmettä.

Katson rajua kuvaa miehen silmäaukoista pään sisään ilmeisen pakkomielteisesti tunkeutuneesta naisesta. Sen vieressä on ainoa hankkimani öljyvärimaalaus, *Palava nainen*, jossa vihreä nainen on kietoutunut mieheen liaanimaisesti reidet tämän lanteilla.

Rakkaat Magrittet, *Rakastavaiset* nojaamassa poski poskea vasten ja suutelemassa, päät lakanoihin kiedottuna, sekä iso kuva, jossa sininen pää on täynnä pilviä ja pilvissä, ne ripustin makuuhuoneeseen johtavaan käytävään. Kuten myös roinasi joukosta pelastamani Magritten kuvan taiteilijasta puoliksi maalatun naismallin edessä. Magritte oli tiennyt nimetä kuvan *Mahdottomaksi yritykseksi*.

Luomuksistasi fantastisin, messinkiketjuista roikkuva shakkilautavalaisin, on päätynyt ruokasalin nurkkaukseen muhkean nahkanojatuolisi yläpuolelle. Ylösalaisin olevan mustavalkoisen pelilaudan reunoille kiinnitetyt shakkinappulat ovat kuin sakaroita kruunussa tai linnake, jonka keskellä valo palaa. Pelilaudan keskeltä roikkuu teräslangoissa pää alaspäin kaksi punaiseksi maalattua nappulaa, kuningas ja kuningatar.

Valaisin on sinun käsistäsi ja kiehtoo minua. Olin ajatellut, että koska shakkilauta on ylösalaisin, valtiasparin voi tulkita leijuvan korkeuksissaan pelinpidon yläpuolella. Tosin ylösalaisin.

Sanoit, että laudasta on irronnut olennainen osa, mutta että se saikin mennä.

Mikä? Vastapuolen valtiaspari?

– Haarukka.

Kotimme ei ollut valmis, mutta olen kutsunut ensimmäiset vieraat jo kylään. Rakkaimmat ystävämme, Mustikat. He olivat todistajina, kun menimme ennen Uspenskin siunaustilaisuutta naimisiin maistraatissa juhannusviikolla. Heidän kanssaan söimme häälounaan pilvisenä iltapäivänä *Kosmoksessa*, ja heidän luokseen Etu-Töölöön menimme jatkamaan juhlaa ja syömään illallista.

Pöytä on katettu kullanhohtoon Mustikoiden vierailua varten, ja sinä olet valmistanut juhla-aterian. Kynttilät on sytytetty niin ruokasalin kristallikruunuun kuin kahteen kynttelikköön pöydällä.

Ovikello soi ja ryntään iloissani avaamaan ovea. Olen pukeutunut hennon limenvihreään kotelomekkoon, heittänyt kultakäätyjä kaulaani ja vetänyt hiukseni poninhäntälisäkkeellä taakse. Oven takana seisookin Aini, joka tunkee keittiöön selittämään jotain sinulle. Tyttäresi poistuu yhtä nopeasti kuin tulikin. Ehdin vain nähdä hänen uteliaan ilmeensä ruokasalin ovella, kun hän jo kiiruhtaa, kuten kerrot, ulkona odottavan äitinsä luo.

Ruokasali on raivattu tavarasta, joskin sivussa seisoo toinenkin pöytä, jonka päälle on kasattu sekaisin menneitä ruokailuvälinesarjoja. En ollut ehtinyt lajitella niitä, kun Aini oli jo vienyt osan niistä yllytyksestäsi, niitähän oli aivan liikaa. Pöydistä emme ole päässeet yksimielisyyteen. Molemmat eivät mahdu asuntoon, mutta kieltäydyt itsepäisesti tajuamasta sitä. Kumpi jäisi? Olen lykännyt asian ratkaisemista. On niin ilmeistä, että omani sopii ruokasaliin paremmin.

Mutta nyt hyvät haltijamme ovat tulossa meille kylään. Niin hirvittävän rakkaat ystävät! Olen odotusta täynnä.

– Vitsailin asunnon edelliselle omistajalle, että tarvitsemme hänen ammattiapuaan ennen kuin muutosta on selvitty. Tätä tavaran määrää! Hän on psykiatri, keventelen juodessamme Mustikoiden kanssa tervetuliaismaljoja.

En kerro edes kevennykseksi, että olimme jo turvautuneet häneen. Tosin ei-ammatillisesti. Vaadit häntä paikalle myöhään illalla näyttämään, miten asuntoon jääneen pesukoneen ohjelmat toimivat.

Mustikat ovat tuoneet tuliaisena samppanjavispilän. Ajatuskin poreilevasta samppanjasta! Tällä pääsee eroon kaikista maailman kuplista! Tästä luovumme vasta maitovispilän jälkeen! Nauran heleästi, kun tunnen äkisti pahoinvointia, heikotuksen aallon.

– Teille, joilla on kaikki, toisenne!

– Uudelle kodille, uudelle alulle! kohotamme maljoja.

– Ystävyydelle!

– Hyville hetkille, hyville ihmisille.

Hymyilen väkinäisesti ja lasken lasini pöydälle. Polveni notkahtavat, pelkään lyyhistyväni. Käyn keittiökaapilla ottamassa lääkkeen, jonka huuhtelen kurkustani lasillisella vettä. Tunnustelen haavaa, se on napakasti siteessä. Juon lisää vettä ja palaan seuraan.

– Kyllä ruokasaliin mahtuu kaksikin pöytää, talonpoikaista ja kustavilaista, Mustikat myhäilevät, ja ajattelen, että kaikella pitäisi olla järjelliset rajat, hyväntahtoisuudellakin.

Siirrymme hämmästelemään maalauksiasi.

– Ei meillä ollut aavistustakaan, että Armaani on myös kuvataiteilija!

– Ihmiset aavistavat niin vähän ja olettavat niin paljon, sanot ja hyrisemme yhteisymmärryksessä.

– Miehen sietää olla kiitollinen, jos hänellä on kotia vaaliva hengetär. Niitä on harvassa. Sinun pitää luottaa vaimosi makuun, Mustikat kujertavat sinulle edetessämme kirjahyllyillä vuorattua pitkää käytävää makuuhuoneeseen ja kylpyhuone- ja saunaosastolle.

Ymmärrän sen hiljaiseksi kommentiksi sisustukseen liittyviin ratkaisemattomiin kysymyksiin.

Palatessamme ystäväpariskuntamme pysähtyy käytävällä Magritten kuvien eteen.

– Naiskuva on keskeneräinen, mutta tekeillä, he naurahtavat, ja letkamme etenee.

Jättäydyt hypistelemään jotain hyllyllä, jolle olen koonnut eroottiset ja surrealistiset sarjakuvasi. Kiiruhdan Mustikoiden perään työhuoneeseen pahoitellen keskeneräisyyttä. Ihastelemme keraamista kakluunia, ja esittelen ylpeänä Kiinassa teettämiäni paksuja, vaaleita silkkiverhoja, jotka olen ripustanut mielestäni aistikkaiksi kaariksi kahteen ikkunaan, ja niiden väliin sijoittamaani turkoosia *art deco* -pöytää. Aleksin sänkynä toimivan divaanin päälle olen heittänyt pompeijinpunaisen torkkupeiton, beigen värisiä silkkityynyjä ja yhden turkoosin sitomaan huoneen värimaailmaa yhteen. Hylätyn oloinen työpöytä tietokoneineen etsii vielä paikkaansa.

Keskellä lattiaa jököttää purkamattomia pahvilaatikoitasi, cd-pilvenpiirtäjä, talonpoikaisrahisi ja toinen mittasuhteita uhmaavista *biedermeier*-nahkanojatuoleistasi. Silkkimattoni ovat rullalla kirjahyllyn edessä. Ihmettelen missä sinä viivyt.

– Ylitsepursuavaa, ilmehdin Mustikoille poskia pullistaen palatessamme ruokasaliin.

Seisot odottamassa meitä. Olet näköjään kiiruhtanut meitä vastaan aulan kautta, kasvosi punehtuneina. Olen yllättynyt ja haluan lähellesi. Viet käsivartesi selkääni ja poskeni lämpenevät mielihyvästä.

– Teillä on hurmaava asunto, ystävämme huokailevat pyörryksissä kuin Stendhalin syndroomassa.

Istuudumme ruokapöytään.

Kannat annoksia eteemme hersyvien huudahdusten saattelemana, ja näen, että olet hyvilläsi. Suunnittelimme menun yhdessä, mutta olet tehnyt paljon ylimääräisiä herkkuja. Näytät rasittuneelta ja yritän auttaa tarjoilussa, mutta torjut aikeeni, ja enteilen pinnan alaisia poreita. Haen *Limoncellon* ja lasit ja tuon ne tarjottimella pöytään. Täytän lasit ja tarjoan sinulle ensimmäiseksi.

– Mestarikokille, terveydeksi! tuikkaan sinulle suukon.

– Italiasta, häämatkaltamme, selitän tarjoillessani juomia vieraillemme. Yksi elämämme hetkistä täyttyy hiljaisuudesta, jossa tyhjennämme pienet sitruunaliköörilasilliset.

Ilta soljuu eloisasti soristen. Ja niin me neljä istumme vielä keskiyön tunteina runsaan aterioinnin jälkeen takkatulen maagisessa kehässä. Seulomista odottavat kirjavallit, kaikki puolinainen on näkymättömissä pimeässä olohuoneessa, jossa kasvomme hehkuvat räiskyvässä, oranssinkeltaisessa valossa.

Valvomme, vieraillamme ei ole kiire. Olet rento ja harvasanainen, kuin huumeessa, mutta olemme kaikki huumautuneita. Olet ollut koko illan vaitelias, tajuan yhtäkkiä, niin, sinähän et viihdy seuroissa. Olet tehnyt mielikseni niin paljon, ruoat, kaiken, vaikka valitit vatsaasi kun jouduit käymään vessassa niin usein. Painaudun kiinni sinuun ja vien käteni reidellesi. Tuli roihuaa, se kumisee kuin koski ja sen jylinässä äänemme vaimenevat. Ystävämme tietävät, he tuntevat. Olemme yhtä. Lämpö hohkaa piirissämme, ja olemme kuin elävässä taideteoksessa.

Olemme muuttaneet, meillä on koti. Kaikki on ja saa olla keskeneräistä. Olemme hetkessä, jossa kaikki on vielä edessä, ihan kaikki on mahdollista, kaikki kaunis.

– Meidän elämämme on ylellistä, seison ikkunassa ja puhun sinulle puhelimeen. Takkatulen roihu lämmittää mieltäni edelleen ystäviemme vierailun jäljiltä.

Olet hiljaa.

– Meillä on aarre, sanon ja katson vastapäisiä taivaaseen nousevia portaita, joiden ääriviivat hajoavat ikkunaan läiskähtävistä sadepisaroista.

Olet oudon vaitonainen.

– Hupsu, etkö tajua, on ylellistä elää aidossa rakkaussuhteessa. Olla toisen kanssa täydesti yhtä. Sinä olet minun kaikkeni, sanon ja voisin leijailla pilviin.

Niin onnellinen olen. Samassa lasiin rapsahtaa pisararyöppy ja linja katkeaa.

25. Hetki sinun kanssasi

Toit minulle peltirasian, jonka kannessa kumpuili mansikkameri. Olit löytänyt sen Hietalahden torilta. Mansikkavaimolleni! Pieni, tyhjä makeisrasia ja niin täynnä.

Mansikkabuumi sai vauhtia, kun löysin Fredrikinkadun sisustusliikkeestä styroksista tehtyjä mansikoita. Ostin myös mansikannäköiset pöytäliinan painot, jotka päätyivät koristeiksi kristallikulhoon.

Mansikat valtasivat mielemme niin, että päätimme tehdä mansikkataulun. Taulu suunniteltiin huolellisesti, kolmiosaiseksi.

Isoimpaan osioon maalasin mansikoita leijumaan vaaleanpunaisen taivaan täydeltä. Olin saanut osion valmiiksi, kun pursutit vahvaa vihreää suoraan tuubista jyrkin vedoin pystyviivaksi osion keskelle. Kavahdin piikkilanka-aitaa, se oli liian raju hunajaisessa taustassa.

– Se kuvaa edellistä avioliittoani, sanoit.

Este pinkin lempemme tiellä. Niin tietenkin, mutta väri rikkoi harmonian. Lisäsin mansikoiden kantoihin reilusti vihreää.

Toinen osio oli pahvikuva, jonka olit työntänyt poveesi ollessamme Ateneumissa lapsille tarkoitetussa grafiikan työpajassa. Aleksi oli ahertanut kissakuvansa kimpussa, kun huomasimme sivupöydällä romanttisen pahvikuvan miehestä ja naisesta uppoutumassa suudelmaan. Carolus-Duranin maalaus Le Baiser 1800-luvulta. Mustahiuksinen mies kannattelee kädellään makuulla olevan naisen päätä taipuessaan tämän huulille. Naisella on ruusu vaaleissa hiuksissaan ja hempeänpunainen huivi harteillaan. Suudelma suloinen kuin mansikka. Osio kuvasi kuherruskevättämme.

Muistan, kun sujautit rakastavaiset takkisi sisään. Vilkaisin hätäisesti ympärillemme, mutta kukaan ei tuntunut huomanneen. Ällistyin yllättävästä vedostasi, mutta sehän oli vain kuva – josta kehkeytyi idea mansikkatauluun. Olin hakenut rakennusliikkeestä suudelmakuvan mukaan mitoittamasi puupohjan.

– Ohuempikin olisi riittänyt, sanot nähdessäsi ruokasalin pöydälle levittämieni maalaustarvikkeiden keskellä kapean, toista metriä pitkän puulevyn. Sen paksuudesta ei ollut puhetta. Pohja oli painava ja vaati järeät kiinnityskoukut. Taulua ei heivailtaisi kevyesti kuin kangaspohjaa. Taulun viimeisessä osiossa mansikoita oli vain yksi. Iso, kypsä ja täysi, pompeijinpunaisella pohjalla. Kaksin yhtä. Finaali.

Olit tarkka siitä, että taulun kultainen leikkaus johdattaisi katseen kohokohtaan, antautuvaan suudelmaan, ja siitä rakkauden sinettiin, mansikkaan.

Hyvin suunniteltu on puoliksi tehty. Työ valmistui lauantain iltapäivänä. Öljyn kuivuttua lisäsin sävyjä mansikoiden kantoihin ja keltaisia pilkkuja punaiseen hedelmälihaan. Viimeisen osion tummanpunainen mansikka uhkasi hukkua taustaansa, ja korostin sen ääriviivoja. Työ kuivui vielä toisen viikon saunan lauteella, sitten suojasin sen vernissalla. Päätimme sijoittaa taulun makuuhuoneeseen sängyn yläpuolelle.

Ihaillessamme maalausta olimme yhtä mieltä siitä, että leijailevat mansikat saattoi nähdä myös taivaalta putoavina pommeina. Rakkaus kuin pommi.

Kun käyn puutarhasta Pursimiehenkadun asunnossa, silmiini osuu tekemäsi piirros, joka sekin on mansikka-aiheinen. Sinun versiosi teemasta. Olin unohtanut kuvan, jossa poikavartaloinen hahmo seisoo mansikan päällä. Hahmon varpaissa on vahvat, kaarevat kotkan kynnet, joilla se on iskenyt kiinni mansikkaan. Haarojen välistä sojottaa runsaasti karvoja, pää on kalju. Kuvan vieressä lukee tikkukirjaimin *Mansikkavaimoni.*

Olin unohtanut kuvan, se ei imarrellut.

Nyt haluan nähdä sen toisin.

Löydän sopivan passe-partoun kehyksineen ja asetan kuvan raameihin. Piirros on teeskentelemätön. Totta. Siinä on se. Oli ollut, edes jonkin aikaa? Halusin uskoa.

26. Pelko

– Olen ollut elokuvissa, puhut puhelimessa esimiehesi kanssa.

Olet tullut kotiin epätavallisesti viiden aikoihin, ja olen välittänyt soittopyynnön.

– Minulla on sellainen tilanne, että entinen vaimo soittelee ja pyytää rahaa.

Miksi selittelet yksityisasioita, ylipäätään, ajattelen, mutta tajuan mistä on kysymys. Esimies on yrittänyt tavoittaa sinua päivän aikana eikä hyväksy selityksiäsi siitä miksi et vastaa puhelimeen.

– Mitä silloin tehtiin, kun ei ollut kännyköitä?

Sitten olet pitkään hiljaa. Saatkin nyt perinpohjaisempaa kurinpalautusta.

– Pidän tästä lähtien puhelimen auki. Leffoissa ei voi pitää.

Kävelet puhelin korvalla eteisaulaan ja etenet makuuhuoneen käytävään. Äänesi hiipuu kuulumattomiin. Lasket kai ääntäsi, mutta kun näen peilin kautta sinun liikehtivän käytävässä kirjahyllyjen edessä ja palaavan aulaan, kuulen lauseen tai osan siitä.

– Vaimokin kiusaa.

Tulet ruokapöydän ääreen.

– No mutta huomenna minä olen siellä, sanot ja lopetat puhelun.

– Voi hitto! Joskus tuntuu, ettei ne osaa itse mitään, ärähdät.

Istuudut vakiopaikallesi ja alat käydä postiasi läpi.

– Kiusaanko minä sinua? Miten?

– Älä nyt. Venla kiljuu koko ajan rahaa. En jaksa sitä. Kiusaavat ne soitot sinuakin. Sitä minä.

Tiedän kuulleeni oikein.

Olin vaihtanut muutaman sanan esimiehesi kanssa. Hän oli kohteliaasti kiitellyt kutsusta Uspenskiin, kehunut miten hienoa oli ollut nähdä toimitus ja kirkko sisältä ja sitten toivonut minun saavan kontaktin sinuun. *Kontaktin.* Hämmennyin.

– Soitan Venlalle ja sanon, että nyt kerta kaikkiaan jättää sinut rauhaan, sanon.

– Et soita. Siitä se vaan yltyy. Tai soita vaan, sanot ja ajattelen, etten halua ajatella koko entistäsi.

– Työaikana pitää olla tavoitettavissa, sanon ystävällisesti.

– Leffoissa ei voi pitää puhelinta auki.

– Ethän sinä pidä sitä auki muinakaan aikoina, sanon, mutta en enää mainitse yrittäneeni soittaa sinulle. Sanoisit olleesi katseluissa, joita ei ollut. Sanoisit unohtaneesi avata puhelimesi tai akun loppuneen. Venlan soitot tunnistat numerosta ja voisit olla vastaamatta. Milloin alkaisit olla rehellinen? Valehtelusta voi kai tulla toinen luonto, ajattelen. Mutta miten suhtautua? En halunnut kovistella.

– Älä käytä vapauttasi väärin. Olet omapäinen työajoissasi.

– En kai minä nyt istu toimituksessa tyhjän panttina. Ei minua voida rokottaa siitä, että olen nopea kirjoittaja, vihoittelet.

– Sinulla on poikkeuksellinen työ. Olisiko sinullakin vastuu siitä miten työnkuvasi rakennat. Et sinä ole juuri koskaan työpaikalla, sanon. Kriitikko, joka ei kestä kritiikkiä.

– Olen, silloin kun kirjoitan. Miksi muuten siellä pitäisi olla? En halua kuluttaa aikaani toimituksessa juoruamiseen. Minä teen aina työni. Olen nähnyt elokuvia, joiden olemassaolosta tällä uudella polvella ei ole hajuakaan. Ei muilla ole tällaista pohjaa.

Työsi sinä hoidit. Aamuisin istuit ruokasalin pöydän ääressä ja tungit entuudestaan täyteen mustaan olkalaukkuusi elokuvalehtiä, viikon ennakkonäytöslistoja, lehdistömateriaalia tai printtejä ulkomaisissa lehdissä ilmestyneistä arvosteluista.

– Tarvitsetko kaiken mukaasi? Lue täällä, kotosalla, ehdotin.

Ihmettelin miten jaksoit kantaa mustaa olkalaukkua aina mukanasi. Kunnes olin ymmärtänyt. Taakka voi olla kantovoima.

Nähtyäsi viikon ensi-illat koitti arvottamisen aika. Kirjoittaminen jäi perjantaihin, jolloin heräsit viideltä aamulla, hyppäsit taksiin ja porhalsit toimitukseen. *Deadline* oli puolilta päivin.

Menet jääkaapille, avaat ja isket oven saman tien kiinni.

– Olet vaan vähän yhteistyöhaluisempi, otat muut huomioon, ei se niin paljon vaadi. Sinua kaivataan.

– *Minä olen minä,* sanot kadotessasi makuuhuoneen käytävään.

Et tuntenut yhteenkuuluvuutta toimituksen väkeen, ja joskus epäsosiaalisuutesi vaikutti vihamieliseltä. Et suin surmin osallistunut toimituskokouksiin, et yhteisiin illanviettoihin. Tyylisi saattoi herättää pahaa verta, kun työntekijöiltä vaadittiin paljon ja väkeä saatettiin irtisanoa.

– Et voi kuvitella olevasi erikoisasemassa, kukaan ei ole korvaamaton, sanon kun istut taas pöydän ääressä.

– Kirjoitat kritiikkisi tosi hyvin. Niitä on nautinto lukea, sanon lempeästi ja kehun vielä nokkelia ilmaisujasi.

Olin otettu, kun toit aamuyöstä alkaneen prosessin päätteeksi arviosi luettavakseni kotiin tullessasi. Luolamies tuo kotiin lihakimpaleen. Kerran huomautin liian täyteen ahdetuista lauseista.

– Kun aina saa taistella tilan kanssa. Pitää sanoa paljon lyhyesti, protestoit.

Kun huomautin muodosta, hermostuit.

– Voisiko kritiikin aloittaa ajatuksesta? Tunteesta? Onko juoni kerrottava, riittäisikö teema, ehdotan.

– Kotirouvan päiviä, sanot ja kiroan kerkeää kieltäni. Sitten minua tympäisee. Milloin järjestäisit tavarasi. Niitä jökötti edelleen keskellä työhuonetta. Tulit kotiin ja levitit itsesi miten sattui, takkisi roikkui tuolin selässä, kengät sojottivat tuolin jaloissa. Mustan laukun vieressä.

– Eteinen on turha huone tässä asunnossa.

– Niinpä.

– Mehän sovimme tekevämme kodistamme kauniin.

– Onko tämä pitkäkin tarina?

Olin siivonnut ja raivannut nurkkia yksin. Suhtauduit avunpyyntöihini kuin loukkauksiin, ja ymmärsin olla pyytämättä. Sinä kävit töissä, niin kuin muistutit. Mihin en yksin pystynyt, palkkaamani remonttireiska pystyi: vetämään antennijohdot makuuhuoneeseen, poraamaan kaihtimet ikkunoihin ja kiinnityskoukut kristallikruunuille.

Kiidit lennossa tarkistamaan apumiehen aikaansaannokset. Kuuntelit hiljaa, kun kerroin reiskan tyytyväisyydestä kun hän nyt aikoi urakkarahoilla tehdä etelän matkan.

Mitä muuta muistan syksystämme? Avioliittomme ensimmäisestä talvesta? Raudalta maistuvan ruoan, ihmeenomaisen virkeyden aamuisin ja jo päivällä voimattomuuden. Odotuksen. Pitkän odotuksen. Ja voin sinulle, rakkaani, kertoa, kuinka ajattelin kuolevani.

Ja kuinka valmis siihen olin, maatessani kotirouvana häviävänä pisteenä valtavassa olohuoneessamme, ylellisen leveällä, samettisella sohvalla myrkytystilassa. Kun tarvitsin sinua ja ajattelin, etten voi elää näin. Yksin.

Olin pyytänyt aamulla apua vuodevaatteiden vaihdossa. Saisin levätä puhtaissa lakanoissa palattuani sairaalasta, jossa pussilliset nestemäistä myrkkyä tyhjennettäisiin hitaasti vereeni.

Jo aluslakana oli sinulle liikaa. Se jäi puolitiehen petauspatjan päälle ja peitot ajelehtiviksi nietoksiksi pussilakanoiden päälle. Kävin sairaalassa ja kivetyin sohvalle päiväksi. Ja yöksi. Kehoani painoi kuin olisin haudattuna syvälle maahan, varovainenkin liike vihloi, suuni oli rutikuiva, terästä. Tulit kotiin myöhään illalla ja menit suoraan nukkumaan. Aamulla lähdit sanomatta sanaakaan.

Kiduin solut salvattuina sohvalla toisen päivän ja kuulin hämärtyvässä huoneessa tuulen ulvonnan tuuletusventtiilissä. Ulkona velloi myrsky, mielessäni epäusko. Mikset edes soita? Minä en soita sinulle, en pyydä enää ikinä apuasi. En ollut edes kuvitellut pyytäväni sinua tulemaan sairaalaan viereeni istumaan, niin kuin näin muiden tehneen. Kumppani vierellä. Pitelemässä kädestä.

Mietin tarpeettomuuttani, olemiseni turhuutta – ja myrkkymaljat keinahtelivat mielessäni, hetket kun tarjoilit kuningattarellesi illalla viiniä viihdyttääksesi ja sitten, heiveröinen, umpiväsynyt soittoni aamulla sairaalaan siirtääkseni tuloani ja tieto, että nesteannos on käytettävä sovitusti, se ei säily. Kauhistukseni, kun kysyin hoidon hintaa.

Sinä lähdit varhain töihin, ja minä jälkeesi sairaalaan, hitain liikkein, huonovointisena.

Minulla oli kipulääkkeitä, mutta unohdin ne. Odotin sinua. Iltaa kohti huuhtouduin synkkiin virtoihin. Pääsenkö koskaan jaloilleni? Haluatko minun kuolevan? Ja ajattelen siinä sohvalla, niinä loputtomina hetkinä, että tilanteet voivat kostautua – miten, sitä en tiennyt. Kenties epäsuorasti, kiertoteitse, tekemättä mitään. Osat voivat vaihtua. Jotenkin raja tulee vastaan. Miten toista voi kohdella.

Ja muistan Jeanne Moreaun elokuvassa *Morsian pukeutui mustaan* ja ymmärrän, suuressa epätoivossa ei ole mitään menetettävää. Kun on jo menettänyt kaiken. Joskin Moreaun vihan sitkeys ja murhaava kostonhalu ei ollut uskottavaa, vai oliko? Olivatko elokuvat ylipäätään psykologisesti uskottavia? Mutta ei elokuva kertonut kostosta vaan elämää suuremmasta rakkaudesta. Ja kuolemasta – ei vain morsiamen suuren rakkauden kuolemasta, vaan rakkauden kuolemasta koko maailmassa. Maailmassa, jossa miehet juovat ja metsästävät ja eivät osaa tai uskalla rakastaa.

Suuret, aidot rakkaudet ovat lakanneet maailmassa.

Sokeassa raivossa voi tehdä murhia, niin, suuressa epätoivossa voi haluta kuolla. Toisen tappaminen on oma surma, ja ajatukseni repeilevät kuin raskas, musta harso ja tunnen painuvani hylkynä syvälle pohjamutaan, hengityksen salpaavaan arkkuun. Vajoamistilassa voi haluta hukkua pois kokonaan.

Makaan muumiona pimeässä ja kuulen kun ovi käy ja tulet luokseni. Sanot, nouse, minulla on sinulle jotain.

– En jaksa. Minua painaa.

– Nouse nyt, haluan antaa sinulle lahjan.

– Anna olla, silmäni kostuvat.

Vedän kultaiseen paperiin kääritystä paketista samettipussin, jonka sisällä on rosopintainen litteä pullo. *Cinéma*-parfyymiä.

Vedämme aluslakanan loppuun asti petauspatjan päälle, pujotamme hylättyinä odottaneet peitot pussilakanoihin ja tyynyt tyynyliinoihin. Käyn levolle, lasken pääni viileää silkkipuuvillaa vasten. Suihkautan parfyymiä ranteeseeni ja pisaroiksi ilmaan. En haista kallista tuoksua, mutta tunnen sen ihollani.

27. Lyhyt onni

On aikainen aamu. Valo välkehtii omenapuun lehvästössä ja piha avautuu autereisena kuin hunnun läpi. Nurmikolla ja pensaissa kimaltelee kaste. *Kss-kiss-kiss, Theo-oo,* kutsun kuistin ovelta hiljaa.

Theo hiipii pihan yli matalana ja vilahtaa sisään samalla kun Vincent ponkaisee ulos. Koiran on saatava karata omille teilleen, mutta kohta se tulee takaisin. Se tulee, kun annan sen mennä vapaasti, olen oppinut. Mutta nyt pihapiiriä kiertää aita.

Olen penkonut laatikoita. Häälahjaksi saamamme tuulikello helisee jo kirsikkapuun oksassa, onnenpensaan yläpuolella. Onni on kuin höyhen tuulessa, hymähdän, ja jatkan penkomista. Taskumatti, sen täytyy olla sinun.

Ja sitten käsiini osuu valokuvia ja uppoan niihin. Aleksin riemastuneet kasvot lahjapaperikumpareiden keskellä jouluna, jona olin nähnyt iloiten vaivaa lastesi lahjojen paketoinnissa. Pompeijinpunaiset käärepaperit, tumman kaakaon ja kerman väriset samettiset rusetit, kultaiset nauhat ja kalligrafialla kirjoitetut nimilaput. Pakkaukset olivat jo itsessään taideteoksia. Lahjoja oli ollut mieletön määrä, olithan julistanut tekeväsi ensimmäisestä yhteisestä joulustamme joulujen joulun. Sitä se oli. Pöytä notkui kalkkunasta ja kaloista, ihmeellisistä höysteistäsi, aattona, jolloin kaikki lapsesi tulivat meille syömään.

Muistan myhäilevän ilmeesi pöydän päässä lastesi ympäröimänä. Myös komeaksi mieheksi venähtänyt Aaro, poikasi ensimmäisestä avioliitostasi, istui tyttöystävineen ruokapöydässä. Katsoit jälkikasvuasi, joka oli harvinaisesti yhdessä koolla, ja minä katsoin sinua. Olit onnellinen.

Lahjojen jaon jälkeen istuimme olohuoneessa humisevan takkatulen lämmössä. Komensin kaikki valtavan kirjaseinän eteen ja otin ryhmäkuvan, sinä keskellä pisimpänä. Siitä tuli historiallinen kuva.

Olit halunnut paljon lapsia, koska et halunnut olla koskaan niin yksin kuin olit itse ollut ainoana lapsena.

Jäätyämme kaksin kuuntelimme gregoriaanista kirkkomusiikkia ja avasimme lapsilta saamamme paketit. En ollut halunnut lahjoja, vain sinut! Annoit pullon *Chablista* ja kokoomalevyn, iltapäivien ratoksi. Minulta sait toivomasi baskerin ja siihen sopivan kaulahuivin. Saunoimme. Joulupäivänä kävimme Hietaniemen hautausmaalla äitini haudalla. Minulla on hautapaikka samassa rivissä äitini ja enojeni vieressä, näytin sinulle. Tähän päädyn. Missä sinun hautapaikkasi on? Kävisin mielelläni sinun äitisi haudalla. Eikö ajeta? Myöhemmin, sanoit.

Suloiset joulun pyhät, kaksin kodissamme, kynttilät palamassa pehmeässä talvi-illassa. Ja kaikki vielä edessä, kaikki mahdollista, yllättävimmätkin käänteet. Hyräilin korvaasi omaa lauluamme *and I love you so*. Ja molemmilla lupa vain olla. Eikä sitten koskaan enää.

Joulukuvat toimitan sinulle – perheesi on sinun perheesi. Se oli tullut lähtösi jälkeen selväksi. Siirrän kuvat sivuun ja asetan pinon päällimmäiseksi ryhmäkuvan sinusta lapsinesi laajakankaan kokoisen olohuoneen kirjahyllyn edessä.

Selaan kuvia pikkuisistamme, kun ne tulivat taloon. Molemmat vauvelit sylissäsi, Theo nyrkin kokoisena rintaasi vasten, Vincent takajalat levällään, massu pulleana sylissäsi, sinä ulkoiluttamassa Vincentiä, lähikuvia kuono tutisten ruohoa, kiviä ja asfalttia huolellisesti nuuhkivasta löytöretkeilijästämme jaloissasi, mustaa taustalla. Mustaa, josta erottuu avoin sivutasku.

Lisää valokuvia, puutarhassa viime kesänä, kun Aleksi halusi avata aurinkovarjon ja kattaa pöydän. Mieletön määrä kuvia yhdestä aurinkoisesta aamiaisesta, sinä ja Aleksi omenapuun lehvästön häilyvissä varjoissa, pöydän antimet houkuttavasti esillä ja sitten kadonneina, lautaset tyhjinä, sinun näykittynä. Aamu, joka alkaa elää silmissäni unohduksesta nousevina kuvien sarjana ja jonka merkitys nyt muuttuu, kun hetket ovat lopullisesti menetettyjä.

Kunnes katseeni pysähtyy kuvassa tummaan läikkään puutarhatuolin alla, ja tajuan. Muutama sydämen lyönti jää väliin. Ei siellä lymyä musta kissamme, ei se ole Theo, siellä lymyää toinen lemmikki, syvässä varjossa. Jaloissasi pilkistää musta olkalaukku.

Siirrän kuvat takaisin laatikkoon ja ajattelen, siis aina, jo aamusta! Joka aamu! Ajattelen Aleksia, miten varuillaan hän oli ollut. Pienestä eripurasta hän alkoi ennakoida, eroatteko te nyt, niin että minua alkoi sapettaa. Poika hoki kysymystä ärsytyspisteeseen asti – niin, koska pelkäsi. Aleksikin oli tiennyt enemmän kuin minä! Miten loistavasti olin onnistunut torjunnassa.

Jälkeen päin näkee kirkkaasti vaaran merkit, ne, jotka torjuu itse hetkessä. Varoitussignaalit alkavat kuitenkin vilkkua. Rankempaa on, kun vaara lymyää yllättävässä suunnassa.

Kaikki nämä kuvat, kuvat! Sanoit, että tallennat kuvat mieleesi. Mietin miten ne rajaat, kuvasi. Niistä voi unohtua olennaista, tahattomastikin. Niistä voi tulla mielikuvia vailla todellisuuspohjaa. Sillä muisti on valonarkaa filmiä, ei se kestä voimakasta valoa, se palaa puhki.

Sinä et ottanut kuvia. Ainoa ottamasi kuva on se vartaloni paljastava tyylikäs otos Amorgosin saarella. Olen siinä kaunis, ja ehjä. Kirurgin veitsi ei ole kehoani vielä viiltänyt.

Minä otin kuvia, niin kuin en koskaan. Vahvistaakseni todellisuutta? Että olet olemassa, aviomieheni, että hetkistämme jää jälki, todiste, etteivät ne ole vain kuvitelmaa! Minä otin kuvia, ja otin hyviä kuvia, ja tiedän miksi. En tarkentanut tummeneviin sävyihin, yksityiskohtiin. Minä tarkensin kauniiseen, ja kirkkaaseen. Valaistus määrää kaiken, enkä minä hallinnut valotusaikoja, varjoon jäi paljon ja kokonaisuus suurpiirteiseksi. Niin minä rakastin ja suljin silmäni. Kilpailijaltani, suurelta rakkaudeltasi.

Kokoan printtaamani paperiarkit pinoksi työpöydälle ja tiedän, että minun on alettava katsoa eteenpäin. Sitä ennen minun on nähtävä taakse. Syvätarkasti. Onko hymysi takana todellakin vain yksinkertainen, kylmä syy.

28. Äiti ja huora

Punavuoren linnakkeemme sai murtuman, kun aloit viihtyä alakerran kivijalassa, *Titanicissa*. Vankilan sisäänkäyntiä muistuttavan jykevän, kalterein suojatun oven eteen muodostui aamuisin jono jo ennen paikan avautumista. Näin kerran kun entistä tv-lapsitähteä talutettiin sinne alkuillasta kainaloista. Suunta oli väärä.

Et päässyt paikan ohi astumatta sisään. Sanoit tapaavasi siellä mielenkiintoisia ihmisiä, kuulevasi uskomattomia kohtaloita. Mitä siihen oli sanomista. Kaikkien elämän kerroksien piti olla auki.

Pidettiinhän siellä tietokilpailuja, joihin osallistuminen sai kolossaalisia mittasuhteita. Kuka voitti ja kenet ja missä tiimissä, ja hierarkian heilahteluista seurasi jos ei nyt kukkotappelua niin kukkoilua. Yhtään visaa ei voinut jättää väliin, ja muistan ajatelleeni, että siinä vasta täky oli keksitty. Kapakkaan houkuttamiseksi.

Olin käynyt *Titanicissa* kanssasi ja tuntenut oloni epämukavaksi. Se oli miesten paikka, joskaan ei mielestäni minun mieheni. Kuten ei mikään kapakka, noin jatkuvana oleskelutilana. Istui siellä jokunen nainenkin. Yksi niistä luikerteli suosioosi erityisellä hingulla, kerroit minulle. Annoit sen surrata.

Täytekakullamme oli harmillisempiakin kärkkyjiä. Entinen vaimosi tunki edelleen kotiimme puhelinlinjoja pitkin mielensä mukaan. Yksinkertaisesta asiasta sopiminen vaati useita yhteydenottoja. Aleksin vierailuista ja elatusmaksusta piti aina erikseen muistuttaa, vaikka hoidit asiat tunnollisesti.

– Miksi te erositte, vai oletteko te eronneet? kysyin sinulta kerran ja lisäsin.

– Haluaisin muuten vaihtaa joskus muutaman sanan Särestön kanssa. Minulla on ikävä hänen koiraansa.

– Sitä en sietäisi, sanoit, ja taisin nauraa ääneen.

En muista Venlan koskaan esittäytyneen soittaessaan meille. Hän aloitti heti tykityksen. Aleksi puhelimeen!

– Eikö äitisi tervehdi ja esittele itseään soittaessaan? kysyin kerran Aleksilta.

– Kyllä se puhuu ihan nätisti työpuheluja.

– Hyviä tapoja voi noudattaa kaikkien kanssa.

Itkit joskus Venlan puheluiden jälkeen, oli tullut taas ehtoja Aleksin tapaamiseen liittyen. Sydämeni musteni. Oli julmaa käyttää lasta pelinappulana, kiusata sinua pojan hyvinvoinnin kustannuksella. Olin hiljaa, mutta aloin kihistä. Kunnes päätin, että ottaisimme juristin hoitamaan tapaamisoikeudet kuntoon.

– Eräs henkilö soitti ja pyysi lounaalle. Hän haluaa haastatella minua tutkielmaa varten. Voinko mennä?

Esität kysymyksen vienosti, melkein kehräten. Katson sinuun, istut vakiopaikallasi ruokasalin pöydän päässä. Valonsäteet tanssivat hiuksissasi ja äänessäsi väreilee odotus.

Kuullotan sipulia paistinpannulla. Kauniisti kysytty. Vaikkei sinun tarvinnut minulta lupaa kysyä. Senkö vuoksi vaistoan jotain – luvatonta?

– Mikä sen tutkimuksen aihe on?

– Jotain naisen roolin muuttumisesta elokuvassa, naiskuvista, sanot ja kurotat paijaamaan Vincentiä ja Theoa, jotka nukkuvat selät vastakkain kopassa.

Käteni pysähtyy hetkeksi pannulla.

Siis nainen, ihastunut tietty, sinuun ja imagoosi, hymyilen mielessäni. *Thelman ja Louisen* innoittama aihe varmaan.

– Pyhä perhe ja sen hajoaminen, onhan siinä äidistä huoraan. Avionrikkojasta anarkistiin. Suomalaisessa elokuvassako? hymyilen sinulle.

Nostat kouraan mahtuvan karvapallon, Theon, syliisi, kutitat sitä leuan alta, ja pentu avaa ihmeellisen siniset silmänsä. Vincentin kuonossa käy tuhahdus. Pienokaisemme.

– Milloin se lounas on?

– Se on vielä auki. Täytyy sopia.

Kaadan sipulisilpun pannulta salaatin päälle kulhoon, vien sen pöytään enkä kysy, missä haastattelijasi tapasit, miten hän sai sinuun yhteyden, kun et juuri puhelimeen vastaile tai istu toimituksessa, ja miksi juuri sinuun tai mikä hänen nimensä on.

Dagmarinkadun asunto oli vihdoin mennyt kaupaksi. Olin riemastunut ja suonissani sykki orastava kevät. Toipumiseni oli edennyt hyvin, ja nyt, alkushokin, huolen ja häpeän jälkeen, olin sujut asian kanssa. Ehdotin tälläytymistä *Savoyta* varten.

– Eikö mennä syömään kaupan kunniaksi. Pistetään koreasti! kujerran enkä ole huomaavinani totista ilmettäsi. Halusin hulmuta rinnallasi, kaipasin ulos, ihmisten pariin pimeän talven jälkeen.

– Minä maksan, valitse sinä paikka, jatkan maanittelua, ja ilmeesi synkkenee entisestään.

– Venla kiljuu koko ajan rahaa. En jaksa sitä.

Et halunnut tulla kaupantekotilaisuuteen, et edes tavata minua ja välittäjää myöhemmin skumpan merkeissä. Juhlimisesta et yleensä kieltäytynyt, ihmettelin. Maksoin oman velkaosuuteni Pursimiehenkadun asunnosta. Mutta velkaa jäi, et ollut hoitanut omistusoikeutesi edellyttämiä lyhennyksiä sovitusti. Mietin miksi, mutta en ollut huolissani. Sinulla oli varoja myymästäsi yksiöstä ja muuta omaisuutta.

– Mikä sinun on? Tehdään jotain. Mennään vaikka Osloon! yritän vetää sinua kuorestasi, sillä minut oli vallannut kaiho. Olin odottanut jo niin kauan, että vereni virtaisi puhtaana, olisin naisesi.

Kävin Dagmarinkadulla yksin viimeisen kerran, otin sieltä mukaan pienen sivupöydän. Takorautaista lasipöytää en jaksanut kantaa autoon, vaikka se olisi purettuna mahtunut takasäiliöön. Lastulevyhyllykön jätin mielelläni uusien omistajien niskoille ja asunnon avaimet keittiöön tiskipöydälle.

Seisahdun eteiseen. Hetken mielessäni kimaltelevat kristallit sinä helmikuisena, loppuelämämme ensimmäisenä iltana, ja tunnen outoa haikeutta kun muistan miten varmasti kiedoit minut syliisi, miten otit kasvoni käsiesi väliin ja näin silmiesi kimaltavan. Miten kauan siitä hetkestä olikaan! Ja millä innolla silloin odotin kaikkea tulevaa, niin luottavaisena! Miten rakkautemme oli kukkinut, yhdessäolomme ottanut vauhtia, miten paljon iloa ja elämää oli helissyt näiden järkähtämättömien seinien sisällä.

Katson ympärilleni ja ajattelen, että mikään ei ole niin surullinen näky kuin tyhjä asunto hylättyine esineineen. Mietin miten ajan virta oli heittänyt minut sairauteen, epätoivoon, iloon ja naimisiin. Nyt olin tässä hetkessä, virran vietävissä uusiin uriin. Askeleeni kumisevat ontosti eteisaulan käytävässä, kun jätän vanhan, huolella rakentamani kodin. Ilmavirta paukauttaa oven kiinni perässäni.

Olit maininnut ihailijastasi *Titanicissa*, ja aloin kiinnittää huomiota hahmoon, joka väisti sivuun yli kadun hätäisesti nähdessään minut. Kerran näin tämän hupputakkisen astuvan arasti ympärilleen pälyillen Titaniciin. Outoa lepattelua, silloinkin kun tavoitin sinut puhelimitse kun jonotitte Aleksin kanssa Alepan kassalle ja pyyhälsin luoksenne. Hupputakkinen seisoi takananne ja nähdessään minut kääntyi nopeasti ja häipyi takaisin kaupan käytäville.

Tätä kyttäävää herhiläistä ihmettelin. Kuinka se viitsi norkoilla siivet lamassa, aina yhtä värisevänä, riutuvan näköisenä. Eikö sillä ollut yhtään itsekunnioitusta?

Soivatko hälytyskellot sinä keväisenä päivänä, kun jouduin ajamaan ympäri korttelia löytääkseni parkkipaikan? Se löytyi vihdoin Sepänkadulta pikkupubin, entisen käymälän, vierestä.

Olen jo parkkeerannut, kun vilkaisen pubin aidatulle terassille ja näen sinut. Kuvassa tärähtää. Jotain viileää valuu vereeni, enkä nouse heti autosta. Suljen silmäni ja istun hiljaa paikallani. Olin yrittänyt soittaa sinulle iltapäivällä, mutta puhelimesi oli ollut kiinni.

Tämä kuva, aviomieheni istumassa terassilla viinilasi edessään. Olemuksestasi henkivä maaginen rauhallisuus, välkehtivä valo, joka siivilöityy puiden oksien läpi kasvoillesi, ja utuinen, lämpöä hehkuva ilmeesi. Utuinen, lempeä, ei, valahdan voimattomaksi, haperrun hetkessä, minähän tunnen tämän katseen.

Olen ehtinyt nähdä itseensä ihastuneen hyväntuulisuutesi, kuinka iloisesti puhut. Oli kevään ensimmäisiä terassipäiviä ja olisin itsekin istahtanut mielelläni ulos.

Haen kasvojani auton etupeilistä ja vedän aurinkolasit silmilleni. Vedän syvään henkeä. Nousen autosta ja otan Vincentin käsivarsilleni. Paukautan auton oven kiinni. Huomaat minut ja viittilöit luoksesi. Kävelen hitaasti terassille, tuulenpuuska kahisuttaa puun lehtiä ja korvissani humisee. Painan pennun päätä rintaani vasten ja jään seisomaan aitauksen toiselle puolelle.

Istut yksin pöydässä, jolla on kaksi isoa, täyttä viinilasia. Kuvassa tärähtää. Olen ehtinyt nähdä pöydästä rakennuksen sisään vilahtaneen hahmon.

29. Laulavat sadepisarat

Päätin tehdä matkan Tallinnaan. Ystävätär oli löytänyt kauneussalongin vanhastakaupungista ja kehunut manikyyrit, pedikyyrit ja kasvohoidot. Nyt minäkin kokeilisin niitä. Kauniiksi päästä varpaisiin, ja edullisesti. Irrottautuisin vähän.

– Minä maksan sen Tallinnan matkan. Pidät omaa lomaa, innostuit ajatuksesta.

– Lähden, lähden, jestas, aika kauneushoitolaan on varattu.

Maanittelin sinua mukaan, mutta ilmoitit pysyväsi mieluummin kotosalla.

– Mehän matkaamme yhdessä.

– Se on naisten juttuja. Sitä paitsi Aleksi voi tulla meille ja me voidaan käydä leffassa. Menet nyt ilman minua.

– Tulisiko Aleksi nyt todellakin meille?

– Täytyy taas soittaa ja koettaa sopia. Hakisin pojan asemalta.

Olisin jo samana iltana kotona. Ostaisin herkkuja Tallinnasta, juustoja ja pistaasipähkinöitä, Aleksille jättipussi makeisia, pullo hyvää viiniä, sinulle ehkä pieni *Viru Valge*, myönnytyksenä –tiesit rajat, olimme sopineet. Voisimme pitää kolmisin tuliaiskekkerit.

Aamulla nouset yhtaikaa kanssani. Sanot keittäväsi kahvin, ja menen suihkuun, pukeudun mieleisiini, beigeen ja kullanruskeaan, ja heitän tummanpunaisen kapean huivin kaulalle. Varmistan helmikorvakorujen lukot, timanttini välähtää nimettömässä. Suihkautan *Cinémaa* korvien taakse. *Diamonds are for ever*, hyräilen rajatessani huulet rusehtavalla ja täyttäessäni ne lohenpunaisella. Sipaus aurinkopuuteria iholle. Hymyilen kasvoilleni peilissä ja ajattelen, että naiseuteni on kiinni väärissä asioissa. Siksi häilyvä. Mutta varmuuteni oli varastossa, voimani latautumassa, halusin uskoa.

Pakkaan häämatkaltamme ostamaani tummanpunaiseen nahka-laukkuun muutaman hedelmän, shaalini, aurinkolasini ja lääkkeeni. Istut hiukset suitsittuna, tarmokkaan oloisena keittiön pöydän ää-ressä, selailet Hesaria. Olet kaatanut kahvin minullekin, maidolla.

– Mitä haluat tuliaisiksi? kysyn sovitellessani jalkojani laukun värisiin nahkasandaaleihin.

– Sinut.

– Minut sinulla jo on.

Katsot minua.

– Olet kaunis.

– Olet rakas. *Du-duppidu.* Katson sinuun luottavasti kuin pikku tyttö. Et huomauta beigestä, lohenpunaisestakaan. Sinä, joka olit tarkka väreistä.

– Tätä väriä käytät aina, olit sanonut kuherruskeväänä levittäessäni tuomaasi tummanpunaista punaa huuliini, jotka kimmahtivat kasvo-jeni hehkuvaksi keskipisteeksi. Väri imi kaikki sävyt iholta, se oli mie-lestäni liian vahva. Näet värit irrallisina, olin ajatellut, et suhteuta niitä kokonaisuuteen.

– Tilaatko taksin, Alepan eteen, nostan seinästä rahaa. Pidä veljeksis-tämme huolta, sanon halatessani sinua.

Seison pankkiautomaatin edessä autiolla kadulla aikaisen aamun hennossa valossa ja katson ylös ikkunoihimme. Näen kasvosi ruoka-salin laajassa kaari-ikkunassa. Vien jalan ylös taakse, taivutan selkää. Pyöritän käsilaukkua laajassa kaaressa hyräillen *Laulavien sadepisa-roiden* onnellista kertosäettä, hypähdän yhdellä jalalla, ja ennen kuin kaatuisin, vien nopeasti polven toisen eteen ja taivun syvään hovinii-aukseen. Nostan katseeni ylös sinuun, nauran ja olen narrimainen näky. Lähetät lentosuukon.

Hoidot on hoidettu ja odotan ystävätärtä katetulla terassilla Raatihuo-neentorilla. Alkaa sataa, harvakseltaan pieniä pisaroita. Oloni on ke-vyt ja tunnen hehkuvani. Ojennan jalkaani ja ihailen lohenpunaista kynsilakkaa. Sade ropisee kodikkaasti markiisiin ja vilkaisen sääriäni, joita ylistit. Minun vaimollani on maailman kauneimmat sääret – ja takamus. Niin pieni. Ja pieni valkoinen arpi leuassa.

– Minä en ole koskaan pitänyt isoista pyllyistä. En välitä mahtavista ambersoneistakaan.

– Mitä sinä minussa rakastat? Mielessäni pyörähtää kysymyksesi.

– Ääntäsi, hymyäsi. Huumoriasi, äh, kyllä sinä tiedät. Hämäläistä hitauttasi. Malttiasi, se on miehekästä.

– Miksi sinä minua rakastat? pumppaat lisää. Mieltäsi, sinulla on mielenkiintoinen mieli.

– Kun rakastaa, ei mieti syitä. Miten vetovoiman voi selittää? *I love you for sentimental reasons*, hyräilen, ja hymähdät.

– Sehän selittää kaiken.

– No, rakastan syliäsi, käsivarsiesi väliä, silmiäsi, jotka kostuvat herkästi, kukkakaalikorviasi. Leveää leukaasi, marcelloni! Pelleilyäsi, näyttelijän taitojasi! Lahjakkuuttasi, herra Ripley. Mietiskelevää Rodinin ajattelija-asentoasi, mutta silloin olet päissäsi. Rakastan sinua, kun valitat bussin tai raitiovaunun menneen nenäsi edestä ja saat syyn ottaa taksin. Rakastan käsiäsi, korkeaa otsaasi, rakastan katsoa, kun ajat partaasi. Rakastan sinua, kun kerrot Aleksille sepittämiäsi satuja tai kun ostat minulle silkki-ihanuuksia ja erityisesti kun tuot kotiin silkille tarkoitettua pesuainetta. Rakastan tunteellisuuttasi, häpeilet sitä turhaan. Rakastan, rakastan, rakastan.

Poraan katseeni sinisiin silmiisi.

– Rakastan sänkykamarikatsettasi. Sinä olet hirvittävän seksikäs.

– Tulihan se sieltä. Kyllä minä sinulle pedon merkin näytän.

– Varmasti, hymyilen.

Muutaman kerran ilmaiset huolen kaljuuntumisesta. Hiuksesi alkoivat vetäytyä ohimoilta.

– Ei sinusta kaljua tule, ja mitä sitten. Paljasta pintaa, sitä parempi, hymyilen.

Ja taas kerran hehkutat tapaani kävellä. Siitä voisi tehdä elokuvan, sanot ja esität löysin lantein liioitellun ylvästä, hidasta käyntiä, ja minun on pakko nauraa.

– Sinä hallitset maailmaa kävelylläsi, olen aina ihaillut sitä. Ja sinulla on syötävät suklaasilmät.

– Siksikö sinä kävelet niin usein perässäni? Kun haluan sinut rinnalleni.

– Takaikkunasta näkee kaikenlaista. Kävelen loppuelämäni peräkanaa.

– Mitä kohtaa minussa rakastat eniten? Äläkä sano rintakehää, tentti jatkuu.

– Mutta minä rakastan leveää rintakehääsi! Sen untuvaan haluan painaa pääni. Onhan siinä joskus häivähdys sateista sammalta, virnistän. Kehaisen sorjia jalkojasi, ja kerrot, kuinka olit Mallorcalla osallistunut miesten säärikilpailuun. Kilpailijoiden ylävartalot oli peitetty säkeillä ja olitte tepastelleet lavalla alaraajoja esitellen. Silloinen vaimosi oli paennut jonnekin. Olit tullut toiseksi.

Nauroin jutulle katketakseni.

– Kuka sen kilpailun voitti?

– Joku espanjalainen. Tuomaristo veti kotiinpäin.

Puhelin pirahtaa terassilla. Soitat juuri kun tarjoilija tuo juoman eteeni ja ystävätär lähestyy terassia tummat hiukset tiukalle poninhännälle vedettynä.

– Miten salongissa sujui?

– Tehokasta oli. Kohta lähdetään shoppailemaan, meillähän on aikaa koko iltapäivä, sanon ja heilautan kättä ystävättärelle.

– Varokaa kompastumasta.

– Aleksi on meillä? Ja veljekset, kaikki voivat hyvin?

– Voivat. Hei sitten, kullanmuru.

Ystävätär istuutuu pöytään ja tilaa juotavaa kasvot punoittaen. Timanttihionta on ollut ihana!

Hänen punainen hymynsä melkein halkaisee kasvot kun hän alkaa kertoa saamastaan fantastisesta kuumakivihieronnasta.

Soitat vielä pari kertaa ja ihmettelen. Puhelin ei kuulu mielivälineisiisi.

Paluumatkalla katamaraanissa puhelin soi taas. Aini.

– Tiedät sä missä faija on?

– Kotona. Olen tulossa Tallinnasta.

– Se ei enää vastaa puhelimeen.

– No ei kai siinä nyt mitään uutta.

– Mutsi on huolissaan, kun Aleksi on teillä.

– Miksi? Ei nyt kannata hermoilla. Soitetaan sinulle, kun olen kotona.

Soitan numeroosi, joka ei vastaa. Länsisatamassa hyvästelen ystävättären ja otan taksin Pursimiehenkadulle. Kiiruhdan portaat kolmanteen kerrokseen. Avaan oven ja lasken kantamukset eteisen lattialle. Aistin hiljaisuuden.

Astun ruokasaliin, jossa Aleksi istuu pöydän ääressä piirtämässä.

– Hei, Aleksi! Terveisiä Virosta.

– Hei. Poika ei nosta päätään paperista. Vaistoan jotain outoa.

– Täällä on ollut joku.

– Ei täällä ole ollut ketään, Aleksi sanoo ja jatkaa piirtämistä.

Astut olohuoneesta ja alat kysellä matkasta.

– Kuka täällä on ollut?

– Kysyt niin syyttävästi, väistät vastaamasta ja katoat takaisin olohuoneeseen.

Siirrän tyhjät viinilasit keittiötasolta pesualtaaseen.

30. Kasvot ikkunassa

Sanoit, en halua menettää identiteettiäni.
Ihmettelin, siitähän on kysymys,
luottamuksesta.
Silloin on niin avuton, jää toisen armoille, sanoit.
Mitä pelättävää siinä on, ajattelin. Olin kokonaan armoilla.

Istun puutarhamökin lasikuistilla pöydän ääressä ja tartun viinilasiin. Ihana viini, inhat ajatukset. Milloin unohdan sinut? Milloin saan vastauksen, milloin lopun kaikelle?

Katson kirjoittamaani enkä tiedä, mistä sanasi tulivat mieleeni. *En halua menettää identiteettiäni.* Pelkäsitkö minuutesi liukenevan rakkauteen? Etkö luottanut – itseesi?

Ja sitten mietin suoraan puhumisen vaikeutta, toksista puhumattomuutta – salailun tahmeita hämähäkinverkkoja.

– Hän salaa sinulta asioita, mutta rakastaa sinua, muistan mustalaisnaisen sanat Jalavatien lähipubin terassilla. Olimme tarttuneet huvittuneina naisen ehdotukseen povauksesta.

– Se on hänen luonnossaan, ei sinun tarvitse siitä välittää, patarouva katsoo sinua ja puhuu minulle.

Povaaja sanoo minulla olevan kipua rinnassa, ja hätkähdän. Toinen leikkaukseni oli silloin edessä, ja kysymys on jo huulillani, kun nainen katsoo sinuun.

– Hänellä on aina ollut salaisuutensa.

Mies ja hänen salaisuutensa. Salainen ase. Tappava. Huokaan ja mietin olemustasi joskus hiljaisina hetkinä, kun olet vetäytynyt itseesi. Omaan kuoreesi. Ja sen alla murhe.

Oliko mustalaisnainen todellakin nähnyt jotain? Ihmiset osaavat kaiketi lukea toisiaan, ja jos niin, miksen minä nähnyt mitään?

Salaisuuksiin Venlakin oli vihjannut ensimmäisenä keväänämme Pursimiehenkadulla. Lähetti minulle halpamaisen tekstiviestin: *Voisin kertoa erinäisiä asioita aviomiehestäsi...* Näytin tekstiviestin sinulle ja julistin, ettei meidän tarvitsisi alentua puimaan vihjauksia! Noilla keinoin en antaisi välejämme kenenkään pilata.

Mitä Venla olisi kertonut, sitä en saa koskaan tietää. Ja mietin entisesi sinnikkyyttä, tasaisen tappavina jatkuneita soittoja. Ilmoitinhan sitten, että puhelinterrori saisi kerta kaikkiaan loppua, ja että hän voisi alkaa elää omaa elämäänsä. *Sinä katkera, lapseton nainen*, piippasi puhelimessani. Näytin viestin sinulle ja deletoin sen.

Niin, Venlan asenne oli pettämätön, silloinkin kun me pitkässä letkassa toimitimme sovitusti Aleksin hänelle Vanhankirkonpuiston portille – sinä etunenässä ja minä perässäsi toisessa kädessä vastahankaisen Aleksin pieni käsi, toisessa tanssahteleva Vincent-pentu hihnassa. Vastassa odottivat käärmehiuksisen *Gorgon* kasvot, joilla hehkui kiveksi muuttava katse. Ja niin kaunis Venla muuttui rumaksi, väänsi suupielensä alas röpelöiseksi kaareksi ja irvisti minulle. Todellakin.

Aleksi osoitti taas kerran oman tahtonsa ja vikuroi luovutusta vastaan viimeiseen asti.

Vincent röhähtää, ja havahdun nykyhetkeen. Se kirkuu kuin lokki, ulvahtelee ja laulaa pieniä aarioita, mutta *shiba* on rotu, joka ei hauku. Närkästyneenä se röhisee. Menen katsomaan, ja aivan oikein, koira tuijottaa keskelle huonetta jäänyttä pölynimuria. Se on vieras esine, väärässä paikassa. Se on ruma. Kaikki tämä ruma, saatava silmistä, ja mielestä.

Kaadan viiniä lasiin ja katson ulos ikkunasta hämärään vehreyteen, johon kukkien ääriviivat ovat huomaamattani levinneet läiskiksi kuin märässä vesivärityössä. Puutarha on peittymässä raskaaseen huntuun. Yhtäkkiä ikkuna on peili. Hätkähdän.

Tuijotan vieraita kasvoja.

Kuka tuo tuntematon on, ja miksi hahmo istuu kuin unessa, äänettömässä illassa yksin, liikahtamatta.

Tuijotan omaa kuvaani.

Mustat varjot vievät minua.

Näen suuni. Alaspäin kääntyneen kaaren. Jeanne Moreaulla on saman-lainen nyrpeä huulten kaari, muistan puolustautuneeni, kun huomautit minun näyttävän tyytymättömältä. Ei sillä ollut mitään tekemistä mielia-lojeni kanssa. Ei kukaan hymyile aina. Saanko olla mutrusuu? Huomaan silmieni kaaret. Nekin kaartuvat alaspäin. Kaksinkertainen tyytymättömyys!

Missä vaiheessa huulteni ja silmieni kaaret ovat vääntyneet näin jyr-kästi alaspäin? Milloin lakkasit sanomasta minua kauniiksi?

Milloin minusta tuli ruma!

Olen kadottanut kasvoni. Olen kadottanut itseni myötäsi, olen pelkkä piinattu, vääntynyt varjo – varjo, joka haihtuu sekin pimeään. Pääni painuu kämmeniini. Tunnen kutistuvani, rintaani kivistää – et sinä rakastanut minua.

Theo naukaisee lujaa. Niin, tiedän, kauneus on itsevarmuutta.

Silmiini kihoavat kyyneleet. Kun mikään ei ole sitä miltä näyttää, ja sitten ei ole mitään.

Jäljellä on vain pahin, petos. Mikä voi järkyttää ihmistä enemmän kuin petos. Murha? Petos on murha. Se on tuskallinen murhatapa, sillä se on elävältä hautaamista. Petos on kaksinkertainen kuolema, se myr-kyttää surun ja muistot.

Se ei jätä sijaa hauraimmillekaan kuvitelmille.

Theo pyyhältää määrätietoisesti kierroksen jaloissani ja viilettää mata-lana keittokomeroon. Vääntäydyn hitaasti jäsenet kankeina sen perään. Kissan kipoissa on ruokaa ja vettä, mutta se kaipaa jotain muuta. Avaan keittiön ikkunan. Theo mittaa välimatkaa ja hyppää pehmeästi ikku-nalaudalle, veivaa häntää ja loikkaa ääneti ulos yöhön.

Ei huolta huomisesta! Mistä se tietää, suljenko ikkunan, ovet, läh-denkö pois? Ei se voi olla varma pitääkö joku siitä vielä huolta, jääkö se ihan yksin. Se luottaa.

31. Yö on liian lyhyt

Titanicissa surraavan lentelijän muodonmuutoksiin en ollut varautunut. Hyttyset inisevät korvan juuressa aikansa, imaisevat itsensä ihailusta täyteen, kunnes ne huolimattomasta huitaisusta heittävät henkensä. Niistä jää mitätön veritahra, jonkin aikaa kutiava pahkura.

Eikö toukassakin, josta kasvaa perhonen, ole tunnistettavaa tyyliä? Tuosta lemmenkipeydestä pullistuneesta möhkystä ei olisi nousemaan kauniisti siivilleen.

Mutta ihailusta saa ravintoa myös ihailun kohde. Se voi olla kaivattu lisuke ateriassa. Jota ilman puuttuu meno ja lento.

Etkö sanonut kuherruskeväänämme, että haluaisit olla aina rakastunut.

Sanoit, että sinusta oli tuntunut jo kauan, että olit vain ruokakassien kantaja. Kävelit samoja katuja bussipysäkille ja takaisin. Kävit aina kaupassa, yksin. Raahasit ruoan kotiin, ja sinä sen valmistitkin.

Kuulosti uuvuttavalta. Asia nyt oli helppo korjata! Loihdin aterioita, levitin pöytäliinoja, katoin pöytiä, taitoin serviettejä, sommittelin kukka-asetelmia, kaadoin viiniä laseihin, valitsin sopivan taustamusiikin, sytytin kynttilöitä ja tunnelmavaloja. Sinua varten, armaani. Rakastamaansa miestä on ilo palvella.

Mutta nyt surkeudellaan itseään ruokkinut itikka oli imenyt itsensä ähkytäyteen ja selvästikin riutunut palvonnastaan. Kasvanut koossa, röyhistynyt. Ja päättänyt tehdä asialle jotain.

Lennähtää yhtäkkiä lepakkona silmilleni.

Olin lounastanut ystävättären kanssa *Laivakoirassa*. Hän on markkinointijohtaja, kiireinen ja huitoo usein puhuessaan, jolloin hajuveden tuoksu pöllähtää liikkeelle. Hän selaa ja näpyttelee puhelintaan enemmän kuin keskittyy seurassaan olevaan ihmiseen. Kapea, tiukka hymy käy merkistä, että aika on loppunut. Niin nytkin. Hän on jo ovella, kun teen vielä lähtöä, etsin käsilaukusta turhaan avaimiani. Näen sivusilmällä hontelon hahmon lähestyvän pöytääni. Sitten se seisoo vieressäni ja puhuu minulle.

– Minä olen rakastunut sinun aviomieheesi, se sanoo terävien pikku hampaittensa välistä.

Hätkähdän, musta vonkale singahtaa päin näköä. Tuijottaa minua ja odottaa.

Lepakot liikkuvat öisin. Tämä sinkoili holtittomasti keskellä kirkasta päivää. Varsinainen keskipäivän aave!

En saa heti noustua. Vilkaisen hahmoon ja vedän käsilaukun vetoketjun rauhallisen määrätietoisesti kiinni. Inhottavaa. Nousen pöydästä sanomatta sanaakaan, katson ovelle ja kävelen ulos. Haluan välittömästi irti tästä surkeasta elokuvakohtauksesta – todelliseen elämään.

Ystävätär istuu autossa lähtövalmiina ja hyvästelen hänet auton avoimesta ikkunasta. Vilkutan ja hymyilen, varmaan väkinäisesti. Soitan sinulle ja kerron unohtaneeni avaimet kotiin. Oletkin jossain lähellä, sillä ilmoitat olevasi kohta *Titanicissa*.

Seisot baaritiskillä mustissa aurinkolaseissa, kun astun sisään. Erotut näyttävästi joukosta. Näistä karrelle palaneista pitkän illan istujista, huikkien huitelijoista. Valon menettäneistä rapajuopoista, kuten itse joskus irvit. Olet muita päätä pidempi, tyylikäs kaulaan kietaistussa sinipunaisessa kaulaliinassa – kuin ranskalaisessa elokuvassa. Ehkä hieman varuillasi, jäykkä, vai kuvittelenko vain?

Olet tilannut minullekin oluen. Minulle tulee hyvä mieli, vaikka haluankin kapakasta nopeasti pois.

Suutelen sinua. Minulle on välähtänyt, kenen puhelinnumeron olin löytänyt taksikuittiesi seasta. Ei epäilystäkään kenelle kömpelön lapsekkaalla käsialalla, nuhjuiselle paperilappuselle kirjoitettu numero kuului. Jotenkin tuntuu, että olen taas astunut elokuvakohtaukseen.

– Avaimet ovat hakusessa, sanot, ja äänesi matala sointi kouraisee vatsan pohjasta ja kutistaa minut hetkessä.

Hyräilen laulumme sanoja ja haen kätesi omaani. *And I love you so.*
– Minusta on tullut hajamielinen, henkäisen, miten selviäisin ilman sinua?

Olit ollut jotenkin odottavan, mietteliään oloinen, mutta nyt sinä katsot minuun ja kasvosi pehmenevät.

Minä katson rakastuneena sinuun, katson leveää leukaasi, huuliesi kaarta.

– Pelastajani, kuiskaan, ja poskesi nousee hymykuopalle.

Sinun hymysi, minun maailmani, aurinkoni. Puristan kättäsi. Juotuamme oluet menemme kotiin, ja minä menen keittiöön hellimään pentujamme ja peittelen ne koppaan.

Mentyämme nukkumaan silmissäni kieppuu kuva kimakkaäänisestä, kasvottomasta hontelosta. Mustasta hiuspehkosta. Se vaikutti julkealta, ja surkealta. Se oli rikkonut sääntöjä – ylittänyt reviirin.

Yhtäkkiä minusta tuntuu, että olento on valtaisan uskoutumisensa jälkeen seurannut minua. Niin kuin sen on täytynyt seurata minua jo *Laivakoiraan,* eihän se muuten siellä käynyt! Mistä se tiesi seurata minua? Kävellessäni hitaasti Perämiehenkatua kohti *Titanicia,* viipyillessäni Apollon huutokaupan ikkunoissa, kyttäsi silloinkin perässäni! Oliko lepakko roikkunut *Titanicin* katossa, lennostaan voipuneena, sykkyrällä, silmät kiiluen meidät nähdessään, sielläkin? Olitko sinä nähnyt sen?

Lepakko oli säälittävä. Sehän oli ollut päissään. Näytös oli merkityksetön, mutta kävi provokaatiosta. Se oli tehnyt aloitussiirron, haki etua. Pyrki avoimeen konfliktiin. Vai oliko se vaan niin onneton?

Se saattoi olla vaarallinen. Mietin muita häiriöitä. Tämä oli se, joka oli vilahdellut kadulla, kassajonossa. Oliko tämä se täysien viinilasien äärestä paennut hahmo? Ei tämä nyt se tutkielman tekijä voinut olla.

Liitelijä saattoi tarkoittaa, mitä sanoi, mutta en voinut uskoa sinun antaneen siihen aihetta. Ihmiset, jotka eivät pysy rajoissa, aiheuttavat pahaa. Herättävät uinuvat pedot. Mutta sinä tiesit rajat.

Päätin leikata episodin kuin epäonnistuneen kohtauksen filmistä.

Tällaiseen melodraamaan en halunnut. Eikä minun tarvitsisi puhua sinulle siitä.

Lepakot saalistavat öisin. Minun mieheni vietti yönsä vaimonsa vieressä. Jalkamme toisiinsa punoutuneina, minä kuten minut halusit, lusikkana, simpukan kuoressa.

Meidän yömme, meidän läheisyytemme. Me.

32. Nolla käytöksessä

– Elokuvakritiikin dinosaurusten aika on ohi, pauhu käy ruokasalissa.
– Ja teatteriarvostelijoiden. Kirjallisuusarvostelijoidenkin!
Olimme menneet Komin teatteriesityksen jälkeen kolmisin Benin kanssa syömään *Sea Horseen*. Pian ravintolaan osui eriasteisia tuttuja ja seurueemme kasvoi nopeasti joviaaliksi kokoonpanoksi. Joukossa oli myös aikoinaan Kalliossa luonani vieraillut kolleegasikin, jota kohtelit oudon tylysti. Nyt seurue on siirtynyt meille jatkoille. Sinä linnoittaudut muhkeaan nahkanojatuoliisi valaisimesi alle ja otat lujan Rodinin ajattelija-asennon. Katson sinua. Olet kaukana nurkkauksessasi.
– Taiteellisesti merkittävät elokuvat ovat aina marginaalissa, vaikka - -.
– Kaikki on viihdettä, Beni kiilaa väliin, mutta virta vyöryy eteenpäin.
– Sarjamurhaajien sielunelämää, tosirikos on koukuttavaa ajanvietettä.
– Persoonallisuushäiriöisiä pitäisi kuvata enemmän, ne ovat aikamme kuva.
– Kummasta nyt on kyse, elokuvasta taiteena vai elokuvakritiikin tasosta?
– Kriitikoiden pitää hahmottaa elokuva-alan ilmiöitä eikä vain tähdittää maahantuojien valitsemaa varmaa viihdettä. Näkemyksellisille esseille on tilaus.
– Näkemyksille on aina tilaus, näkisi vaan!
Katson sinua. Tiedän, mitä ajattelet. Olet yksi viimeisistä, ollut alalla kymmeniä vuosia. Sanonut, että lopetat elokuvista kirjoittamisen sinä päivänä, kun elokuvat lakkaavat koskettamasta sinua. Kun et enää itke nähtyäsi hyvän elokuvan.
Onneksi itkit, ja soitit heti ennakkonäytöksen jälkeen kehuaksesi sellaisen. Jostakin elokuvasta sanoit, että minun pitää nähdä se, jonkun halusit katsoa uudestaan kanssani.

Joskus olit niin innostunut jostain aiheesta, että aloit suunnitella omaa elokuvaa. Olit käsikirjoittanut, tuottanut ja ohjannut lyhytelokuvia ja dokumentteja, ja tiesin sinun haluavan ohjata. Luovat purskahdukset jäivät kuitenkin lyhyiksi, kannustuksestani huolimatta. Tuomitsit hankkeet ennakolta hankeen. Liian kytkyiset kuviot, liian paljon kateutta ja kaunaa, ei tippuisi tukea. Aika on taikaa, ajattelin.

– Kotimaisuus ei ole itseisarvo, että heti silkkihansikkaat esiin. Kriitikon vastuu on siinä, ettei johda yleisöä harhaan, pauhu jatkuu.

– Ei taiteesta voi sanoa, että se on hyvää tai huonoa! Tähdissäkin on enemmän nyansseja.

– Tarvitaan analyysia, Beni heittää korren virtaan.

– Kaikkea ei tarvitse analysoida!

– Missä menee raja?

– On järkyttävää, kuinka kriitikot eivät tajua elokuvien pointteja.

– Esimerkiksi?

– Ihmissuhteita kuvaavat elokuvat. Mieskriitikot eivät tunnista vuorovaikutuksen vivahteita. Eivät *mee-toosta* huolimatta tunnista naista haavoittavaa, seksuaalisesti esineellistävää asennetta, virtaan solisee uudesta lähteestä.

– Olipa konkreettista.

– Ainahan voi sanoa, että elokuvan tulkinnanvaraisuudessa piilee sen vahvuus.

– *Mulholland Drive*, heität nojatuolistasi.

– Sepä onkin moniselitteinen!

Haen katsettasi, mutta nojaat leukaasi kämmeneen omissa virroissasi.

– Jokainen voi tulkita teoksen niin kuin haluaa, mutta kyllä tekijän tarkoituksen pitää olla tajuttavissa. Ei kai arvoituksellisuus ole itseisarvo.

Rakkaani, katso minuun, *no hay banda*, olen kubistisessa palapelissä, surrealistisessa juonessa yhtä kanssasi ja muistan kuinka käänsit minulle Llorandon rakkaudesta riutuvat sanat.

– Siinä on elokuva, jossa ollaan tunteessa, mutta ei siitä - -.

– Kuvallinen huijaus. Pitäisi hallita unenomaisen myllerryksen yksityiskohdat, tuhkakupit ja lamput, ajalliset hypyt - -.

– Kuvat tulevat todeksi katsojan päässä, jos on päätä, sanot ja pauhu vaimenee, pöytäseurue tarttuu laseihin ja kallistaa niitä keskittyneesti. Yritän tavoittaa katseesi.

– Hekumalliset tähdet ovat kuolleet. Tähtiä ei enää ole, virta hakee uomaa.

– Se on illuusio, sanot, ja päät pöydässä kääntyvät kuin magneetin vetäminä valtaistuimeesi päin. Pöytä hiljenee, ja kiihkeän aivotyöskentelyn raksutuksen voi melkein kuulla, kun kukaan ei tohdi kysyä, mikä.

– Kriitikkomme tarkoittaa *Mulholland Drivea*! kuuluu pirskahdus, seurue huojentuu ja virta kerää nopeasti voimaa hankalan esteen jälkeen.

– Miksi kriitikot ovat yleensä miehiä?

– Onko tämä nyt feminismiä? Vanhanaikaista, se ei kuulu elokuviin.

– Otetaan esimerkiksi *Sininen auto*, hieno naisohjaus, joka on mieskriitikoiden mukaan arkinen, ohjaus kehno, joskin näyttelijät erinomaisia. Kun elokuva kertoo petoksesta ja hyväksikäytöstä ja on kertakaikkisen hieno! lähteestä solisee taas virtaan.

– Sininen auto! joku hirnahtaa, ja virta ryskää uuteen uomaan.

– Eikö elokuvissa pitäisi pureutua tunteisiin?

– Niinku taas kerran näyttää rakkauden romahdus. Kun pohja putoaa, voivoi.

– Kuolema on kätevä keino päättää rakkaustarina – ja sydänsurut, niin kuin klassikoissa on tapana.

– Nykyään suoriudutaan, elämä hallitaan, ei siinä kaivata hitaita lähikuvia sielun liikkeistä. Oikeassa elämässä ihmiset elävät haavoittuneina, kituvat eivätkä ehkä koskaan pääse jaloilleen, Beni heittää pisimmän kortensa ja värähdän.

Ihmiset elävät elämäänsä hiljaa kärsien. Muistan lauseen sadan vuoden takaa. Piilotetut tunteet, piiloon jäävät ihmiset. Kärsimys oli hyväksytty osana maailmanjärjestystä. Siitä oli tullut näkyvämpää, mutta vain kuvina kuvien joukossa, jotka voi rajata, leikata pois, ajattelen ja käyn täyttämässä vesikannun keittiössä.

Beni tulee viereeni ja sanoo hiljaa:

– Olet kuulema heittänyt tavaroita rappuun. Vähän rankkaa.

Katson Beniin.

– Niinkö? Tunnen sydämessäni pistoksen ja jatkan.

– Syynsä kaikkeen. Vai eikö ole kerrottu?

– Olet huutanut ja raivonnut. Tyyliin *painu helvettiin*, Beni katsoo tiukasti minuun.

– Siihen on varmaan syynsä, hän jatkaa. Olen hiljaa ja mietin kiistääkö vai kertoako tärähtelevistä kuvista. Beni ymmärtäisi, olen varma. Voisinko uskoutua hänelle, kaikesta sisintäni kalvavasta...

– On. Et ehkä tiedä tarinan toista puolta, sanon ja käännyn nopeasti mennäkseni takaisin pöytään, jossa huomio on kiinnittynyt Godardin kuvaan seinällä.

Sydämeni on alkanut hakata. Olen pelästynyt Benin puuttumisesta riitoihimme. Ja yllättynyt – tästä interventiosta. Olet kertonut Benille, ja ties kenelle, ja mitä?

– Vanha kunnon kuvainraastaja! Virran uomassa roiskahtaa.

– Jolle rakkaus on peliä ja identiteetit vaihtuvia naamioita, kuuluu naurahdus.

– Godardin naiskuva on ohut. Sen naiset ovat lapsinaisia ja ihmissuhteet banaalia *mitä minussa rakastat* -tivausta. Seksikin on Godardille tirkistelyä, sadomasokismia, asiansa tunteva virta kieppuu syvenevässä pyörteessä.

– Seuraa hirveä kosto! nostat päätäsi nojatuolista.

– Hah! *Kummisetää* pöytään! Hevosen päitä ja veristä vendettaa. Taide koston välineenä, olisipa väline.

– Kosto on tunnevammaisten touhua.

– Nuo rakkaudetta vaille jääneet narsistit.

Puhe poukkoilee nousevana ja laskevana virtana, ja päätän siivota pöytää. Käyn punaamassa huulet lohenpunaisella. Käyttäisin antamaasi syvänpunaista, mutta se on kadonnut. Palaan hymyilevänä seurueen luo.

– Missä isäntä on?

Makaat makuuhuoneessa.

– *Minä olen minä.*

– *Raks.*

– Miksi kutsut meille kaikenkarvaisia typeryksiä, jotka eivät tajua mistään mitään, katsot minua julmistuneena.

– Antaa ihmisten vaahdota, ei sitä tarvitse ottaa niin vakavasti. Pääasia, että me tajuamme, nuppuseni. Sinä olet illan maestro, tule johtamaan teatteria.

– Keitä nämä ihmiset ovat?

– Kai sinä nyt heidät tunnet!

– En minä tunne kaikkia, paitsi nimeltä.

– Luulin kaikkien olevan kavereitasi. Kriitikonkin.

– Siis Benin tuttuja, toteat pää tiukasti tyynyssä.

Lähestyn sinua suudellakseni. Väistät.

– Mikä sinun on? Yritän silittää poskeasi, mutta käännät pääsi.

– Sinä et arvosta työtäni.

– Tietenkin arvostan. Sinä olet ihanneammatissa!

– Armaani lepuuttaa, sanon palatessani ruokasaliin.

– Teillä on ihana asunto.

– On, mutta kesken. Jonain päivänä, sitten me pidetään tupaantuliaiset. Nyt ei vielä ole voinut - -.

Ilmestyt ruokasalin ovelle. Seisot tuikean näköisenä, ja mielessäni läikähtää. August! Siri kaipaa sinua. Muikista vielä huulesi, laita kädet puuskaan ja räjähdän nauruun.

– Toi nainen ei tee mitään! Siirtelee vaan tavaroita. Täällä on kaikki hukassa, aina.

Pöytäseurue hiljenee. Hölmistyneenä.

– Minä elätän tota, pyyhällät ruokasalin läpi olohuoneeseen.

– Onhan niin, että todellisuus hakkaa monimuotoisuudessaan taiteen, virta kerää vaivalloisesti voimaa.

– Mikä armastasi vaivaa?

Istun hiljaa. Nollaa vaan, nolaa, lajisi viimeinen edustaja. Mastodontti.

Sinun kanssasi ei ole sosiaalista elämää, ei iloa, ei intoa. Näet vain itsesi, nujerrat minut – ja muutkin. Tukehdut itseesi. Minä sinuun.

– Armaani rakastaa sinua mielettömästi. On kuultu niin paljon, seurue hymisee lyyrisenä kuorona. Liiankin sulosoinnuin.

– Totta kai me rakastamme toisiamme. Mutta töistäni ei tahdo tulla mitään, vaikka olen halunnut - -. Armaani on syystä vihainen, takeltelen ja yritän hymyillä rauhallisesti, sydän mustana. Kuljet missä kuljet.

– Siitä koston teemasta, voi alhaisimmistakin tunteista jalostua taidetta. Kateuskin voi tuottaa taideteoksia.

– Joo, ja viha voi synnyttää tosi hienoja hedelmiä, virta kiihdyttää vauhtia.

– Roskastakin saa taidetta, sanot ja pyyhällät olohuoneesta ruokasalin kautta eteiseen.

– Menee täydestä, lisäät vielä näkymättömistä.

– Kärsimys jalostaa, mumisen ja haluan ohjata illan päätökseen.

– Taitaa olla elämässä niin, että kun yhdestä ongelmasta pääsee, niin toinen on edessä. Nyt nämä irtisanomiset lehtitalossa, vaikkei Armaanilla hätää ole. Emme ole päässeet vielä kiinni arkeen, normaaliin päiviin.

Kun jokin kaivertaa, ajattelen noustessani ylös. Kanarialintu ei enää yritä kujertaa, yrittää vain siivilleen. Siirryn Beniä kohti pyytääkseni apua vieraiden ulos saattamiseksi.

Ilmestyt ovelle, käsivartesi voimallisesti rinnalla.

– Haista *vee*, ämmä.

Huoneistossa on äkkileikkauksella jääkylmä. Ja haudanhiljaista. Kivetyn paikalleni käsi Benin olkapäällä.

– Ei ikinä yhtään normaalia päivää, vai!

33. Mies tältä tähdeltä

Epävireessä jo aamusta. Maito on loppu, jääkaappi muutenkin tyhjä ja savukkeet kadonneet. Pitää pukeutua ja käydä kaupassa ennen aamurutiineja, kahvia ja päivän lehteä. En vaivaudu aamupesulle. Käyn vastapäisessä ruokakaupassa ja kävelytän samalla Vincentin. En saa häiritä sinua. Älä herätä, niinhän sanoit, haluan pitkittää unta lähdön hetkeen asti.

Käyt sitten kääntymässä keittiössä ja esität tutun aarian, *missonmun*? Milloin kateissa on Ronson, milloin kengät tai takki. *Missonmun* lompakko, etsiskelet ja löydät sen edestäsi pöydältä. Kun minä aina siirtelen tavaroita.

– Täältä ei löydä koskaan mitään.

– Löytäisit edes itsesi – ja kellarin avaimet, tarvitsen niitä. Ja purkaisit muuttolaatikkosi! Äläkä aina valita.

– Aina! Joo, ja hanki sinä tänne vaan lisää tavaraa. Eihän sitä täällä olekaan, kun meiltä puuttuu ihan kaikkea.

Hankin mitä hankin. Mutta totta se oli. Keräilijätär. Olin alkanut selailla tavaroita netistä. Ja etsivä yleensä löytää, jotain kerrassaan mainiota, edullista, harvinaista, juuri sopivaa.

– Veisin tavaraa kellariin – jos saisin avaimet. Kukkapurosta ja Aallosta pääsee eroon helposti, sanon ja vilkaisen Dagmarinkadulta tuomiani tuoleja ja sivupöytää. Niistä maksettiin hyvin.

Inhosin 60-lukua.

– Onko ikävä Dagmaria? Funkkaisi paremmin, sanot rauhallisesti.

Loukkaantuneena on vaikea ylittää itseään. Kun kokee olevansa hyvityksen tarpeessa, sitä ei hevin anna toiselle. Mutta silloin loukattua mieltä suojaavaa haarniskaa ei ole otettu vielä esiin. On yhdestoista hetki.

Kun haarniskaa alkaa sovittaa päälleen, valmistautuu taisteluun, ei sovitteluun.

Tunsitko minut? Tunsitko lainkaan? Unohditko, että minut saa leppymään, hyvällä? Ojentamalla käden.

Emmekö molemmat tienneet, että jos jäämme taisteluasemiin, kova kovaa vastaan, kattokruunut romahtavat, talot huojuvat ja valtataistelun lieskat polttavat kaiken poroksi. Tiesimmehän, että kummankin on tultava vastaan. Muutoin alakynteen jääneen mieli pinttyy kuin pohjaan palanut puuro, ja se kostautuu.

Me unohdimme sen, mitä toisistamme tiesimme.

Kaipasin kuninkaalliseen aitioomme, mutta kutsua ei kuulunut. Odotin turhaan. Mitä sinä odotit? Et tarjonnut kättäsi, et ojentanut tarjotinta, maljaa, et nostanut nenäliinoja. Pudottelinhan niitä.

– Muistathan *Ruusujen sodan*, sen hervottoman mustan avioerodraaman. Muistatko miten se päättyy?

Elokuvassa pariskunta riehuu tragikoomisilla, absurdeilla ylikierroksilla. Lopussa on hengästyttävä lähikuva. Michael Douglas hapuilee sormillaan kohti Kathleen Turnerin kättä, viimeisillä voimillaan, kun molemmat makaavat henkihieverissä lattialla, roikuttuaan ensin aikansa kristallikruunussa ja pudottuaan sitten sen mukana alas.

– Muistatko viimeisen kuvan, sanon ja ajattelen, että siinä on suurin.

Istut nahkatakissa, baskeri päässä sohvalla. Mustat aurinkolasit ovat pöydällä, olet kohta lähdössä tietokilpailuun. Sovittaudun sohvan päätyyn ja vien käsivarteni selkänojalle.

– Siinä on kaikki, sanon ja ojennan kättäni sinua kohti.

– Ymmärrätkö, rakkaani, kaksi kättä, sormet yltämässä kosketukseen, kuin Michelangelon *Aatamin luomisessa*. Sikstuksen kappelissa, muistathan.

Käden kosketus, elämä.

Ja niin sinä lähdet. Ja niin lähden vielä yömyöhällä minäkin. Kierrän korttelin verkkaan Vincentin kanssa ja pysähdyn Titanicin eteen. Viluttaa, kevätillat ovat kavalia, sumua puskee asfaltista. En saa mentyä sisään. On sakean harmaata. Lopulta kurkistan ikkunasta, mutta en näe sinua, paikka on melkein tyhjä, ja kiiruhdan kotiin.

Missä olet? Katson paksusankaisten silmälasien takana piileskelevää Godardia keittiön seinällä. Valtiaspari roikkuu tukevasti ylösalaisin shakkilaudasta. Sytytän linnakkeeseen valon, sinua varten. Riisuudun, heitän hiukseni, huuhtelen suuni ja lyhyttukkaisen pääni haalealla vedellä. Levitän muutamalla vedolla yövoiteen kasvoille. Asetan puhelimen yöpöydälle ja käyn makuulle.

Missä viivyt? Makaatko pahoinpideltynä jossain? Olit syksyllä tullut kotiin naama veressä ja naarmuilla narkkarin yritettyä ryöstää sinut, niin kerroit. Kunpa soittaisit, selittäisit mitä tahansa, valehtelisit vaikka. Kuulisin äänesi.

Valvon ja katson mustavalkoista rintakuvaasi yöpöydällä, loikoilet siinä silmät kiinni, raukea ilme kasvoillasi. Olet sulkeutunut omaan maailmaasi, olet tavoittamattomissa. Kunpa ei olisi niin! Puhuisit minulle, kertoisit edes vähän mitä mielessäsi liikkuu. Ja missä liikut. Rikkoisit mykän arkemme. Ojentaisit kätesi, johon sydämestäni haluan tarttua, alan puhua ääneen. Tule jo kotiin.

Otan nukahtamispillerin, nostan Vincentin sänkyyn viereeni, vedän sen kylkeeni ja kierrän käteni sen lämpimään turkkiin.

Aamulla huhuilet minua hilpeänä. Istut nahkanojatuolissasi ja kerrot nukahtaneesi lapsitähden, *Titanicin* kanta-asiakkaan, sohvalle. Sammunut tähti ei olisi selvinnyt ilman apuasi kotiinsa, missä miehen huojentunut naisystävä oli nostanut viskiä pöytään ja purkanut sydäntään. Siinä meni pikkutunneille.

Sinä auttamassa alakerran väkeä. Ei se ollut ensimmäinen kerta. Muistin yön, kun rojahdit sänkyyn ja kerroit maanitelleesi toista tuntia jotakuta parvekkeella heilunutta unohtamaan hyppyaikeensa.

Yöksi kotiin, vaikka aamuksi. Nostan pakastimesta katkarapuja sulamaan illallista varten. Viikonloppumatkamme Osloon lähestyi.

34. Epäilyksen varjo

Lähdet aamupäivällä reilusti etuajassa rautatieasemalle Aleksia vastaan. Jos et kauppaan niin jonnekin, aina aamuisin, silloinkin kun työn vuoksi ei tarvitsisi. Heitän käden tyhjälle paikalle vieressäni. Aamujen ikävä. Kaipaan kuumaa syliä, mutta sitä enemmän hellyyttä, lempeitä sanoja. Se rohkaisisi molempia kun minä hätkähtelin ja sinä hermostuit vähästä ja kysyit käyttöohjeita.

Kaipaan raukeaa päivään heräämistä, vierelläsi, kun unen lämpö vielä viipyy lakanoissa. Yhteisiä aamiaisia. Matkoillammekin ne olivat harvinaisia. Kiireetöntä kahvia, paahtoleipää ja kananmunia rakkaimpani kanssa, niitä kaipasin. Aamiaisia ruohikolla.

Olen imuroimassa, kun soitat ja ilmoitat, että aikataulut ovat pettäneet. Venla ei ole saattanut Aleksia sovitusti matkaan. Odottelisit, kunnes poika ehtisi johonkin seuraavista junista ja sitten lounastaisimme Stockan vintillä. Hyvä, ehdin tehdä kunnon lenkin Vincentin kanssa.

Noustessani Stockmannin rullaportailla ravintolakerrokseen huomaan toivovani, että jengiäsi ei näkyisi. Kiihdytän vauhtia suoraan vakiopöytääsi. Siellä sinä istutkin, Aleksi vieressäsi – ja Aini! Moi! Hauska yllätys!

– Mennäänkö ruoan jälkeen kaikki meille? kysyn puhelintaan näpräävältä Ainilta, kun tarjoilija tuo sinulle oluen ja ruokalistat pöytään.

– Minulla on menoa, Aini sanoo, laskee puhelimen kädestään ja alkaa tutkia ruokalistaa. Puhelimen näytössä oli näkynyt kuva, josta olin tunnistavani itseni.

– Olet ottanut kuvia, sanon kysyvästi.

Aini tarttuu puhelimeen, painelee nopeasti näppäimiä. Sitten hän kääntää näytön minuun päin ja vilauttaa sarjan kuvia. Katson hätäisesti esitetyt otokset ja ajattelen, että minusta otetut kuvat ovat outoja. Ne on kuvattu luonnottomista kulmista. Huomaamattani – salaa! Näytän hirveältä. Aini on ottanut kuvia kotoammekin, sinusta tumma hahmo kyljessäsi, ehdin hämmästyä, kun hän sulkee näytön. Tekisi mieli deletoida kuvat, ne tuntuvat tunkeilevilta. Haluaisin kysyä tarkemmin milloin ja missä kuvat on otettu, mutta sen sijaan keksin alkaa ihastella teknistä helppoutta, jolla kuvia voi lähettää eteenpäin.

– Mitä sinä teet kuvilla? Säästätkö ne, teetätkö paperikuvia?

– Mä näytän niitä - -, niin no, ääh, Ainin lause katkeaa ja hän alkaa nopeasti miettiä ääneen mitä söisi.

– Ethän näytä niitä ympäriinsä, katson Ainiin.

Niin, Venla hoitaa Ainin puhelinkulut, minulla välähtää. Ainoat lapsiin liittyvät laskut, joita entisesi ei vaatinut sinun maksavan. Tajuan, etten ole nähnyt ensimmäistäkään Ainin häissämme ottamaa kuvaa. Nämä vikkelät vakoojat, lapsesi, ajatus kirpaisee mieltäni.

Kotona Aleksi pyytää heti paperia ja kyniä. Otan piirustusvälinekassin eteisen peilikaapista. Poika alkaa piirtää, taas taloa, huomaan. Ovet ovat edelleen kiinni, ikkunat ummessa, mutta savupiipusta tupruttaa savua. Kotona ollaan!

On myös sivuovi, jolle pääsee ylös jyrkkiä portaita pihapiirin sivusta. Taloja nousee vieri viereen, joihin kaikkiin johtaa pääsisäänkäynnin lisäksi toinen, huomaamaton pieni ovi. Pojalla on kaksi kotia, Jalavatiellä kolmaskin isoisänsä luona, mutta miksi taloihin on kaksi sisäänkäyntiä, mieleeni pyrkii häiritsevä ajatus. Onko Aleksi käynyt jossain?

Istahdan Aleksin viereen, otan puhtaan arkin ja asetan sen pojan eteen. Piirrä aarrearkku! Poika ryhtyy toimeen ja pian paperilla seisoo kaarevakantinen laatikko.

– Missä se aarre on?

– Ei se näy, se on sisällä, Aleksi sanoo epävarmana.

– Mutta mikä se on?

– En minä osaa piirtää aarretta.

– Piirrä pusu!

– Joo, mutta sitten mä piirrän mitä haluan, Aleksi sanoo ja vetää pape-

147

rille kaksi puolikaarta vastakkain ja niiden kosketuskohtaan törröttävät nokat. Toinen puolikaari saa hiukset, huomaan. Toinen on kalju. Pusuparin yläpuolelle poika vetää muutamalla vedolla pullean sydämen.

– Voi miten hieno, sinä se aarre olet!

Aleksi katsoo minua siniset silmät loistaen.

– Ettehän te eroa koskaan.

– Ei koskaan. Älä edes ajattele semmoisia. Meillähän on aarre, sanon ja moiskautan pusun pojan poskelle. Ajattelen kysyväni myöhemmin Aleksilta sivuovesta.

Illalla, kun sinä ja Aleksi olette loiskineet ammeessa ja saunoneet, syömme iltapalan. Alat laittaa poikaa yöpuulle, minä teen lähtöä ulos Vincentin kanssa. Koiran karkureissun jälkeen ulkoiluttaminen on jäänyt vastuulleni, joskin veit koiran aina silloin tällöin oma-aloitteisesti ulos ja viivyitkin kävelyillä pitkään.

Suuntaan Vincentin kanssa Eiraan Juhani Ahon patsaalle ja tarkistan samalla Hukkuneiden muistomerkissä palavan ikuisen tulen. Palaan kotiin Kankurinkadun kautta, ja *Vanhan ankkurin* kohdalla päätän käydä siellä ostamassa tupakkaa. Tuntematon mies ilmestyy viereeni kassalla ja sanoo tuttavalliseen sävyyn: Älä välitä, ei se kauan kestä.

Mies katsoo minua tietäväisen näköisenä, ja kun vain tuijotan häntä, hän hymyilee punaiset ikenensä esiin ja lisää: *kestää aikansa.*

Kiidän Vincentin kanssa sydän pamppaillen kotiin ja mietin millä avuilla ja millaisista asiayhteyksistä minusta on tullut näinkin tunnettu. Julkkis. Ei omilla avuillani.

– Menen nukkumaan. Tule perästä, sanon hiljaa työhuoneen ovelta.

Lepäät silmät kiinni Aleksin vieressä.

Kun tulet sänkyyn, suljen silmäni ja yritän hengittää rauhallisesti. Haluaisin saada sinuun yhteyden, mutten tiedä miten. Pelkään sanoja. Sanoisit jotain satuttavaa, minä valitsisin väärät sanat. Pitäisi osata tiivistää sanottava kuin mykkäfilmien väliteksteiksi. Olet lämpimänä vieressä, nukahdat ja kiedon käsivarteni selkäsi yli rinnallesi. Sovitan itseni sinua vasten ja päätän odottaa uuteen päivään.

Minun täytyy hallita hermoni, käsitellä asioita rauhallisesti, päässäni pyörii kun yritän saada unesta kiinni. Olemassaolo tuntuu usvalta. Miksen saa otetta, itsestäni, mistään? Olen eristyksissä, liikaa kotona. Ulkomaailma on minulle vieras – mutta siellä tiedetään minun asioistani! Ja mietin miten olet monien silmissä minut kaiketi jo häpäissyt.

Nousen sängystä, menen keittiöön ja kaadan lasiin viiniä. Rintaani polttaa. On kuin sitä jäytäisi tulehtunut, paisunut haava.

Kurkistan ruokasalin ovelta työhuoneeseen. Aleksi nukkuu. Olet asettanut pojan pään viereen tyynylle Oskari-nallen. Kurkkuuni nousee pala, nielaisen ja purskahdan. Voi rakas Armaani, en arvannut kuinka paljon valehtelisit, turhasta ja turhaan, kun tosiasiat kirkuivat läpi. Sanoinhan, vaikerran mielessäni, ollaan aina rehellisiä toisillemme, mikään ei silloin voi tulla väliimme.

Eivät ikävät asiat erota vaan niiden salailu.

– Minä inhoan valehtelua. Se vie järjen! parahdan ääneen, hätkähdän ja jään kuuntelemaan. On aivan hiljaista. Ei, ei kukaan kuullut minua. Ei todellakaan, vaikka huutaisin kuinka kovaa.

– Mikä sinun on? olin esittänyt kysymyksen arasti eräänä iltana tultuasi myöhään kotiin.

Istuuduit viereeni olohuoneen sohvalle, ja yritin kainaloosi. Työnsit minua kädellä kauemmas.

– En kestä koskettamista nyt.

– Mitä on tapahtunut? melkein anelen.

En uskalla kysyä suoraan. Mikä on vialla – minussa? Etkö rakasta minua enää? Istut hiljaa.

– Puhutaan toisillemme, kerrotaan toisillemme kaikki. Ajattele, mistä kaikesta olemme jo selvinneet. Me selviämme kaikesta, jos vain pidämme yhtä.

Et sano mitään. En yritä koskettaa sinua, olen vetäytynyt kauemmas näennäisen luontevasti, mutta vereni on jähmeää.

Nouset sohvalta ja sanot meneväsi nukkumaan. Sammutat olohuoneen valot, ja jään istumaan pimeään.

35. Hermot pinnalla

Kevät kului, koti ei ollut valmis ja sanoit, ei ole kiirettä. Halusin tavarasta eroon ja järjestystä. Etkö jo purkaisi muuttolaatikkojasi, pitäisimme tupaantuliaiset – aloittaisin jonkin työn. Jos en muuta niin tämän kuuluisan tavaroiden siirtelyn. Ja kun vanha asiakas sattui soittamaan, myin hänelle talonpoikaispöytäsi ja toisen nahkanojatuoleistasi. Suorastaan riemastuit saamistasi rahoista.

– Miksi hankkia iso asunto, jos sitä ei laita kuntoon?

– Ehkä juhannukseksi, tai syksyyn mennessä, taidan pitää lomani silloin, sanot, ja mykistyn.

– Kesälomalla en lähde matkoille.

Alakerran *Titanicista* löytynyt siivoojanainen ilmaantuu yllätyksekseni muutamana aamupäivänä imuroimaan ja pesemään lattiat. Sinä hoidit. Mutta tavarasi tukkivat edelleen tilaa.

Olkoon sitten, kun et ehdi. Elämä jumissa. Pysähdyksissä. Hällä väliä! Menen sitten minäkin ulos, hoveihin, tummana polkkatukkana, shirley-kiharoilla, vaikka punaisessa!

– Olet luonnottomampi peruukeissa kuin ilman, sanot ja kierrän katuja tunnin pari. Pysyisin kotona.

Oslon pitkää viikonloppua varten hankit kaupunkioppaan. Tiesimme mennä *Grand Caféen* Karl Johansille, kävelylle Vigelandin patsaspuistoon ja Kansallisgalleriaan katsomaan Munchin *Suudelmaa*. *Huuto* oli hukassa, mutta ostit siitä magneettikuvan jääkaappimme oveen. Minähän huusin niin mielelläni tavaraa huutokaupoista.

Lähdin matkaan rohkeasti Seberg-lookissa, kaulassa rakkain vaalea mohair-huivini. Olin käynyt kampaajalla ensimmäisen kerran sitten häittemme, korttelikampaajalla, joka taiteili vaaleita raitoja hiuksiini kuin yksityiskohtia miniatyyrimaalaukseen. Aurinkolasit lisäsivät varmuuttani. *Kaikki mikä peittää on eduksi*, sanoin sinulle ja virnistin. Arastelin, mutta Oslossa oli hyvä hengittää, vuonoilta tuuli puronraikasta ilmaa. Aini oli mukana, matka oli ylioppilaslahjani hänelle – olinhan saanut Dagmarinkadun asunnon myytyä. Aini peitti hyvin hämmennyksensä uudesta ulkomuodostani.

Oslossa tiesimme olla kolkuttelematta merkkimiesten ovia. Sitä vitsien määrää Roomassa häämatkallamme, kun eivät Pirandellon, eivät Goethen kotien ovet meille auenneet. Pirandello oli täysin kateissa, ja niin kuin me kuljimme busseilla, kävelimme ja kyselimme, kerran jo luulimme löytäneemmekin. Valkoiset verhot pullistelivat villiviinin peitossa olevan talon ikkunoista, ovi oli kutsuvasti auki, nyt löytyi! Talo oli hotelli, eikä vastaanottovirkailija ollut kuullutkaan Pirandellosta. Ihmeellinen mies, kai etsimässä henkilöitään, me etsimässä tekijää. Menimme kahvilaan juomaan viiniä ja mietimme oliko tekijä kenties ajautunut illuusioiden umpikujaan vaiko peräti teatterinaamiaisiin ja jäänyt roolinsa vangiksi! Vai oliko sulkeutunut naamionsa taakse yksinäisyyteen ja luhistunut omaan mahdottomuuteensa! Vaihtanut osoitetta ja kadonnut turisteilta ja turistioppaiden tekijöiltä sanomatta sanaakaan.

Absurdiksi jäänyt yritys, mutta jatkoimme kuuluisuuksien kotien etsintää, tietenkin epäonnisesti: ei ollut Goethekaan kotona Via del Corsolla, vastoin opaskirjan tietoja. Tietenkin, sehän oli sanomattakin selvää, merkkimiehet olivat matkoilla, kun heitä kaukaa Suomesta tultiin tapaamaan.

Varhain sunnuntaiaamuna kuljin hotelliltamme Ibsenin kotitalolle. Minä, aina etsimässä jotain maailman rannoilta! Jätin sinut ja Ainin aamiaishuoneeseen ja kuljin yksin Kuninkaanlinnan puiston halki tyynessä säässä, kuulaassa kevään valossa. Olin onnellinen, minulla oli koti sinun kanssasi, koti sinussa, niin kuin käteni oli kädessäsi kävellessämme Vigelandin patsaiden rytmittämiä siltoja ja teitä. Olit rinnallani, ryhtyisit miehekseni. Olin onnellinen niin kuin vain sinun kanssasi, elämäni oli taas alkamassa, matkani sinuun, yhteinen matkamme etenemässä. Olithan sinäkin onnellinen, etkö ollutkin, kun katosit kadulta kauppaan ja tulit takaisin paketin kanssa, jonka sain avata heti. Kahvimuki, jossa luki *God morgen, elskling*.

Rakastin matkustamista. Sen huuma ei ollut hiipunut. Uudet maisemat, ihmiset. Sinulle taisi olla se ja sama mihin menimme. Kun vain olimme yhdessä!

Kuherruskeväänämme olin pyytänyt sinua teatteriin, ja esitys oli ollut pöyristyttävän huono, valtakunnan kriitikon kiittävän arvion irvikuva. Olin tohkeissani, sillä olin halunnut tarjota sinulle elämyksen.

Sanoit, ei sillä ole väliä.

– Minä haluan vain olla lähelläsi. Sinä olet elämys.

Niin mukava kuin matkamme olikin, se ei muuttanut mitään. Sama tyhjäkäynti jatkui. Jatkoit säännöllisen epäsäännöllistä arkeasi, ja pelkäsin menettäväni malttini. Aistin lepakon siipien suhinan välttelevässä katseessasi, vetäytymisessäsi kuoreesi. Mietin riutuvaa ihailijaasi. Miten hän oli minut *Laivakoirasta* löytänyt? Olitko sinä tiennyt? Kertonut?

Yksivuotishääpäiväämme varten löydän Helsingin pienimmän ravintolan juhlaamme varten.

– Istumme valmiiseen pöytään, molemmat, hymyilen sinulle, ja poistumme siitä yhtä valmiina.

Sillä minuun sattui, kun häivyit omille teillesi jäädessäni raivaamaan keittiötä. Ehdit huomata nyrpeyttä ilmeessäni.

– Älä ala nalkuttaa.

– Enhän minä - -.

– Ihan samanlainen kuin Venla.

– Olen kyllä toinen nainen.

– Kuvittelet, taitavat filmit pyöriä päässä.

Niin, pyörimme kehässä, yhtä ympyrää. Lukkiutuneessa tilanteessa, jota et halunnut avata. Sinulla oli avaimet. Omani olin kadottanut.

Ja päätän soittaa taskustasi löytämääni, kömpelöllä käsialalla paperilapulle kirjoitettuun numeroon. Kun numero vastaa, isken suoraan asiaan.

– Jätä meidät rauhaan, et tiedä mitä olet tekemässä.

Linjalla on hetken hiljaista, ja voin nähdä terävät hampaat, pupillien pyörähdyksen.

– Kuka soittaa?

Kimeä Bee Gees -falsetti räiskäisee silmänpohjani punaisiksi.

– Heittäydyit sitten Armaanin syliin! Hyvä kun et parvekkeelta. On se hieno kyky rakastua piittaamatta mistään, elää vahvassa tunteen palossa. Hillua estoitta, rypeä humalassa. Mouruta kujakissana surkeana – kiusata ja kiristää muita! Ei sitä kykyä kaikilla ole.

Jatkan vielä älyllisen epärehellisyyden syöksyssä, kuin aavistaen saavani ivani vihan bumerangina takaisin.

– Älä haikaile, me olemme rakastaneet Armaanin kanssa toisiamme jo kun huhuilit lehmiä helmihaasta, ei tätä historiaa romuta mikään. Eikö sinulla ole kunniantuntoa? Luuhaat kapakassa, roikut naimisissa olevan miehen lahkeessa kuin irrallinen ilviäinen. Etsi itsellesi vapaa mies. Tapasi ovat kuin jostain – lätistä, olitkin kotoisin maalta?

– Minä viihdyn hänen seurassaan.

Raivostuttavan rauhallisella äänellä.

– Niin varmaan, tiedän, juhliminen on kivaa.

– Enhän minä häntä omakseni saa, mutta - -.

Mitä hurskastelua! Ja niin iljettävän omahyväistä. Suljen nopeasti puhelimen.

36. The Lost Weekend

Rakkaani, sillä sitä sinä minulle olet, niin kamalia asioita kuin lienen sano-
nut. Pyydän silmittömyyttäni anteeksi. Viime ajat ovat lastanneet mieleni ras-
kaaksi. Tarmoni on oudosti hiipunut, olen alkanut kuvitella, etten saa enää
mitään aikaan.

   Muistathan, me emme eroa koskaan.
   Tai jos minut jätätkin, minä en eroa sinusta.
   Minä rakastan sinua. Tehdään kaikki hyväksi, anna siihen mahdollisuus.
En saanut sinulta vastausta viestiini. En voinut kuin syyttää itseäni.

Kun olin kyllästynyt makuuhuoneeseen johtavan käytävän kirjahyl-
lyihin piilotettuihin viinapulloihin, joita tuli syksyn mittaan vastaan
järjestäessäni kirjojamme, ilmoitin sinulle, etten halunnut kodistamme
salakapakkaa. Kuinka jatkuvasti sinä joit? Järjestään, kun tutkin mus-
tan olkalaukkusi sisältöä, sieltä löytyi viinapullo.

Inhosin itseäni, kaivelemassa laukkuasi. Kuinka iloinen olisin ollut,
jos sen kerran kun kysyin juomisestasi, vastauksesi ei olisi ollut valhe.
Kurkistus laukkuun, ja valhe oli totta. Kunnes sitten eräänä perjantai-il-
tana kotiin tultuasi piilotan laukustasi löytämäni viinapullon, ja vaadit
sitä.

   – Olen kaatanut sisällön viemäriin.
   – Et voi tehdä niin!
   – Tein jo. Viemäriin meni.
   – Anna se tänne! Heti! Se on minun. Et voi penkoa laukkuani ja va-
rastaa tavaroitani!
   – Jääkaapissa on olutta. Älä juo väkeviä.
   – Minulle eivät riitä tähteet.
   – Humala ei voi olla jatkuva olotila. Mitä se ratkaisee?
   – Onko oma pääsi selvä? Ratkaise se.

Mietin kuumeisesti, antaisinko pullon sinulle. Ei, en antaisi periksi. Viemärissä mikä viemärissä.

– N - o, sitten lähden!

Järkytyksekseni nouset ja isket oven kiinni perässäsi. Häivyt yön selkään.

Älytön virhe estää juomasta, tajuan liian myöhään.

Lähdit ja olit yön pois.

Lähdit, ja menit minne?

Mieletön siirto. Ei näin voi tehdä!

Yö venyi kahdeksi ja avaruus humisi. Rakkaani, rakkaani, miksi minut hylkäsit. Ei avioliittoa saa rikkoa, antaa minkään kiilata väliin. Se on pyhä. Se on side, jonka voimalla mennään vuorten yli.

Järki pysähtyi. Mehän olimme sopineet *kohtuudesta*! Eikö mistään saisi sanoa mitään? Ei vaarallisista vesistä, uppoamattomiksi luulluista aluksista. Eikö minulla ollut oikeutta suuttua, huutaa, väärä suunta. Kurssi on oikaistava. Luisua on sitä vaikeampi oikaista, mitä kovempi vauhti on. Kyllä sinä tiedät!

Etkö tajua mitä tuhoa teet? Piittaamatta seurauksista.

Pelin säännöt! Hyvä pelitapa. Rajat, mihin ne katosivat?

Viestitin taas puhelimeesi, joskus kai sen avaisit.

Sinä olet minun rakkaani, kunpa minäkin olisin sinun. En haluaisi antaa periksi väärissä asioissa, mutta joudun niin tekemään. Mutta ei siitä hyvää seuraa. Jyräät järkyttävällä itsepäisyydellä omaa levyraitaasi. Silloin toinen jää yksin.

Suostun siihenkin.

Et kuuntele minua. Rakkautesi on ihmeellistä usvaa, josta en saa kiinni, ja silti se on ollut minulle valtava onni ja voima.

Sanoit, hyväksy minut sellaisena kuin olen. Älä yritä muuttaa minua.

Kunpa yhdessä eläminen olisi niin yksinkertaista. Minä rakastan sinua, mutta haluaisin elää hieman toisella tavoin. Mutta aina ennen kaikkea sinun kanssasi.

Et vastannut. Vastasitko koskaan.

Järjestys romahti, ja järkeily, että sinun olisi tultava kotiin ennemmin tai myöhemmin, auttoiko? Ei sanaakaan, ei soittoa. Olit jättänyt minut. Kunpa en olisi piilottanut pulloa! En minä ymmärrä viinanhimoa, vai mistä oli kysymys? Minä pelkäsin puolestasi, kyllä sinä sen tiesit, tiesit myös viinakammoni, väkevät vapauttavat alkuihmisen tasolle. Ei sinulla ollut syytä juoda. Saisit sen hallintaan, jos haluaisit, et sinä niin pitkällä voinut olla – ja sitä paitsi, juomisongelma hoidetaan kotona.

Jo pelkkä sana, alkoholismi, riipaisi – ei sitä halunnut edes sanoa ääneen.

Ei minulla ole voimia aamulla. Tunnen tyhjän paikan vuoteessa, makaan lamaantuneena. Eläimet hiipivät viereeni ja ryhmittyvät lepääviksi sfinkseiksi kylkeeni. Tarvitsen sinua, ryhtyisit rinnalleni.

Alkaa sataa, sekin, rakas sateen ropina.

Hamuan peittoa, tyynyjä, puristan taipuisia tekstiilejä itseäni vasten. Kaivaudun syvemmälle kankaisiin, patjan läpi. Rakas sade, ja ikävä rakasta. Mahdotonta, et ole vierelläni. Emme ole sateen, ikkunoihin iskeytyvien pisaroiden rapinassa lähekkäin, sydämet yhteen lyöden. Missä kuljet?

Sade lisäsi lohduttomuuttani, vaikka rakastin sadetta, olin aina rakastanut. Ehkä se juontui lapsuuden kesistä maalla, kun lueskelimme isoäidin kanssa ullakolla, isovanhempien kaupunkikodista varastoon tuotujen antiikkihuonekalujen, kattokruunujen, parruilla roikkuvien ryijyjen ja virkattujen päiväpeitteiden, kaiken sen korjattavan, kauniin ja käyttöä odottavan keskellä. Mamma lukemassa *Nyyrikkiä*, minä ahmimassa *Pikku naisia*, *Pikku miehiä*, *Pieniä runotyttöjä*, *Annoja*, *Pikku prinssejä*, *Tiinoja*, *Viisikkoja*, kirjoja, joiden nimetkin, *Sireenien alla*, *Kun ruusu puhkeaa*, lietsoivat lukuhimoa, pehmeän sateen piiskatessa pitsiverhoilla somistettuja ikkunoita, joita vasten villiviinin lehvät huojahtelivat pisaroiden painosta. Sateen rytmikäs rummutus lasia vasten. Sateessa kuin sylissä.

Itkikö luonto? Ehei, se antoi lahjan. Sade oli hyvä haltijatar, märät pisarat lämmin kosketus. Vesi, puhdasta iloa. Olet yhtä, et ole yksin, unohdat sen vain välillä! Kastelen sinut mahdillani, avaan huokosesi. Hengitä elämäsi voimalla. Älä unohda minua, sade kuiski, et ole yksin.

Rakastin ukkostakin, salamointia ja jyrähdyksiä. Siinä vasta luonto näytti, tanner tömisi! Mikä voima. Ihminen, tiedä paikkasi! Nyrkkiä pöytään. Tajua itsesi! Ja salaman sihahdus siihen päälle: *Et ole yksin, unohdat sen vain välillä.*

Lauantai-iltana kellun tyhjyydessä. Ei ole mistä ottaa kiinni. Olen erehtynyt raskaasti, ajattelen. Rakkauteni on usvaa, joka on himmentänyt näköni. Soitan ystävättärille. Sanon, armaani on poissa.

Olit rohkea, menit naimisiin jännittävän miehen kanssa, sanoo yksi. Sinähän petit ystäväsikin avioliittosi myötä. Uspenskin ovet olisi pitänyt iskeä kiinni! sanoo toinen.

Käyttäytyy itsekeskeisesti, ei välitä muista. Ei osaa asettua toisen ihmisen asemaan, epäempaattinen. Juo, sanoo kolmas.

Taustalla on jokin iso trauma, pelkoja ja ahdistusta. Neuroottinen, tosin ihana lahjakas mies. Provosoi, minulle sanotaan. Hänhän on besserwisser. Ei kohtuullisuutta, haluaa pitää oman päänsä, saan kuulla. Hurmaava mies, kaikki hänen jalkoihinsa lakoavat. Tolkuttoman huono raha-asioissa! Pureva viima tuivertaa korvissani.

Mikä minun osuuteni on?

Se onkin kiinnostava kysymys. Sitä voisi pohtia. Älä nyt syyllistä itseäsi. Ei ole syyllisiä. Olihan suhteenne alku jo kuormittava. Olisi vaatinut kärsivällistä, pitkää hoivaa. Hänellä on omasta mielestään oikeus siihen miten toimii. Hän hakee huomiota, ei hän muutu, kuuntelen yhä pelästyneempänä ystävättärien puheita. En ole enää varma, kenestä puhutaan. Näkökulma on vaihtunut yllättävästi. Hyiseksi. Koko kehoani kuumottaa kaikki salattu.

Vielä ne yhdet lohdutuksen sanat. Muista, mitä minulle sanottiin, kun olin eroamassa. Tiedät, mitä menetät, et tiedä, mitä saat tilalle.

En halua mitään tilalle!

Voisiko jotenkin sovitella? Isäni sanoo ja lisää, ettei ole häpeä, jos epäonnistuu.

Kaikki ymmärsivät, kaikki halusivat – hyvää? Näkemykset olivat odottamattomia, uudessa odottamattomassa tilanteessa. Kun tunnuimme niin varmasti nyt – eroavan. Tajusikohan kukaan epätoivoani.

Tehän pelastitte toisenne rakkaudellanne, ovat ainoat kuulemani lohdulliset sanat. Niitä en kuule ystävättäreltä vaan lähisukulaiselta, joka ainoana lähestyi minua muutoinkin kuin puhelimitse. Soitti ovikelloa. Silmäni kostuivat ja aloin nyyhkyttää.

Niin olin minäkin ajatellut, olimme olleet toistemme pelastus. Kuherruskeväänämme sinä tarvitsit minua, olit uppoamassa sammalmättäisiin, näinhän minä. Molempien piti tervehtyä ja niin me juhlimme, unohdimme huomisen huolet.

Muistan kuinka *Seurahuoneen* pyöreässä ravintolasalissa sanoin, että kun asiat selkiytyvät, ulkona käyminen saa vähentyä. Palaamme arkeen.

– Kotosalla, sanot.

– Niin, kotosalla, hyrähdän tyytyväisenä. Siitähän olimme puhuneet, kuinka elää kupsuttaisimme kotosalla. Yhteisessä kodissa, kun se löytyisi.

– Ravintoloissa syömisiin ja juomisiin menee hirveästi rahaa, muistan huomauttaneeni.

– Ei tunnu missään. Antaa palaa.

Sitä paloikin. Myit yksiön Kalliosta, maksoit lainojasi pois, elatusmaksuja ennakkoon ja varasit tuntuvan summan lastesi tarpeisiin. Senkin jälkeen rahaa oli, ei tarvinnut pihdata.

– Pannaan perintörahat menemään, ei jätetä kenellekään mitään, julistat.

Minulla ei ollut perillisiä, ja kun päätimme mennä naimisiin, sanoin, että mikä oli minun, oli myös sinun. Ei tarvita avioehtoja.

– Minulla ei ole lapsia, kaikki mitä minulla on, jää sinulle.

Sunnuntaina, kun en muutakaan osaa, tartun pölynimuriin. Heilun turruttavassa hurinassa ympäriinsä nurkissa, silmäni lasittuneina kuin pölystä himmentyneet ikkunat. Ovi käy.

Tulet kotiin! Imurin letku lentää kädestäni ja juoksen kaulaasi.

– Älä koskaan lähde näin. Älä koskaan jätä. Minä rakastan sinua.

– Luulin, että olisit vihainen, sanot ja purskahdat itkuun.

37. Syvä uni

Istun Koffin puistossa poikkeuksellisen kesäisenä syyspäivänä ja tiedän, että minun pitäisi ryhtyä johonkin. Vincent on kivettynyt jalkoihini, leuka ylväästi pystyssä, katse nauliutuneena etäisyyteen. Se voi istua itsekuria osoittaen hievahtamatta pitkiä aikoja. Selvää zeniä, kuin meditoiva munkki. Ikioma buddhamme, joka säteilee salaperäistä viisautta, yhteyttä maailmankaikkeuteen, harmoniaa olemassaolonsa kanssa. Ihailimme molemmat Vincentin arvokasta levollisuutta. Koska olimme itse menettäneet sen?

Mietin miten luotsata meidät takaisin takkatulen lämpöön. Liittomme oli niin nuori. Linnakkeemme ei voinut murtua, se olisi liian hullua ja väärin, ajattelin sinä lämpimänä syyspäivänä. Meillä oli takanamme avioliittoa vasta reilu vuosi.

Sanoithan kesän mittaan monta kertaa: *luota minun rakkauteeni*. Olin hiljaa, mutta sanat lämmittivät mieltäni. Päätin luottaa.

Meidän oli selvittävä arjen yllä leijuvasta mielipahasta, aviokriisistä, siitä kai oli kyse. Epämiellyttävä sana, mutta kriisihän on ohimenevä sekaannus. Paise, jonka voi puhkaista. Elämässä on erilaisia vaiheita.

Sanoithan minulle ensimmäisenä syksynämme, ajattelen sinua koko ajan, kun istun kahviloissa, kun kävelen kadulla, kun katson näyteikkunoita. Sopisiko tuo vaimolleni? Pitäisikö hän tästä? Sanoit näkeväsi minut kaikkialla, elokuvissakin jossain naisnäyttelijässä oli piirteitäni. Väsyitkö minuun, pitkään toipilasaikaani? Väsyitkö niin nopeasti, sinä, joka korostit malttia.

Yhteen hioutuminen vie vuosia. Minne sinulla on kiire? Ihmissuhteet eivät ole nopeuslaji.

Vedän henkeä ja keskityn sanoihin, joilla osuit sydämeeni: *luota minun rakkauteeni*.

Se oli vastauksesi viestiini *tu ne m´aimes plus*? Jätin viestisi pöydälle ja sinut uniisi ja ajoin Vincentin kanssa puutarhaan.

Koira kääntää mantelisilmänsä minuun ja hymyilee hiljaa, ja sinä poikkeuksellisen lämpimänä syyspäivänä Koffin puistossa ajattelen, että minun on löydettävä varmuus itsestäni. Kadonnut voimani, joka oli hiipunut myrkkyihin, irtoaviin hiuksiin ja johonkin, jolle etsin vielä sanoja.

Minun on maltettava, valittava oikea ohjelma – kuin pesukoneessa, huuhdeltava ja lingottava suhteemme tahroista. Ja muistettava laittaa pesuainettakin koneeseen, hymähdän mielessäni. Mutta jo mieleni kieppuu, leikkaa kiinni valokuvaan, jonka olin niin härnäävästi nähnyt sojottavan ähkytäydessä olkalaukussasi. Alaviistosta otetussa kuvassa näkyy voimakkaan tummanpunaisille huulilleen lasia kallistava mustatukka ja etualalla pöydällä kuin jonkin erikoislinssin pullistama Suomi-viinapullo.

– Mikä tämä kuva on? olin kysynyt sinulta.

Näytit sen verran hölmistyneeltä, että melkein uskoin vastauksesi.

– Se on livauttanut kuvan laukkuuni. En tiedä siitä mitään.

Mutta joku oli ottanut kuvan – ja päättänyt vääristävästä kuvakulmasta. Tai pikemminkin kultaisesta leikkauksesta, siitä, mihin huomio kohdistuu. Näinkö piti viestiä minulle se olennainen.

Taputan Vincentin ylvästä selkää, mutta en pääse mielessäni välähtelevistä hetkistä. Mieleeni tulee, kuinka riitelit puhelimessa Venlan kanssa kovaäänisesti, niin etten todellakaan voinut olla kuulematta, ja syytit häntä mustasukkaisuudesta ja sanoit hänen rakastavan vieläkin sinua. Sitten puhelun lopuksi:

– Sinä aiheutat meidän avioeromme.

Taas tärähteli. Ero! Se oli kevättä, janosin niin kovasti rinnallesi. Tosin menin sykkyrälle, Vincentin katoamisen jälkeen, niin, aloin kutistua, aloin - -. Mitä silloin tapahtui? En minä mustatukkaa pitänyt varsinaisena uhkana. Myin asuntoni, teimme matkan Osloon ja kevään valo kevensi mieltä. Oli se oikeusjuttu, ja lapsesi. Niin, Venla oli kimpussasi rahavaateillaan - -. Tapahtuiko silloin jotain?

Jokin alkoi painaa sinua, painostaa ilmapiiriä kotona. Mitä minun olisi silloin pitänyt tehdä? Alkaa elää omaa elämääni, mennä töihin, kuten sanoit, kun kamppailin lähemmäksi sinua ja sinä kauemmaksi ja mieleni alkoi pyörtää epäluuloista kehää.

Kävisinkö Vincentin kanssa varaamassa myyntipaikan Hietalahden torilta? Ylimääräisestä tavarasta oli hankkiuduttava eroon. Nurkat, ne oli raivattava. Vaatteita voisi viedä kirpputorille ja tyhjentää kellarin. Tosin, avain oli edelleen kadoksissa jäljiltäsi.

Miten puhdistavaa päästä eroon kaikesta turhasta – kuin siivoaisi alitajuntansa.

– Anteeksi, saanko kysyä onko teidän koiranne shiba?

Toripaikan varaus jää, sillä juutun rouvashenkilön kanssa tyypilliseen keskusteluun. Saako paijata, voi miten ihana turkki, koira kuin lelukaupasta, koira kuin kettu, niin uskomattoman kaunis koira! Niin on! Nainen kertoo, kuinka hartaasti hän on toivonut näkevänsä shiban sen jälkeen kun hänen miehensä oli kesän mittaan nähnyt pariskunnan ulkoiluttavan upeaa, punaista shibaa Tehtaankadulla ja Sepänkadun koiratarhassa.

– Mieheni kehui niin kauniiksi. Olen ihastunut rotuun kuvien perusteella ja vasta nyt näen sen elävänä, rouva iloitsee.

– Haluamme mieheni kanssa ottaa koiran eläkevuosiksi, mutta siihen on vielä aikaa enkä malttaisi odottaa.

– Ei kannatakaan, vakuutan, ihanampaa, itsepäisempää ja itsenäisempää koiraa ei ole.

– Tämä on harvinainen rotu Suomessa, rouva sanoo.

– On. En ole nähnyt ensimmäistäkään hankittuamme Vincentin. Ennen Vincentiä en tiennyt rotua olevan edes olemassa.

Toivotan rouvalle hyvää päivän jatkoa ja ajattelen, miten ilahduin, kun halusit hankkia koiran, vauvaksemme, kuten sanoit.

Shiba inu, ikivanha rotu, alkujaan Japanista, pienin pystykorvista. Shiba tarkoittaa pientä, inu koiraa. Luonteeltaan nirso ja erillään pysyttelevä, välinpitämätön, luimme koirakirjasta. Meille! Kuva koirasta kruunasi kaiken: vinot nappisilmät, valkoiset posket ja rinta, kettumainen ilme ja leukaa halkova leveä hymy. Japaninkääpiöpystykorva, se oli siinä!

Pentujen näyttö järjestyi muutaman päivän kuluttua Etelä-Hesperiankadulla olevan koiratrimmaamon takahuoneessa.

– Meidän ei tarvitse tehdä päätöstä heti. Eikä yleensäkään ottaa heti ensimmäistä pentua, yritin muistuttaa.

– Sitoudumme koiraan koko sen elämän ajaksi. Ei päätöstä voi tehdä kevytmielisesti, yritän hillitä itseänikin. Intomme perustui vain kuviin ja löyhiin tietoihin.

Saavun trimmaamoon, ja istut jo tuijottamassa kolmea kopassa tomerasti vaappuvaa palleroa. Käännyt katsomaan minua, ja näen hellän, utuisen ilmeen kasvoillasi. En kysy, ottaisimmeko pennun vaan minkä niistä. Olithan jo valinnut. Sen, joka loikoili tyynesti kopassa kahden muun hapuillessa päättäväisesti, mutta päämäärättömästi kopasta lattialle.

– Se on niin *cool*! sanot, kun menemme näön vuoksi miettimään asiaa Eliteen.

Juomme päätöksen kunniaksi viinilasilliset. Nyt meillä oli tuhannen taalan koira!

Niin taloon tuli itsensä orvoksi tuntenut, hellyttävä pieni eläin, joka itki elämänsä käännekohdassa ensimmäisen illan. Kunnes nukahti.

Olisin halunnut vauvan sänkyymme.

Sittenhän se nukkuu sängyssä loppuelämänsä!

Juuri niin.

Vincent itki vielä muutaman illan, näki itsensä kotimme lattiaan asti ulottuvista peileistä ja luuli ehkä sisaruksikseen, itki. Mutta sitten Vincent sai veljen. Pari päivää koiranpennun hankkimisen jälkeen tutkin taas ilmoituksia myytävistä eläimistä. Nyt etsin kissoja. Heti tärppäsi.

Soitettuasi myyjälle hyppäsimme kolmisin Aleksin kanssa autoon ja huristimme ajo-ohjeiden mukaan Porvooseen. Pikimusta heiveröinen rääpäle. Juuri mitä halusimme, yöntumma, silmät kultaisina vaaniva pantteri! Nyt meillä oli kaksi vauvaa!

Kuinka pian unohdit molemmat. Havahdun aatoksistani.

Mutta silloin siinä Koffin puistossa istuessani suljin sinnikkäästi silmäni ja nautin lämmöstä ihollani. Kesä ei selvästikään aikonut jättää hyvästejä. Se viivytteli, jatkoi juttua vielä eteisessä kuin kylässä hyvin viihtynyt, lähtöä lykkäävä vieras.

En tajunnut silloin, mitä oli tapahtumassa. En nähnyt, kuinka yksin ja yksinäinen olin, kuinka kauas kantavalta maaperältä olin loitonnut.

Olin luottavainen, en ymmärtänyt, ettei siihen ollut syytä. Kesä oli vääjäämättömästi päättymässä, syksy oli vain poikkeuksellisen lämmin. Jokin minussa oli riutunut niin, etten yrittänyt soittaa sinulle.

Vai alkoiko mieleeni luikertaa häiritsevä ajatus, oivallukseksi pyrkivä hento itu, josta en saanut kiinni. Katsoin Vincentin hellyttävän paksua niskaa. Koira istui järkähtämättä jaloissani ja katsoi kauemmaksi, yli telakka-alueen nostureiden. Se tuntui tietävän jo kaiken tarpeellisen.

Ja tajuntaani pongahtaa kuin poiju syvyyksistä rouvan lausahdus: *Oli kesän mittaan nähnyt pariskunnan ulkoiluttavan punaista shibaa Tehtaankadulla.*

38. Sanovat sitä rakkaudeksi

Ei sinulla olisi sydäntä häipyä sen maailmanlopun viikonlopun ja suloisen sovinnonteon jälkeen.

Kyllä oli.

Kun menee kerran, menee toistekin. Menee ja tulee, ovi käy, ja maaperä alkaa rakoilla, juuret hapertua, happi käydä vähiin. Ovi käy, enkä kiiruhda enää vastaan. Ovi käy, säpsähdän. Saatan räiskähtää, minussa itsessäni piili vaara. Ovi käy, peli jatkuu.

Tulet kotiin, seisot olohuoneen ovella.

– Älä kysy minulta, miksi lähdin. Kysy minulta, miksi tulin takaisin.

Istun Vincentin kanssa sohvalla. Pitäisikö minun nyt todella kysyä, miksi tulit takaisin? Halusin nimenomaan kuulla, miksi ylipäätään oli pitänyt lähteä. Vaikka luulinkin tietäväni vastauksen. Kommentti oli tehokas, mutta teennäinen. Väistö, ajattelin. Kunnes älysin sinun taas kerran käyttävän vuorosanoja valkokankaalta.

Flirttasit mielelläsi elokuvien suuntaan, rakensit kohtauksia ja käytit repliikkejä elokuvista luottaen liiankin itsevarmasti oivallukseeni – ja muistiini. Kuten nyt siihen, että älyän Michelle Pfeifferin sanovan elokuvassa *Valkoinen oleanteri* samat sanat hylkäämälleen tyttärelle, jonka luokse lopulta palaa. Mutta tosiaankin, miksi tulit takaisin?

Näkeekö ihmisen sisimpään kokonaan koskaan? Kaiketi se avautuu lämmössä, pehmenee luottamuksessa, mutta nähdä voi myös paljastavina välähdyksinä. Olennainen tulee esiin, ja ihminen on hetken alasti. Suupala haarukassa. Sitä ei voi laskea alas lautaselle. Se on nieltävä. Vaikka väkisin.

Syksyllä kun kierteet kiihtyivät, tarjosit suupalan, joka minun oli hotkaistava kiltisti kitaani. Teit siirron, todellakin, siirsit jotain sinäkin.

Ovi käy, enkä edes yritä virittää itseäni rakastavan vaimon rooliin, katoamishistoriasi kipunoivana mielessäni.

– Olet taas ollut seuroissasi. Onko jo ikävä takaisin? Kohta varmaan joku soittaa, on hyppäämässä katolta tai peräti juuttunut kellariin. Tarvitaan pelastajaa.

– Taasko minua heitetään kotoa.

– Tulet ja menet miten huvittaa ja kuvittelet, että minä odotan sinua täällä lämpöä hehkuen.

Olet jo ovella, minä perässä.

– Sinä et lähde mihinkään. Tai sitten lähdet viimeisen kerran, vapisen eteisessä.

Astut rappuun, mutta et jatka matkaa vaan käännyt ja silmäilet seiniin ja kattoon. Seisot edessäni kuin mittaillen välimatkoja. Katson sinuun. Malta mielesi, älä lähde, ehdin toivoa, kun tartut nopealla otteella pariovista siihen leveämpään ja nostat sen saranoiltaan.

Tuskin uskon mitä tapahtuu. Oviparin kapeampi osa, jossa on postiluukku, menettää hetkessä puoliskonsa. Varsinainen välähdys! Niin viitseliästä, mukavuudenhaluusi nähden.

Sisäänkäynti apposen ammollaan, irti tempaistu ovi rapussa seinää vasten, sinä harppomassa alas portaita. Suuni loksahtaa sekin ammolleen ja kuvassa tärähtelee.

En saisi ovea yksin paikoilleen.

Yläkertaan juuri muuttanut rouva sipsuttaa sirosti portaita alas chihuahua sylissään, ja minä luimistelen suojattomassa sisäänkäynnissä, saranoilta repäisty ovi orpona niin kuin puolisostaan erotettu on.

Seison mustassa aukossa ja mieleeni tulevat runon sanat *rakkautemme saranoiltaan repäistyjä ovia paiskoo tuuli.* Voisin nauraa, ellen olisi niin avuton.

Kun rouva palaa lepattavakorvainen pienoisveistos käsissään, pyydän apua. Yhdessä saamme oven hivutettua saranoilleen. Kiitos kovasti, tätä on vaikea selittää, että tällainen episodi, hermot pettää joskus - -. Olen pahoillani. Tervetuloa taloon, hymyilen nolona.

Rouvan ilme ei värähdäkään, kun hän nostaa tyynesti tilannetta seuranneelle Vincentille uhitelleen, hengästyttävästi räyhänneen koiransa käsivarsilleen. Rapussa hiljenee ja suljen oven, kun on mikä sulkea.

Et koskaan kysy, miten sain oven takaisin saranoilleen.

39. Tule takaisin, pikku Sheba

Olen kiskonut tummanpunaiset vuodevaatteet sängystä ja tunkenut ne pesukoneeseen. Käynnistin on nollassa, lämpötila on säädetty ja nyt kiepautan käynnistimen ääriasentoon. Kone alkaa hurrata. Loistavaa, se hoitaa likapyykin. Ohjelma! Vaihdan nopeasti hienopesulle ja kuuntelen. Laite läpyttää aplodejaan tasaisen varmasti.

Petaan mahtavan jenkkisänkymme uusiin, raikkaisiin valkoisiin. Aloitamme alusta.

Vielä eilen ajattelin, että tarvitaan ihme, tänään jo uskon niihin. *Armaasi, aina*, olit kirjoittanut ruokapöydälle jättämällesi lapulle. Ennen kuin lähdit. Malttia.

Hätistän Vincentin pois sängyltä. Se rakastaa vuodevaatteiden vaihtoa ja haluaa piehtaroida kuohkeissa kumpupilvissä. Pöyhin pientä tuoksutyynyä ja työnnän sen tyynyjen sekaan. Sijaan sängyn jalkopäähän kermanvaalean, kirjaillun silkkipäiväpeiton. Katson mansikkatauluamme ja haen kulhollisen mansikkabuumimme tuoksinassa hankkimiani muovimansikoita. Olen jo sirottamassa niitä peitolle, kun se tuntuu liioittelulta. Tuli vain mieleen, miten ilahduit hotellihuoneemme sängylle levitetyistä punaisista kukannupuista häämatkallamme Firenzessä.

Seurustelen nykyään television lisäksi tietokoneen kanssa. Yritän saada yhteyttä sinuun. Printtaan tekstin.

Sanot, älä epäile rakkauttani,
älä sinä minun,
rakastamme toisiamme liikaa, sanot,
miksi se ei riitä.
Theo sanoo röf ja puf, Vincent mjauu
milloin taas nenitään? kaikkaloidaan?
Olen sinun,
sinun ikioma mansikkasi

Varmistan tunnussanoillasi netistä päivän elokuvien ennakkonäytökset. Kino Engelissä esitettävän ranskalaisen elokuvan katsoisit ehdottomasti, ja se esitettiin vain kerran. Tänään. Olen päättänyt lähteä tapaamaan sinua ennakkonäytökseen keskellä päivää. En tiedä milloin tulet taas kotiin, et vastaa puhelimeen. Menen tapaamaan aviomiestäni Kino Engeliin, kun en muutakaan voi. Menen peliin, teen siirtoni. Olet ollut jo päiviä teilläsi. Mitä nämä retkesi olivat, tiesinhän kai.

Viestini taitan runokirjan *Tulisen järjen aika* väliin. Pakkaan punaiseen kassiin parranajovälineet, partavaahdon ja kuvan, jossa me suutelemme Uspenskin katedraalin ylätasanteella suuren taivaan alla ympärillämme leveästi hymyileviä ihmisiä. Panen mukaan myös kuvan meistä poski poskea vasten, katseet suoraan kameraan. Valhetta, valhettako vain, mielessäni pärskähtää penkoessani vaatekaappiasi. Valitsen rumimman T-paitasi ja asetan sen kassiin runokirjan alle.

Olit soittanut ja sanonut, että tarvitset, koulutuksesi tässä vaiheessa, joitain välttämättömimpiä tavaroitasi, koska olin taas heittänyt sinut ulos. Pelleilyä! Syy hillua mielesi mukaan, pelata peliäsi. Se sadisti sinussa, ajattelen, joka hokee hokemistaan, kuinka *sitä saa mitä tilaa*. Kun heitetään ulos. Tekosyy, jolla kidutat minua.

Eivät auttaneet selitykseni, anteeksipyyntöni. Helvetti, saatan minäkin suuttua, ei sitä näin tarvitse ottaa. Tehdä helvetistä totta. Antaa palaa näin kaasuvalon kirkkaasti! Sovitaan tämä, anna anteeksi, minä rakastan sinua.

Ei minun tarvitsisi kanniskella tavaroitasi mihinkään, mutta haluan nähdä sinut. Minulla on ikävä sinua. Ja sanasi *Armaasi, aina* loistavat kirkkaina mielessäni kuin yöllistä taivasta valaiseva tähti.

Rakkauden tuntee, ei siinä tarvita sanoja, olin joskus sanonut sinulle. Muistit kai sanani, kun levätessämme vuoteella kysyit tunsinko rakkautesi. Tunnen, vastasin hitaasti, mutta mieleni oli tunkkainen pinttyneestä liasta. Taisin tuntea vain surunsekaista suurta haikeutta. Ikään kuin olisin alun perin tiennyt rakkauden olevan vain yksinäinen illuusionini. Saavuttamaton, pakeneva unikuva. Olit irtaantunut minusta salaperäisen vallisi taakse. En esittänyt vastakysymystä. *Armaasi, aina.* Ja katosit seuraavassa hetkessä.

Tekojen ja sanojen väliin oli revennyt kuilu, ja minä hoipuin kuilun ylittävällä, vaarallisesti kallistelevalla riippusillalla.

Kassi on pakattu, olen valmis. Meidän on vihdoin puhuttava, kasvotusten. Ettei tämä mykkyys kasva kasvaimeksi, joka koteloituu – tai riehaantuu leviämään pienimmästä, käsittämättömästä kipinästä.

Silmiini osuu kenkälaatikko vaatekaapin ylähyllyllä. Uspenskissa käyttämäni punaiset korkokengät. Käyttäisinkö kalleuksia enää koskaan? Olin sovitellut matalakorkoisempia kenkiä Korkeavuorenkadun liikkeessä, mutta sinä nappasit punaisen kenkäparin näyteikkunasta ja sanoit, otat nämä. Minä maksan. Sinun kanssasi tanssisin tähtiin, hamaan loppuun asti, korkeimmissa koroissa mitä olin koskaan käyttänyt, pää pilvissä!

Oliko liittomme ollut harhaa alusta alkaen? Häämme? Oliko siunaus Uspenskissa teatteriesitys, jossa esitit vastentahtoisesti miespääroolia? Rynninkö vain läpi omaa näytelmääni, jonka ensi-iltaan olimme vetäneet katsomon täyteen myötämielistä yleisöä? Osallistuiko kutsuvierasväki valheeseen, kun halusi ja oli päättänyt uskoa!

Eikö mustaa pitsiä häivähtänyt mielessäni seistessämme autiolla tasanteella kirkkoon johtavan jyrkän portaikon alla? Meitä odotettiin sisällä, ja minä odotin hymyä, katsetta. Muistan tuulen huminan korvissani noustessamme portaita, ylpeydensekaisen jännityksen astuessamme kirkon oviaukkoon näyttävästi kuin laajakankaalle, elokuvan alkukuvaan, ja vielä sen lyhyen hetken kun seisomme huomion keskipisteenä avoimien ovien jakamassa tilassa, kahden maailman leikkauspisteessä, taustana sininen taivas ja edessä punainen matto, jota pitkin otamme askeleet rinnakkain kohti ikonostaasin edessä odottavaa pappia. Kutsuvierasrivistöt kahden puolin väylää, kummankin omaiset, sukulaiset ja ystävät, katseet meihin kääntyneinä, hymyilevinä. Isäsi liikuttuneena, kuin itkuun purskahtamaisillaan. Muistan surrealistisen tunteen elämänsä roolin vetämisestä yksin esityksessä, naamioituneena kuin mallikeikalle tehtyyn meikkiin.

En unohtaisi hetkiä kirkon portaikon alla, en oviaukossa kahden taivaan välissä. Korvissani antamasi helmikorvakorut, helmiä kaulassa ja ranteessa. Timantti- ja vihkisormus nimettömässä. En unohtaisi sortumaa ennakoivaa rakoilua sisimmässäni enkä ajatustani, jonka voimalla karkotin pelkoni ja rauhoitin huojuvan mieleni. Ajatusta, joka oli kantava voimani.

Ei, en ajattele tätä! Mehän kohotimme kampaamossa vain kuohuviinilasilliset hiustaiteilijaystävän kammattua ja meikattua minut kuin suurenkin tähden ennen Uspenskin siunaustilaisuutta. Kuitenkin, huomasinhan minä, kai muutkin, mutta ei, ei sitä saata sanoa, ei minun ainutkertaisena tähtihetkenäni.

– Kyllähän teidän kahden näkeminen herättää huomiota, oli muotoilijaystävä hymyillyt lähtiessämme kampaamosta – ja vaihdoin hänen kanssaan huomaamattoman katseen.

Kynttiläsi sammui pian papin alettua toimituksen, mutta sytytin sen omallani. Siunaus Uspenskissa kysyi voimia. Pelkäsin sinun pyörtyvän tai vajoavan polvillesi puolituntisen seremonian aikana. Hikeä alkoi tihkua minunkin hiusrajassani, mutta pusersin pitkää ohutta kynttilää ja katsoin sinuun vetoavasti.

Niin, polvillesi et halunnut. Se oli tullut selväksi, kun sanoit olevasi valmis kääntymään ortodoksiksi, jotta voisimme mennä naimisiin ortodoksisin menoin. Kun sitten selvitin papin kanssa puhelimessa, mitä avioliittorituaaliin kuului ja toistin ääneen, mitä pappi kynttilöistä ja kruunaamisesta kertoi, polvistumisen kohdalla tartuit kynään ja kirjoitit tikkukirjaimin paperille: Minä en polvistu.

Kun avioliitto pelkästään siunattiin ortodoksisesti, säästyttiin tältä nöyryytykseltä.

40. Kun taivas putoaa

Liikun kuin unessa, ajattelen seistessäni ovella, unohtelen avaimia jatkuvasti. Puhelimesi on kiinni, ollut koko päivän. Joudun taas soittamaan huoltoyhtiöön, ajattelen kääntyessäni Vincentin kanssa takaisin portaisiin.

Ehkä avaisit puhelimesi myöhemmin, ajattelen, ja soitan ystävättärelle.

– Et soita etkä vastaa puheluihin, Mari nuhtelee ja sanon, että en ole ainoa. Armaani tekee samaa.

– Voisin tavata vaikka heti, jatkan nopeasti.

– Olen Kaivopuiston rannassa.

Pientä purjevenettään kunnostamassa. Sattuman soittoa! Suuntaan ilahtuneena Eiran idyllin läpi rantaan ja puikkelehdin pressuihin pakattujen veneiden välitse Marin luo. Saan seuraa!

Mari on pieni ja vaalea, kuin *Barbie*-nukke, mutta sitkeävartinen ja sporttinen. Ja aidosti avulias. Hän huomaa meidät ja heiluttaa kaaressa kättään. Päästän Vincentin irti, ja se syöksyy kummitätinsä luokse. Halaan Maria ja nostan koiran veneeseen.

Puhelimesi pysyy kiinni. Alkaa viiletä, Mari viimeistelee pohjan lakkauksen ja alkaa koota välineitään. Olemme nälissämme. Yritän vielä kerran: *Numeroon ei juuri nyt saada yhteyttä.* Soitan huoltoyhtiöön, avaimet tuotaisiin tunnin kuluttua.

– Mennäänkö syömään *Neroneen*? Minä tarjoan.

Lähetti tuo avaimet juodessamme ruokailun päätteeksi Irish coffeeta, ja poistumme ravintolasta. Olen irrottamassa portailla kytkettynä istunutta Vincentiä, kun saan päähänpiston.

– Kävisitkö *Titanicissa*? Armaani voi olla siellä.

Jään odottamaan Vincentin kanssa kadulle.

– On hän siellä, Mari sanoo livahdettuaan raskaasta ovesta yhtä nopeasti sisälle kuin ulos. Sydämessäni jysähtää.

– Näkikö hän sinut?

– En usko, oli seurassa, Mari välttelee.

Kyllä näki, Armaani tarkkailee kaikkea.

Emme ehdi jatkaa matkaa, kun ovesta kierähtää ulos kolho roikku-hiuksinen naishahmo. Se jää nojaamaan seinää vasten vääntyneessä asennossa. Kolmikkomme seisoo kauhistuneena kuin ristiinnaulitun edessä. Vincent liikehtii hihnassa ja vingahtaa. Pian ovelle ilmestyt sinä.

– Tule kotiin, sanon ontolla äänellä. Päässäni lyö tyhjää. Kuva heittelehtii, kurkkuuni nousee pala.

– En tule.

Tuijotan sinua järkyttyneenä. Ihoa alkaa pistellä. Näytät suurelta oviaukossa, kuin isäntä talonsa vartijana. Jätti ylitse kaiken. Rievunretale oven pielessä. Suutani kuivaa, en saa nielaistua. Pala on juuttunut kurkuuni.

Olen irvokkaassa kohtauksessa, jossa en voi käsittää sinun, en minun, olevan osallisina.

Kissakuningas on pullauttanut ruikkurottansa nähtäväkseni. Roikottanut eteeni kuin suuren saaliin.

Luihu pää notkahtaa veltosti sivulle, ja kuohahdan.

– Humalassa! Hutsu!

Sylkisin, jos kehtaisin, mykkänä, pienet silmät sameina tuijottavaa, itsetietoisesti lanteitaan seinään kiehnäävää mustatukkaa.

Sama olento, joka lensi lepakkona silmilleni *Laivakoirassa* keskellä kirkasta päivää julistaen rakkauttaan sinuun – aviomieheeni!

Ja kuvien sarja vyöryy silmissäni koskena, kohisee ja salpaa hengen. Sama siivet lamassa norkoileva itikka kassajonossa, sama, jonka perässä pyyhälsin *Titaniciin* ja joka ei saanut sanaa suustaan ja luikki tiehensä ja jonka kasvoista ei saa selvää koskaan. Piirteetöntä vahaa.

Sama kotelovaiheesta pyristellyt toukka, joka oli uhannut hypätä parvekkeelta, kuten minulle sitten olit kertonut. Imemisestä uuvahtaneena, se olisi pudonnut maahan kuin kivi! Toukasta ei ollut todellakaan kehittynyt perhosta, jonka siivet kantaisivat kauniisti.

Rakkauden kerjäläinen, joka piti kodissaan juottolaa, kuten minulle valkeni, tulkaa tänne maailman armaat, täällä saa juoda vapaasti. Mustatukka, joka oli järjestänyt kohtauksia *Titanicissa*: *tee valintasi!* Mustatukka, jonka tuohtunutta vuodatusta jouduin kuuntelemaan, kun palattuasi alkuillasta muutamilta huurteisilta kotiin, puhelimesi soi. Työnnät sen saman tien korvaani.

– Ei Armaanin sanaan voi luottaa. Lupasi erota sinusta ja nyt ei eroakaan! Nyt ei eroakaan! Ei voi luottaa! Topakkaa vollotusta, ja niin loukkaantuneella äänellä, että olisin räjähtänyt nauruun, ellei minua olisi alkanut suututtaa. Mokoma moukka, verenimijä. En voi uskoa, että olet saattanut minut tällaiseen tilanteeseen! Alentavaa. Ja kuinka tämä soittaja alentuu tähän. Ja kuinka sinä! Niin *coolina*.

Vereni alkaa poreilla kun katson sinua. Istut ruokapöydässä vakiopaikallasi tyynenä ja tarkkaavaisena. Haluat minun selvittävän sotkun.

– Kuka siellä nyt puhuu ja kenestä? Kunniattomien kanssa en ole tekemisissä, alan improvisoida minulle sysätyssä uudessa roolissa.

– Käsittääkseni vain minä kutsun häntä Armaaniksi, lisään.

Linjalla on hiljaista, kuuluu vain kapakan taustahälyä.

– Lapsi rakas, etkö tiedä, että lupaukset annetaan rikottaviksi, sanon niin rauhallisen lämpimästi kuin vain osaan ja lopetan puhelun.

Voiko tämä olla totta, päässäni pyörii tyhjää. Katson sinuun. Istut ilmeettömänä, et sano mitään.

– Mikä tällainen laahus on? Oletko sanonut eroavasi?

– Voi olla, mutta en tosissani.

Olen typertynyt. Minut on vedetty johonkin moukkamaiseen mellastukseen, ala-arvoiseen elokuvaan! Kehoni on raskas, nieleksin, yhtäkkiä on työlästä hengittää. Sanot yhtä, teet toista.

– Se uskoo sinua. Sinun pitää irrottautua tällaisesta.

– Se vaan ihailee minua hirveästi. Ei siinä mitään ole, sanot ja lisäät hiljaa.

– Ehkä jonkinlaista ystävyyttä. Luota minun rakkauteeni.

Niinhän olin luottanut, sykeröllä, yhä sykkyrämmässä, mutta punaiset linnut olivat jo tehneet pesää sisimpääni. Kun raivoani tehokkaasti ruokittiin.

Ja viimein tässä inhokuvien sarjassa rajat murskaava yö, hirvittävä virhearvio, tämä *avainyö*, jota edeltävänä yönä tulit kauheassa kunnossa kotiin, rojahdit sohvalle ja sammuit seuraavaksi päiväksi ennen katoamistasi iltaan - kunnes tämä vuorokauden rypeminen sitten huipentuu yöllä, *Liskojen yönä*, jolloin makuuhuoneeseemme johtavaan käytävään livahtaa vanavedessäsi ahnas paholaisen lähetti ummehtuneessa, tummassa ilmavirrassa, vain muutama hetki sen jälkeen kun olen katsonut kelloa ja tyhjää paikkaa vieressäni.

Puoliyö. Asetan kirjan yöpöydälle, otan unipillerin ja tyhjennän vesilasin.

Pöytälamppu palaa vielä, kun askeleet tietämättäni käyvät kohti kolmatta kerrosta hämärässä rapussa, lähestyvät hiljaa asuntoa, jonka sisäpihalle antavasta makuuhuoneen ikkunasta loimottaa pieni toiveikas valo tummalle taivaalle. Hetkeä ennen kuin valtakunta joutuu pimeyden voimiin.

Askeleet pysähtyvät oven taakse. Vincent hyppää kylkeeni ja vingahtaa. Theo hiipii tiehensä. Olen uneton ja kuolemanväsynyt. Koira jännittyy kuin lentelijöistä puutarhassa. Painan sen päätä peittoon, mutta se nostaa kuonoaan korvat sojossa. Haluan nukahtaa, enkä voi aavistaa, että muutamassa silmänräpäyksessä lepo on mahdottomuus ja uneni vielä pitkään lyhyttä ja painajaismaista.

Avain kiertyy lukossa, ovi aukeaa ja raskas leuhahdus käy eteisaulassa, kuin tuuli kahisuttaisi kuolleita syksyn lehtiä. Vincent hypähtää jaloilleen. Kuulen kolahduksen ja vaimeaa ääntä. Sammutan pöytälampun. Teeskentelen nukkuvani, kun tulet makuuhuoneen ovelle ja kysyt ystävällisesti,

– Nukutko sinä?

– Ainakin yritän. Tule nukkumaan.

– Täällä on vieras.

– Minä haluan avaimeni, kuuluu ohut, kimakka ääni syvältä pimeästä.

Sytytän pöytälampun ja epäusko täyttää mieleni. Kuka täällä on, intiimissä tilassa? Mustaa pitsiä leuhahtaa silmissäni, syvä varjo lankeaa. Singahdan sängystä pikkuhousut ja ihonmyötäinen toppi päällä.

Otat askeleen eteenpäin, ja kärkäs hahmo työntyy selkäsi takaa oviaukkoon. Tunnen tympeän, kostean sammaleen tuoksun. Metsä liikkuu! Näen peilin kautta mustan hiuspehkun venyvän olkasi yli ja tunkevan uteliaana makuuhuoneeseen. Mustatukka! Päässäni lehahtaa punaisten ja mustien lintujen parvi, kun pyhäinhäväistys lävistää tajuntani.

Hengitykseni kiihtyy, kurkkuani kuristaa enkä saa henkeä. Varjot heittelehtivät uhkaavina. Olen ansassa makuuhuoneessamme. Paniikki saa otteen.

– Ulos täältä! Heti!

Hätistän sinut laahuksinesi eteisaulaan, jossa vaadin tunkeilijaa poistumaan.

– Minä en lähde minnekään. Äänessä on sinnikkyyttä.

– Sinähän lähdet. Tämä on minun kotini ja vaadin, että lähdet, heti!

– En lähde, ennen kuin saan avaimeni.

Mistä tämä varmuus, avaruudessa humahtaa. Alan vavahdella kuin jonkin kammottavan totuuden alkaessa hitaasti paljastua edessäni.

– Sinä lähdet. Nyt tai poliisien kanssa!

Mustatukka kävelee ruokasaliin kuin omaansa ja istuu pöydän ääreen, minun paikalleni.

Tuijotan avuttomana julkeaa siirtoa. Kurkkuani repivät teräksiset piikit, sydämeni takoo haljetakseen. Sinä seisot paikallasi sanomatta sanaakaan. Puolustamatta minua mitenkään! Tunnen murentuvani siihen paikkaan. Tartun puhelimeen ja soitan hätäkeskukseen.

– Kotiimme on tunkeuduttu. Vieras henkilö ei suostu poistumaan, alan selvittää tilannetta yrittäen hillitä vapinaani. Veressäni tykyttää tuhansin sykkein ja pelkään ääneni sortuvan. Kerrottuani osoitteen henkäisen syvään, kehoni on lyijynraskas. Olen ainakin saamassa apua, kun en muuten hallitse tilannetta.

Poliiseja ei kuulu, sytytyslanka palaa. Katson ilmeettömiä kasvojasi. Kylmää olemustasi. Miten tunteettomana seuraatkaan onnetonta räpistelyäni. Teet taktisen virheen, ajattelen, vai onko siirto osa suurempaa strategiaa? Julmaa peliä? Seisot kuin olisit valvomassa merkittävää operaatiota, josta olet vastuussa – ja kenen ehdoilla? Mitä väliä joillakin avaimilla on! Ei niitä nyt keskellä yötä tulla hakemaan. Minulla ei ole voimia tähän, uupumus painaa ohimoita ja nyt pitäisi jaksaa puolustaa linnaketta, yksin. En voi antaa periksi. Viimeiseen hengenvetoon.

Haen kylpyhuoneesta aamutakin suojakseni ja palaan nopeasti vartiopaikalleni. Näen jo käytävästä aulan peilin kautta mustatukan jököttävän kuin jalustalle nostettu patsas ruokasalin pöydän ääressä. Minun tuolillani. Sinä seisot suojelevasti paikkansa vallanneen kunniavieraan vieressä. Sydämesi valinta.

Hengitykseni katkeaa tähän alastomaan hetkeen, muserrun näihin asemiin. Kehoni jännittyy kuin odottaen lähtölaukausta.

Olet korottanut moukan kuningattareksi, ja minun pitäisi niellä se.

Astun ruokasalin ovelle, ja olet nopeasti siirtynyt sivummalle. Kivettyneen naamion taakse.

– Eikö nyt olisi parempi poistua ennen kuin poliisit tulevat, sanon käheytyneellä, katkonaisella äänellä ja yritän saada hengityksen kulkemaan.

Suuni on santapaperia, kurkkuni halvaantunut ja tajuan, että poliisit eivät pääsisi rappuun. Minun pitäisi mennä avaamaan joko rapun ovi tai sisäpihaan johtava portti. En minä voi poistua asunnosta! Olen piinaavassa kauhutrillerissä, jotka eivät pääty hyvin. Sydän hakkaa, sytytyslanka on palamassa loppuun. Hätäni räjähtää.

– Nyt tuli lähtö, tärisen ja otan askeleet loikassa kohti toteemipaalua. Temmon kodinvaltaajaa ylös tuolista.

Tönäiset minua, lennähdän ja kyynärpääni iskeytyy tarjoilupöytään kaataessani mustatukan mukanani lattiaan. Tuoli kolahtaa niskaani. Selässäni jymähtää, kun isket jalkasi lapaluitteni väliin ja painat lujaa.

– Päästä!

Rintaani repii, keuhkot tyhjenevät. Painat lujempaa.

– Lopeta, saan pihaistua.

Paino ei hellitä, paine kasvaa, ei armoa. Riuhtaisen hengenhädässä kehoni sivuttain, tuolin selkänoja viiltää kylkeäni. Minä olen leijona, jolla on lihansyöjän hampaat! Isken kita auki lattialle jämähtäneen mustatukan luihuun niskaan ja puren. Liha on löysää ja minua etoo. Voisin riuhtaista palan irti, mutta suuhuni en halua sylkytavaraa. Kiitävässä hetkessä mielessäni käy, että puremasta jää jälki, kaareva poltinmerkki, kuin kaviosta, potku.

Mustatukka sätkii itsensä irti tuolista, pääsee jaloilleen. Pääni kolahtaa lattiaan. Kuulen Vincentin uikahduksen. Musertava voima painaa ohimoani. En ehdi vetää henkeä, kun pääni litistyy kuin löysä muna, posket tyhjenevät ja suu vääntyy kieroon. Ohimossa risahtelee, paine pullistaa silmiä. En saa henkeä. Tukehdun. Kalloni natisee ja tiedän kuolleeni.

– Tapetaan toi, sanot rauhallisella äänellä. Kuulen Vincentin ulvahduksen ja korvia raastavan kirkunan.

– Tapetaan toi.

41. Heijastuksia kultaisessa silmässä

– En ole koskaan syönyt mansikoita suoraan maasta. Miten suuria, Aino ihastelee.

Olen itsekin ihmeissäni kesän mansikkasadosta. Mansikat ovat järjettömän suuria, pingispallon kokoisia. Ja makeita, todella herkullisia. Keräämme niitä kulhoon ja palaamme syreenien suojaamaan pöytään. Aino, lapsuudenystäväsi, on Suomessa käymässä ja soitti minulle. Ilahduin. Kutsuin hänet puutarhaan, saisin kaivattua vaihtelua. Hän on asunut Berliinissä – sopivan kaukana – jo vuosikausia ja tietää asumuserostamme, epäonnistumisestamme, ainakin pääpiirteet. Ehkä hän tietää enemmän kuin minä. Ehkä hän selkeyttää ajatuksiani.

Aino ihastelee puutarhaa, ja myöntelen, tämä on ainutlaatuinen henkireikä. Keidas keskellä kaupunkia, oma maailmansa.

– Luonnon kauneudesta voi hurmioitua, varsinkin varhaiset aamut ovat kauniita, sanon ja kumoan mansikat lautaselle pyramidiksi.

Enkä voi olla hehkuttamatta, kuinka jokainen puutarhanhoitoon hurahtanut tietää, minkälaista nautintoa kokee nyppiessään kuihtuneita kukkia, kitkiessään rihmastoja, pöyhiessään multaa tai siivotessaan kasvien tyvet rikkaruohoista niin että kasvirykelmiin syntyy ryhtiä. Pensaiden ja puiden alustojen pitää hohkata mustaa multaa. Se rytmittää.

– Luonto on ollut minulle häkellyttävä löytö. On mieletön ilo seurata luonnon kiertoa ja kasvua. Kasvun ihme! Toistuu joka vuosi!

– Puutarhan hoito on estetiikan tajua siinä missä sisustaminen. Kodinkin viherkasvit ovat sisustuselementtejä, jatkan.

Jokaisessa kodissa pitää olla ainakin yksi suurikokoinen kasvi, olin julistanut sinulle ja olimme ajaneet Pohjois-Helsinkiin puutarhamyymälään. Sieltä oli löytynyt fantastinen kolibri, joka ihmeeksemme kukki.

– Mansikat säilyvät näin maukkaina ja tuoreina vain lyhyen aikaa, Aino sanoo kahmaistessaan niitä kämmenelleen.

– Kasvukauden alussa saa kyllä huhkia, mutta sitten saa iloita tuloksista, sanon ja kerron riemusta, jota puutarhahullut tuntevat nähdessään aherruksen päätteeksi kasvuston kukoistavan – oikein röyhistävän rintaansa, lisään leikkisästi.

– Tunnut voivan hyvin, näytät niin nuorelta. Sinulla on uusi mies, Aino sanoo ja heilauttaa tummaa polkkatukkaansa. Hän heittää jalan toisen yli, ja huomaan sandaaleissa tulipunaisiksi lakatut varpaan kynnet. Tumma huulipuna pukee hänen pulleita kasvojaan. Hän on sopeutunut hyvin tanakan tytön rooliin.

– Ei ole. Kaikki mansikat on syötävä, sanon nopeasti ja katson Ainoon näyttämättä kummastustani.

– Teettää työtä, mutta käy varmaan myös terapiasta, Aino sanoo.

Sielunhoidosta, kyllä.

– Puutarhaa on pakko hoitaa, ja kasveja pitää käsitellä oikein, lannoittaa, tukea - - ilman ravintoa ne - -, ajatukseni alkavat harhailla.

Luonto on lumoava mysteeri, yli ihmisen, ajattelen, ja jo ajatukseni vilahtavat aamupäivällä kanssasi käytyyn sananvaihtoon. Miten saatoit kääntää asiat ylösalaisin! Keittiössä leijunee vieläkin soittosi sekasorrossa karrelle palaneen sipulin käry.

– Armaani soitti ennen tuloasi ja onnistui taas kuohuttamaan tunteitani. Oli epähieno ja loukkasi minua puhumalla tästä häiriköstä, sanon saamatta suustani mustatukan nimeä.

– Huomasi, että olet hyvällä tuulella ja odotat vierasta. Halusi pilata olosi, Aino sanoo ja kohentaa asentoaan.

Miten hän olisi tiennyt? En minä ollut kertonut odottavani ketään. En yleensäkään puhunut asioistani. Varoin sanomasta mitään, mikä voisi loukata.

– Mitä sinä tiedät tästä naisesta? Aino katsoo minuun.

Onnenonkija, juopottelija, käsittämättömän julkea - -, tekisi mieleni aloittaa, mutta puren kieltäni. Aino saattaa kertoa sanomiseni eteenpäin. Armaanin käytössä tuntuu olevan valpas tiedustelupartio.

– On työtön tai pätkätöitä tekevä kolmekymppinen. Istuu Titanicissa, pyörii kulmilla, joilla olisi sympaattisempiakin paikkoja kuin Punavuoren hirvein - -.

Hiljennyn, kun huomaan raivonsekaisen inhon pyrkivän pintaan. Aikamuodot heittävät päässäni, ainakin istui, enää ei kai tarvitse. Pääsi päämääräänsä.

– Se hyppi silmilleni jo vuosi sitten keväällä ja ilmoitti olevansa rakastunut minun mieheeni. Mutta senhän sinä tiedät. Kun Suomessa silloin kävit – kodissammekin.

– Kävin, ja näin. Aino suipistaa huuliaan ja sipaisee polkkatukkaa lennokkaasti.

– Näit mitä?

– Hän on nuori ja nätti, Aino sanoo, ja tuijotan häntä.

– Niin tosissaan – ja totinen, oman tyylisensä, Aino jatkaa ja taipuu paijaamaan Vincentiä.

Oman tyylisensä! Avionrikkoja! Koira siirtyy jalkoihini ja paijaan sen päälakea. En voi luottaa Ainoon, en hänen vastauksiinsa, jos häneltä jotain haluaisinkin kysyä, ajattelen. Hän on ensisijaisesti sinun ystäväsi. Tietenkin olet levittänyt asiamme, omasta näkökulmastasi, hänellekin.

Katson kuinka Aino oikaisee itseään puutarhatuolilla, vaihtaa taas jalkaa toisen yli ja nappaa suuhunsa mansikan.

– Vincentistä on kasvanut komea koira. Missä tämä nainen asuu?

– Kan - - eh, mistä minä tietäisin, jossain kulmilla.

– Yksinkö? Aino kysyy.

Mistä tämä tentti, älytön teeskentely? Itsehän vastaukset tiedät.

Voisin nyt sanoa, ollaan rehellisiä, Aino, pitäisikö minun kysyä sinulta sitä mitä et halua kertoa! Ja mihin oikein tähtäät!

– Oletko ollut yhteydessä Armaaniin? Vastaan kysymyksellä ja pistän mansikan suuhuni.

– Toisten asioihin puuttuminen ja niistä muille puhuminen on vahingollista, varsinkin selän takana.

Ahaa, ajattelen, juuri niin kuin olin uumoillut. Olemme hiljaa. Aino kiemurtaa uuteen asentoon tuolissaan ja alkaa kehua nauttimaamme lipstikkakeittoa. Kaadan hänen lasiinsa viiniä, ja hän sanoo, ettei Armaani halua olla yhteyksissä hänen kanssaan. Nyt tämän jälkeen, kun hän tietää meidän tavanneen. Pitäisikö uskoa.

– Tiedätkö sinä minne hän on muuttanut? Aino toistaa itseään.

– En välitä puhua hänestä.

Onko se muuttanut? Siis kuka? Ainon juonikkaat kysymykset tympivät minua.

Alan kelata ääneen, kuinka Vincent pelästyi Armaanin kivijalasta haalimien muuttomiesten ryntäystä asuntoomme ja karkasi rappuun. Yksi heistä, Titanicissa päivystävä Vallu, tarrasi minuun yhtäkkiä täysin käsittämättömästi ja väänsi käsiäni selän taakse kuin olisin suurikin uhka yrittäessäni rynnätä koiran perään. Tämä sinun tukijoukkosi, rakkaani, jonka ehdoille minut ja avioliittomme alistit, mieltäni riipaisee.

Kun palasin asuntoon vihdoin koirapuiston portilta löytämäni Vincentin kanssa, olit häipynyt, jättänyt ovet selälleen auki ja vienyt kotiavaimet mukanasi. Muuttolaatikkosi oli viety, samoin sohvasi ja televisio. Avaimet minun piti hakea sinulta Bristolin aulasta, ennen ennakkonäytöstä. Kun sinulle vihdoin sopi.

Olemme hiljaa.

– Taisit olla vähän poissa tasapainosta, Aino sanoo hitaasti, ja samassa tajuan miksi muuttomies oli tarrannut minuun. Armaani oli informoinut – tai misinformoinut. Aino paljastaa minulle enemmän kuin tajuaa. Salaa myös. Ja mieleeni iskee epäilys – mitä Armaani on sepittänyt minusta Ainolle? Mustamaalannut! Ah, en halua sotkeentua tähän panettelun ja valheiden verkkoon.

– Ylpeys voi kääntyä itseään vastaan. Inho myös. Ja viha, Aino sanoo hitaasti maistellen sanojaan.

– Jos ollaan fiinimpiä kuin muut, hän jatkaa ja kaivaa käsilaukustaan peilin ja huulipunan ja piirtää huuliinsa rajat varmoin vedoin.

Kurkotan paijaamaan Vincentin päälakea. Mihin Aino tähtää, mietin, tämä on liian kryptistä.

– Sinä tunnet Armaanin, puhu minulle suoraan. Minä en ymmärrä tätä vyyhteä. Armaani sanoi, että ei hän mustatukasta piittaa, mutta kieltämättä ihailu imartelee. Ehkä hän kertoi sinulle jotain muuta?

– Ei aikuinen kypsä mies kaipaa likkojen ihailua, yleensäkään erityistä palvontaa, Aino sanoo.

– Ihan niin. En ymmärrä ihailun tarvetta. Minusta se on kiusallista. Mutta ihailu kai tekee miehet onnellisiksi. Olisi pitänyt osoittaa enemmän ihailua Armaania kohtaan.

– Ei sitä noin voi ajatella.

– Niin. Perusta on muualla. Minun on vaikea tajuta, että Armaani rakastaa yhtäkkiä toista naista.

– Et taida tajuta minkä kanssa olet tekemisissä, Aino sanoo vakavana, tyhjentää vikkelästi viinilasinsa ja täyttää sen oma-aloitteisesti.

Ja minussa ryöpsähtää. En ole voinut puhua kenellekään kammottavan avainyön tapahtumista, joista tunnen osin syyllisyyttä. En kai ylpeyttäni ole halunnut myöntää sitä – enkä ehkä koskaan myönnä. Avaimista tuntui tulleen kohtalokas avainkysymys! Möykky sisälläni purkautuu, ja kelaan, taas kerran, tällä kertaa ääneen, Ainolle kauhean keskiyön visiitin vaiheita.

– Kuinka Armaani voi tuoda kotiimme jonkun vieraan yöllä! Varsinainen *Liskojen yö!* Vaadin lentelijää poistumaan, mutta se tivasi avaimia ja paineli ruokasaliin istumaan. Ei suostunut poistumaan, vaikka soitin poliisit paikalle, huomaan alkavani käydä kierroksilla.

– Mitä ihmeen avaimia?

– Oli antanut Armaanille vuokrayksiönsä avaimet viikonlopuksi, kun oli itse kotipuolessaan Savossa.

– Löytyivätkö avaimet? Aino naurahtaa.

– En tiedä niistä, Armaanihan on se, joka hukkaa avaimia, mutta mustatukka väitti minun varastaneen ne ja käyneen hänen asunnossaan. Väitti minun kirjoittaneen herjauksia hänen oveensa, siis näin Armaani kertoi. Voitko kuvitella!

Aino viestittää tympääntyneellä ilmeellä, ettei edes yritä. Sitten hänen kasvoillaan välähtää tietävä hymy.

– Ei kukaan tule hakemaan yhtään mitään toisen kodista keskellä yötä, hän sanoo.

– Sillä hetkellä, kun olet vaatinut häntä poistumaan ja hän on kieltäytynyt, hän on rikkonut kotirauhaa.

– Se oli hirveää. Vaihdatin lukot seuraavana päivänä.

Missä kuohussa soittelin heti aamusta lukkofirmoihin, kunnes löysin Kalliosta Kauppisen, jolta molempien sisäänkäyntien lukkojen vaihto onnistui samana päivänä ja järjelliseen hintaan verrattuna muihin, joilta asia olisi hoitunut valovuosien päästä, vasta seuraavana päivänä.

– No varmasti.

– Ehkä se mustatukkainenkin joutui vaihtamaan lukot – ja muuttamaan, Aino sanoo ja nappaa mansikan suuhunsa.

– Joskin tajusin pian, ettei minulla ole oikeutta olla päästämättä miestä kotiinsa, sanon ja ajatuksen itu puskee tajuntaani.

– Siis miten tilanne ratkesi? Sait naisen ulos?

– Molemmat lähtivät, poliisin toimesta. Se oli helpotus.

– On ollut Armaanille kova paikka. Asumisasiat yleensäkin, omistamiset, ja poliisi, Aino sanoo.

Niinkö? en ollut tullut ajatelleeksi. No eipä ainakaan näyttänyt sitä, ajattelen. Nehän olivat järjestelykysymyksiä.

– Jaksoit elää saman katon alla vielä moisen jälkeen. Ei tuollaisen episodin jälkeen voi enää rakentaa suhdetta, Aino jatkaa.

Ainon jyrkät sanat herättävät taas epäluuloni, mutta kyllä olisi voinut, ajattelen, jos olisit pyytänyt anteeksi, osoittanut olevasi pahoillasi. Sanonut, että tuli möhlättyä perusteellisesti. Mentyä äärimmäisyyksiin. Anteeksi. Mutta ethän sinä koskaan pyytänyt anteeksi.

– Oletko miettinyt mikä Armaanilla pohjimmiltaan on?

Vincent hypähtelee nurmikolla haukkaillen herhiläisiä ilmasta. Ei osaa varoa, ajattelen, tekee saman virheen uudestaan. Ampiainen on jo kerran pistänyt sitä – ja se oli sattunut, kauheaa kirkunaa. Koira olisi voinut kuolla.

– Sitähän juuri yritän tajuta.

– Armaani tarvitsee apua, te molemmat. Mene psykiatrille selvittämään asiaa tai voisitko jutella Venlan kanssa?

Venlan! Apua! Totisesti, mutta miten! Koko kevään kauhuskenario pyörähtää silmissäni. Kirjahyllyyn piilotettujen viinapullojen korkit olisi pitänyt ruuvata kiinni, joskin siitä olisi seurannut myrskyvaroituksia – puhjennut ehkä tsunami, jota pelkäsin. Hälytin ahdistuneena apua ja ajattelen kaikkia turhia yrityksiäni, kun työpaikkalääkärisi ja hoitajat eivät koko keväänä vastanneet avun- ja soittopyyntöihini! Joku oli aina vapaalla tai sairaana juuri silloin kun soitin, koko hoitoonohjausverkosto petti, ja minä kärsin, et vain sinä! Vai kärsitkö sinä istuessasi pitkää iltaa, junaillessasi siirtojasi ja pelatessasi nöyryyttäviä pelejäsi – alakerran turvaverkoston tukemana? Enkö minä pelännyt sinun saavan potkut, menettävän poikasi tapaamisoikeudet – kaiken hajoavan. Hirvittävä kevät, mutta sitä en sano ääneen.

Minä olen käynyt koko kevään psykiatrisella hoitajalla, mutta sitäkään en sano ääneen.

– En voi olla tekemisissä Venlan kanssa, hiljenen häpeissäni ja muistan viimeisen puhelun, jolloin menetin malttini ja räiskähdin, että hän voisi hoitaa lääkityksensä kuntoon, ja sivalsin lopuksi halventavalla haukkumasanalla. Sitä häpesin.

Portin kello kilahtaa, ja saan syyn irrottautua tästä kaikesta mieltä kuohuttavasta. Menen portille, jolla anteeksipyytelevä ohikulkija kysyy, voisiko hän ostaa mansikoita. Toisen kerran, nyt on huono hetki, pahoittelen ja käännyn palatakseni pöytään. Mutta jo mielessäni kieppuu jotain häiritsevää. Mitä olin ajatellut avainyön jälkeen?

Vincent keinahtelee minua vastaan käytävällä, ja pysähdyn paijaamaan sen suloista turkkia. Enkö ajatellut, että olit sotkeutunut kivijalan kuvioihin, tahtomattasikin, ja minä nyt olin niistä täysin ulkona.

Olin saanut kuulla miesporukan vihellyksiä ja *vow*-huutoja lähtiessäni kotoa ja huiskiessani mahdollisimman nopeasti *Titanicin* ohi. Olin saanut muutakin tietoa.

– Foksileidi hei, se muija on seko ja kade.

Huutelijat näkivät kai kysyvän katseeni, koska jatkoivat.

– Teillä on kaikki elokuvat ja mansikkataulut.

Niin, olit levittänyt elämämme näytille, eläytynyt mieleiseesi rooliin ja ohjannut omaa elokuvaasi alakerrassa. Olit kiinni elämässä, korkki pinnan yläpuolella, ankkuri järjestäytyneeseen yhteiskuntaan työttömien alkoholistien joukossa. Itse koukussa taustajoukoltasi saamaasi huomioon, kohtauksiin, joita saatoit *Titanicissa* seurata. Päivittelit itsekin draaman määrää, kun vanhat ihmiset vaihtoivat rakkauksia kuin oluttuoppeja, riehuivat ja olivat mustasukkaisia, ja sitten joku ei jäänyt vain yksin vaan kodittomaksi.

Minähän annoin sinulle anteeksi! Enkö olisi siis saanut antaa! Torjua tapahtunutta. Ja yritithän sinä sovittaa avainyötä. Mutta en minä niissä tunnekuohuissa muotoillut ajatuksiani tai tunteitani sanoiksi, mihinkään muotoon – minä halusin pelastaa liittomme! Vai mitä minä ajattelin? Seisahdun ja vedän henkeä. En tiedä enää itsekään. Järkytysten ketju on hämärtänyt tajuni.

Pysy nyt nykyhetkessä, älä hajoa liitoksista, hoen itselleni palatessani hitain askelin pöytään.

Mansikkapyramidi on romahtanut. Lautasella on yksi mansikka jäljellä, ja Aino vie sen nopeasti suuhunsa. Puraisee.

– Se nainen järjesti avainkohtauksen tahallaan. Avaimet olivat ovela veto osoittaa valtaa. Kyllä hän on tiennyt, että jos Armaani vie hänet teille yöllä, rikotaan raja, jota sinä et tule sietämään, Aino sanoo ja jauhaa mansikkaa suussaan ja nielaisee.

Sen yhden. Ison, kypsän ja täyden. Sen ainoan mansikan.

Enkä ole kertonut Ainolle kaikkea yön tapahtumista, en sanaakaan kokemastani valtavasta shokista tai itsesyytöksistäni, *tunteistani* – enkä edes kuvittelisi kertovani myöhemmistä käänteistä.

42. Matkalla 1: Aavikon kuningatar

Olen lähtenyt matkalle, kun ymmärsin, mitä minun pitää tehdä. Vincentin jätin kummitätinsä huomaan Töölöön. Mari on sitä tyytyväisempi, mitä kauemmin saa koiraa pitää. Eläinihmiset ovat oma rakastettava rotunsa. Suhtautuminen eläimiin kertoo ihmisestä paljon. Minulle kaiken. Theon kuljetin häkissä isäni hoiviin. Kissa puski kaulaani vasten, mutta kun yritin siirtää sen isäni syliin, se paljasti hampaansa ja sähisi. Theo oli valikoiva ystävien suhteen ja katosi pian huoneiston uumeniin.

Olin tehnyt lähtöä syksyn viiletessä Berliiniin Ainon luokse. Levottomasti nukutun yön jälkeen avasin aikaisin aamulla tietokoneen, kolusin äkkilähdöt ja varasin matkan Välimeren rannalle. Huoneistohotellin nimi oli *La Paix*.

Olen lähtenyt matkalle lukeakseni puutarhassa luonnostelemani käsikirjoituksen, joka on ollut hylättynä kuin sairas, jota kartetaan tartuntavaaran pelossa. Viimeistelen tekstin aina kesän armottomaan loppunäytökseen asti.

Haluan lopettaa sen, mikä jäi kesken, ja löytää kadottamani. Nyt kun kaikki on ohi.

Lasken vasemman jalkani varovasti tuolilta terassin kaakeloidulle lattialle. Lonkkavartta vihlaisee, mutta siihen olen saanut tottua. Kaakeleilla lainehtii kuivuneita lehtiä, irronneina, tarpeettomina, roskana.

Hylättynä, mutta ei unohdettuna, ajattelen.

Voi hylätä, mutta unohtaminen on vaikeampaa. Itse asiassa mahdotonta. Ainakin, jos muistoja toistaa - siten vain vahvistaa niiden valtaa. Mutta voihan niitä editoida kuin valonarkaa tekstiä, vapauttaa ja armahtaa itsensä. Sillä muisti on kuin filmiä, ei se kestä voimakasta valoa, se palaa puhki.

Murtumahoito on edennyt hyvin. Jalka on kankea ja arka, mutta lihakset ovat vahvistuneet ja nivelsiteen repeämä on parantunut. Ruhje kasvoissani ei juuri näy. Koukistan jalkaa muutaman minuutin ja nostan sen takaisin tuolille. Veren on kierrettävä.

Haavat kasvavat kiinni, arpeutuvat. Jos ne tulehtuneina jäävät märkimään, on kuolion vaara. Pitää amputoida. Mitä hulluja minä mietin! Tuulenpuuska lennähdyttää lakastuneita lehtiä ilmaan terassin pylväästä kiertävästä köynnöskasvista. Ne irtoavat lopulta kaikki varrestaan, kunnes rungosta puhkeaa uusia, pontevia versoja, ajattelen. Elollinen uudistuu.

Lentokoneesta nappaamani sanomalehti aukeaa viuhkaksi pöydällä ja tuhkakupin sisältö pyörähtää ilmavirrassa. Tuhkat tuuleen. Oveen koputetaan.

Madame?

Kaksi suloisesti hymyilevää tummaa naista astuu ovesta, toisella kädessään maljakollinen kukkia, toisella siivousvälineet.

Ça va bien?

Tarvitsisin tyynyjä, sanon ja osoitan jalkaani tuolilla. Olen taistellut fyysiset vammat, nyt taistelen mielenrauhan.

– Haluaisin rauhallisen huoneen, olin ilmoittanut hotellin vastaanotossa heti saavuttuani.

– Työskentelen täällä, tarvitsen yksityisyyttä, selitin. Minun on toivuttava lopullisesti.

Vasta kolmas huone vastasi toiveitani. Ensimmäinen oli pohjakerroksessa ja siihen kuului pieni piha pöytineen ja tuoleineen. Mutta sävähdin jo ovella. Huone oli pieni, valkoinen koppi. Toinen huone oli avara, mutta terassilla tunsi olevansa esillä kuin näyteikkunassa. Vihdoin kolmas oli tila, jossa saatoin hengittää. Henkilökunta siirsi matkatavarani huoneeseen, jonka terassilta näkyi keltaisissa hedelmäryppäissä röyhistelevän taatelipalmun takaa turkoosina hohtava meri. Iso päätyhuoneisto oli hotellialueen äärilaidassa, näkymättömissä.

Yöllä heräsin kukon lauluun, katsoin kelloa. Neljä. Noustuani kohtasin kodikkaan näyn: hotellialuetta rajaavan pensasaitauksen toisella puolella oli kanala. Suloista kotkotusta. Kukko oli hiljaa, tehtävänsä hoitanut. Siinä olin väärässä, se kiekui aamun aikana usean kerran. Kun se eksyi hotellialueelle eikä löytänyt pensasaidan yli takaisin, sen hurja hätä täytti ilman. Kanat kaakattivat pensaikon toisella puolella, kukko tempoi hermostuneena aidan viertä edestakaisin, yrittäen epätoivoisesti pyrähtää lentoon, kadoten sitten taas pensaisiin. Henkilökunta sai pyydystettyä uroksen sen raivokkaasta vastustuksesta huolimatta. Upea ruskeankirjava kuningas heivattiin aidan yli valtakuntaansa, johon palautui kakofoninen tasapaino.

Puolilta päivin kävin hotellin kaupassa ostamassa aamiaistarvikkeita. Kananmunat ovat aivan tuoreita, leveästi hymyilevä, Aliksi esittäytynyt arabi sanoi ylpeästi. Hymyilin hänelle tietävästi.

Siivoojattaret lähtevät, monin toivotuksin. Onhan nyt hyvä, teillä on tarpeeksi tyynyjä, jalka on hyvin, tarvitsetteko vielä jotain? *No, no, merci, tout est trés bien!*

Istun terassilla, siemaisen kahvia ja tyhjennän lentokoneessa ostamani pienen muovisen konjakkipullon lasiin.

Pöydällä lepää tekstinivaska. Aion ymmärtää käsistä riistäytyneet kohtaukset, pirstaleisen tarinan, josta muodostuu se mikä jäi kesken, sinua varten, rakas kertojani. Kestän haavojen repivän avaamisen, kivun, kauniinkin. Kunhan voin kääntää uuden sivun elämässäni.

Alkaa sataa, lempeitä, raskaita pisaroita kuin hitaasti kypsyneitä kyyneliä. Taivutan päätäni ja annan niiden helliä kasvojani.

Juon konjakin, ja neste tulvahtaa lämpönä kehooni.

Taatelipalmun harteilla rapsahtelee. Ilma tihenee hyväileväksi usvaksi. *Olet yhtä, et ole yksin, unohdat sen vain välillä,* pisarat kuiskivat. Rakas sade.

Haavani arpeutuvat, ajattelen, minua ei raasta enää. Minun on enää vain vähän ikävä.

43 . Auringonlaskun katu

Nyt olemme tilanteessa, jossa avaimesi ei käy kotisi oveen. Vaihdettuani lukot salamannopeasti *Liskojen yön* jälkeen. Soitat sitten ja sanot tarvitsevasi tavaroitasi – ja kotisi avaimet.
Sanon, että ovi aukeaa, kun niin vain haluat. Sisältä päin.
Ovikellon soitosta.

Käyt asiaan heti eteisessä ja selität: se öinen kalabaliikki ja pelleuhkaus, jotta pysyisin aisoissa. Tajuaisin totella. Siis – totella.
– Sinähän avaimet minulta veit, mustasukkaisuuttasi, myönnä, sanot.
– Mitä sinulle kuuluvat vieraan tunkeilijan avaimet?
– Sinä aiheutit koko sotkun.
– Niinkö! Halusit tappaa minut.
– Pelkkiä sanoja, pelottelua. En minä tosissani.
– Hallitsetko sinä itseäsi?
– Olisit jättänyt töhrimättä oven. Tunnen käsialasi. Se tulee kalliiksi.
Otat minua harteista ja tuot kasvosi omiini suudellaksesi minua.
– Suusi on saastunut.
Värähdät kuin pistoksesta.
– Ne eivät olleet minun avaimeni, sanot ja käännyt mennäksesi jääkaapille.
– Miksi sinulla yleensä oli ne avaimet?
– On paikka jonne mennä, kun ajat minut kotoa pois.
– En minä tarkoita ajaa sinua koskaan pois. Painu hiiteen ei tarkoita sitä. Tajua jo, ne ovat vaan sanoja, kun olen vihainen.
– Heität tavaroitani rappuun.
– Kerran. En tosissani.
– Se kannettava olisi voinut mennä rikki. Olet hirviö.
– Mitäs me hirviöt.

Halusit sitten järjestää näytöksen. Tilasit minut näyttämölle kertomatta käsikirjoituksesi roolijaoista.

– Tule *Titaniciin*, tänään kuudelta, sanot soittaessasi minulle iltapäivällä.

– Sinne? En halua.

– Tulet.

– Miksi? Juuri sinne?

– Tule nyt, ei siinä kauan mene.

– Mutta miksi?

– Nähdään siellä, silotat äänesi hyväilevän pehmeäksi. Kuljetat juontasi eteenpäin.

Istuudun sinua vastapäätä pöytään keskelle salia, jonka seinillä väki istuu tiiviinä renkaana kuin tehovatkaimen sinkoamana. Olemme keskiössä areenalla, ohjaamassasi kohtauksessa, jossa tajuan roolini vasta kun huomaan tummaan pukeutuneen hahmon. Mustatukka istuu selin baaritiskin nurkassa.

– Käskin sen tuoda tavarani tänne, lausut avausrepliikkisi kuuluvalla äänellä, kun tarjoilija tuo meille oluet pöytään.

Olen jo huomannut punaisen kassin pöydän jalkaa vasten, sen Engeliin ikävissäni viemäni. Rupattelen improvisoidusti, nauraa heläytän, olen kirjoittamassasi roolissa näennäisen luonteva. Olet tehnyt siirtosi.

Oluet on juotu, seuraan sinua baaritiskille, kun kumarrut kuiskaamaan jotain mustatukan korvaan. Seison vieressäsi ja ajattelen, että minulla on tämän elokuvan naispääosa. Jos on vain hiljaa, muuttuu sivustakatsojaksi. Avustajaksi. Rykäisen ja lausun rooliini kuuluvalla arvovallalla: *Anna meidän olla rauhassa.*

Seisomme rinnakkain ja katsomme liekissä taittuvaa sydämen lankaa, yhä kumarampaan painuvaa hahmoa, jonka suupielet tiukkenevat, kun se kääntää päänsä seinään ja selkänsä meille, mutta silloin me olemme jo menossa ja sinulla on kädessäsi kassi, jonka suuaukossa keikkuu kirja *Tulisen järjen aika.*

Hakiessamme suurieleisesti ja yhteisvoimin symboliset mittasuhteet saaneen kassin kivijalasta olit tehnyt tilanteen selväksi. Ympyrä oli sulkeutunut, niin ajattelin. Emme olleet pudonneet kristallikruunun mukana lattiaan. Koko katto kruunuineen oli romahtanut niskaamme. Siihen nähden kevyen pikku kassin luovutus tuli tehdä suuresti. Myös hovillesi tiedoksi. Mutta olit ojentanut kätesi murskaantuneiden rakenteiden yli ja minä kurkotin tykö.

Rauhan ehdot olivat ilmeiset. Tiesimme toisemme, ja rajat. Olisin halunnut puhua ihmisen pimeistä puolista, mutta olit hiljaa. Aihetta oli yhtä vaikea avata kuin umpisolmua. Väärää vallankäyttöä piiloteltiin kulisseissa, selittiväthän sitä kaiketi niin monet tunteet. Ehkei väkivaltaa voinut aina selittääkään. Mielessäni kävi, että olit todella sekoittanut elokuvat todellisuuteen.

Kun sitten yllätän sinut supattamassa käsipuhelimeen ja lopetat puhelun nopeasti, nolostun. Puhelut loppuivat aina nopeasti, mutta ne jatkuivat, kunnes punaiset lintuparvet lehahtavat ilmoille ja heitän käsipuhelimesi katuun. Sanot puhuneesi isäsi kanssa. Niin kai!

Toinen puhelin lentää lattiaan kotona otettuani luurin kädestäsi ja kuultuani kapakan taustameteliä. Katsot minuun huvittuneena ja kerrot saaneesi uuden ystävän, Veskun, joka pyytelee sinua oluelle.

Kerran nappaan luurin kädestäsi ja täräytän: Haluaisin viettää aikaa rauhassa mieheni kanssa. Osoite oli väärä, ja Beniä huvitti.

– Turhaan olisit minun takiani pistänyt laitteen vaihtoon.

Pyrin säilyttämään ulkonaisen tyyneyteni, epäluuloistani huolimatta. Sillä, ei toimenpiteilläni vaikutusta ollut, otit vastaan outoja soittoja iltamyöhälläkin. Kotiimme, minunkin tilaani.

Sitten päässäni roihahtaa. Se täyteen ahdettu nuhjuinen, rumakankainen meikkipussi, jota Vincent oli kantanut suussaan kuin kummajaista ja laskenut jalkoihini joskus syksyllä! Olin vetänyt repeämässä olevan pussin vetoketjun auki ja käteni oli pullahtanut huulipuna. Kadonnut huulipunani, se sinun antamasi. Heitin pussukan roskiin. Mistä Vincent oli sen kaivanut?

Vincent oli noudattanut luontaista lojaalia linjaansa. Pussi oli vieras kodissamme.

Mieleni mustuu, kun ymmärrän itsetietoisuuden, jolla paikkani avainyönä ruokasalissa oli vallattu.

Punaisten siipien suhinassa riuhdoin antamaasi olkikoiraa, mutta se oli vankkaa tekoa ja irvisti entistä ilkeämmin. Elokuvissa paiskotaan raivopäissään tavaroita, mutta en voinut rikkoa jatkuvasti puhelimiakaan. Luin *Miehet ovat Marsista* -tyyppisiä ihmissuhde- ja kriisioppaita, ja olin lentää liitoksistani – ja ne olivat bestsellereitä!

Vallitsevissa olosuhteissa saatoin vain terästää aistejani.

Sitten soitit murhemielisen puhelun. Sydämessäni läikähti heti hellyys ja hyvä tahto, kun avasit minulle sisintäsi.

– Sinä aiheutit tämän. En halunnut tätä, sanot epätoivoisella äänellä talven pimeydessä.

Sanasi soivat surua mustan avaruuden täydeltä. Kuuntelen sinua hiljaisessa olohuoneessa tietämättä missä olet, herkistyen taustaäänille, joita ei ole. Äänesi kaikuu tyhjiössä.

– Aiheutin mitä? kysyn sovinnollisesti. Ja tunnen pistoksen.

– Minä rakastan sinua yhä. En kestä tätä elämää enää. Todennäköisesti tapan itseni. Olit niin seksikäs tänään, siinä sohvalla, sanot ja kuuntelen hiljaa.

– En tiedä mitä teen. Ei elämällä ole enää mitään menoa. Joudun katuojaan, jos jätät minut.

– En minä jätä sinua, koskaan, sanon syvään avaruuteen.

– Tule kotiin.

Suljet puhelimen.

En ymmärtänyt sanojasi. Sinua tuntui kiristävän kuin olisit pihdeissä. Mieleni pohjalla lepatti epäily, että sinulla oli vielä jokin säie mustatukkaan. Istuin illassa liikahtamatta. Ja sain ajatuksen. Se katkaisisi talven ja lepakon lennon.

44. Tapahtuipa eräänä yönä

Tulet kotiin pitkäksi venähtäneestä tietokilpailusta alakerran kivija-lasta. Katson olohuoneen sohvalla Bette Davis'n tähdittämää melo-draamaa *Synkkä voitto*. Sen juonessa on jotain tuttua. Vincent loikoilee vieressäni ja nuolee jalkaani huolellisesti. Theo lepää etutassut kauniisti vatsan alle taivutettuina sohvan käsinojalla. Pöydällä palaa kynttilä. Kohta kuulen pelimenestyksistä, kuka on voittanut tai jäänyt nippa nappa toiseksi.

Heität olkalaukkusi ja takkisi eteisen lattialle ja huokaat.

– Uskon nyt jo horoskooppeihinkin.

Ahaa. Olet saanut tukea ja palautetta. Hovisi taas asialla, se ammentaa ihmistuntemuksen taivaan kartalta. Tähdet, tähdet!

– Sinä olet liian hieno ja yrität tehdä minusta jupin, äänesi kaikuu keittiöstä.

– Jupin! Hippii. Emmekö me ole boheemiporvareita?

– Ne eivät kohtaa.

– Ne ovat jo.

– Ei toista pidä yrittää muuttaa. Jääkaapin ovi tömähtää kiinni.

– Joo, pitää uskoa annettuihin tähtiin. Kukapa muuttuisi. Skorpionit eivät voi olla pistämättä, vaikka henki menisi, oinaat puskevat aina päätään sei-nään. Ja leijonat rakastavat ylellisyyttä, hyi kamalaa. Oikein mälläävät ul-kokullassa, kyllä on huono se semmoinen ihminen, hyökkään ennakoivasti.

– Tulen merkit sopivat yhteen, lisään.

Astut oluttölkki kädessä olohuoneeseen.

– Pidäthän sinäkin kauniista, sanon ja paijaan Vincentiä.

– Sinä tyylistä. Ihan tajuat sitä.

Istut sohvalle, hörppäät tölkistä ja näppäilet kaukosäädintä. Kuva naksahtaa mustavalkoisiksi nuppineuloiksi.

– Tähdetkin kuolevat. Ne luhistuvat oman vetovoimansa vaikutuksesta mustaksi aukoksi, josta ei säteile valoa, ei iloa. Aukkoa ei näe, se on täysi mysteeri, mutta se nielaisee lähelle tulevan ja tuhoaa sen, sanon, ja Theo hyppää käsinojalta.

Pöydällä on lukemani kiinnostava lehtiartikkeli mustasta aukosta, joka on minulle täysin käsittämätön. Miten tyhjyydessä voi olla aukko!

– Kurkotat kuuhun. Siirtelet tavaroita. Käyhän se työstä.

– Mitä sinä haluat katsoa? Nykyään nähdään väreissä.

Et edes yritä korjata kuvaa.

– Valitse kanava. Häiriökuvaa ei kestä kukaan.

Nostat tölkin huulillesi kuin palkintopokaalin. Nuppineulat tärisevät ruudussa.

– Löytyykö kanava vai sammutetaanko laite? Vai ovatko piuhat irronneet kokonaan?

– Olet perehtynyt tähtitieteeseen. Antaisit auringonkin kiertää maata, sinähän kiertoradoista määräät. Maan tasalla kun olet, sanot ja pyörittelet tölkkiä kädessäsi.

Antaisit sinä alakerran väen olla, ajattelen. Etkä puisi siellä persoonallisuuksiamme. Et puhuisi asioistamme tukijoukoillesi. Olen kaksintaistelussa pataljoonaa vastaan.

– Kiertoradat voivat olla päällekkäisiä, sanon ja yskäisen. Miksi en sano selkeästi mitä ajattelen?

– Mitä tangeloa! Kuvittele itsesi takaisin tellukselle ja tee töitä. Ennen kuin pääsi mustenee, valo himmenee, sanot ja painat säädintä. Musta imaisee tärinän sisäänsä.

Hapuilen kädelläni Vincentin pehmeää otsaa.

– Oletko ajatellut puhdistaa ammeen jäljiltäsi? Inhoan sitä likaraitaa. En kylve ennen kuin puhdistat sen.

– Ai et ehdi. Minä käyn töissä.

– Mikä ihmeen napanuora sinulla on tähän juottolaan?

Mieleeni tulee Sisiliaan avioliiton myötä muuttanut suomalainen nainen, joka kertoi eronneensa, kun heidän kotikadullaan alkoi toimia bordelli. Aviomies otti tavaksi poistua illallisen jälkeen avoimesti huvituksiinsa. Eihän sitä järjellinen olento voinut kestää ja nainen palasi lapsineen Suomeen. Sitten alkoi tappelu lapsista.

– Eikö sieltä nyt voisi pysyä yhtä päivää pois?

– Kasvata korppeja, niin ne nokkivat sinulta silmät päästä.

– Mitä?

– Sitä saa mitä tilaa.

– Ihan kuin joku kiristäisi sinua sinne.

– Okei, alan käydä muissa paikoissa.

– Eihän kavereita voi jättää, teeskentelen kauhistunutta.

– Jättää voi, kun kotoa ajetaan. Sanakin vielä ja minä lähden.

Nousen laittamaan sinulta saamani mielilevyni soimaan. Ehkä ilta pehmenisi Saden myötä. *No ordinary love*, sitä kuuntelin kuherruskeväänämme kuin transsissa, toiseen todellisuuteen sinkoutuneena.

Asetan levyn cd-soittimeen. Tutut kilahdukset, taustarummutus, eroottinen rytmi. Haikea, viettelevä naisen ääni soljuu huoneeseen.

I gave you all the love I got, I gave you more than I could give, I gave you love, I gave you all that I have inside, and you took my love, you took my love..

Olin kuunnellut kappaletta yhä uudestaan Dagmarinkadulla. Miten rakastunut sinuun olin, pää pilvissä. Miten täynnä hyvää tahtoa. Ja arka, näkyikö se, mietin silloin. Sinä olit sanonut olevasi hyvä peittämään tunteesi.

I gave you all the love I got, I gave you more than I could give.

Miten sinua rakastin – rakastan tässä ja nyt. Kurkotan kuuhun, kyllä, jos sinä olet kuu, ajattelen ja katson leveitä harteitasi, solakkaa uimarin selkääsi sohvalla. Ja tunnen hellyyden aallon, kun ajattelen kuherruskevään sanojasi: *kyllä sinä minusta vielä miehen teet.* Vaikka olinkin sitä vastaan mielessäni kiukutellut. Halusin miehen, en korjauskohdetta.

Mutta kun kukaan ei ole valmis eikä täysi.

Didn't I tell you what I believe, did somebody say that a love like that won't last, didn't I give you all that I´ve got to give..

Hyräilen ulkoa osaamiani laulun sanoja, kiedon käteni ympärilleni ja keinutan kevyesti lanteitani. Olen täydellisen hoikka, ylläni pehmeä, persikanvärinen angorapusero ja pillifarkut. Silitän päätäsi ja sipaisen poskeasi. Liikun kohti kaari-ikkunoita ja kaunista Afroditea. *I keep crying, I keep trying for you, there's nothing like you and I. This is no ordinary love, no ordinary love.* Saden valittava ääni, anelevat sanat. Otan keinahtelevia tanssiaskeleita. Ymmärrrāthän?

Tartu. Minuun. Tähän hetkeen. Annan sinulle kaiken rakkauteni.

Kuulen sinun lähestyvän takaa. *There's nothing like you and I..*

Odotan käsivarsiesi kiertyvän ympärilleni. Tunnen alaselässä terävän työnnön. Jännityn paikoilleni, kuin jänis vaaran uhatessa. Mutta maan värit eivät suojaa minua.

Käännän päätäni. Näen peilistä sivukuvana, että seisot takanani, pää painuneena.

Suoristaudun ja käännyn hitaasti. Kätesi ovat kiertyneet johonkin. Osoitat minua veitsellä. Vai onko se haarukka. Näky on surrealistinen. Dadaa, veitsikynsihorroria.

Kävelen käytävää makuuhuoneeseen, kun Saden laulun viimeinen kertosäe päättyy, *this is no ordinary love,* ja kilahdukset vaimenevat.

45. Ihmeellinen on elämä

Se joulu jäi toiseksi ja viimeiseksi.

En osannut ajatella lopullisen vyöryn kiihdyttävän voimaansa. Olisin voinut tarttua vihjeisiin, jotka olivat kuin pahaenteisiä rasahduksia huteran rakennuksen liitoksissa, mutta en halunnut vaarantaa tasapainoa, vinoakaan. Nappulat saattoivat olla uhkaavissa asemissa, mutta en halunnut koskea mihinkään. En halunnut todellakaan siirtää mitään.

Ummistin silmäni, hidastin elintoimintojani. Vuosi vaihtuisi, ja meillähän oli oma kaamoksen katkaiseva pakomatkamme pian edessä. Suunnitelmat käynnistyisivät. Sinä siivoaisit turhat, teatraaliset rönsyt mielestäsi ja samalla mielipahan väliltämme.

Viimeiseksi jääneenä joulunamme sovimme antavamme toisillemme yhden, tarpeellisen lahjan. Tiesin etukäteen, mitä saisin. Uuden sen kadonneen, äidilleni kuuluneen, tilalle. Annoit minulle rannekellon ja japanilaisen keittokirjan, arvosteltavaksi, sanoit, ja minä annoin sinulle partavettä ja -vaahtoa, pompeijinpunaisen silkkisolmion ja avainkotelon sekä Vanhan joulumyyjäisistä ostamani pienen taulun, jossa oli kaksi punaista sydäntä ja alla koukeroisin kaunokirjaimin *Amor vincit omnia.* Avattuasi paketin olit vaiti. Tunsin itseni lapselliseksi. Mutta ajatus on iätön, ajattelin nolona. Sukkaparit, alushousut ja bokserit olivat löytyneet harhailtuani saiturinpörsseissä aaton aattona.

Kiitit lahjoistani, ja tunsin alakuloa. Mikä sinua olisi ilahduttanut?

Jouluruoat kävimme ostamassa yhdessä, joskin sain melkein pakottaa sinut mukaan supermarkettiin. Viiden kilon kinkku, lohta, graavisiikaa, mätiä, lanttu-, porkkana- ja perunalaatikoita, rosollia, perunoita, sekahedelmäkeittoa, johon vatkaisin kermavaahdon, Dijonin sinappia, neilikoita, karjalanpiirakoita, kananmunia ja voita munavoita varten, tummaa leipää, maitoa, luumuhilloa ja lehtitaikinaa. Alkosta haimme punaviiniä, sherry- ja konjakkipullon.

Aattona luonamme ruokailisi vain isäni, mutta joulupäivänä ruokapöytään istuisivat lapsesi ja myöhemmin lähisukulaiseni kahvin, karjalanpiirakoiden ja joulutorttujen merkeissä. Isäsi oli kutsuttu, mutta hän oli käynyt meillä pääsiäisenä. Hän ei jaksanut huonon jalkansa vuoksi kivuta portaita toista kertaa.

Joulukuusen haku kehittyi groteskiksi tapahtumasarjaksi. Kävelimme pimeässä alkuillassa Fredrikintorille. Katselimme ylihintaisia kuusia ja päätimme jatkaa etsintää. Punavuorenkadulla peräämme puuskutti mies. Etsimmekö kuusta? Hänellä oli ullakolla ylimääräinen kuusi. Tulisimmeko katsomaan?

Kauppamies haki kuusen ullakolta odottaessamme talon ylimmässä kerroksessa. Kuusi oli kelvollinen, vajaat pari metriä ja symmetrinen. Ahtauduimme hissiin kuusen kanssa ja hymisimme matkalla alas. Kuusi kuin taivaan lahja!

Matkalla kotiin ehdotit piipahtamista Merimiespubissa. Sinulle tuttu pokkaporukka läiski kortteja pöydässä lähellä ovea. Otto, karhumainen metsien mies, ja hiljainen runoilijasielu Aiho, heidät tunnistin kulmilta. Asetit kuusen tuulikaapin seinää vasten, hait oluet ja istuimme pöytään. Innostuin ottamaan osaa peliin, sinä et, et osannut etkä halunnut kokeilla pokeria.

Muutaman pelikierroksen jälkeen alat tehdä lähtöä.

– Lainaa pari euroa, katson vielä tämän kierroksen, pyydän ja jatkan peliä.

Nouset ja vaadit minua lähtemään, heti.

– Peli on kesken, odota nyt. Juon oluen loppuun.

Seisot takanani. Kuulen liikehdintää ja ajattelen, että kohta saan juosta perääsi.

– Odota ihan hetki, mutisen kortteihin keskittyneenä, kun kuusi lentää kaaressa päälleni. Humautat minua kuusella vielä uudestaan kuin työssään tarkka seppä alasinta. Havut hulmuavat, neulaset riipivät kasvoja.

Marssit ulos kuusi kädessä. Tilanne on ohi ennen kuin se ehti kunnolla alkaakaan. Voisi kuvitella, ettei mitään edes tapahtunut, ellei peliseurueen yhdestä suusta lausuma eleettömän lakoninen kommentti olisi todistanut tapahtunutta: *tollaseen pitäisi kyllä jo puuttua.*

Pyyhkäisen muutaman neulasen hiuksistani ja pöydältä ja yritän tavoittaa edes yhden pöydässä istuvan katseen. Otto ja Aiho muiden mukana ryystävät tyhjin katsein juomiaan. Toivotan hyvää illan jatkoa, ja porukka jatkaa peliä.

Ohittaessani *Titanicin* näen avoimesta ovesta kuusemme kapakan eteisessä. Kävelen pöytääsi keskelle salia ja näen hivenen loukkaantuneen, välinpitämättömän ilmeesi. Huomaan sinun katsovan merkitsevästi tiskille päin. En edes ajattele istuutuvani, kun mies baarin takaa tulee ja ilmoittaa:

– Et ole tervetullut tänne.

Sinä viimeisenä joulunamme lähetin vain muutaman joulukortin ja ajattelin hoitavani loput joulutervehdykset tekstiviesteillä pyhien aikana. Läheisimmät ystävättäreni olin vanhaa kaavaa noudattaen tavannut joulun alla, jolloin vaihdettiin lahjoja. Toiseen jouluumme valmistauduin vähemmän kuin edelliseen ja olin silti väsyneempi – enkä tiennyt, kuinka tyhjiin voimani valuisivat.

Paketoinko lapsillesi ostamasi lahjat? En, et pyytänyt minua paketoimaan mitään. Rasahdus? Ei, en voinut aavistaa.

Aattona liikutuin isäni lahjasta. Komeasta, kermanvärisellä satiinilla verhoillusta laatikosta paljastui hopeinen veitsi- ja haarukkasetti. Niin kuin olit hakenut isäni ystävyyttä, kysellyt minulta, mitä mieltä hän sinusta oli. Nyt isäni juhlallisesti kiittämässä, että saa viettää joulua kanssamme ja antamassa kestävän lahjan arkeemme.

Aleksille isäni ei tuonut enää lahjaa. Hänen pojalle antamansa flanelliyöpaita oli palautettu Venlan toimesta edellisenä jouluna.

Ruokailtuamme kolmisin sytytän tulen takkaan, otat kysymysvihkosen esiin ja alamme tietovisan. Tietomääräsi on ylivertainen ja näen alakerran tietokilpailut uudessa valossa. Isäni lähdettyä jäämme siemailemaan juomia, kun katoat vessaan.

Viivyt kauan, ja seuraan sinua käytävään. Jään kuuntelemaan ovelle. En erota sanoja, mutta tunnistan äänensävyn. Vereni kuumenee, pulssini kiihtyy. Koputan oveen.

– Eikö joulunakaan saa rauhaa salasoitoilta?

– En halunnut sinun häiriintyvän, sanot avatessasi oven.

– Minähän häiriinnyn! On otsaa, yhtä pelin pitoa.

Juoksen tikari sydämessä olohuoneeseen ja nyyhkytän posket kosteina.

– Sinä et piittaa mistään. Et mistään mitä olemme sopineet.

Et piittaa minusta, takoo päässäni, et rakasta minua, oletko koskaan, sydämeni vuotaa ja haluaisin vajota maan alle. Kuolla. Jouluna.

Tarjoudut viemään Vincentin ulos, mutta sekasortoisessa ilmapiirissä koira livahtaa portaisiin ennen kuin saat hihnan sen kaulaan. Lähdet koiran perään, ja näen ikkunasta poukkoilusi kadun risteyksessä. Saat koiran kiinni ja katoat kulman taakse.

Toivotinko sinut helvetin porteille sinä yönä. Nostinko ääntäni? Ehkä, ehkä en. Olin tullut ajatelleeksi halukkuuttasi viedä Vincent ulos.

Ei aattona, ei joulupäivänä eikä muina pyhinä lähde puhelimestani yhtään jouluterveydystä. Vain yksi ja sama viesti lähisukulaisilleni joulupäivänä. *Olen niin sairas, että jouluruoat jäävät nyt syömättä. Olen sydämestäni pahoillani.*

Joulupäivän aamu on sysipimeä. Nousen kuultuani oven kolahduksen. Olen yksin.

Menen keittiöön ja avaan jääkaapin ottaakseni tuoremehua. Jääkaappi ammottaa tyhjyyttä. Todellakin, kuin musta aukko. Ei kinkkua, ei lohta, kaviaaria, laatikoita, ei roseeta. Olet häipynyt kaapin annit mukanasi, pakannut lapsillesi ja omaisillesi, meille kaikille tarkoitetut ruoat, ottanut taksin ja kuten minulle selvisi, levittänyt jouluruoat toiseen osoitteeseen, toiseen ruokapöytään. Komentanut lapsesi jouluaterialle Jalavatielle. Vienyt sinne lahjasikin. Ja kuusen.

46. Kuin kuvastimessa

Rynnistän Pursimiehenkatua näkemättä ja kuulematta mitään. Kankurinkadun risteyksessä vedän henkeä, huuleni alkavat vapista ja kyyneleet tulvahtavat silmiin. Vedän tummennetut lasit silmille loppukoetusta varten.

Alamäkeä, loivasta kaarteesta vauhdilla *Titanicin* ohi, sivulle katsomatta, tutuille ulkoportaille. Vincent viilettää vierellä pää tanassa. Rappuun, portaat ylös kolmanteen kerrokseen pyörryttävässä spiraalissa.

Eteisessä irrotan koiran hihnasta, olen hengästynyt ja päässäni humisee. Mitä minulle tapahtuu?

Aamulla olin noussut varhain, ennen seitsemää. Tavarasi olivat keittiön pöydällä, työhuoneen ovi kiinni, ja arvelin ehtiväni lähteä ennen sinua. Olin tiskannut, ruokkinut eläimet, vaihtanut Theon hiekan, käynyt suihkussa. Olin tarmokas – ja toiveikas. Kuuntelin aamulähetystä televisiosta samalla kun mietin päivän ohjelmaa. Ehkä lounaalle, Eliteen? Ihmisten ilmoille.

Minulla oli aika psykiatriselle sairaanhoitajalle Viiskulman terveysasemalla kello yhdeksän. Odotin tapaamista, jota omalääkärini oli ehdottanut kerrottuani, kuinka hermona ja säikky olin, itkin vähästä, en hallinnut mielialojani. Olin tunteissani kovin yksin, ja nyt saisin puhua niistä. Melankolian hoitoa, ajattelin. Ottaisin Vincentin mukaan, se oli ennenkin odottanut terveysaseman ala-aulassa. Minä otin koiran mukaan kaikkialle.

Jätän Vincentin hihnassa alakertaan ja otan hissin kolmanteen kerrokseen. Hissi nytkähtää liikkeelle ja valmistaudun jo astumaan ovesta, kun paukahtaa. Pieni, suljettu tila pysähtyy pompahtaen.

Eri kerrosten painikkeiden painaminen ei tuota tulosta, hissi on jumiutunut. Kokeilen hälytysnappulaa ja huomaan keskustelevani kaiuttimen kautta naishenkilön kanssa. Korjaaja lähetetään matkaan.

No niin, ei hätää. Aikani odoteltuani alan paukuttaa hissin ovea saadakseni selville, tajuttiinko talossa, että hissi oli jumissa ja siellä oli joku. Haloo!

– Kuka siellä, kuuluu savon murretta vääntävä naisääni jostain alempaa.

– Hissi on juuttunut paikoilleen. Voiko kukaan tehdä mitään?

Kuulen savolaisnaisen naureskelevan, että joku on jäänyt hissiin. Vincent alkaa vingahdella alakerrassa. Soitan hissin seinässä olevaan hälytysnumeroon ja kysyn, kuinka kauan avun saaminen kestää. Korkeintaan puoli tuntia, sama kaiutinääni vastaa.

– Oletko sinä siellä? kuuluu savolaisnaisen ääni jostain alempaa.

– En, olen mennyt pois.

– Älähän suotta hermoile, ääni jatkaa.

– Myöhästyn vastaanotolta. Voisiko joku ilmoittaa tai perua - -, yritän saada asiat luistamaan.

– Onko sinulla siellä kaikki hyvin?

Jatkokysymyksiin en enää vastaa. Olen alkanut kihistä. Eikö kukaan osannut tehdä mitään!

Keventääkseni tilannetta soitan Marille. Et ikinä arvaa, missä olen. Loukussa Viiskulman terveysaseman hississä, ja joku välkky kyselee, olenko edelleen täällä!

Kun hissin ovea aletaan kangeta auki, näen avautuvasta raosta hissin juuttuneen kerrosten väliin toista metriä lattiasta. Istuudun hissin lattialle, siirrän jalkani reunan yli ja pudottaudun aukosta korjaajan ottaessa minua vastaan.

– Mitä tässä oikein tapahtui? ihmettelee pallon muotoinen, kaiketi siivooja, kun jo porhallan portaita alas. Tollo, puuskahdan, ja ryntään Vincentin kanssa ulos rakennuksesta.

Mikä minun on? Voiko klaustrofobia puhjeta yhtäkkiä, paniikkihäiriö? Nousen keittiön pöydästä ja päätän levätä hetken. Nappaan sisustuslehden mukaani eteisen pöydältä ja menen makuuhuoneeseen.

Laukaisiko hissiin jääminen turvattomuuden tunteen? Hississä olin kärsimätön ja vihainen, mutta ulos päästyäni epätoivoinen. Vincent käpertyy viereeni sängyllä.

Kärsinkö massiivisesta hylätyksi tulemisen pelosta? Pikkutytön pitäisi aikuistua, en ollut enää avuttomana hiekkalaatikossa, liikenteen huminassa.

Reaktioni oli käsittämätön. Ei minulla ollut mitään hätää, ajattelen ja paijaan koiran pehmeää otsaa. Tiesin sen koko ajan hississä. Miksi raivostuin? Miksi romahdin?

Ainakaan en sietänyt typeriä ihmisiä. Olinko ärsyyntynyt siksi, ettei kukaan osoittanut turvallista tilanteen hallintaa. Johtanut pelastusoperaatiota. Vaiko siksi, että odottamani vastaanotto peruuntui? Olisin kaivannut edes jonkinlaista läheisyyttä.

Missään ei ollut minkäänlaista turvaa. Minun olisi selvittävä yksin.

Makaan sängyllä ja selailen lehteä. Auringossa kylpeviä terasseja ruukkubanaaneineen, lepotuoleineen ja aurinkovarjoineen, hengästyttäviä näköaloja penthouse-asunnoista, tuulessa purjeiksi pullistuvien valkoisten verhojen takaa siintävää turkoosia aavaa, muratin syleilemiä rapattuja seiniä. Olen uuvuksissa. Katson aukeaman laajuista kuvaa merelle aukeavasta, oleantereiden, atsaleoiden ja erilaisten palmujen koristamasta puutarhasta, kun silmäni painuvat kiinni.

Onhan meillä Pariisi, ihan konkreettisesti oikeassa elämässä, ajattelen vaipuessani horrokseen, silmissäni riemastuneet kasvosi, herttainen Monsieur Hulot! Viet kätesi yhteen taakse, kallistut mäkihyppääjän asentoon ja alat harppoa edestakaisin päätä käännellen, ja räjähdän nauruun. Olet juuri saanut tietää saaneesi apurahan, jonka uskoin sinun saavan, jos vain hakisit sitä.

– En minä saa koskaan apurahoja tai tukia, olen astunut niin monen varpaille, olit vängännyt.

– Tämän saat, kun se perustellaan hyvin, olin sanonut ja printannut anomuslomakkeen netistä.

– Äläkä aina predestinoi. Pelot toteutuvat.

– Äläkä sinä käytä aina sanaa aina, sanot ja nauramme molemmat.

Hakisit apurahaa perehtyäksesi Jacques Tatin tuotantoon ja vaikutukseen elokuvataiteessa, määrittelin. Tekisitkö aiheesta kirjan, paljonko rahaa anotaan? Allekirjoitit anomuksen ja laitoin sen eteenpäin.

Olimme lapsellisen iloisia, kun tieto apurahan saamisesta juuri ennen joulua tuli. Minä voitin Sisustussuunnittelijoiden Killan jouluarpajaisissa ilmaisen lennon mihin tahansa Finnairin kohteeseen Euroopassa. Onni potki meitä ja otollisella hetkellä! Meillä oli projekti keväälle. Elokuvien ansiosta!

Halusit lähteä heti matkaan. Myöhemmin, järkeilin sinulle, Pariisin kevääseen huhtikuussa, ja pitäähän sinun ehtiä valmistautua, on kysymys työmatkasta. Saisit ehkä sysäyksen omiin elokuvahankkeisiin.

Sitä ennen katkaisisin - -, oikaisisimme kurssia, niin, veisin sinut valtamerien yli kauas pelipöydistä. Hätkähdän hereille ja on iltapäivä. Minun on nälkä.

47. Matkalla 2: Ja paholainen loi naisen

Huh, lasken arkin pöydälle, ja annan katseeni levätä palmun majesteettisessa ryhdissä, mintunvihreissä lehdissä ja keltaisissa kaulusröyhelöissä. Takana siintää safiiri taivas ja turkoosi meri kuin paksulla värillä vedetty viiva. Silmiä hiveleviä sävykontrasteja.

Peili vääristää kuvan. Siitä ei näe kuin itsensä.

Tai kuka nyt haluaa nähdä yhtään mitään! Ei ainakaan itseään. Todellisuutta.

Oman kuvan peilistä tuijottamisesta seuraa peli. Nappuloina tunteet.

Tarvitaan strategiaa. Mutta kun ei ymmärrä tilannetta? Kun vaara onkin lymynnyt yllättävässä suunnassa? Kun kuningas liikkuukin laudalla useamman ruudun yli, hevoset pillastuvat, tornit sortuvat, lähetit lyyhistyvät ja moukkia ei kaada mikään. Kun kuningatar ei osaa suojautua, ei tiedä miten suojella kuningasta ja valtakuntaa.

Miksi peilit ovat kieppuneet mielessäni? Tunnistin niin paljon itseäni sinussa. Ihmisissä on narsistisia piirteitä. Tunnistaako piirteet vain muissa?

Selaan puutarhamökissä kesällä tekemiäni muistiinpanoja. Lyhyitä hetkiä, pitkiä kohtauksia, hidastuskuvaa, syöksyjä tunnetiloihin. Ei ensimmäistäkään merkintää luovuttamisesta.

Entä jos olisin irrottautunut sinusta Amorgosin matkan jälkeen? Se raakojen tosiasioiden huuto! Aurinko kuumottaa kasvojani.

Miten muka! Olin saanut juuri tietää sairaudestani. Tarvitsin turvaa, sinäkin. Mietin silloin muuttaako alkoholi persoonallisuutta, turruttaako se - -, mutta minua viehätti viisto, tunteellinen luonteesi. Tosin *viisto* olisi vaatinut täsmennystä. Ja kyllähän se myöhemmin täsmentyikin. Luonteenpiirteitä voi tulkita väärin. Myös riippuvuuksia. Ja rakkauden voimaankin voi uskoa väärin.

Sinulle sanoin silloin, että meidän pitää sopia säännöistä, ja *kohtuudesta* – tai ottaa etäisyyttä. Juomakumppaniksesi en ryhtyisi. Lähetit tekstiviestin: *Älä jätä minua.* Ne kolme vaativaa, painavaa sanaa. Miten olisin voinut? Juomisesi oli kierrettä virrassa. Tarvitsimme aikaa rakennusurakkaamme, kuohut laantuisivat. Malttia. Todella halusin uskoa niin. Viestitin takaisin: *Älä sinä minua, yksin.*

Ihmisen mieli on sitkeää sipulia. Kuorit ja silmiä kirveltää, ja kuorit. Itketkö valtoimenasi, kun olet ytimessä. Uskotko vihdoin, että kun raja on ylitetty, kohtuus on mahdotonta. Itkusi on ollut turhaa.
Olitko avioliittomme aikana päivääkään selvin päin?

Ojentelen itseäni auringossa. Se paistaa täydeltä terältä, toisin kuin eilen, kun lähdin tihkusateessa minulle aamiaistarvikkeet myyneen arabimiehen, Alin, kanssa keskustaan ostamaan villapuseroa. Ali on pitkä ja hoikka, valpasilmeinen mies.
– Tarvitset lämmintä päälle, ja mikä sinulla on jalassa kun onnut, Ali oli huolehtinut ja istuttanut minut autoonsa.
Ostosten jälkeen tarjosin Alille oluen ja join *Irish coffeen*, kuuntelin Alin seitsemästä vuodesta Saksassa, avioerosta, joka tuli, kun vaimo puuttui hänen illanistujaisiinsa. Ali oli oppinut länsimaisille tavoille, hymyilen mielessäni. Nyt hän viihtyy kotimaassaan pientä ruokakauppaa pitäen.
Ali on niitä miehiä, joita löytyy huolehtimaan yksin matkalla olevista keski-ikäisistä, itseään vanhemmista naisista.
Pian hän tulisi hakemaan minua. Saisin ajatukseni irti edellisyön iljettävästä episodista. Lähtisimme markkinoille parinkymmenen kilometrin päähän kaupunkiin, joka, kuten Ali korosti, ei ollut turistikaupunki. Siellä oli halvempaa, hän tunsi paikat.
– Minun kanssani teet hyvät kaupat.
Ruskeavalkotäpläinen kissa hiipii nurmikolla, kottaraiset tirskuttavat ja mahtipontinen taatelipalmuni seisoo vartiossa lehtiään rennosti huo-

jutellen. Ajattelen eläimiäni. Onko Vincentillä ja Theolla koskaan ikävä minua? Minulla on. Ja sitten ajatukseni kiertyvät taas yölliseen iskuun.

Olen nukkumassa, kun kuulen unen läpi puhelimen ilmoittavan tekstiviestistä. *Piip-piip.* Katson viestin aamulla, ajattelen ja pidän pääni tyynyssä. *Piip-piip.* Ja taas *piip-piip.* Sytytän valon ja katson puhelimen näyttöä. Neljä uutta viestiä.

Avaan ensimmäisen viestin.

Kiitos ihanista valokuvista, sinä maailman kaunein ja älykkäin nainen.

Viesti on lähetetty minulle tuntemattomasta numerosta.

Toinen viesti tuntuu osin tutulta:

Sinua, sinua... Olit oikeassa!

Sekin on lähetetty samasta, oudosta numerosta.

Kolmas viesti on ytimekäs:

Hattara lähti!

Ja viimeisessä kysytään kohteliaasti: *Voiko soittaa?*

Olen heti mukana. Vie hetken näppäillä viisi merkkiä: *voi-h.*

Pian puhelin soi, ja henkäisen hiljaa, haloo.

– Menit lankaan! madallettu ääni ilkkuu. Kuulen karheaa naurunkiherrystä, ja linja napsahtaa kiinni.

Hyi hitto! Soittaja oli mustatukka, johon sivistyneinä hetkinä olin viitannut hattarana. Olihan se kohentanut ilmettään tupeeraamalla hiuksensa pilvimäiseksi pehkuksi. Ja sitten värjännyt ne punaisiksi.

Ei ollut vaikea päätellä, että soittaja oli tutustunut sinulle sähköpostissa lähettämiini viimeisiin yhteisiin kuviimme viimeiseltä matkaltamme – jonka piti katkaista talvi ja oikaista kurssi. Oli provosoitunut yön hiljaisina hetkinä. Tietämättäsi? Lähetin Brasilian kuvat sinulle pyynnöstäsi, ne viimeiset kuvat meistä yhdessä, rakkaani, viimeisen, kohtalokkaan kohtaamisemme jälkeen, hiljan ennen tälle matkalle lähtöäni. Ne olivat ihastuttavia kuvia.

Aamulla tarkistan, olinko todella saanut viestit. Siellä matalamielisyydet mollottivat. Lähetetty kaikki perätysten puoli kolme aamuyöstä Suomen aikaa. Tuskin selvin päin. Lepakon siivet eivät tuntuneet kantavan. Akku tarvitsi latausta – ja olin kelpo virranlähde.

Tallennan viestit ja lähetän ne Marille. Hän vastaa heti: *Sairasta. Sinun on suojeltava itseäsi. Älä anna niiden pilata mielenrauhaasi.*

En kai tosiaan enää, asioiden yli voi päästä. Mutta miksi, miksi maailmassa päästit mustatukan mellastamaan väliimme! Kitkerä maku leviää suuhuni.

Jos häirintä jatkuisi, viesteillä olisi käyttöä todisteena kiusaamisesta, joskin termi oli kotirauhan rikkominen. Sillähän olin uhannut, kun mustatukka oli tullut linjoille jatkuvasti viime kesästä lähtien yrittäessäni puhua raha-asioistamme, velastasi, asunnon myynnistä. Olihan oikeutta olemassa.

Katson turkoosiin horisonttiin. Kun suuret rakkaudet ovat kuolleet, ajattelen, ja surun aalto pyyhkäisee lävitseni. Kuolleet maailmassa. Eikö tosirakkaus toivu haavoista, kestä kaiken? Näen kahden naisen lähestyvän nurmikon poikki. Vaaralliset illuusiot, ajattelen, tällä matkalla olen karistaakseni ne – en oikaistakseni yhtään mutkaa. Suloiset siivoojattaret nostavat katseensa terassille kauniisti hymyillen. *Ça va, madame? Ça va! Il fait beau!*

Yritän vielä järkeillä. Vedätystä oli suunniteltu huolella, lopun vahingoniloista kliimaksia myöten. Haluttiin virittää oletettua toivoa, ja sitten läimäys poskelle. Oletusarvona siis, että haluaisin Armaanin takaisin. Tiesitkö sinä, mitä peliä mustatukka piti? Selkäsi takana? Oliko se tutkinut juuri viime yönä postiasi?

Kuinka se viitsi. Vieläkin, vaikka ympyrä oli sulkeutunut. Yhtäkkiä minusta tuntuu, että se tiesi minun olevan ulkomailla. Olin kai maininnut lähdöstäni sinulle.

Silti, jokin ei täsmännyt. En ymmärtänyt mustatukan vimmaa. Hänhän oli päässyt päämääräänsä.

48. Senso

Vihjaan, että haluaisin paeta pimeää.
– Paetaanko yhdessä?
– Olen jo nähnyt kaiken, sanot.
Minua kouraisee. Murhemielisyytesi ei hellittänyt.
– Unohdetaan kaikki, muu, siihen on mahdollisuus. Muistathan, kehrään korvaasi.
Kunpa tarttuisit ehdotukseeni, veisin sinut kauas pois, kauas. Olinhan keksinyt ennen joulua miten irrottaa sinut noitaympyrästäsi. Ja saada soviteltua – niin, kaikkea. Varaamani matka katkaisisi napanuorasi, niin, kytköksesi ties mihin, mistä en tiennyt. Saisin keskinäisen luottamuksen, ja itseluottamuksemme viriämään. Olisimme onnellisia.
– Elämällä on paljon annettavaa, usko pois, jatkan hiljaa ja mietin apeana, mihin olet kadottanut elämänhalun.
– Tässä pimeydessä ei näe eteensä, mieli romahtaa kasaan. Tarvitsemme voimaa ja iloa, sanon lempeästi.
– Tiedän jo kaiken.
– Et voi, kukaan meistä ei voi, sanon hellästi.

Lähdit kanssani Brasiliaan, halusit rakentaa suhdettamme tai et. Ehkä lähdit, kun minä maksoin ja pyysin kauniisti. Pyysin myös kohtuutta, ja nyökkäsit.
Muutamaa päivää ennen lähtöä sanoit, matka ratkaisee avioliittomme. Minua kylmäsi. Jaaha. Ei yksi matka mitään ratkaise, mutta se katkaisisi kaamoksen. Tarvittiin katkaisua! Kaikista riippuvuuksistasi. Ja kaksi viikkoa aurinkoa merkitsi monta energistä viikkoa paluun jälkeen.
Alku ei ehkä tiennyt hyvää. Vein eläimet Marille hoitoon ja viivyin myöhään. Lähdin matkalle naarmuja ohimossa, kun tultuani kotiin yritin lähestyä sinua ja huitaisit minua. Valvoin yön, järjestelin kotia,

sinä nukuit sohvalla. Neljältä aamulla kannoit matkatavaramme alas taksiin.

Oloni oli huojuva koneen tehdessä välilaskun Las Palmasiin. Kanariansaarten leudossa ilmassa, lentoaseman isolla ulkotasanteella tulet luokseni, tarjoat tupakan ja sanot, ei riidellä.

– Ei koko matkalla.

– Ei koko matkalla. Tehdään tästä hyvä matka, sanot ja poltamme savukkeet seisten tyyninä vierekkäin kuin päälliköt onnistuneen neuvottelun jälkeen.

Kun kone lähtee ylittämään Atlanttia, nykäisee liikkeelle ja kerää voimaa moottorien jylistessä korviahuumaavasti, kuin jarruttaen, otat minua kädestä käytävän yli. Puristat lujaa. Pelkäsit lentämistä, varsinkin nousuja, ja minä taas olin aina yhtä vaikuttunut kiihdytyksen voimistuvista kierroksista. Puristan kättäsi niin hellästi ja varmasti kuin osaan. Käsivartemme muodostavat käytävälle riippusillan.

Brasiliassa ryntäämme heti valkoiselle hiekalle avaruuden täyttävän valtameren rantaan.

– Sinä sait tämän aikaan, nostat kätesi ylös kuin nostaisit taivaan kantta, ja minä hyppään syliisi auliina marakattina.

– Sinä sen sait, sinä itse, henkäisen, ja otat minua kiinni vyötäisiltä.

– Sinua, sinua, hyräilen, kurkotan huuliasi. Me kaksin ja kaksi viikkoa valoa.

Kivutessamme rantapenkerettä upottavassa hiekassa meidät pysäyttää kolibri, taivaista kosketusetäisyydelle lennähtävä lintu, kukka ilmassa! Katsomme hievahtamatta ihmeellistä pientä voimanpesää, joka lentää paikallaan ja tervehtii meitä valtavalla sydämen sykkeellään, siivet lyöden kuin elokuvatrikillä mahdottomuuksiin nopeutettuna. Sitten se katoaa, haihtuu ilmaan. Lyhyt hetki kuin hyvä enne.

– Sen sydän lyö tuhat kertaa minuutissa, siivetkin räpyttävät tuhansilla, tiedät sanoa.

– Aikamoista suorittamista.

– Se lekuttaa.

– Ja miksi? Tätä turhanpäiväisen räpyttämisen määrää, minussa tulvahtaa.

– Joskus ne ovat muutaman tunnin päässä kuolemasta, voivat kuolla nukkuessaan, sanot, ja hämmennyn hiljaiseksi. Niin, ravinnotta. Kurkkuani kuivaa. Tunnen äkisti alakuloa ja käperryn sisimmässäni sykerölle.

Viimeiset hengenvedot. Kaiken kauniin saattaa jo silmissään nähdä olevan menehtymässä, muutaman hengenvedon päässä, kauhean tykyttämisen jälkeen kuolemassa, kuolevan. Turhan ja tarpeettomaksi arvioidun. Arvottoman.

Ylväs kolibrimme kotona, kuinka se oli kauniisti kukkinut. Kukkisi ehkä uudestaan, jos juuret eivät ole vahingoittuneet, jos pimeys ei vie voimia ja varsissa on tahtoa. Voisi kukkia uudestaan.

Meillähän avaimet olivat. Hetkiin, joissa kaikki on mahdollista.

Alkuun kiireetöntä, sitten pyrähdys jonnekin, suunnittelemme. Niin me sitten, jouten caipirinhoja maistellen uima-altaalla, ja iltapäivisin paratiisimaisessa rantaravintolassa, johon satuimme ensimmäisenä iltana ja jonka otimme omaksemme pitkiksi lounaiksi, vakiopöydässämme palmujen katveessa valkoisten tyrskyjen puhkomaa sineä vasten, avaruudessa, jossa taivas ja meri sulautuvat yhteen läpikuultavana, laajana laveerauksena, ja pilvien haituvat ovat vain haaleita valumisjälkiä, kaikkoavia savuvanoja. Niin me viivymme paahteessa, hamuten pehmeitä huulia, upottavaa suudelmaa, kun maailma on auki ja taivas on täysi, kuuma ja kylläinen. Niin me heittäydymme täysin joutilaiksi.

Siirrän aikaiset rantalenkit ja aamu-uinnit seuraavalle viikolle. Aamiaiselle menen, se jatkuu puolille päivin ja kuuluu matkan hintaan. Sinä et niille tule, mutta en enää odota yhteisiä aamiaisia. Olen jo unohtanut kaivata heräämisen helliä hetkiä, raukeita aamuja, kun unen lämpö viipyy vielä lakanoissa.

Ei enää vääriä odotuksia, ei aamujen ikävää. Mutta enää en kanna sinulle tarjottimella sänkyyn aamiaista kuten häämatkallamme tai isänpäivänä lohdutukseksi, kun Aleksia ei päästetty meille. Vaikka olen nöyrä palvelijasi, rakkaani. Tule edes aamukahville, tuoremehulle, jaksa nyt sen verran, olin maanitellut sinua liian monta kertaa matkoillamme. Emme me tulleet tänne pelkästään juopumaan.

– Lähdetäänkö safarille sademetsään! Näemme luontoa ja eläimiä. Krokotiilejä, ehdotan.

– En halua nähdä turisteja varten liejuun levitettyjä näyttelyesineitä, tyrmäät.

– Ei, ei. Riistoa kaikki, retkihinnoista lähtien, hymähdän.

– Mitä haluat tehdä? Lähdetäänkö omin päin viidakkoon? kysyn liaanit, mangrovet silmissäni.

Et innostu ehdotuksistani, kunnes mainitsen Recifen. Siellä voi shoppailla, ja ihmeekseni et vieroksu ajatusta. Lähdemme päiväretkelle, jolla opas selittää matkan varren hökkelikylät eksoottisena kuriositeettina. Slummit, köyhyys ja kurjuus vilahtavat maailmanjärjestyksen vakioina nopeasti ohi, nähtävyys on Recifen moderni mall.

Brasilian yhdessä suurimmista ostoskeskuksista on aikaa pari tuntia, ja etsit kuumeisesti nahkasaappaita. Et malta syödä, lounaslautanen jää koskemattomana eteesi. Sanot haluavasi laihtua.

– Juo edes vettä, huolehdin. Tavataan sisäänkäynnin luona.

Sinua ei näy, ja kun bussi ei enää odota, ilmaannut ja pyytelet anteeksi.

Et välitä esitellä saappaitasi, tunget kenkälaatikon bussissa jalkoihisi ja minä ojennan sinulle turkoosissa hehkuvan partavesipakkauksen. Olet vaisu, vetäytynyt upean, kuparinhohtoisen rusketuksen taakse kuoreesi. Näen, että kaipaat kotiin. Kutistun ja sydämeni räpyttää. Meillä on niin paljon, meillä on kaikkea. Meillä on kaikki. Kunpa vaalisit sitä. Kotiinpaluu on ovella.

Olisin ajatellut, että valmistaudut johonkin, ellet olisi ollut niin lohduton palatessani Porto de Galinhasista, jossa oli eri puolilla kanaveistoksia muistuttamassa ajoista, jolloin kylän satamaan salakuljetettiin kanahäkeissä orjia Afrikasta. Julman historian voi kääntää veikeäksi kuvastoksi. Kolusin kauppoja ja unohdin ajan. Soitin sinulle olevani myöhässä.

Seisoit odottamassa kuin loukkaantunut iso lapsi, hellyttävän hylättynä, kun puuskutin romutaksilla hotellin eteen jalkapallopaidat, höyhenkorut ja torkkupeitot kasseissa. Olit valittanut hotellin vastaanotossa kaipaavasi vaimoasi ja pelkääväsi hänelle tapahtuneen jotain.

Kun sitten istumme iltaa hotellin altaalla unohdin, mitä sinusta tiesin. Viereeni liehakoi huomionkipeä koira, ja haluan sen syliini. Protestoit, siitä saa trooppisia basilleja! Ja muistoksi arven kainalon alle, tiedän ja nyökkään sinulle. Pyydän tarjoilijalta peiton ja kiedon koiran vällyihin ja kannan sen parvekkeellemme. Olen laskemassa sitä yösijalleen, kun parvekkeen ovi kolahtaa takanani ja avain kääntyy lukossa.

Ymmärrän, taas kerran ja liian myöhään, minua oli rangaistu. Käyn pitkälleni koiran viereen ja katson sitä. Nyt olemme tässä yksin, koko maailmassa.

Parvekkeelta on päästävä. Sujautan itseni uima-allasalueen nurmikolle alakaiteen alta – samasta väylästä, josta olin päivällä ojentanut sinulle juomia. Allasbaari on pimeänä. Hotellin vastaanotto on kiinni. Emmin portailla, kun tulet vastaan.

– Päästätkö minut huoneeseemme? Haluan sänkyyn.

– Seurasin sinua, kun pudottauduit alas parvekkeelta.

– Ahaa. Miksi? Miksi teit tämän?

– Et totellut minua.

– Mitä?

– Siitä rakista voi saada minkä tahansa taudin. Tiedät, että minä tiedän!

– Anteeksi, mennään jo, nukkumaan.

Kurkistan parvekkeelle, ja näen myttääntyneen peiton. Koiraa siellä ei ole. Et koskaan kysy, miksi halusin sitä helliä.

Matkan piti ratkaista liittomme? Matkamme alussa sanoit kertovasi päätöksesi ennen paluutamme. Jotain rajaa sentään ylimmässä määräysvallassasi, ajattelin sapekkaasti, mutta en sanonut mitään.

Viimeisenä päivänä menemme rannalle piknikille. Olemme ostaneet *Alphaville*-nimisestä kioskista – ihmettelit nimeä – leipää, juustoa, tomaatteja ja viiniä. Meillä on iso pyyhe, jonka levitämme hiekan rajaan ruohotupsujen päälle. Auringon laskuun on aikaa, eikä rantatuoleja ole viety pois. Siirrän yhden tuoleista veden rajaan, istutan sinut sille ja otan sinusta komeita kuvia. Et tee elettä kuvataksesi minua, mutta pyydän mehumyyjää apuun. Minä sylissäsi hitaasti koboltinsiniseen sävyttyvää taivasta vasten, Atlantin vaahtopäiset tyrskyt iskemässä rantaan. Me sylikkäin, viimeisessä kuvassa suudellen.

Ne kuvat, joita sitten minulta myöhemmin pyysit, ja jotka sinulle lähetin. Ne muutamat kuvat, joissa hääkuvia lukuun ottamatta olemme yhdessä.

En kysynyt ratkaisuistasi, mutta siellä rannalla katsot minuun ja kysyt, rakastanko minä sinua.

– Kyllä. Rakastan sinua yli kaiken.

En kysy rakastatko sinä minua. Kun ei kysytä, ei tarvitse vastata. Eikä kuule jotain, mitä ei kestä kuulla.

– Miten sinun käy, jos eroamme?

– Putoan täydelliseen tyhjyyteen, sanon ja olemme hiljaa. Jatkan:

– Sinä olet kaikkeni.

Minä katson sinua, sinä mittaat katseellasi kaukaista, taivaan ja meren erottavaa himmeää viivaa.

– Hyvä matka, sanot palattuamme – lukuun ottamatta koiraepisodia.

– Niin, parasta matkustamisessa on kotiin paluu, sanon ja autan takkia päällesi.

Matkatavarat ovat eteisessä, on aamupäivä ja olet lähdössä pikaisesti Elokuva-arkistoon. Pistät uudet saappaasi jalkaan, kiedot joululahjaksi antamani punaisen silkkihuivin kaulaasi ja kampaat seksikkäästi ylipitkät, auringossa vaaleiksi haalistuneet hiuksesi. Vakuutat tulevasi takaisin ennen kuin Mari tuo eläimemme kotiin. Meillä on ollut ikävä niitä ja odotamme uteliaina jälleennäkemistä.

Mari tulee etuajassa ja jäät paitsi eläinten ensireaktioista. Ei Vincent enää kieppunut edessäsi, ja Theo nyt oli aina *cool*. Näin pettymyksen silmissäsi, ja minua kirpaisi, sillä olin korostanut ajoitusta Marille.

– Näytätte levänneiltä, hyviltä. Upeasti ruskettuneita, Mari sanoo sinun saapuessa kotiin ja loihtii kasvoilleen hymyn.

– Meillä oli hyvä loma, sanot ja katsot pistävästi Mariin.

Mari alkaa tehdä lähtöä ja kiittelee ylenpalttisista tuliaisistamme.

Aikaero painaa ohimoita ja menemme nukkumaan. Kannan Theon sänkyyn viereemme. Vincent hyppää varovasti minun puolelleni jalkopäähän. Heität jalkasi lanteeni yli ja katson uneen vaipuvia kasvojasi. Hyräilen hiljaa lauluamme, painan pääni kaulaasi. Hengitämme samaan tahtiin. On hyvä ja lämmin.

Kunnes puhelinlasku tuli, ja tajusin sinun soitelleen Suomeen muitakin puheluja kuin lapsillesi ja yhteisille ystävillemme. Ja pitikö todellakin käydä Elokuva-arkistossa.

Vaikka veisin sinut maailman ääriin, en taitaisi tarpeeksi kauas.

49. Vaarallisia valheita

Aamuyöstä tunnen sinut vierelläni. Paita päällä, peiton alla. Illalla väsähdit olohuoneen sohvalle täysissä pukeissa.

Avaan paidan napit ja autan paidan päältäsi. Letitämme jalat, viet käteni lämpimään. Sulkeudumme toisiimme, huuleni kaulassasi, käsivartesi selässäni. Hengitän rintakehässäsi. Hyrähtelemme. Theo hyppää jalkopäähän ja kurnaa. Olemme hyrisseet samoilla aalloilla.

Vaan olemmeko? Vai olemmeko ratkaisemattomassa asetelmassa? Pelissä, odottaen toisen siirtoa, miettien omaa. Lyijyä veressä, mutta niin kuumaa.

Sivelen ruskettunutta selkääsi, uinun kultaisessa kehässäsi, enkä tiedä juonen kulusta. En tiedä, että pimeässä rapussa portaita kolmanteen kerrokseen käyneet askeleet jatkavat sitkeästi kohteeseensa. Eivät ne ole pysähtyneet, niillä on varausta allaan. Salaa siinneet suunnitelmat ovat vallanneet tilaa kodissamme, mustat siivet ovat levittyneet lentoon.

Vielä en tiedä uusista siirroista pelilaudalla.

Ja niin kaksi toistensa perimmäisistä ajatuksista tietämätöntä voi rauhallisesti levätä toisissaan.

Muuttaako rakkaus muotoaan, mietin, voiko se heilahdella, muuttua taisteluksi, mykäksi ja mustavalkoiseksi. Rumaksi. Ei se ainakaan lopu hetken mielijohteesta.

Painan pääni rintaasi vasten ja näen meidän seisovan rinnakkain Uspenskin katedraalin oviaukossa taivaallisella laajakankaalla ja muistan kantavan ajatukseni: *Emme me ole toisillemme kaikkea sitä, mitä soisimme, mutta ilman rakkautta ei ole mitään.* Vain humiseva avaruus. Suuri tyhjyys, jossa mikään ei vastaa kiihkeään, pakottavaan tarpeeseen tulla rakastetuksi ja saada rakastaa. Ei meitä ole olemassa ilman rakkautta.

Mietin, miten sykkyrälle olin välillä käpertynyt. Kun et heti kertonut, kuka meillä aikoinaan Tallinnan matkani aikana kävi.

– Aino, lapsuuden ystäväni, sanot sitten, kun en enää kysy.

– Haluatko tutustua häneen? Hän on Suomessa.

Olinhan sitten tavannut hänet, hiljattain eronneen naisen Berliinistä, jonka onneksi Saksassa mies elättää vaimoa avioeron jälkeen. Aino oli elänyt perheenäitinä ja ammatissaan vanhentunut. Ainon entisen miehen uuden suhteen tullessa puheeksi sanoin, että uskollisuusasioissa olin ehdoton. Ehdin huomata Ainon ilmeen.

Kun sitten ihmettelin, miksi hänen käyntinsä kotonamme oli pitänyt alkuun salata, Aino vastasi, että sinä olit esitellyt asuntoamme ylpeänä, näyttänyt mansikkataulun ja valokuvaa minusta. Sanonut, että olet aina vain kauniiden naisten kanssa.

Pitikö sinun puolisosi aina olla hohdokkain, päätä kääntävin olento maan päällä? Kuinka kasasitkaan ulkonäköpaineita! Kuinka kiusaantunut olin ylistäessäsi ulkomuotoani ja ihmeissäni, kun puhuit Venlan yhtäläisyyksistä kuuluisiin kaunottariin. Sillä jo seuraavassa lauseessa mustamaalasit Ava Gardneria.

Mutta Aino ei ollut vastannut kysymykseeni.

Käännähdät vierelläni ja huokaat. Ehkä ennakoit minun olevan mustasukkainen, ajattelen. Sivelen parransänkistä poskeasi ja tajuan, Aino oli tiennyt! Tietenkin olit kertonut Ainolle mustatukasta. Sinä kerroit asioistasi kaikille – paitsi minulle. Aino oli varmaan tavannutkin mustatukan.

Jokin hiersi silti. Niin mieli sekoaa, pienestä ja turhasta. Mutta hento itu pyrki pintaan.

Kaivaudun lähemmäksi kiinni sinuun. Ihon läpi, jos voisin.

Tajusitko, mitä olet tehnyt? Kuinka pitkälle olet minua jo kuristanut? Vanginnut minut epäluulon tahmeisiin hämähäkinverkkoihin. Kunpa puolustaisit rakkauttamme. Käännähdän selälleni.

Et puolustautunut Venlaakaan vastaan. Venla oli ryhtynyt toimeen ja haki korotettuja elatusmaksuja – tai yksinhuoltajuutta. Hän oli palkannut juristin, kun et ollut suostunut korotuksiin. Kiristystä, kääntelehdin sängyllä. Olin jo aiemmin ehdottanut sinun ottavan juristin, mutta olit vitkutellut.

– Älä alistu mielivaltaisiin vaateisiin, jo oikeudentajun vuoksi. Sinun täytyy tehdä jotain.

– Miksi vaivautua? Mies häviää aina naisen vaateiden edessä, varsinkin kun lapsista on kysymys.

– Sinulla on oikeutesi, isänä ja ihmisenä. Elättäjänä. Turta asenteesi kismitti minua.

Minulla oli taistelutahtoa sinunkin edestä. Palkkasin sinulle juristin, ja asia käsiteltäisiin oikeustalolla lähiviikkoina.

Irrottaudun sinusta hellästi, herättämättä. Theo kellii autuaallisesti kerällä kopassaan. Vincent on seurannut minua pehmeästi keinahdellen keittiöön ja istahtaa tarkkailemaan toimiani pää kenossa ja vemmelsääret sirosti sivuttain.

– Kaikki hyvin. Perhe koossa, teitä ei jätetä koskaan, puhun Vincentille, joka kallistaa päätään osoittaakseen olevansa kuulolla.

Ruokin eläimet, laitan kahvin tippumaan ja käyn vetämässä postiluukusta päivän lehden. Sen kyljessä on sinulle osoitettu ruskea kirje. Lähettäjänä *Helsingin kihlakunnan poliisilaitos*. Tähän aikaan aamusta.

Avaan kuoren varovasti veitsellä. Sinua pyydetään tulemaan kuultavaksi todistajana tapauksessa, joka koskee lievää pahoinpitelyä, kunnianloukkausta ja näpistystä.

Mustatukan nostama rikossyyte! Liittyen avainjupakkaan. Sinun pitäisi todistaa vaimoasi vastaan.

Kaadan kuppiin kahvia, lisään maidon ja sytytän tupakan, avaan lehden ja tuijotan etusivun otsikoita näkemättä niitä. Minut on riuhtaistu äkisti upoksiin jääkylmään veteen.

Juon toisen kupillisen kahvia ja menen työhuoneeseen, otan kuulustelupyynnöstä kopion, työnnän alkuperäisen kuoreen ja sujautan sen sanomalehden sisään. Päätänkin asettaa sen lehden päälle. Menen takaisin sänkyyn ja käperryn sinuun kuin pentu emoa vasten.

Miten sinä suhtaudut tähän, mietin ja muistan poliisikammosi. Malttia. Ehkä tämä ei tule sinulle yllätyksenä. Päässäni pyörähtää kuvien sarja, joka pysähtyy sinuun istumassa keittiön pöydän ääressä palattuamme Brasiliasta.

– Haluan kuolla, sanot ja painat pääsi alas.

– Haluan kuolla. En jaksa tätä elämää.

Olet tiennyt rikossyytteestä. Olen siitä varma. Sinua tuntien, olet ehkä yrittänyt estääkin mustatukkaa nostamasta sitä. Tajuan nyt miksi oloni on ollut kotona niin – valju. Kaikki salattu, kertomatta jätetty myrkyttää hitaasti ilman. Vai kuvittelenko vain?

Sinä olet murehtinut itseksesi, ja muistan surulliset sanasi puhelimessa, pimeässä illassa ennen matkaamme. *"Minä rakastan sinua yhä. Joudun katuojaan, jos jätät minut."*

50. Boheemielämää

Miten saatoit päästää niljakkeen linnakkeeseemme! Antaa sen liidellä ovistamme, uhmata pyhintämme. Etkö tunnistanut vaaraa? Vai olitko jo päättänyt uhrata valtakuntasi ja kuningattaresi.

Miten saatoit altistaa jyhkeän jugendlinnamme vihollisen tulitukselle, pommeille ja terrorille! Miten voit sallia myrkyn levittämisen rakenteisiimme! Kotimme moukaroinnin - - murtamisen sisältä päin. Oliko se todellakin käsikirjoituksessasi!

Miten saatoit luettuasi poliisilta tulleen kirjeen tunkea sen laukkuusi, mennä takaisin nukkumaan ja kuitata kysymykseni, mitä tämä kaikki tarkoittaa?

– Ei kuulu sinulle.

– Nukun puolille päivin. Pidän loppuviikon vapaata, rästivapaita, sanot vielä ennen kuin vedät makuuhuoneen oven takanasi kiinni.

Nyt innolla pitkää viikonloppua suunnittelemaan.

Kiertelen asuntoa, pöyhäisen tyynyjä, oion torkkupeittoja. Kastelen kukat ja katson kuvia seinillä, naista luikertamassa miehen pään läpi, *Alphaville*-julistetta, mustasankaista Godardia, naisenkasvoista leopardia painamassa poskeaan miehen poskeen, maalaamiasi Garbon eteerisiä, hehkuvan luunvalkoisia kasvoja pienten mikkihiirinaamojen ympäröimänä, ja huomaan naamoista johtavat säikeet, jotka olet häivyttänyt valkeuteen. Kukaan ei pitele kiinni naruista. Naamioiden takana on pelkkää tyhjää. Äkkiä kaipaan mestariteostani, kansakoulun alaluokilla tekemääni liitupiirrosta leijonan päästä, jossa eläimen silmät loistavat elämäniloisina vinosti kaarella, ilme säteilee vilpittömyyttä ja valtavassa harjassa hehkuvat sateenkaaren värit. Se oli kellarissa, tämä piirustuskilpailun voittanut *Leijonanpää*.

Silmään olohuoneen kirjahyllyssä paikkaa, johon olen koonnut ahmittavimmat sinun kirjoistasi sekä uusista, joita kannoit kotiimme. Yksi *cool*-aiheinen kirja on poissa, huomaan. Uutuuskirjoja on takan vieressä sivupöydälläkin, niitä tunkee lattiasta. Kirjasivistystä.

Kotosalla, kupsutella. Lueskella yhdessä. Kauneimmat ajatukset haihtuvat tuuleen.

Emme me lue näitä kirjoja, katsomme niitä, ehkä selaamme, viemme divariin – kun tilaa ei ole rekvisiitalle. Olemme jo lukeneet niin paljon, olemme niin kirjallisesti sivistyneitä, että vaivaudumme tuskin.

Katson kaunista Afroditea, sen viereen valoon nostamaani kolibria. Kaikki tämä kaunis, hymähdän, elämää kauneuden suojassa. Joskaan kauneus ei suojannut, sehän koitui usein kuolemaksi.

Menen kastelukannun kanssa ruokasaliin ja kurkotan rönsyliljoihin. Katson ylösalaisin roikkuvaa pariskuntaa, jolla on mustavalkoinen shakkilauta kattonaan. Valtiaspari pelinpidon yläpuolella, vahva rakkaudessaan! nauran mielessäni.

Kyllästyttyäsi kaunosieluisiin tulkintoihini valaisimesta kerroit ykskantaan kietaisseesi nappulat rautalankaan ja iskeneesi ne Venlan kanssa käydyn riidan tuoksinassa shakkilautaan, johon humautit vielä haarukan. Tyttäresi oli keksinyt tehdä pelilaudasta valaisimen.

Laukkusi on lähtenyt mukanasi makuuhuoneeseen. Avaimesi ja puhelimesi ovat keittiön pöydällä.

Puhelimen näytössä vilkkuu viesti. Emmin vielä, kun olen jo avannut sen. Luen sen ja jäykistyn. Tuijotan viestiä salamaniskun saaneena.

Noiduttuna käyn läpi kaikki saapuneet ja lähetetyt viestit. Menen lokin kautta viime puheluihin. Käyn läpi ei-vastatut, vastatut ja soitetut. Olen muutaman hengenvedon päässä varmuudesta, päässäni humisee.

Palaan vilkkuneeseen viestiin: *Olen sinun.* Siitä samasta numerosta, johon näen sinun soittaneen, ja soitot, johon näen sinun vastanneen, samasta numerosta. Numerosta, pienellä paperin palasella, jonka olin löytänyt ikuisuus sitten, niin kuin nyt tuntuu, taksikuittiesi seasta taskustasi.

Sydämeni hakkaa, olen kuin transsissa julmetut hetket tutkiessani lokiasi. Syke kiihtyy, ja tuijotan puhelinta kuin pelilautaa, jolla on tehty tajuamattani siirtoja. Nappulat ovat käsittämättömissä asemissa ja pelitilanne äkisti muuttunut. Olet antanut pelin jatkua! Pelasitko omaa peliäsi – vai kuka pelasi, käy mielessäni. Kun puhelin soi, pelästyn niin, että se on lentää kädestäni, ja katkaisen hälytysäänen.

Mitä minä nyt teen! Metsä liikkuu! Missä vaunut, mikä reitti! Avaan puhelimen ja näppäilen tekstiviestin uudelleen esiin ja katson, milloin se on lähetetty. Aamulla kahdeksan jälkeen. Oliko ajankohtakin suunniteltu?

Lähden Vincentin kanssa ulos. Syöksyn portaat alas pyörryttävässä spiraalissa.

Skenaario on paljaana edessäni. Suupala sojottaa haarukassa. En voi enää ummistaa silmiäni.

Olet särkenyt sydämeni, rakkaani. Kyyneleet virtaavat poskilleni kävellessäni kadulla ja näen nääntyneet, ruskettuneet kasvoni mattokauppa Helman ikkunasta. Laahuksista eroon, niihin kompastuu. Päästävä piiloon ihmisiltä!

Olet särkenyt sydämeni, rikkonut kuin ruukun, pudottanut kylmästi maahan säpäleiksi.

Vai tapahtuiko särkyminen hitaammin, lommo sinne, särö tänne, halkeamia, kunnes paloja lohkeaa jo pikku töytäisystä?

Olen niin lyöty, että pakahdun. Minut on jätetty yksin, hylätty. Palaset loksahtavat paikoilleen – ja jo leviävät hajalleen kuin hapertunut mieleni. Olen vähempiarvoinen kuin kadun pikku kivi. Arvoton. Potkaistavissa syrjään, tunteetta. Pelkkä roska.

Ulisen itkua, silmäni turpoavat. Kaipaan niin valtavasti lohtua. Eihän tämä voi olla totta. Ei kaikki ole voinut särkyä. Ja kuitenkin on.

Vain sinä voisit minua lohduttaa, rakkaani. Vain sinä voit rauhoittaa sydämeni, hyräillä haavani umpeen, vain sinä pystyt kokoamaan palaset yhteen. Niin kuin kirjoitit postikorttiin, jonka lähetimme Mustikoille Amorgosin saarelta: *Jos ruukku on rikki, se korjataan. Lempi loven parantaa.*

Sillä sinun hymysi, sinun sylisi, minun maailmani. Mansikkapaikkani, aurinkoni, elämäni. Valoni ja voimani. Kotini.

Katson sumentunein silmin harmaata aavaa Engelin puiston portailta. Vincent istuu vieressäni kun pusken usvaista merta, heittelehdin aallokoissa kuin haaksirikkoutunut. En näe liekkiä hukkuneiden merimiesten muistomerkissä Eiranrannassa, eihän sitä ole. En kuule sanoja, joita olen janonnut. Tunnen vain viiman kasvoillani, armottoman puhurin korvissani.

Milloin tuuleni tyyntyvät, milloin pääsen satamaan?

Kun astun iltapäivän sakeasta valosta rappuun, kun nousen portaita kolmanteen kerrokseen, kun palaan kotiin, tiedän.

Seison makuuhuoneen ovella ja katson peiton alla kohoavaa selkääsi. Huoneistossa on hiljaista. Ääneni on sitäkin hiljaisempi kun sanon:

– Näin ei voi elää.

Liikahdat peiton alla.

– Olen tuuliajolla.

– Anna minun nukkua.

– Täytyy tehdä oikeita ratkaisuja. Täytyy olla rehti, sanon ja ajattelen, että aina on mahdollisuus. Ettet ole juonessa mukana.

Katson liikkumatonta hahmoasi, en näe kasvojasi. Viivyttelen sanoa, että ei ole kuin rakkaus. Anna sille mahdollisuus.

– Saanko nukkua rauhassa?

– Syvissä unissa, syvissä vesissä. Nouse jo, pitää herätä. Kummankin.

– Mitä minun pitää tehdä?

– Katkaista peli. Siivota roska, kerta kaikkiaan.

– Ja minä kun sanoin haluavani nukkua, pomppaat ylös sängystä.

– Nuku nuku nurmilintu. Kanarialintu on henkitoreissaan, ääneni alkaa kohota. Enkö ikinä saa sinuun kontaktia.

– Minähän lähden! Täällä ei saa koskaan nukkua rauhassa!

Suustani syöksee tulta.

Sujahdat vaatteisiisi, nappaat tavarasi keittiön pöydältä ja paukautat oven takanasi. Huoneistossa ei liikahda mikään.

En tiedä, mitä meille tapahtuu. En tiedä, olenko koskaan enää sylissäsi. En tiedä, pillastunko juuri silloin, kun sovinto saattaisi olla mahdollinen. En voi luottaa itseenikään.

Itsehän sinut ajoin pois. Tylsällä kielelläni, silmät leiskuen: *painu helvettiin, älä tule silmiini. Älä ikinä koske minuun!* Se on rakkauden kieltä, mutta teimme kielivirheitä. Kielitaito kateissa.

Käyn makuulle sinun puolellesi sänkyä, josta haen lämpöäsi. Painaudun peittoa vasten ja olen peloissani. Tuntuu kuin kieppuisin hitaasti pyörien loputtomassa kuilussa.

Pitäisi sinun tietää, miten loukattu mieli raivoaa, miten mustasukkaisuus vie järjen. Sinun pitäisi ymmärtää, *minäkin olen minä.* Rintaani pistää ja nieleskelen. Olen kaivon pohjalla, olen kaivo! Pohjaton kaivo, joka huutaa hyvitystä eikä täyty koskaan.

Tunnen kosketuksen, eläinten selät painautuvat vasten omaani. Sfinksini, ja kyyneleet kihoavat silmiini.

Sydämessäni värähtää illalla, kun ovi käy. Lasken kirjan kädestäni ja kuuntelen. Hellittelet Vincentiä. En teeskentele lukevani, kun tulet makuuhuoneeseen ja otat minut isoon syleilyyn. Olen sylissäsi kuin painiotteessa.

– En saa henkeä, mutisen. Pala nousee kurkkuuni, ja minua alkaa itkettää.

– Kuuletko mitä sanon?

– Kuka kutsuu?

– Olet särkenyt sydämeni ja menettänyt minut, mumisen pää syvällä takissasi.

– Kanarialinnulla on roska silmässä.

– Sen siivet ovat sijoiltaan. Olin menossa nukkumaan.

– Takaisin syvään uneen.

– Kuunteletko, ei näin voi elää.

– Minä elän!

– Viimeiset sanat. Ja kuoli.

Uskoitko, että tarkoitin mitä sanoin, kun riuhdoin itseni irti sylistäsi ja pakenin saunan lauteille itkien, etten voi enää koskaan luottaa sinuun, koskea sinuun? Likaiset kädet!

Ja kuulin, kuinka itkit sydäntä särkevästi olohuoneessa. Minä saunassa.

51. Lukitun oven salaisuus

Lankapuhelin soi, ja kiiruhdan ruokasaliin vastaamaan. Isä tai Venla, ei siihen juuri kukaan muu soittanut. Mieshenkilö esittäytyy, poliisi-laitokselta.

– Ei, hän ei ole kotona, valehtelen.

– Tiedän, se on vaikeaa, hän ei vastaa tai pitää puhelintaan kiinni. Voinko minä auttaa, kysyn.

Kuuntelen miehen selostusta ja henkäisen.

– Siis hän perui rikosilmoituksen eilen illalla puhelimitse? Ja syytettä ei voi sen jälkeen nostaa enää uudelleen.

Miesääni jatkaa, ja napakoidun.

– Eiköhän minulla olisi perusteita rikossyytteen nostamiseen. Ei vain ensimmäisenä tule mieleen mennä oikeuteen selvittelemään asioita. Yksityisasioita.

Kuuntelen ja ajattelen, että on parasta viheltää peli poikki.

– Niin että on parempi jättää asia puolin ja toisin.

Mies hoitaa työtään ja haluaa päästä vyyhdestä eroon. Ennen puhe-lun päättymistä kysyn:

– Entä jos muutan mieleni?

Käyn makuuhuoneen ovella kuulostelemassa. Televisio on auki. Avaan oven ja menen kylpyhuoneeseen. Nuoret, energiaa säteilevät kauniit ihmi-set tanssivat musiikkikanavalla. Loikoilet silmät kiinni sängyssä. Lauk-kusi on sängyn vieressä. Puhelimesi kaiketi suljettuna laukussasi.

Tietänet uusimman siirron pelilaudalla. Mutta et voi tietää minun tietävän.

Illalla olen yksin kotona enkä tiedä, käykö ovi, ja jos, niin milloin. Mie-leni tekee soittaa sinulle, mutta en tiedä, mitä sanoa. Pelkään sanoja.

Istun ruokapöydän ääressä, katson vastapäisen talon kirkkaana loistavaan huoneriviin ja etsin sieltä edes yhtä ihmistä. Aamuvarhaisesta iltamyöhään kolmannen kerroksen arkkitehtitoimisto sädehtii juhlavalaistuksessa, vaikkei siellä ei näy ristin sielua.

Sytytän mahtipontisen enkelikynttilän, katselen sydänlangan kuolinkouristuksia liekissä. Hetken näyttää, että se tukahtuu langan taipuessa syvälle alas, mutta sitten hiipuva lieska vetää henkeä, nostaa päänsä ja palaa vakaasti. Sydänlanka oli liian pitkä, ajattelen. Tuli poltti sen tarpeisiinsa sopivaksi.

Tuli voimistuu hitaasta puhalluksesta, sammuu voimakkaasta. Kunpa saisin liekin syttymään. Kunpa osaisin pitää yllä tasaista tulta.

Pistänkö takan roihuamaan, lekotan sen loisteessa? Panisinko saunan lämpiämään? Ei, lähetän sinulle tekstiviestin. Muotoilen pyyntöni nopeasti: *Sinulla on vaimo, joka odottaa, ja sauna, joka lämpiää. Tule kotiin.* Lähetän viestin matkaan. Kunpa vastaisit. Ikävääni.

Katselen enkelikynttilän vakaata tulta ja vajoan mietteisiini. Kerrotko minulle miten teit sen, miten sait mustatukan luopumaan syytteestä? Viitsinkö kysyä? Raha-asiat on otettava esille, niin paljon kuin molemmat sitä vältimme. Ihan eri syistä, tosin. En tiedä rahatilantestasi itse asiassa paljonkaan, mietin, ja katson avoimista pariovista hämärään olohuoneeseen, jota valaisee vain pöytävalaisin erkkerissä. Varjot korostavat Afroditen suloisia muotoja ja tekevät veistoksesta elävän näköisen.

Siirrän katseeni sohvanurkkaukseen. Kuvassa tärähtelee. Tajuntaan iskeytyy epäusko. Nousen varovasti kuin yliluonnollisen näyn edessä ja kävelen hitain askelin olohuoneeseen. Seinässä on ammottava aukko. Huutava, musta aukko muuten tauluja täynnä olevalla seinällä. Katson järkytyksen vallassa tyhjää paikkaa, jossa mielitauluni on roikkunut. *Palava nainen.*

Mitä tapahtumahorisontissa näkyy? En minä sinä iltana tehnyt tyhjälle taulun paikalle mitään. Tulet jäivät sytyttämättä, saunat lämmittämättä, valo sammui.

Jään istumaan ruokapöydän ääreen hämärään, katsomaan liekkiin, jonka voimasta talia valuu pisaroina enkelin poskille. Kasvot sulavat tunnistamattomiksi, mutta valo palaa tasaisesti. Jähmetyn hetkeen, jossa kaikki, yllättävätkin käänteet ovat mahdollisia.

Ajattelen, en puhu enää rakkaudesta.

– Vein sen kaniin, kuittaat taulun kohtalon, ja otan pingotetun taulupohjan ja öljyvärit esiin.

Taulun sivureunoille maalaan paksulla titaaninvalkoisella verhot, jotka vyötän punaisilla tupsunauhoilla. Taulu kuin tajunnan näyttämö, jonka keskelle hahmottelen kaksi toistaan kohti kurkottavaa kättä. *Järki ja Tunteet,* tekstaan käsien alle. Jospa ne kohtaisivat. Taustalle piirrän vinosti horisonttia kohti pieneneviä sypressimäisiä puita, joiden takana hohtaa keltaisena putoavien tähtien meri.

Kirjoitan taulun yläreunaan: *Tähdetkin sammuvat yössä.*

Tarkastelen vähillä väreillä hahmottelemaani kuvaa. Se on keskeneräinen ja näyttää siltä. Juuri niin. Tarkoituksellisesti torso. Aneeminen. Mutta käsien pehmeästi polveilevat muodot johtavat katseen toisiaan lähentyviin sormiin. Viestiini. Kultaiseen leikkaukseen sipaisen hennolla punalla tähden. Vien taulun olohuoneeseen ja ripustan sen mustaan aukkoon.

52. Naisen parhaat vuodet

– Ihanaa kun tulet, iloitsen ystävättären pyyhältäessä hymyilevänä sisään ja halatessa minua.

Olen kutsunut Marin syömään ja saunomaan. Sinä olet Jalavatiellä, isäsi on alkanut remontoida taloasi uusia vuokralaisia varten. Vincent nuuhkii kummitätinsä tuoksuja.

– Olen pyörällä päästäni, en luota järkeenikään, naurahdan ja tajuan, että minusta on ryöppyämässä puhetta kuin koskesta. En voi kuohua yli äyräiden heti kättelyssä! Vaikka tunnen patojen olevan murtumassa. Ja vaikka Mari tietääkin alakerran kytköksistäsi.

– Ei ole kohtuutonta toivoa osakseen rakkautta, ystävätär laukaisee yllättävästi.

– Niin, edes tahdikkuutta, sanon ohjatessani hänet ruokasaliin ja alkaessani avata hänen tuomaansa *Keltaista leskeä*. Täytän lasit.

– Tervetuloa!

– Kiitos kutsusta. Olen odottanut sitä, Mari sanoo, ja kilautamme maljoja.

– Armaani on yötä Jalavatiellä Aleksin kanssa, viettävät viikonloppua kolmessa sukupolvessa.

– Heikko karkaa uusiin lepotuoleihin, vahvan osa on kova. Hän jää yksin.

Kallistan kuplivaa hitaasti huulilleni. Kun vain teeskentelee olevansa vahva.

– Odottamaan, että se joka antaa vahvuuden, tulisi kotiin. Pitäisi huolta, Mari täydentää.

Mari on hämmästyttävän tarkkanäköinen. Olen jo unohtanut, mitä sanaton yhteisymmärrys on. Olen silti yhtäkkiä – peloissani.

En saa kuohua riesaksi asti, tolkutan itselleni. Täksi illaksi unohdan avioliittomme alistamispelit. Sodassa ei ole rakkautta, ja rakkautta ei saa sotimalla. Mikä on minun taisteluni? Sota sydäntä vastaan?

Vincent keinahtelee eteemme rispaantunut olkikoira suussaan, ja Mari keskittyy pelastamaan keinokuituista runkoa.

– Armaanin lahja. Lyhytkestoinen lelu, joutaa roskiin.

Mari tarttuu olkikoiraan, kiskaisee, ja Vincentin leukoihin jää revennyt pää.

– Vincentin ei tarvitse leikkiä halpojen lelujen kanssa, ystävätär sanoo, asettaa maskotin rippeet sivupöydälle, istuutuu ruokapöydän päähän, vakiopaikallesi, ja luo tyytyväisen katseen ympärilleen.

– Sinulla on aina tämä kulta. Kullanhohde. Lyömätön tyylitaju, ystävätär sanoo, hypistelee serviettiä ja nostaa samppanjalasin huulilleen. Niinpä, oiva lyömäase. Makuja on monia.

Mutta Marilla on makua, hän osaa pukeutua tyylikkäästi niin sporttinen kuin onkin. Hänellä on aina huippumuodikkaat jalkineet, veneillessäänkin. Hän on sydämellinen ja älykäs. Eikä pihtaa kehuja. Paras ystäväni.

Olen kattanut pöydän näyttäväksi, puitteiden mukaisesti: pöytäliina on samaa punaa kuin pompeijinpunaiset verhot suuren kaari-ikkunan molemmin puolin, laajassa kaaressa. Messinkiset kattauslautaset, kultaraitaiset lautaset, kultareunaiset kristallilasit, pöytähopea, viuhkaksi taitetut kullanväriset servietit renkaissa, joihin olen sujauttanut muratin varsia, messinkikynttelikössä ja kristallikruunussa kullankeltaiset kynttilät – upea näky. Keskellä pöytää uusvanhasti rapistunut matala, leveä pylväs, jonka päälle asettamastani syvänpunaisesta kiviruukusta muratin varret kaartuvat putouksena pöydälle. Olen odottanut ystävää hartaasti.

Hedelmävati ja häälahjaksi saamamme *wine cooler* ovat työnnettävällä tarjoilupöydällä ja peittävät avainyön haavat pöydän lasipinnassa.

– Puhumisesta on tullut vaikeaa. En luota enää sanoihin. Niiden voima on suuri, kun tunteiden ilmaisu on vaikeaa ja olennaisista asioista vaietaan, sanon tuodessani pöytään alkuruoan, kulhollisen sinisimpukoita ja lohkottua avokadoa, sivussa sitruunaa ja valkosipulia. Ciabatta ja hummus unohtuvat keittiötasolle.

– Se mikä on totta, on sitä sanomattakin. Mari irrottaa muratin renkaasta ja avaa servietin. Hän asettaa muratin kiviruukkuun muiden murattien joukkoon.

– Tunteet vievät hengen, hymähdän.

Silmät vaan kiinni ja hiukset hulmuamaan! ajattelen, meno hiipuu, kun ei ole, mikä hulmuaisi. Ja ajattelen kahta täyttä viinilasia terassin pöydällä kevään kimalluksessa, elämänjanoani ja – heiveröisyyttäni.

– Rakkaudessa ei saa huijata, ystävätär sanoo, avaa simpukan ja imee lihan suuhunsa.

– Minä uskoin, kun Armaani sanoi rakastavansa minua. Kun toinen uskaltaa ilmaista tunteitaan, sen ottaa todesta kuin pyhän sanan. Sanoilla oli varmaan mykkäelokuvien jälkeen samanlainen taikavoima. Mykän ja mustavalkoisen - -, sanon katseeni harhautuessa shakkilautavalaisimeen.

– Pelinpitoa, manipulointia, ei ihme, että olet pyörällä päästäsi. Sellainen on hyväksikäyttöä, Mari sanoo ja vetää vaaleita puolipitkiä hiuksiaan korvan taakse.

– Minä en uskalla kysyä Armaanilta, rakastaako hän minua. Siksikin, että hän haluaa mieluummin tietää, rakastanko häntä, sanon arasti.

Marilla menee jotain kurkkuun. Hän alkaa huhuilla Vincentiä, joka ei liikahda jaloistani.

– Sanoilla voi valaista taivaan, tai pimentää sen. Siinä sammuvat tähdetkin, sanon hiljaa ja hamuan Vincentin turkkia.

– Älä ole niin dramaattinen. Ehkä voi puhua tähdenlennosta. Niitä nyt mahtuu maailmaan, sattuvat aikansa. Mari juo vesilasista.

– Jälki, valkean savuvanan jälki taivaalla on tuskallisen pitkä, nostan ääntäni teatraalisesti ja ajattelen, että älä vain sano, että aika parantaa haavat.

– Tähdenlennon näkeminen toteuttaa toiveen. Eikä mikään savua ikuisesti, ystävätär hymyilee, ja ajattelen, että ei niin, mutta silloin kaikki on jo palanut poroksi.

– Eivät sanat kerro kaikkea, edes totuutta. Et kai kuvittele voivasi elää pelkästään niiden varassa. Ei kaikkeen edes löydy sanoja ja vähiten tarvittavalla hetkellä.

Kaadan coolerissa viilentynyttä Chablista laseihimme ja Mari tarttuu omaansa keskittyneesti.

– Ja sitten sanotaan päinvastaista, tai pitää tunnistaa intonaation sävyt, tai ei sanota mitään, sanon ja jatkan mielessäni: Jätetään sanomatta, sekin pitää osata lukea. Kun rajat eivät pidä. Kun ei tiedä enää, missä ne kulkevat! Onko niitä!

Hermostoni on herkillä, mielessäni kuohuu.

– Onko sinusta tullut arka? Oletko varma, ettet vähättele itseäsi. Hyvittelet Armaanin käytöstä omaa epävarmuuttasi. Ja palvelet.

– Minähän rakastan palvella rakastamaani miestä, huudahdan ja muistan sivupöydälle unohtuneen leivän levitteineen.

– Jos sille annetaan arvoa, sanon hakiessani ne pöytään.

– Elämä on joskus taiteilua trapetsilla. Häilyvässä rajatilassa, ystävätär sanoo mietteliäänä.

– Oli aika paksua Armaanilta kiitellä minua siitä, että olen saattanut hänet yhteen tämän, tämän liitelijän kanssa, sanon ja suuhuni leviää lyijyn maku. Olennon ajatteleminenkin puistattaa minua.

– Mitä sinä tarkoitat?

– Kun Armaani sanoi, että ilman minua hän ei olisi tavannut tätä Kankurinkadulla ullakkoasunnossa pienessä loukossa asuvaa, eh, siis jos en olisi halunnut muuttaa juuri tähän asuntoon ja - -, vedän henkeä, kaadan laseihin viiniä ja muistan syytöksesi: *sinä aiheutit tämän kaiken.*

– Ilman sinua, herrantuti sentään! Ja parempi sauma odotti alakerrassa, ystävätär siemaisee viiniä.

– Kun ollaan niin tavoiteltuja, sanon ja alan kerätä alkuruokalautasia pöydästä.

– Tajuatko, että on olemassa monen kerroksen väkeä.

– Olenko juuttunut kerrosten väliin? Muistan välähdyksenä sekasortoni jumiutuneessa hississä.

– Ehkä te ette ole samassa kerroksessa Armaanin kanssa.

– Haluan olla samassa kerroksessa.

– Sinä olet eri kerroksessa, ystävätär sanoo.

Sekö veisi pohjan rakkaudeltani.

– Ai jaa. Ihan erillisessä siivessä! Ja kerrosten väki ei kohtaa? Juuri tästä arvomaailmasta olen halunnut eroon. Ihmisyys on luokatonta. Ei minun tarvitse sinulle selittää humanismin perusteita. Meillä on akateeminen koulutus, sanon ja hieraisen ylähuultani.

– Ihmisestä löytyy paljon luokatonta. Koulutuksesta riippumatta. Joka luokassa, Mari sanoo.

Niin joo, luokattomuus, no se nyt oli pelkkää kuvitelmaa! Voi näitä harhojani. Kun ei ollut taivasta, ei helvettiä, oli vain kiirastuli, ihmisen oma jumalainen näytelmä. Roolittomat osajaolla, ohjaaja kateissa. Kauneimmat ajatukset höyheninä tuulessa, ihmisyys balsamissa ja tähdetön taivas, sammakot prinsseinä, filmitähdet kuninkaallisina. Roolihahmot etsimässä tekijäänsä. Nostan viiniä huulilleni, myllerryn kuohuissani. Illuusiot, suuret rakkaudet, peräti revontulet – lasiin kaadettua viiniä.

Niin, unelmilla on siivet, joilla ne lentävät pois – ja todellakin, saahan unelmat tyhjiin kuin lasiin kaadetun viinin. Juomalla.

– *Analfabeetit.*

Mari katsoo minuun kysyvästi.

– Kun mikään ei riitä, koska ollaan lukutaidottomia tunneasioissa. Kohtauksia eräästä avioliitosta, sanon tuodessani pöytään pääruoan, kanaa basmatiriisillä.

Tyhjennän Chabliksen laseihimme

– Nämä sinun sfäärisi! Analfat? Mitä kohtauksia, ja mikä ei riitä?

– Kun *kohtuus* ei riitä. Missään.

– Ei Armaani ole sinun arvoisesi, Mari pamauttaa, kun kanasta on enää rippeet jäljellä.

Kynitään näköjään loppuun. Ymmärrän, miksi sinä, rakkaani, et pitänyt ystävättärestäni. Ei noin saa sanoa, kenestäkään.

– Mitä se on, olla jonkin arvoinen?

Haen pullon *Chardonneytä* pöytään.

– Arvonsa ja kunniansa, kaikilla on se. Vaikka aina ei tunnu siltä, jatkan.

– Arvonsa, kyllä, mutta erilaiset arvot, ystävätär sanoo.

– Niin, normit. Erilainen kunniantunto, sanon ja kaadan viiniä laseihin. Sauna on kohta lämmennyt, ajattelen, illasta tulisi kuuma.

– Kyllä minä ihmettelin jo heti alussa, kuinka sinä niin höyrähdit Armaaniin. Hän oli ihan sekasorrossa.

– Ymmärrä nyt, hän kärsi avioerosta, ei siitä heti toivu. Hänelle keväät ovat erityisen masentavia.

– Keväät masentavia?

– Mitä te ajattelitte avioliitostamme? mieleeni pälkähtää ja pelkään vastausta.

– Halusimme parastasi. Sanoit, että et ole koskaan ollut kenenkään kanssa niin onnellinen. Ja sinä olit onnellinen. Kun sanoit, että elät Armaanin kanssa elämäsi loppuun asti ja ette eroa koskaan, olimme – häikäistyneitä, ystävätär sanoo.

Otan ison kulauksen viiniä. Ei se ollut vastaus.

– Sinulla oli Särestö, joka rakasti sinua. Rakastaa vieläkin, ja vaihdoit hänet - -.

– Ei, ei vertailla, keskeytän ja ihmettelen. Kyllä ystävätär tiesi.

– Minun ja Särestön välit ovat nyt selvät. Häneen voi luottaa. Hän lähetti viestin, runolliseen tyyliin, sanon ja ojennan kirjeen sivupöydältä Marille.

Taakka väliltämme on poistunut. Sanoja ei tarvita, tiedät rivieni välit, Mari lukee ääneen tarpeettoman painokkaasti, ja kiusaannun. Onko tässä nyt jotain?

– Mikä ihmeen taakka?

– Menneisyyden taakka. Laina! Särestö on maksanut takaamani velan, hymyilen tyytyväisenä.

– Tiesikö Armaani takauksestasi?

– Haluatko mennä saunaan? Syödään sitten jälkiruoka.

Mari istuu olohuoneen sohvalla jättikokoisessa kylpytakissasi ja näyttää kermaleivokselta. Olen sytyttänyt takkaan tulen ja tuonut pöytään vaniljajäätelöä, halvaa ja kirsikkahilloa, omenalohkoja ja Goudaa, viiniä ja olutta. Theo loikkaa sohvalle, ja Mari yrittää ottaa sen syliin. Kissa sihahtaa ja nytkäyttää häntää sivulta toiselle.

– Miksi Theo ei voi yhtään joustaa! Se ei suostu syliini, vaikka on ollut luonani hoidossa.

– Se on sen luonnossa.

– Teillä on paljon tauluja, tuokin uusi - -. Missä *Palava nainen* on?

– Sille ei löytynyt sopivaa paikkaa. Olihan se kömpelö. Ota lisää juustoa.

– Tuo hätkähdyttävä valo, kuin ilotulitus.

– Tähdet.

– Nuo sädehtivät tähdet horisontissa, nousemassa vai ovatko ne laskemassa, niiden kajo on valkeutta vasten kuin alkuvoimainen - -.

– Oletko koskaan nähnyt tähtiä horisontissa? Eivätkä tähdet laske tai nouse, sanon räjähdysherkkänä.

– Niin, tietenkin, tähdet elävät yössä, Mari naurahtaa.

Niitä voi vain ikävöidä aamuisin, ajattelen.

Keskitymme juustoon ja viiniin.

– Tämä kunniattomuus, kurkkuani kuivaa, ja yhtäkkiä kaipaan öitämme, toisiinsa kietoutuneita jäseniä.

– Tarvitaan kohtuullisuutta, elämän nautinnoissa, Mari vinkkaa silmää, nostaa lasia ja keihästää juustopalan ja omenalohkon tikulla.

– Siinä se paha sana mainitaan taas.

– No jos edes järkeä! Naurahdamme molemmat, mutta mielessäni alkaa jyllätä.

– En tiedä, onko Armaanilla kunniantuntoa, hän tuntuu voivan tehdä mitä vaan.

Alan vajota ajatuksiini. Mari työntää juustolautasta eteeni ja sanoo kärsimättömästi.

– Joillekin rakkaus voi ehkä olla luonnonvoima, joka tempaa mukaansa kuin oltaisiin syyntakeettomia. Mutta rakkaus on ennen kaikkea tahdon asia. Marinkin tunteet alkavat kuplia.

Näykin juustoa.

– Tarvitaan selkärankaa. Rehellisyyttä, anteeksiantoa, luottamusta.

Kunnioitusta. Seoksen pitävyys mitataan arjessa, julistaa ystävätär, joka on yleensä tehokkaan lakoninen.

Kukaan ei ollut haukkunut sinua niin kuin Mari Uspenskin jälkeen, mieleeni pälkähtää. Olin kertonut Marille, että olit tyhjentänyt omin päin hänen meille lahjaksi antamansa *Keltaisen lesken*. Se oli ollut liikaa.

– Arjessa, niinpä. Ero tuli sinullekin! Räjähdämme nauruun ja kilistämme laseja.

– Kunpa saisi sen arjen, huokaan napatessani Theon syliini ja suunnatessani saunaan.

Olen sinun, sanat sihisevät mielessäni kuin kiukaalle heittämäni vesi. Painan kuumottavan pääni alas. Älä jätä minua, kasvoni puhkeavat hikikarpaloihin, mutta enhän voi kerjätä mitään, mikä ei tule omasta halustasi. En ole pettänyt sinua, sanoit, ja tiesin mitä tarkoitit, mutta sekö mitätöisi yölentosi? Kaadan päähäni kylmää vettä. Ja miten korostit viattomuuttasi: kun mustatukkakin on alkanut ihmetellä. Heitän lisää vettä kiukaalle. Kun et petä!

Mitä helvetillistä edellisessä avioliitossasi on tapahtunut? Onko helvetti vain vaihtanut paikkaa? Oletko aina tarvinnut hätävaroja, leelioita, hupsuja rakkauden kipeitä, vaimosi rinnalle?

Teitkö jo tätä samaa edellisessä avioliitossasi? Teit! Ja nyt teet samaa meidän avioliitossamme.

Kietoudun kylpytakkiin ja ravistan hiuksiani, jotka vetäytyvät itsepäisesti kiharoille. Hoitojen loputtua hiukseni tummuivat enkä viihdy vieraassa värissä. On otettava taas raitoja.

Kollageenivoide kuumottaa iholla, kun menen jääkaapille. Olohuoneesta kantautuu *smile*, viulut virittyvät korkealle, *even though your heart is aching*, hempeä melodia virtaa tilaan, ja kaadan melkein lasin laskiessani sen hätäisesti pöydälle ja kiiruhtaessani sulkemaan soittimen.

– Painoin vain starttia, Mari pyytelee ihmeissään anteeksi ja laskee *coolin* käsitteestä kertovan kirjan käsistään.

– Se on Armaanin kirja. Aion lukea sen, sanon ja huomaan hääalbumimme vaihtaneen paikkaa. Olin koonnut valtavan määrän häävieraiden Uspenskista ottamia kuvia kansioon, jonka selaus vertautui seremonian kestoon.

– Sinun ottamasi kuvat erottuvat muista. Siinä portaiden alta siunaustilaisuuden jälkeen alaviistosta otetussa kuvassa on tavoitettu hetki, jossa on jotain enteilevää, paljastavaa. Jotain - -.

En ehdi sanoa, että jotain surullista, että kyllähän sen näki, kun Mari keskeyttää ajatukseni.

– Vincent kaipaa ulos! Me käymme nyt tarpeilla, ja sitten otan taksin kotiin.

Pienen tauon jälkeen hän lisää:

– Ajattelin jo silloin vuosi sitten, kun kerroit Vincentin karkaamisesta, että - -. Tai jos vielä yömyssyt. Nähdään kohta.

Keitän kahvin ja alan vaahdottaa kermaa *Irish coffeeta* varten ja muistelen, että en tietenkään ollut kertonut Marille sättimisistäsi, *juoksentelustasi edestakaisin Titaniciin*, vain koiran karkumatkan onnellisen lopun. Yhtäkkiä mieleeni tulee muutakin. Siitäkö asti, jo silloinko sinä – ajatukseni katkeaa, kun ystävätär tulee ulkoa nauravaisen Vincentin kanssa.

– Kun et ole saanut kodista valmista, niin kuin tiedän sinun osaavan. Kun kävin täällä kastelemassa kukkia matkanne aikana, näin keskeneräisyyden. Epäsuhdan, Mari sanoo, kun istumme taas olohuoneessa.

– Armaani purkaa ja järjestää tavaransa kun ehtii. Enää en palkkaa reiskoja.

– Miehellä pitää pysyä pora kädessä. Onnetonta, jos ei ole käden taitoja, Mari sanoo ja vinkkaa taas silmää.

Tämäkin. Tästä en puhuisi, vaikka et olisi pyytänytkään. Minä kunnioitan yksityisyyttä. Alan siivota astioita pöydästä.

– Ei ilman rakkautta voi elää. Ja elää sittenkin. Moni elää. Mutta rakkaus yksin ei kannattele. Luulin, että rakkauden varassa voisi, se riittäisi.

Pala nousee kurkkuuni ja käännyn paijaamaan lattialla pötköttävää Vincentiä.

Harhaahan rakkaus on, upotan sormeni koiran turkkiin, ihanaa harhaa, ja miten tuskallista illuusioista on luopua.

– Oli runsasta, Mari kiittelee eteisessä.

– Toivottavasti viihdyit, minulla on ollut niin ikävä.

– Sinä olet minun ystäväni.

– Ollaan aina ystäviä. Kiitos kun olet jaksanut tukea ja kuunnella minua. Halaamme, ja Vincent nousee ystävän jalkaa vasten. Avaan oven, mutta Mari viivyttelee.

– En ole halunnut sanoa, mutta kyllä tästä alakerran saumasta tiedetään.

– Mitä?

– Ne on nähty siellä sun täällä. Se mimmi roikkuu Armaanin kaulassa oikein mielellään. Itse näin ne Pressiklubilla ja *Rakkautta ja anarkiaa* -festareilla. En ole halunnut puhua tästä sinulle, kun tiedän, että se loukkaa sinua. Siltä puuttuu tyyli, kaikki sitä ihmettelevät. Vincent, pidä hyvää huolta mammasta! Mari sanoo, astuu ovesta, ja vereeni valuu lyijyä.

Sammutan valot olohuoneesta, tuli takassa on hiipunut. Menen ruokasaliin. Kaikki mistä en tiedä ja mistä en tiedä muiden tietävän. Tyhjennän viinipullon lasiin ja istun ruokapöytään. Pääni painuu alas ja kyyneleet alkavat virrata.

Me emme eroa koskaan. Sinä voit erota minusta. Minä en sinusta. Mene minne menet, ole missä olet. Minä en sinusta eroa. Minusta ei eroa.

Vincentin kynnet rapisevat parketilla, ja se painaa päänsä reidelleni. Emme me näe toistemme sisimpään, emme me saavuta toisiamme. Vincent nousee takajaloille, nostaa etutassut tuolin käsinojaa vasten ja kurkottaa kuonoaan kasvojani kohti. Nuppuseni, lohtuni, paijaan sen samettista päälakea.

Emme me tiedä toistemme tuskasta. Tajuammeko edes aiheuttaneemme. Emme me välitä. Pääni vajoaa kämmeniini.

Me lupasimme toisillemme rakkautta myötä- ja vastoinkäymisissä. Me vannoimme ikuisen valan, nyyhkäisen. Haluan katsoa kortit pelissä, jonka nimeä en tiedä.

Tyhjennän lasin, Vincent on asettunut viereeni kuin vahtiin. Katson kädet ohimoilla, silmät lainehtien kullanväristä, käytettyä serviettiä pöydällä. Kauneimminkin taitettu servietti hylätään huulten hentoisimman hipaisun jälkeen.

Poskeni kostuvat, mieltäni piiskaa jäämyrsky. Poltan itseni kuvaksi sydänverelläni. Tulikirjaimin. Ikoniksi tajuntaasi. Suitsutan suruni, sokean uskoni, suudelmani, hyväilyni, hätäni ja huutoni, palavan sisimpäni, sinulle. Sinä et saa minua pyyhittyä pois. En ole roska, en tahra, vaikka minut on tahrattu. Jätän kirvelevän haavan ihoosi. Poltan merkkini sinuun.

Rypistän kullanvärisen servietin palloksi kämmeneeni. Olet murtanut mieleni, rakkaani.

53. Matkalla 3 : Rannalla

Matkalla on ollut hyvä olla. Hotellin baarissa istuu iltaisin kiltti, rakennusurakoiden kuoppiin kompastellut suomalainen sähköinsinööri juomassa olutta ja nähdessään minut hän jo huitoo seuraansa. Juttuseuraa on myös opettaja- ja toimitusjohtajapariskunnasta, joka etsii toimintaa ja tekemistä lähestyvien eläkepäivien varalle. He etsivät alueelta taloa kakkosasunnoksi. Rouva on innostunut paikallisista käsitöistä ja esittelee minulle löytöjään: näitä pitäisi myydä ja markkinoida. Kun kävimme nelisin syömässä, miesinsinööri kertoi huvittuneena epäonnisista yrityksistään saada ostettua kengännauhat katkenneiden tilalle, ja me nauroimme ja lupasimme auttaa häntä.

Kaipaan pehmeää päälakea vierelleni. Täytyy soittaa Suomeen, ajattelen ja hörppään kahvia. Voi Vincent, ilman sinua en istuisi tässä terassilla, makaisin jossain muualla.

Täytyy soittaa myös isälle - ja Särestölle. Hän on jotenkin niin sitoutunut, järkähtämätön. Haluan kuulla hänen äänensä, kiittää häntä sairaalassa vierailuista, kukista, kuljetuksista, *Savoysta*, kaikesta huolenpidosta - kaikesta. Avusta, kun vihdoin olin pyytänyt. Kun avioliitto oli peruuttomasti ohi. Kuin hän olisi odottanut sitä, mieleeni pälkähtää.

Olisinpa saanut tukea ihmisiltä, jossittelen mielessäni. Olinko pyytänyt! Aleksin riepottelu, se syksyinen viikonloppu. Siinä järkytysten sarjassa, miten siitäkin olisi puhunut? Ainakaan niin sanotuille ystävättärille. Ja miten asiat oli selitetty Aleksille? Sitä en saisi koskaan tietää.

Ajattelen perjantaista iltapäivää, kun odotin sinua ja Aleksia kotiin. Lueskelen makuuhuoneen sängyllä. Olen ostanut spagettia ja jauhelihaa, voimme laittaa pojan mieliruokaa heti tultuanne. Tuletkin yllättäen sisään makuuhuoneen sisäänkäynnin kautta ja menet suoraan kylpyhuoneeseen. Käytyäsi suihkussa vedät silmieni edessä laukustasi uudet, uljaat alushousut, sujahdat niihin ja pukeudut.

Missä Aleksi on? Menet keittiöön, ja kuulen kolinaa. Alatko laittaa ruokaa? Samassa pyyhällät vierestäni ulos samaa tietä kuin tulit kädessäsi kassi, josta sojottaa viinipullo. Hyvää viikonloppua!

Pitkään luulin, että häipymiset ovat ilkeintä, mitä toiselle voi tehdä. Mutta kun katosit Aleksin kanssa, kummastuin - ja todella hätäännyin. Aloitin etsinnän soittamalla isällesi, joka ei tiedä asiasta.

– Semmoinen se on, ei ihan viisas, sanoinhan minä. Ei se täällä Jalavatiellä ehdi käydä, ei siitä ole apua, kyselee vaan puhelimessa remontin edistymisestä.

– Äitinsäkin kärsi mustasukkaisuudesta, isäsi naurahtaa ja lopetan puhelun.

Oliko isäsi humalassa, ajattelen typertyneenä. Märkien sukupolvien jatkumo. Soitan Benille, mutta numero ei vastaa. Soitan paperinpalalta tuttuun numeroon.

– Minen tiedä mistään! Tulin vasta kotiin, kuuluu pelokas vastaus. Korkealla stemmalla, joka vihloo korvaani.

– Sano Armaanille, että soittaa minulle heti!

Soitan Venlalle.

– Olen huolissani, kun Armaani ei tullut Aleksin kanssa tänään meille. Tiedätkö, missä Aleksi on?

– Tiedän.

– Tiedät! Missä?

– No siellä. Kun teille ei voinut tuoda.

– Mitä?

– Hullu! Ja Aleksi tulee huomenna kotiin.

Linja katkeaa niin että tärykalvoissa tärähtää.

Kuinka paljon pitää muistaa, että voi unohtaa? Katkera maku leviää suussani. Mullasta on seulottava rikka, ja kuitenkin, kuin kiertäisin hitaasti kavalaa kehää – omaa häntäänsä jahtaava koira. Ja ajatukseni alkavat takoa, takovat valheitasi. Kaksoiselämäsi ja salaiset suunnitelmasi, salasuhteesi, salajuominen – kaiken salaisen pyörittäminen ei avaa tarkoitusperiäsi. Olen kuin Sisyfos kivenlohkareen kimpussa, tuomittuna tuloksetta etsimään merkitystä käytöksellesi - -. Elämällemme. Mitä merkitystä tällaisella elämällä on! Mihin sinä pyrit? Mikä sinua ohjaa?

Mutta sinä tiedät, sinä osaat kertoa avioliittotarinamme! Osaat rakentaa naiskuvan näköiseksi, tämän romantiikannälkäisen, mustasukkaisen, niin, tämän tyhjäntoimittajan, joka rikkoo avioliiton huudolla, hylätyn mielen houreissa. Kun on ajanut miehensä toisen naisen syliin ihan omaa syytään. Hulluuttaan. Miehen rooli avioliitossa on vääjäämättä kestämätön. Kokonaiskuva on selkeä. *Sitä saa mitä tilaa.* Elämä jatkuu, ja alkaa uusi rakkaus.

Siirrän jalkani tuolille pinoamieni tyynyjen päältä lattialle ja haen uuden kupin kahvia. Käytä kohtauksiani, muokkaa mieleiseksesi, vaihda näkökulmaa. Mene kuvien taakse, tee oikein hidasta elokuvaa, terävöitä, zoomaa. Pistä hulluus paremmaksi. Tee oma kuvasi, omakuvasi, jos pystyt. Paikkaa aukot. Niin, todellakin, avaa ne, tärähdykset! *Ja kerro mitä minä olen sinulle.*

Tätä pakettia en kääri kultaan, pompeijinpunaisin samettinauhoin. Saat sen kirjeessä, tuntemattomalta naiselta.

Katselen vaaleaan taivaansineen sulautuvaa Välimerta. On hiljaista, majesteettinikin torkkuu. Kitkerä hyöky on hellittänyt, haluan sen huuhtoutuvan tyhjiin. Unelmieni myötä. En halua Venlaksi.

Palmu pollein, sinä et väisty, pysyt siinä senkin jälkeen kun minä poistun.

Täytyy alkaa lähteä, Ali odottaa.

Menen kylpyhuoneeseen, katson peiliin ja olen taputtelemassa peitevoidetta hiusrajan ruhjeeseen, kun äkkivälähdyksenä helmet heilahtelevat pulleina pisaroina korvissani, kasvoni loistavat ja silmissäni on syvä luonti, huuleni ruusunpunaa. *Yhden kerran elämässä tuliruusu aukee.* Hehku heteillänsä! Kesämekkoni leiskuu liekkinä, jaloissani punaiset korkokengät. Näen hymysi, sinut kullankehrässä ja tulen luoksesi niin kuin en enää koskaan. Sykin kauniina hetkessä, jossa kaikki on vielä mahdollista, ja seuraavassa hetkessä pääni iskeytyy kovaa vasten, on korventavan kuumaa ja tähdet putoavat mustaan.

Painan kädet silmilleni, näihin kylmiin, julmiin kuviin en halua eksyä. En halua muistaa *hamartiaani,* kohtalokasta loppukohtausta. Nojaan pesualtaaseen ja hengitän syvään. Olin jo unohtanut kultaiset helmikorvakorut, sen petollisen hetken, jolloin käytin niitä viimeisen kerran ennen kuin ne pirstoutuivat asfalttiin tai irtosivat, kun lukko ei pitänyt.

Ei, surunauhat hileeksi. Kuvat haalistuvat, kunnes unohtuvat. En ole enää parantumaton haihattelija, joka irtoaa raiteilta, lehahtaa lentoon kun saa siivilleen kantovoiman, todellisen, järjelliseksi uskomansa ihmisen rakkauden. Illuusion. Tai niin kuin se kädestälukija, viivankatsoja, sanoi, olet ääritapaus, järki ja tunne täysin vastakkaisissa asemissa zodiakissa! Ristiriidassa siis - -. Ei enää! Nyt täytyy elää hetkessä.

Pukeudun valkoisiin capreihin, beigeen silkkitoppiin ja mahonginruskeaan paitapuseroon. Katson taas peiliin. Harjaan vaaleat hiukseni molemmin puolin rohkeasti taakse, asetan aurinkolasit päälaelle. Hiukseni ovat nykyään runsaat, vahvat ja kiiltävät, kuin leijonanharja. Hiven aurinkopuuteria kasvoille, sipaus poskipunaa ja huulipunaa, suihkaus *Chanelia* korvien taakse. Beige-ruskearaitainen kapea huivi kaulalle. Heitän laukkuun kolmiyhteyteni ja sovitan jalkaani matalakorkoiset ruskeat sandaalit.

Tällä retkellä en sorru entiseen mielipuuhaani, tavaraan. Katselisin vain, niin koukussa kauniisiin esineisiin kuin olen aina ollut. Mitäpä en olisi raahannut eri puolilta maailmaa.

Mutta maailmanmatkailu oli tuonut minulle elannon. Kiinasta rahdatut kaapit, sängyt, pöydät, vesivärityöt, käsinuket ja hurmaavimmat arkiesineet olivat löytäneet arvoonsa sopivat puitteet asiakkaiden ja ystävienkin kodeissa, toimitiloissa, kakkoskodeissa, huviloilla. Ja Istanbulista kamelinnahkaiset upeat matot ja lampaannahkaiset peitot, ne olivat olleet menestys. Olin voinut jättää opetustyön, jossa kurinpito oli vienyt voimani. Kunnes taisin väsyä. Tavaramereen. Ihminen tarvitsee lopulta niin vähän.

No, ehkä voisin hemmotella itseäni, jos joku pieni löytö sattuisi silmään. Siemaisen kahvimukin tyhjäksi. Avaimet, rahat, puhelin, hoen mantraani tarkistaessani varmuudeksi käsilaukun sisällön. Avaimista on tainnut tulla minulle pakkomielle.

Alin tummat nappisilmät vilkkuvat ja kasvot venyvät leveään hymyyn, kun astahdan pienen kaupan oviaukkoon.

– Ça va! Lähdetäänkö, hymyilen ja annan Alille poskisuukot.

On vaivatonta olla viehättävä, kun ei ole yhtään hullaantunut. Ja mitään ei ole pelissä.

54. Naisen kosto

– Teidän erossanne ei ole mitään järkeä!

Olen asettelemassa Apollosta huutamaani taitettavaa pelipöytää eteisaulaan, kun puhelin soi. Annan sen soida ja tarkastelen pöydän viereen asettamaani isoa, pyöreää ruukkua. Se on ikivanha jordanialainen saviruukku, yksi kalleimmista hankinnoistani. Sen suuaukossa ojentelee nyt kaunislehtinen nukkumatti. Pöydän aion somistaa kristallilla ja kynttilöillä, ne kertautuvat seinän peililiukuovista. Eteinen, kodin käyntikortti.

Ohut valo on alkanut palaa ajatuksissani, ja olen pakottanut itseni ottamaan yhteyttä ammattipiireihin. Ainakin saisin tavaraa kiertoon. Voisin laajentaa verkostojani, pitää tupaantuliaiset. Pieniä askelia, hapuillessani uusia.

Kun vihdoin vastaan puhelimeen, sylkäisen kuin myrkyn suustani sen, mikä mielen pohjalla kytee.

– Olemme eroamassa.

– Ei, siinä ei ole mitään järkeä, myötäilen.

Samaa olin hokenut sinulle. Tässä ei ole mitään järkeä.

– Minä kun soitin kutsuakseni teidät juhliimme, ystävätär huokaisee kauhistuneena.

No nyt ei tarvitse.

– Juurihan te menitte naimisiin!

– Aivan.

– Pettikö hän sinua?

– Tuotti pettymyksen, väistän.

Tai petin itseäni, tämä on alentavaa. Niin moni asia on pettänyt, huitaisen rätillä pelipöydän vihreää veraa. Petyit kai sinäkin. Juorut rönsyävät. Tämä ihminen ei kuulunut tiedon sisäpiiriin. Ja oli sinuun lääpällään.

– Mitä on tapahtunut?

Mietin. Mitä on tapahtunut?

– Arm- miehesi on - -, olette unelmapari. Onko jotain erityistä sattunut?

– Luulenpa, että ongelma juontaa avaimista, sanon hitaasti.

– Avaimista?

– Joutuivat vääriin käsiin.

– No onpa. Eivät kuitenkaan ole hukassa! Mistä lähtien teillä on mennyt huonosti?

– Tilanne on vähän tulikivenkatkuinen. Paljon selvitettävää.

– Emme me nyt kuitenkaan ole eronneet, napautan terävästi.

– Eihän viisikymppisinä erota! Minä en ainakaan jaksaisi enää aloittaa kaikkea alusta!

– En minäkään.

Kätke onnesi ja pidä siitä kiinni, ajattelen ja lopetan puhelun.

Niinhän sanoit. Erotaan! Siitä vaan ennen ennakkonäytökseen lähtöä henkäisit sanan, joka jäi särisemään ruokailutilaan tuhansin siiveniskuin: *Erotaan. Tämä homma ei toimi.* Homma!

Turha rakastamista on vatvoa, jos ei toimi.

Miksi kuitenkin sitä vatvon, aamusta iltaan, unessakin se tykyttää.

Rikotun voi korjata. Todellakin, minä olin se, joka heilui erikeeperin kanssa liimaamassa, painamassa palasia yhteen, hiomassa, kittaamassa, maalaamassa. Sinua se jopa huvitti.

Minä jynssäsin tahroja seinistä ja ovista, kun heittelit minua raaoilla kananmunilla ja tomaateilla.

Minä kai olin heittelyn aloittanut, sinkoamani tomaatti ohitti ohimosi täpärästi ja osui ruokasalin seinään. Osittain pompeijinpunaiseen verhoon, ehdin surra, kun jouduin äkisti väistämään kokonaista tomaattisaattuetta. Olit välittömästi hengessä mukana, hieroit tomaatteja päähäni ja kun tomaatit loppuivat, oli kananmunien vuoro. Taistelu luonnontuotteilla käytiin hiljaisuuden vallitessa. Osumiin keskittyminen ei jättänyt sijaa muulle kommunikoinnille.

Sinä sait tuskin tahraakaan. Minä hiukset tahmeina tikkuina, kasvot valuvilla keltuaisnoroilla, toppi löysästä valkuaisesta, tomaatin lihasta kokkareisena liimana ihossa, kroppani kuin valahtanut Elm Streetin raato. Ylimitoitettu voitto. Istuin orgaanisena osana roiskemaalaustasi, oven pamahdus korvissani.

Heittäydyn olohuoneen sohvalle. Theo hyppää pääni yläpuolelle selkänojalle, Vincent asettuu liikuttavasti huokaisten lattialle käteni ulottuville, painaa pään tassujen väliin. Suljen silmäni. Pääni on likaviemäri, jonka roska on tukkinut. Viime päivien tilanteet kieppuvat mielessäni.
– Kun sinä et edes hae työttömyysrahaa, vihoittelet.
– Ovatko ne parempia, jotka sitä hakevat? Elävät yhteiskunnan varassa. Minulla on varaa hengähtää. Enkö saa ottaa tätä aikaa?
– Sinä olet tyhmä.
– Miksen saa olla niin kuin haluan, irti kaikesta tai kiinni työssä, sitten kun haluan. Ei se ole sinulta pois, sanon.
Vaikka olisi varaa ja olisi raatanut, ettei tarvinnut raataa. Jos oli halunnut muuta kuin uraputkea, väsynyt työpaikkapeleihin, turhautunut yksin yrittämiseen. Kuka määrää ihmisen mallin? Mitta oli menestyksessä, asemassa. Arvomaailma tuntui tutulta. Ja sinulle oli vain yksi naisrooli. Olit nyreissäsi kotirouvan päivistäni.
Ei saa väsyä, kierähtää sivuun vapaaehtoisesti. En yltänyt mittoihisi. Haron Vincentin otsaa, sen pieni kallo suloisen turkin peitossa. Tuliko sinulle koskaan mieleen, etten jaksanut ryhtyä työhön. Että halusin jotain – etsin jotain.

– Entä sinä, rakkaani, mitä sinä itse haluat? Elämältä, tulevaisuudelta – meiltä?
Ei sinulla ollut käsikirjoitusta, ei juonta mielessäsi. Vai oliko?
– Entä unelmasi? Se on toteutettavissa, jos vain haluat, sanon ja yritän tavoittaa katsettasi.
– Elokuvaa on verrattu puutarhaan, jossa tähtiä kukkii enemmän kuin taivaalla. Sinulla on luovuutta, ja kaikki mahdollisuudet. Ja tu-

246

keni. Voimme tehdä jotain hauskaa. Luoda jotain yhdessä. Jotain merkityksellistä.

Et sano mitään, niin hautautui *Valkokankaan viettelevimmät ateriat* – kirjaideakin. Joku toinenhan sen vinhaan sitten toteutti, sitä ihmettelin.

– Meillä on vaihtoehtoja. Ota virkavapaata, muutetaan pienempään asuntoon, ulkomaille, ei rahaa tarvitse seinissä seisottaa. Tehdään jotain – parempaa. Tehdään jotain elämällämme.

Olet hiljaa, ja elämä on umpikuja, jossa sydän tykyttää tuhansilla ja siivet takovat, teloutuvat mahdottomassa räpyttelyssä, hukatussa merkityksessä. Elämän sietämätön tyhjänpäiväisyys. Rakkaudestani ei ollut mihinkään. Ulospääsyä ei ollut, todellisuutta ei saanut siivottua, ei aloitettua innolla mitään.

Mihin katosivat hetket, joina kaikki on mahdollista?

Aleksin tekemä piirros osuu silmiini pöydällä ja muistan, kuinka poika oli puhjennut itkuun pujotellessamme lasihelmiä lankoihin kaulakoruiksi. Hän halusi viedä ne kaikki kotiin äidilleen.

Aleksia oli heitelty kuin parranajovälineitäsi, kanneltu kassissa kuin runokirjaa. Pieni ihminen evakossa aikuisten sodankäynnissä, jossa ampumahautojen asema vaihtuu ja yhtäkkiä pojan koti on froteepyyhkeen kokoinen yksiö, jossa hän nukkuu postimerkin kokoisella alustalla, syökin lattialta, niin kuin Aleksi minulle kertoi. Kun olit vienyt hänet mustatukan yksiöön.

Kronologia karkaa, en edes muista milloin Aleksi on meillä viimeksi käynyt. Ehkä Venla ei päästä poikaa enää meille. Ja minulle tulee ikävä pientä, tomeraa poikaa selkäreppuineen. Seisomassa eteisessä, niin täynnä elämää. Minua kirpaisee. Venla tykityksineen, oikeusjutunkin sai aikaan. Ja tajuan, että Venla on jäänyt taka-alalle – sitä mukaa kuin mustatukka on vallannut alaa.

Mietin sanojasi, kun tulit eilen kotiin niin touhukkaana. Seurasi toinen otto kohtauksesta *rahalliset kysymykset*. Minä olen aarteeni, maksullisen elokuvakanavan, ääressä. Katson lumoutuneena *film noir*- helmeä,

Nainen ilman omaatuntoa -elokuvaa, olen hehkuen Barbara Stanwyckin pahuuden pauloissa, tunnepelissä vakuutuspetoksineen, kun istuudut minua vastapäätä divaanille.

– Alatko koskaan tehdä työtä? tuijotat minua, ja haistan sammaleisen tuoksun.

– Alan varmasti, vastaan. Työ, tuo minun mittani.

– Milloin?

– Silloin, kun tiedän, mitä tehdä, sanon, ja samassa tunnen, että en edes halua. Tarvitsin lisäaikaa.

Haluan vaihtaa aihetta.

– Taas hieno elokuvaklassikko, samoin kuin *Mitä tapahtuikaan Baby Janelle?*

– Onhan niitä monia muitakin, *Auringonlaskun katu, Tuhansien silmien edessä, Tuhlattuja päiviä.* Haluaisin katsoa tämän elokuvan loppuun.

– Nautinnollista, salonkikelpoista helvettiä, sanot palatessasi keittiöstä oluttölkin kanssa divaanille.

– Ihminen paljaana. Voi vain kuvitella, millaisessa tunteiden ristipaineissa henkilöt elävät. Nämä epäilyttäviin naissuhteisiin sotkeentuneet, mitä heidän päässään liikkuu? Vedän henkeä ja katson sinuun.

– Näiden pettäjien, juonittelijoiden? Eivät he voi olla täysin tunteettomia, vaikka sellaisina heidät esitetään. Syöksyykö juoni mustissa elokuvissa aina kuin juna eteenpäin – ja tunteet ovat vain välähdyksiä?

– Katsot tunnehuumetta ja unohdat unohdetut. *Los Olvidados*, sanot ja otat kulauksen tölkistä.

– Bunuél, mon amour. Halkaise silmämunani.

– Todellisuuskäsitys, onko hakusessa?

– Onko sinuun sattunut, elämä osunut! Sinä ja olkikoirasi. Hallitsetko sinä todellisuutta? Elämääsi? Taide parhaimmillaan voi auttaa siinä. Kuvilla voi muuttaa maailmaa. Sinä voisit. Miksi aina pitää kiinni siitä mitä on, tottumuksistaan, saavutetuista eduista. Ei kaiken tarvitse pysyä ennallaan.

– Tulee taas saarnaa. Idealismi on ansa, joka kätkee ihmisluonnon. Olisi pitänyt käyttää kondomeja.

– Mikä sinulla on?

– Elämässä voi rakastua ja luoda hetken, voi tappaa ja kuolla. Ilmeesi on tyynen rauhallinen.

– Onko tämä jokin manifesti? Dadaa!

– Tai sitten voi vaan odotella. Hymyilet minulle.

– Jotain tapahtuvaksi. Että elämä muuttuisi. Kuoleman odotushuoneessa.

– Elää valheessa, lisään ja ääneni laskee mureaan alttoon. Kun ei voi muuta, ajattelen.

– Älä pidä minua tyhmänä, tiedän Godot´in. Kaivat mustasta olkalaukustasi uuden oluttölkin.

– Unohdat, että uskon rakkauteen. Olen parantumaton romantikko.

– Sinulla on varaa siihen.

– Ei loputtomiin. Yhdessä olisi.

Mutta toistaiseksi on, ajattelen, jos sijoitukseni kantavat – ja tietenkin, jos olet rinnallani. Et todellakaan näe mahdollisuuksiamme yhdessä. Et taloudellista vapauttamme, kun asuminen olisi järjestetty – vaikkapa Jalavatielle.

– Ei rahoja tarvitse sitoa seiniin. Voisimme rakentaa elämämme uusiksi, väännän taas sinulle rautalangasta.

Jos et olisi kangistunut tärkeään rooliisi, ajattelen, – ja jos tuulettaisit ajatuksiasi.

– Milloin alat tehdä töitä?

– Hetkinen, tartun puhelimeen ja valitsen nimiluettelosta tutun numeron.

Puhelu ei kestä monta minuuttia, lunastus on nopeaa.

– Vastaan menoista seuraavat kolme kuukautta. Kestätkö nyt todellisuutta paremmin? Ja lopettaisitko syyllistämiseni? Ongelma on muualla. Katsoisin elokuvan nyt loppuun.

Imaiset tupakasta niin että sen pää hehkuu kuin soihtu, kaadat suuhusi oluttölkin sisällön ja lähdet divaanilta. Kuvaruutuun ilmestyy isoin kirjaimin *The End* ja valahdan heikoksi.

Olen alkanut pelätä todellisuutta, ihmisiä – ja itseäni. En halua luhistua omaan mahdottomuuteeni. Enkä voi pakoilla loputtomiin.

Tuijotan olohuoneen katon kristallikruunua. Suunnittelimme maalaavamme ruusukkeen ympärille kattofreskon Sikstuksen kappelin tapaan ja sinä pohdit, kuinka kauan jaksaisi seistä tikkailla pää takakenossa. Ja näen sinitaivaan, jota vasten luojan käsi luo ihmisen.

Rintaani painaa, ja hypähdän sohvalta. On päästävä Vincentin kanssa ulos. Menen meren rantaan, tarkistan taas hukkuneiden liekin, palaisiko? Ovatko ikuiset liekit vain yön aikaa?

Käytöksessäsi on jotain uutta häiritsevää. Vai olenko vain vainoharhainen? Ei, yhtäkkiä olen varma, että salaat taas jotain. Kiidän portaita alas vetäen hansikkaita käsiin koira hihnassa. Pääni on kuin mehiläispesä, jossa ei hunajaa synny.

Mitä taivaan nimissä selkäni takana tapahtuu? ajattelen avatessani rapun ovea. Jos olisimme saaneet olla rauhassa – jos et olisi levitellyt asioitamme, tukeutunut ulkopuolisiin ihmisiin, jos olisit vaivautunut lukemaan hellät tekstiviestini – *jos.*

Astun Vincentin kanssa kadulle ja lähden ylittämään katua.

– Etkös sinä ole sen kriitikon muija? Me ollaan sun puolella, kuulen raavaan äänen *Titanicin* suunnasta. Alakerrassa taisi kihistä, väki oli jakautunut leireihin. Nopeutan askeleitani.

Liitossamme oli liikaa väkeä! Liikaa eristeiden, vuorausten ja teräsvillojen, koko turvaksi tarkoitetun linnakkeen läpi tunkeutuvaa ulkomaailmaa. Heti kotinurkillamme.

Laivakoiran edessä törmään tuttuun, kivijalan kalustoon kuuluvan sanoittajagurun naiskumppaniin. Hän katsoo minua merkitsevästi.

– Minne olet menossa?

– Lenkille rantaan, keinottelen hymyn kasvoilleni ja jatkaisin matkaa, ellei naisen ilme olisi niin vaativa.

– Käytkö koskaan *Titanicissa*?

– Inhoan sitä paikkaa.

– Kannattaisi käydä, nainen sanoo jotenkin pahaenteisesti ja alkaa ihmeekseni, ja täysin epärelevantisti, selittää, että voihan sellaisen yhteisen matkan kuitata maksamalla oman osuutensa, vaikka jälkikäteen. Niin hänkin oli tehnyt lähdettyään nuorena naimisissa olleen miehen kanssa lomailemaan. Asia oli kuitattu rahalla, ja vaimokin oli rauhoittunut.

Taivaan vallat! Mitä mokoma minulle kuului? Tässä on nyt jotain.

Kuovin jo lähtökuopissa.

– Voit soittaa minulle.

Käännän hänelle selkäni ja jatkan matkaa.

55. Pimeys odottaa

Ilmestyt makuuhuoneeseen peitto kainalossa, kun olen nousemassa sängystä. Olet nukkunut yön olohuoneessa. Näytät huonovointiselta.
– Saanko nukkua tämän päivän?
– *Raks*, sanon ja minun on surku.
Katseesi hipaisee kehoani livahtaessani kylpyhuoneeseen. Teen lähtöä terveysasemalle.

Käynnit psykiatrisen sairaanhoitajan, Sadun, luona olivat alkaneet hyvin, hissiin juuttumiseni jälkeen. Satu oli kääntänyt huoleni saamattomuudestani, mielialojen heittelystä ja ikäkriisistä nopeasti mielestään akuuteimpaan.

Samaan asiaan, johon oli kiinnitetty huomiota työpaikallasi. Alkoholin käyttöösi.

Olin järkyttynyt, kun kerroit, että sinut oli passitettu työpaikkalääkärille verikokeisiin ja määrätty lääkärintarkastukseen ja käyntiin A-klinikalla ja terapiassa.

Omapäinen ajankäyttösi työajalla oli jatkunut niin pitkään, että siitä oli tullut jo vakiintunut käytäntö. Mutta nyt siihen oli puututtu. Ei sitä oltu hyväksytty, olihan poissaoloistasi huomautettu. Vai oliko juomisesi tullut nyt yhtäkkiä ilmi? Ja vasta nyt?

Olit saanut varoituksen. Tiesimme molemmat, mitä se tarkoitti. Vaikka emme sanoneet sitä ääneen. Oli niin vaikea sanoa ääneen ongelman nimeäkään. Se oli niin häpeällistä. Kuten sekin, että on työkunnoton. Tai sairas.

Nyt sinun olisi pakko hakeutua hoitoon. Saisit apua, selvittäisit pääsi perusteellisesti. En ollut yksin torjuttujen, tärähtelevien kuvieni kanssa. Tajusin oloni yhtäkkiä huojentuvan. Ja silti, varoitus oli kuin isku linnakkeemme rakenteisiin. Isku, joka lohkaisi halkeaman perustuksiin ja saattaisi hallitsemattomana romahduttaa koko talon.

Ehdotin, että menisit saman tien katkaisuun. Ei tullut kuuloonkaan. Et voisi olla eristyksissä päivääkään, saati viikkoja.

Venlan vireille panema huoltajuus- ja elatusmaksukiista oli tulossa käsittelyyn, etkä ollut vielä laatinut vastinettasi. Sekin vaati ryhdistäytymistä. Sinun oli tervehdyttävä, se oli nyt tärkeintä.

Mustatukan virittelemä oikeusjuttu oli sentään tyssännyt. En vielä tiennyt, että syytteiden raukeamisella oli ollut hintansa.

– Lepäile, käyn asioilla ja kaupassa, sanon makuuhuoneen ovelta.

– Tuo wc-paperia ja vaikka keittoa. Ei mitään oluita tai lonkeroita.

– Oletko jo varannut ajat käynteihin?

– En ole ehtinyt, käännät kylkeä.

– Et taida tajuta tilanteen vakavuutta. Sinun on itsesi ja muidenkin vuoksi alettava hoitaa itseäsi. Voit saada potkut töistä. Kukaan ei ole korvaamaton.

– Älä komentele minua. En voi sietää sitä. Olen ainoa lapsi.

– Sinun täytyy hoitaa itseäsi. Hoidinhan minäkin itseäni. Hei sitten!

Olen myöhässä, ja Satu näpyttelee tietokonetta huoneessaan.

– Sinun kannattaisi olla nyt terveesti itsekäs. Ajattelin viime kerran jälkeen, että et ole ihan vielä herännyt. Kun on tunteet. Kukapa ei haluaisi uskoa veisuja juomisen lopettamisesta, kun niitä sillä hetkellä tarkoitetaankin, Satu aloittaa istuuduttuani pöydän ääreen.

– Olen varmaan vasta puoliksi herännyt. Olen paennut rakkauden unelmaan, sanon ja kyyneleet alkavat valua poskilleni. Tarraan paperinenäliinoihin.

– En liene ainoa, joka näitä tarvitsee, samoissa ongelmissa, yritän hymyillä.

– Sain talon rahoittamaan nenäliinat ostettuani niitä pitkään omilla rahoillani, Satu sanoo ja heittää säären polven yli, oikaisee hameen helmaa.

– Sinun kannattaa miettiä, kuinka paljon itseään voi uhrata toisen hyväksi. Kuinka paljon pystyt auttamaan menemättä itse rikki.

– Saan niin ristiriitaista viestiä Armaanilta. Yhtenä päivänä hän haluaa erota, toisena hänellä on hyvä kotona. En saa häneen todellista kontaktia, ja olen itsekin lukossa, en uskalla puhua, tai osaa, hoen vain katkaisusta ja siitäkään en enää jaksa. Miten minusta on tullut näin onneton!

– Hän ei varmaan itsekään tiedä, mitä haluaa. Jos hän tietää, hänellä ei ole aavistustakaan, miten sen saisi.

Sadun sanat alkavat puuroutua päässäni. Kuinka alkoholista syntyy psyykkinen riippuvuus, joka menee kaiken yli, kuinka alkoholin käyttö karkaa hyvin nopeasti hallinnasta. Kuinka juominen ei enää ole edes mukavaa, siihen ei liity sosiaalisuutta, se ei ilahduta, juomisesta tulee työtä.

– Alkoholismi on - -, Satu on jatkamassa ja värähdän.

Pitää osata juoda niin että voi juoda, sanoit kaksi vuotta sitten kuherruskeväänämme, lehahtaa muististani.

– On se käsittämätöntä, kuinka vaikeaa on olla juomatta!

Ja luopua kuvitelmistaan.

– Selittääkö alkoholi kaiken tämän järjettömyyden! parahdan epäuskoisena.

– Pitää hyväksyä, että pahat asiat ovat osa elämää.

– Pitäisikö minun lähteä joksikin aikaa pois? Olisiko se hyvä ajatus?

– Saisit levätä ja saisit etäisyyttä. Saisit maistaa, mitä normaali elämä on.

– Ehken ole halunnutkaan normaalia elämää tai en ole löytänyt sitä, hyvää ja - -, ääneni hiipuu etsiessäni sanoja.

– Enkä hakenut ihan tavallisia miehiä. Tai päinvastoin.

– Sinä haet suuria tunteita! On ihmisiä, joita tavallinen elämä puuduttaa. He hakevat asioita, jotka sattuvat sadalla, mutta vastineeksi he kokevat mieletöntä onnea. Silloin ei ole vielä ainakaan puutunut, kun sattuu.

– Mikä olisi mielestäsi oikea ajankohta lähteä? Mahdollisimman pian vai kun Armaani on hakeutunut hoitoon?

– Täytyy tehdä pelin säännöt selviksi ennen lähtöä. Kuinka paljon sinä hänen asioitaan hoidat?

– Lähtisin ulkomaille, sanon ja jätän mainitsematta, että minulla alkaa olla jo kiire Armaanin juristin luo hoitamaan elatus- ja huoltajuus-asiaa. Joudun ottamaan taksin.

En minä voi lähteä päiväksikään pois, en vain eläinten ja kotimme vaan sinun vuoksesi. Tarvitset minua. Enkä uskalla jättää sinua yksin asuntoon. Minä olen heikompi astia, ei minulla ole voimia häipyä. Se olisi liian äärimmäinen teko, liian tuhovoimainen. Minä haluan pelastaa liittomme.

– No sitten. Häivyt kuvioista. Sanot, nyt poistun. Hoida itsesi sillä aikaa kuntoon. Sitten voidaan keskustella, miten elämä jatkuu. Poissa-ololla on sekin hyvä puoli, että silloin hän ei pääse syyttämään sinua mistään.

– Hän syyttää minua siitä, että olen ajanut hänet pois kotoa. Minulla on vähän temperamenttinen luonne ja olen suutuspäissäni huutanut hänelle *painu helvettiin*. Olen myös piilottanut pullon. Siitä ei ollut apua.

– Ei ole oikeutta loputtomiin kostaa. Se, että olet heittänyt hänet ulos, on vain tekosyy. Kyllä normaalisti puhutaan selväksi, mistä riita on syntynyt. Sitten se sovitaan, Satu sanoo.

– Armaani sanoo minulle, älä huuda, muttei koskaan mieti, miksi minä huudan! Minä en osaa puhua satuttavista asioista naama peili-tyynenä. Äänen korottaminen antaa hänelle heti syyn lähteä. En saa koskaan myötätuntoa ja käperryn kokoon. En haluaisi riidellä. Haluan säilyttää malttini, ja silti saatan räjähtää. Minusta on tullut epäluuloi-nen – tai luulosairas.

Hullu. Hiljenen ja alan nyyhkyttää.

– Minun pitää auttaa ja olla tukena. En voi enkä halua hylätä häntä. Ei ihmistä hylätä, minkään vuoksi.

Eikä erota.

– Mieti, kuinka pitkälle häntä voit auttaa. Tukena voit olla, Satu sanoo.

En enää kuule, ajattelen vain, että sinun on hakeuduttava hoitoon. Kunpa tarttuisit avun mahdollisuuteen. Tervehtyisit, saisit elämän kuntoon. Kaikki voisi olla hyvin. Jos hakisit apua, saisin minäkin sitä. Viimeinen oljenkortemme

56. Tulivuoren juurella

Aluslakanat on vaihdettu, peitot pujotettu pussilakanoihin. Olet toimenpiteen jälkeen uuvuksissa ja kellahdat sänkyyn. Olet heti unessa. Vedän peiton varovasti rinnallesi, kohennan tyynyä. Kasvosi ovat yhä kuin yöpöydällä olevassa mustavalkoisessa valokuvassa. Yhtä nuoret ja kauniit. Ulkomuotosi peittää sisäiset särmäsi. Kun mustumme sisimmässä, ajattelen, salakavalasti kuin Dorian Gray.

Nukuttuasi vuorokauden yhteen menoon sanot olevasi kipeä. Soitat työpaikallesi ja ilmoitat olevasi nuhasairas ja kuumeinen.

Sanot haluavasi vain nukkua.

– Lepo tekee hyvää, totean täynnä hyvää tahtoa. Kun nukut, et juo. Et livahda seuroihin.

Puuhailen kotiaskareissa, vaalin kasvejamme, ulkoilutan Vincentiä, hellin Theoa, harjaan eläintemme kiiltävät turkit. Teen ruokaa, jonka kannan sinulle tarjottimella sänkyyn. Nouset istualleen ja lusikoit keittoa.

Kun alat puhua alakerran tietokilpailuista, pakotan sinut ottamaan nukahtamispillerin.

– Hoidat nyt itseäsi.

Saisit maistaa mitä normaali elämä on, mietin hoivaillessani sinua. Niinhän Satu sanoi. Hoivaan rakkauttamme, ja sinä nouset mieheksi rinnalleni.

Suurta on arki ja läheisyys, ajattelen jynssätessäni kylpyammetta, suurta on mielenrauha, syvä kuin valtameri.

Minä haluan helmemme simpukassa.

Kannan eläimemme sänkyyn paijattavaksesi, etsin toivomasi cd-levyt ja runokirjat viihdykkeeksesi. Pesen pyykkiä, siivoan työpöytäni puhtaaksi, alustaksi toimintaan. Käyn kaupassa, tuon iltapäivälehdet ja tuon lopulta muutaman oluenkin, kun varovasti pyydät.

– Varaathan ajat niihin käynteihin, lupaathan?

Sinä lupaat, ja mieleni kevenee, voimantuntoni kasvaa ja ihmettelen, missä vaiheessa tyytymättömyys välillämme oli vallannut alaa, jymähtänyt paikoilleeen kuin muuttolaatikkosi työhuoneeseen. Tavarasta pääsi eroon ja asioita sai korjattua! Ja ryhdyn minä työhön, sinut rinnallani minulla olisi voimia vaikka mihin.

Olen koonnut joitakin vanhoja esineitä yhteen ja mietin niiden myymistä. *Kyllä sinä minusta miehen teet*, ajattelen pyöritellessäni käsissäni Kiinassa hautalöytönä ostamaani veistosta. Nyt aloin ehkä olla jyvällä. Hyvällä! Paijaamalla. Ja muistan myös, kuinka totisena pyysit kuherruskeväänämme: *Hyväksy minut sellaisena kuin olen.* Olin sulanut äänestäsi, totta kai! Sinäkin minut!

Hyväksyminen on maailman kaunein asia. Kun tajuaa, mitä hyväksyy, ajattelen lähtiessäni antiikkiliikkeeseen pyytämään hinta-arvioita.

Olen kantanut sinnikkäästi, ja turhaan, eteesi aamiaisia, ja kun vihdoin hörppäät tuoremehua ja syöt kananmunan, puraiset paahtoleipää, huokaisen. Jään lepäilemään vierellesi sängylle. Hellyys on parasta polttopuuta, rakkauden nälkään. Mutta se on ahmatti ja hiiltyy nopeasti, vaatii jatkuvasti lisää.

Itsehoitosi on tehonnut. Alat toipua, ja sanot alkuillasta vieväsi Vincentin ulos.

Kun tulet koiran kanssa lenkiltä, riennän sinua eteiseen vastaan. Sydämeni lainehtii piripinnassa.

– Pidä minusta kiinni, sanon hellästi. Niinhän minäkin sinusta, ajattelen.

Olen odottanut kosketusta, käden kiertyvän harteille, hipaisevan hiuksia.

– Pidetään toisistamme, kiinni, mumisen kaulaasi ja nousen poskellesi, kun epäluulo häivähtää mielessäni.

– Teittekö pitkänkin lenkin?

– Käveltiin Tehtaankadun puistossa ja käytiin Sepänkadun tarhassa. Törmäsin ulko-ovella Aihoon.

Seisot edessäni hievahtamatta. Irrotan Vincentin hihnasta ja koira painautuu takaraajojensa voimalla reittäni vasten.

Vien kätesi vyötäröllleni.

Seisot edessäni kätesi löysänä lanteellani. Hengitä minua, levitä juuresi multaan, kuki minussa! Yritän viedä kättäsi selkääni vasten. Tarvitsen vankkaa maata jalkojemme alle. Mutta sylisi on kylmä. Kun suutelen kaulaasi ja painan huuleni huulillesi, suutelet minua kuin oven pieltä. Korvissani humahtaa. Onko tämä nyt sitä, kadonneen rakkauden kaipausta.

Hyväilen Vincentin päätä, tuikkaan suukon sen kuonolle. Takkisi jää heitteille pelipöydälle.

Katsomme yhdessä Gene Hackmannin tähdittämän, jännittävän ja loppuratkaisultaan epätavallisen elokuvan, jossa murhasta syytetty mies näyttää yhä syyllisemmältä. Vaimo torjuu miehensä makuuhuoneesta. Loppu käy rankaksi, ajattelen, mies tunnustaa syyllisyytensä juuri kun oikea syyllinen löytyy. Viimeisessä kuvassa vaimo lähestyy miestään, mies väistää ja katsoo ohi. Ei sovintoa. Purskahdat itkuun.

Elokuvan juoniselostus ei sano mitään tunteista, jotka vievät parisuhteen kriisiin. Jään miettimään. Monica Belluccin esittämä vaimo ei ole ollut varma miehensä syyttömyydestä, ja se on myrkyttänyt miehen rakkauden. Vaimon epäilys on vienyt pohjan miehen elämältä niin, että hän voi yhtä hyvin heittäytyä syylliseksi.

Rakkaus ei kyseenalaista. Vaimo on pettänyt miehen. Eikä mies anna anteeksi. Eikö rakkaudessa tunneta armoa ja sovitusta?

Ei, jos petos on liian suuri. Ehdoton rakkaus on traagista.

57. Vaarallinen romanssi

Kysyin aamulla haluatko erota
sanoit hiljaisella äänellä, haluan
yöllä, minä tulen aina rakastamaan sinua
ja eilen, rakastan sinua edelleen
niin minäkin sinua

– Tuleeko riitaa kirjoista? Kysymys kantautuu keittiöstä olohuoneeseen lempeänä. Olet tullut kaupasta ja purat ostoksia jääkaappiin.
 – Sovittaisiinko, ettei puhuta tuon sortin kysymyksistä, sanon, nousen sohvalta ja menen keittiön ovelle.
 – Hoida nyt itsesi ensin kuntoon. Ei mennä asioiden edelle, jatkan ja ääneni puuroutuu.
 – Voinko tulla tapaamaan Vincentiä?
 – En jaksa pohtia tällaista nyt. Onko yleensä tarpeen, väistelen. Näytät hyväntuuliselta asetellessasi hedelmiä kulhoon.
 – Tai edes kysyä puhelimitse, mitä haukulle kuuluu?
 Mihin sinulla on kiire, vai onko tämä pelote, kissa ja hiiri -leikkiä? En halua erota. Et ole tosissasi.
 – Ei meidän tarvitse erota, huokaan hiljaa, ja kyynelet nousevat silmiini.
 Vai ennakoitko, testaatko tunteitani. En jaksa.
 – Voimmeko olla ystäviä?
 – Riitamme ovat sumentaneet järkesi, yritän ryhdistäytyä.
 Ei minulla ole keinoja, ei osaa ohjauksessasi. Sydämeni on kämmenelläsi.
 – Haluatko viedä Vincentin ulos?
 – En. Käyn ottamassa muutaman oluen.

Eilisilta pyörähtää mielessäni. Ajattelen särisevää katsettasi kun kallistat kämmenellesi kolme unipilleriä ja heität ne suuhusi ja pääsi tyynyyn. Tuntuu kuin olisin nielemässä syanidikapseleita kanssasi bunkkerissa, ennen loppua enteileviä pommituksia. Istuudun sängyn laidalle. Kunpa ongelmamme olisivat halpaa elokuvaa, ne voisi unohtaa kun poistuu katsomosta. Nyt ne pitää käsitellä.

– Kerro minulle mitä sinä haluat. Ja mikä tämä naisjuttu on?

– Meidän pitää erota.

– Rakastan sinua. En kestä eroa. Minulla on niin ikävä sinua. Ollut niin kauan, nieleskelen. Sanat sattuvat niin, että ääneni sortuu. Painaudun sinuun, vien käteni hellästi hiuksiisi.

– Eikö kaikki voisi vielä tulla hyväksi?

Ei, Desdemona ei saa armoa. Käännät selkäsi. Käperryn viereesi ja tukahdutan sydämeni laulun tyynyyn. Aristokraattisen viileässä äänessäsi on lopullisuutta, kuten myös tuomiossa.

– Olen nyt rehellinen ja sanon mitä ajattelen. Haluan eron.

Giljotiinin terä putoaa.

Minua jäätää vieläkin rauhallisuutesi. Rehellisyytesi, kaiken valehtelun jälkeen.

Yöllä sovittelet meitä lusikka-asentoon. Kiedot käsivartesi ympärilleni, enkä sano mitään, kun sanot, kyllä minä tulen sinua aina rakastamaan. Pienen tauon jälkeen lisäät: mutta.

Olin kuumassa kuoressasi. Et jatkanut lausetta.

Herään Vincentin nuuhkintaan. Sen iloinen nakkinaama virnistää silmieni korkeudella.

– Kohta, sanon, ja koira myöntyy. Kuulen sen tepsuttelevan pitkää käytävää eteisaulaan.

Pitkitän nousemista. Makaan ja kuuntelen hengitystäsi. Mietin oletko tarkoituksella julma, vai ihanko vaan pelailet. Kuulen kynsien rapinaa käytävästä. Pian on Vincent uudestaan sängyn vieressä. Raotan silmiäni. Ketun kasvot leviävät hymyyn ja se nuolaisee pehmeän suukon poskelleni. Minun on noustava. Paijaan Vincentiä ja katson päätäsi tyynyllä.

– Miten sinulla voi olla ripsiväriä toisessa silmässä?

Avaat silmäsi, ja minua melkein naurattaa. Ei sinua voi ottaa vakavasti.

– Aiju on ammatiltaan myös kosmetologi. Me vähän hulluttelimme. Kellopeliappelsiinia.

Jep, sairaanhoitajatuttusi alakerrasta, jonka olit kertonut itkeskelevän *Titanicissa*. Kärsi kiusaavista työtovereistaan ja pahoinpitelevästä poikaystävästään. Kaunis, nuori nainen, olin nähnyt hänet, piloille menossa. Mustatukan kaveri.

– Mitä sinä olet luvannut sille Kotkan ruusulle?

– Älä nyt ala käydä kierroksilla.

– Asioista pitää voida puhua.

– En halua kuulla huutoa heti aamusta. Sitten on niin inhottava olo koko päivän.

– Kysyn, mitä olet luvannut. Viimeksi lupasit erota. Minusta.

– En sano.

– Ahaa. Olisin halunnut kuulla sinun itsesi kertovan. Mitä puuhaat selkäni takana! Koko tämä nurkkakunta tietää asioistamme enemmän kuin minä. Käsittääkseni olemme naimisissa, sanon ja nousen sängystä.

– Mitä sä meet soittaan mun faijalle! Sille et soita etkä manipuloi minua vastaan.

– Olen soittanut kerran ja puhunut muutosta takaisin Jalavatielle, jos juominen ja koko tämä mahdoton kuviokellunta ei lopu. Me olemme muuttaneet väärään osoitteeseen!

Isäsi ei ollut pitänyt muuttoa hyvänä ideana, remonttikin oli kesken, mutta sitä en sano sinulle.

– Sinä et voi kieltää minua pitämästä yhteyttä isääsi, korotan ääntäni kylpyhuoneesta.

– Mitä minun pitäisi mielestäsi tehdä? nouset käsivarsien varaan sängyllä.

– Ei ainakaan ohjautua alakerran kautta. Sielläkö meidän elämästämme määrätään? Et voi olla niin heikko, sanon kylpyhuoneen ovelta.

– Sinun pitää lopettaa juominen. Ottaa apu vastaan.

Aloittaa terapia, käydä klinikalla, ajattelen, mutta sitä olen toistanut jo tarpeeksi. Olet sanonut selviäväsi omin voimin.

Istut vakiopaikallasi ruokapöydässä myhäilevän oloisena, tukka suittuna ja sanot, että sinä päivänä on vain tv-leffojen kirjoittamista ja leffa iltapäivällä. Ei ole kiirettä.

Juon kahvia ja katson veljeksiämme. Theo nuolee Vincentin korvan sisäpintaa tarmokkaasti ja koira on nukkuvinaan, silmät kiinni.

Käyt vessassa ja valitat, että valot eivät pala. Kerron, että katkaisija ei toimi. Isäni oli käydessään keksinyt vian.

– Miksei isäsi hoitanut asiaa?

– Ei kai se hänelle kuulu.

– No ei, mutta ei sen tarvitsisi täälläkään istuskella.

– Voisitko viedä Vincentin ulos?

– Minähän olen lähdössä töihin!

– Kissan hiekan voisi vaihtaa.

– Vaihtaa voi aina.

– Noo kastelisitko kukat?

– Voisitko syödä pääsi.

– Haluan tietää, mitä olet suunnitellut Pariisin suhteen.

Käyn täyttämässä kahvikuppini ja palaan takaisin pöytään.

– Lähden Pariisiin heti kesälomani alussa.

Näin ilmoitat sitten ykskantaan.

– Mitä tarkoitat?

Katsot eteisen suuntaan ja istut kuin odottaen, että pääsisit lähtemään. Välittömästi Pariisiin, hymähdän mielessäni ja silmiini osuu musta, pullisteleva olkalaukkusi tuolin jaloissa.

– Se on jo sovittu.

Päässäni lyö hetken tyhjää, ennen kuin ymmärrän. Ei minun kanssani.

Suunnitelman röyhkeys mykistää minut. Tungen kurkkuuni repivän suupalan, joka minun pitäisi nielaista. Ja sekö kuitattaisi rahalla!

Olisiko tapahtumien kulun voinut vielä muuttaa, avioliittomme pelastaa, kysymykset eivät mahtuneet mieleeni. Silmäni olivat punaisilla säkenillä.

Et arvannut odottaa siirtoa pelipöydällä, jolla luulit mestaroivasi yksin, rikoskumppanisi kanssa. En ollut siihen valmistautunut minäkään. Se syntyi suunnittelematta, tunteesta, joka alkoi latautua, lähettää impulsseja.

58. Matkalla 4: Riemuloma Rivieralla

– Käyn matkan varrella nopeasti virastossa, ja sitten menemme markkinoille, Ali hymyilee minulle ja kääntyy kassan takana pimeässä nurkassa istuvan, mustiin pukeutuneen naisen puoleen.

Huivipäinen vanhempi nainen istuu kaupassa aina samalla paikalla, ei puhu mitään, mutta oli alkanut hymyillä hennosti tervehtiessäni häntä. Hänen liikkumatonta hahmoaan tuskin huomasi, hän kutoi kai sukkaa, niin kuin niin monet muutkin paikalliset naiset ajankulukseen, ajattelen, kun Ali tarttuu minua käsivarresta ja ohjaa autolleen.

– Minun kanssani sinua ei huijata, Ali jatkaa kaartaessaan hotellin edestä kohti markkinakaupunkia.

Maantie myötäilee Välimeren pehmeästi kaartuilevaa rantaviivaa, lähentyen ja taas loitoten. Tien varren matalat rakennukset vaihtuvat kitukasvuiseksi pöheiköksi ja heinäksi, kunnes meren ja tien välissä on vain hiekkaa. Pitkiä kaistaleita rakentamatonta, tasaista maata taustana meri. Ne myynnissä olevat kirjaillut pöytäliinat ja huivit Alin kaupassa ovat varmaan naisen tekemiä, tulee mieleeni.

Asutus tihenee ja pian Välimeri vain vilahtelee talojen ja palmujen lomasta. Ali kääntää auton leveälle bulevardille, pysäköi, ja kävelemme kohti matalaa virastorakennusta. Istahdan portaille aurinkoon, Ali sanoo tulevansa pian.

Huomaan viraston viereisen matalan seinämän takana liikehdintää. Siististi puetuilla lapsilla on lounastauko, ja he istuvat pienet kasvot iloisina penkeillä eväitä syöden, ympärillään kukkivia pensaita ja puita. Tytöltä putoaa omena maahan. Vieressä istuva poika nostaa sen, ojentaa tytölle, ja he hymyilevät toisilleen suloisesti. Miten kauniit tavat, ajattelen. Opettaja ilmestyy ovelle, ja lapset katoavat parijonossa rakennukseen.

Harhailen viraston käytävillä, huomaan Alin, joka vilkuttaa minulle kassajonossa. Palaan portaille ja seuraan virastossa asioivien ihmisten virtaa, satunnaisia päähuiveja lukuun ottamatta länsimaalaisittain pukeutuneita naisia, pukumiehiä, joitakin halvasti ja veltosti pukeutuneita miehiä.

Siinä Ali sitten on, ja palaamme autolle.

– Ethän pahastu, vaihtaisin vaatteita, siihen ei mene kauan, Ali sanoo autossa ja käy läpi seteleitä ja viraston papereita tyytyväisen näköisenä, erottelee ne pinoihin. Yhden setelinipun hän työntää auton etulokeroon, jonka hän lukitsee avaimella.

Matka jatkuu jonkin matkaa tulosuuntaan, ja sitten Ali kääntää auton kapealle sivutielle, jonka päähän hän pysäköi. Umpikuja. Vastassa on muuri, jossa on huomaamaton portti.

– Tuletko sisälle?

Ali avaa portin, josta avautuu rehevä puutarha. Palmujen ja pensaiden takana on yksikerroksinen talo, jonka ulko-ovelle johtaa laatoitettu käytävä.

– Asun täällä väliaikaisesti, Ali sanoo ja kertoo lakimiesveljensä omistavan talon.

Astumme isoon neliönmuotoiseen eteisaulaan, jonka seiniä kiertävät matalat, tyynyjen peittämät istuintasot. Oven vieressä on rivissä pieniä kenkiä. Ali menee huoneeseensa.

– Ovatko lapset koulussa?

– He käyvät englanninkielistä koulua. Hetki vain, olen valmis ihan kohta.

Liikun varovasti sisemmälle taloon, olohuoneeseen ja ruokasaliin, ihailen huoneita jakavia näyttäviä verhoja, upeaa jalopuista ruokapöytää, kurkistan tilavaan ja moderniin keittiöön. Kaunis koti.

Katson olohuoneen ikkunasta sälekaihtimien välistä ulos: puutarha jatkuu ympäri talon! Talo kuin salaisessa puutarhassa. Kiiruhdan takaisin eteiseen ja mietin, olivatko talon lapset olleet näkemieni lasten joukossa koulun pihalla, kun katseeni osuu seinällä olevaan valokuvaan.

Hääkuva, siinähän on Ali. Hänen vieressään hymyilevä nainen on tumma, kajalein meikattu kaunotar ja koristautunut arabialaisittain.

– No, nyt mennään, Ali ilmestyy viereeni tyylikkäässä, tummansinisessä paidassa ja housuissa, pikkutakki käsivarrella. Ali pukeutuu länsimaisesti, silmiinpistävän tyylikkäästi.

Kävelemme autolle ja Ali avaa minulle oven. Hän ohjaa auton takaisin Välimeren rantaa mukailevalle tielle. Avaan ikkunan ja tuuli lennättää hiuksiani. Tunnen meren tuoksun, ja mielessäni on kuva, jossa umpikujasta aukeaa huomaamaton ovi rehevään puutarhaan.

59. Nainen ilman omatuntoa

– Sieltä tuli taas sellaista kielenkäyttöä ja huutoa, etten siedä, sanot suljettuasi puhelimen tyttäresi korvaan.

Ahdat papereita täpötäyteen laukkuusi. Sinulla on puolilta päivin ennakkonäytös Maximissa.

– Meillä huudettiin edellisessä avioliitossa niin paljon, etten kestä sitä enää ollenkaan, jatkat tutulla tiedotteella. Kallistat *elskling*-mukia juomatta siitä.

Pyöritän lusikkaa täydessä kupissani, samaa rataa.

– Voihan sitä yrittää keskustella rauhassa ja sopia asioista niin, ettei kenellekään jää paha mieli, tasoittelen, ja tajuan samassa, että se vasta taito on, harvan hallussa.

– Entinen vaimo oli niin helppo pillastuttaa, tiesin mitä sanoa.

Huoneessa käy kylmä tuulahdus.

– Ärsytit tahallasi?

– Se oli sille ihan oikein. Se oli ennakoitavissa ja toimi aina, sanot rauhallisesti.

Tärisytän lusikkaa kupissa. Miten kohtelee yhtä, kohtelee toistakin.

– Katsotaan sitten, kun Aini hoitaa itsensä yliopistoon, mitä minä taas maksan. Ei se nyt, työssä käyvä ihminen, tarvitse paljon apua.

– Eihän hän edes halua yliopistoon. Hän kaipaa huolenpitoasi. Ehkä rahavaateet ovat huomion tarvetta.

– Aini valittaa, etten koskaan käy hänen luonaan.

– Ethän sinä käykään.

Eivätkä lapsesi käy meillä. Vaikka haluaisivat, kuten oli käynyt ilmi kun olin puhunut hiljattain Ainin kanssa.

– Faija on kieltänyt meitä käymästä teillä, koska teillä on riitaa. Ollaan tavattu ravintoloissa faijan kanssa, ja sen uuden, Ainin ääni hiipuu.

– Kyllä te olette meille aina tervetulleita, tiedä se. Missä olette tavanneet?

– Teillä, ja teidän alakerrassa. Ja sen uuden luona.

– Milloin? Kysyn viileästi, täysin tyrmistyneenä.

– Olit Tallinnassa, ei me oltu kauan, faija halusi esitellä teidän asuntoa. Ainokin oli mukana.

Mitä! huudan mielessäni ja pidätän hengitystä. Tarvitsen aikaa tajutakseni kuulemani.

– Tämä uusi on ollut meillä. Ja te hänen luonaan, ja siinä kapakassa, sanon hitaasti, venyttäen sanoja. Viimeisetkin lakanan riekaleet lentävät rakastavaisen päästä. Ja sitten tajuan, sen uuden, luona, niinkö, sinä, Ainokin?

– Mikset ole kertonut aikaisemmin, kielsikö isäsi?

– Joo, mulla on nyt kiire, Aini sanoo.

– Otit varmaan kuviakin?

– Joo, pakko mennä, Aini on hädissään ja lopettaa puhelun.

Pelkää paljastaneensa minulle liikaa. Voi tyttörakas. En minä kerro Armaanille. Kenelle kaikille hän kuvia näyttää? käy mielessäni.

– Nyt on tärkeää, että pidät kiinni Aleksin kanssa sovituista tapaamisista, sanon, vaikka en uuden loukkaavan tiedon valossa ihan tajua miten ne hoidat. Miksi lapsesi eivät voisi käydä meillä? Hapuilen kuin sokea pimeässä. Miksi ja kenen toimesta heidät pitäisi eristää minusta?

Venlan käynnistämä kiista yksinhuoltajuudesta ja elatusmaksujen tuntuvasta korotuksesta oli käsitelty oikeudessa. Venlan vaateet oli hylätty. Eivät sinun tulosi olleet muuttuneet miksikään. Yksinhuoltajuusvaade oli sekin käsittämätön. Ihmettelin, millä perusteilla Venlan löytämä juristi oli ajanut asiaansa.

Sinä voitit ilman, että sormeasi nostit. Minä sukkuloin sinun ja juristin välissä ja muotoilin vastineesi. Juristi piti tärkeänä, että osoittaisit olevasi hyvissä väleissä entisen vaimosi kanssa. Miten sen todistaisi? Venla saattoi väittää mitä tahansa, ihmettelin hänelle. Istunnossa viimeistään, juristi oli sanonut.

Niin esittäydyt juristille ensimmäisen kerran oikeustalolla ennen istunnon alkua, kun me haalistuva Brasilian rusketus kasvoillamme istumme siellä häntä odottamassa.

Kun Venla pyrähtää paikalle myöhässä, suutelen sinua ja toivotan malttia matkaan. Venla mulkaisee minuun päin myrkyllisesti. Upeassa vihreässä työistuvassa mekossa, kimalteleva, kullanvärinen riipus kaulassa, pitkät, tummat hiukset tyylikkäästi taakse vedettynä. *Stunning*

Oikeuskäsittely oli entisen vaimosi raivoisa, onneton kiristysyritys. Jokin siinä arvelutti, mutta sinä sait oikeutta ja olisit saanut ehkä ilman kallista lakimiestäkin, ajattelin laskun pudottua postiluukusta. Oikeusvaltiossa saanee oikeutta, jos osaa järjellisesti argumentoida.

En koskaan saanut tietää asian käsittelyn vaiheista istunnossa. Kerroit Venlan haukkuneen sinut juopoksi ilkimykseksi heti alkuun, et muuta. Olisin halunnut kuulla kaiken vaivannäön jälkeen, mitä pari tuntia kestäneessä sessiossa oli puhuttu, mutta olit poissaoleva ja hiljaa.

Kerrot myöhemmin, ajattelin, mutta mieltäni kaiversi ajatus, että vaimonasi minäkin liityin huoltajuuskiistaan. Ilkeänä äitipuolena! Muistin Venlan sanat: *kun teille ei voi tuoda.* Miten niin? Kummallinen vyyhti, ja uuvuttava- sekin miten Venla oli nimittänyt minua – niin, *hulluksi.*

Istuntopäivän iltana pyytelit Venlalta itkuisella äänellä anteeksi puhelimessa. Mitä, sitä en kysynyt.

Oikeudenkäyntiasiakirjat oli määrätty salaisiksi, kuten minulle myöhemmin selvisi. Mutta ne saivatkin puolestani jäädä salaisuuksiksi, tummiin varjoihinsa.

– Miten olet ajatellut Aleksin lauantaisen tapaamisen?

– En ole ajatellut. Voisihan sitä käydä leffassa.

– Teillä on ollut huutoa, kun ei ole ollut taitoa sovitella. Kuunnella toista – tai osoittaa rakkautta, sanon hiljaa.

Haen uuden kahvikupillisen eteeni ja ajattelen, että piittaamaton, tunteeton käytös tekee ihmisistä hulluja, koko maailmasta hullun, ja muistan, kuinka mentyämme kihloihin olit kertonut välirikosta vanhimman poikasi kanssa. Et ollut puhunut hänen kanssaan vuoteen.

Mitä ihmettä oli tapahtunut?

– Heitin hänet ulos yksiöstäni, kun opiskeluista ei tullut mitään. Olisi saanut asua, jos olisi hoitanut opiskelut.

– Välinne voi korjata, sanoin.

Sain sinut soittamaan Aarolle, te tapasitte, ja hän vieraili tyttöystävänsä kanssa meillä. Aarokin hankki koiran, saksannoutajan, jonka kanssa Vincent ravasi riemullisesti mattoja rullalle.

Poikasi oli maksanut sinulle käypää vuokraa, seuraava vuokralainen unohti vuokran lisäksi huonehygienian, ja sitten asunto oli tyhjillään. Kunnes myit sen kuherruskeväänämme, hätiköiden, kunnostamatta, alihintaan. Sen jälkeen isäsi asetti muut sinulle antamasi yksiöt myyntikieltoon, kuten minulle myöhemmin selvisi. Kesämökinkin. Sen vaatimattoman mökin lammen rannalla, josta olisi saanut kunnostamalla ihanan pikku pesän.

Teet lähtöä ja odotan hiljaa. Oikaiset koskematonta lautasliinaa koskemattoman aamiaislautasen vieressä ja nouset pöydästä. Kaivat taskustasi Sisu-askin ja heität suuhusi pastillin.

– Matkoilla ei mutkia oikaista, sanon.

Tartut tuolin selkänojalla olevaan takkiisi ja katsot minuun.

– Minä olen minä.

– Meillähän on aina Pariisi, sanon ja ylitän itseni, isken silmää.

– Toista ihmistä ei pidä yrittää muuttaa, sanot.

Ei toki, jyrää vaan minun ylitseni. Vaativa jumala!

– Niin, ei voi muuttaa kuin itseään, sanon ja nousen avaamaan ikkunan. Raikasta ilmaa, uusia tuulia – ihmisiä, ajattelen, minun on päästävä ulos.

Heität takin yllesi ja tartut olkalaukkuun. Tiedän mitä siellä on ja käännän katseeni kolmannen kerroksen arkkitehtitoimiston kirkkaasti valaistuun ikkunariviin, jonka takana ei sielukaan liikahda, ja ajattelen, että niin toistaa ihminen samaa kaavaa, elämä samaa rataa. Ja kun toistaa yhtä ja samaa rataa, ei tapahdu minkäänlaista kehitystä. Seistään vaan asemissa. Täsmäiskulla yhteishautaan.

Katseeni osuu shakkilautavalaisimeen ja mielessäni liikkuu ajatuksia, joissa kuvitelmilla ei ole sijaa. Mutta ikinä en olisi voinut kuvitella, että tapahtumat voivat käynnistyä yhdestä lauseesta, vyöryä äkisti ja peruuttamattomasti yhdestä siirrosta niin, että naarmuuntunut maailmani helahtaa täristen punaiseksi, sulaa ja palaa puhki kuin valoherkkä fimi. Eikä se ole erikoistehoste, eikä se ole elokuvaa.

60. Tapahtuipa eräänä yönä

Tulet kotiin tuomisinasi tuoretta kalaa ja pullo *Chablista*. Ymmärrän. Alat puuhata ruokaa, ja tiskaan kiireesti altaan tyhjäksi, pyyhin pinnat, otan mausteet esiin. Nostan leikkuulaudan ja veitset keittiötasolle, kysyn tekisinkö salaatin.

– Se on nirri pois, jos sotkeennut ruoanlaittooni, sanot.

Siirrän laukkusi ja taskujesi sisällön ruokapöydältä olohuoneeseen. Nostan valkoiset posliinilautaset ja kristallilasit vitriinistä – senkin uhalla että pitäisit sitä hienosteluna. Sinä olet liian hieno minulle, en kelpaa sinulle, muistan sanasi avioliittomme alussa. Höpöhöpö, nuppuni! Haluat miehen, joka ajaa hienoa autoa, joka purjehtii. En todellakaan! kuittasin epäuskosi ja halasin sinua, silloin kauan sitten. Halusin vain rakkautesi.

Riisi kypsyy kattilassa, olet keskittynyt fileeraamaan kalaa, ja päätän koristella pöytää. Kuin juhlaa varten, mitä yhteinen ateriointimme oli alkujaan ollut. Tablettien väriksi valitsen sinisen, sinun silmiesi tähden.

Tuon isältäni saamamme hopeat, leipäkorin, winecoolerin ja vesikannun pöytään ja ajattelen, että kaikki on mahdollista, yllättävimmätkin käänteet. Taitan ankkurikuvioiset lautasliinat iloisiksi purjeveneiksi. Sirottelen valkoisia koristesimpukoita pöydälle. Leikkaan kolibrista lehden ja asetan sen simpukoiden ja kivien joukkoon venevatiin. Haen pöydälle vielä takan reunalta purjeveneen, jonka olet ostanut vastapäisestä sisustusliikkeestä kotiimme. Tuulta purjeisiin! Mehän olemme jatkuvalla matkalla.

– Kerro, kun purtemme saapuu satamaan, sanon ja kilautan kristallista viinilasia. Kyntteliköissä palaa tuli. Jätän sinut valmistamaan ateriaa.

Ja sitten, menen laukulleni, nappaan puhelimesi mukaani ja tutkin puhelimesi tekstiviestit kylpyhuoneessa. Kaikki lähettämäni viestit, hellyttävät pyynnöt, on poistettu. Pyyhitty taivaan tuuliin – ikävä, deletoitavissa. Ei ensimmäistäkään jäljellä.

– Ihan mahtavaa, suukkoja laivakokille, kiittelen ruokailun jälkeen.

Hauki riisipedillä on yksi bravuureistasi, aina vähän eri tavalla maustettu ja aina yhtä herkullinen, kala oikeaoppisesti nopeasti kypsennetty, kimmoisa ja herkullinen, ehkä myös salaperäisen liemen ansiosta. Olit taitava valmistamaan kastikkeita – rasvasta ja jauhoista tehtyjä kammosimme.

– Sanot vaan.

– Tarkoitan mitä sanon.

– Luulenpa salaisuuden olleen tällä kertaa juustossa, jatkan ja kohotan viinilasiani kohti omaasi.

– Sulle salaisuuden kertoa ma voisin, sanot ja tyhjennät omasi kulauksella.

Lasken viinilasini pöydälle ja katson sinuun. Olemme herkutelleet hiljaisuuden vallitessa. Herraskaisesti, tunnelmallisesti kynttilän valossa, ruokapöydän vastakkaisissa päädyissä. Kuin odottaen – toisen siirtoa.

Olin kuvitellut sinun haluavan hyvitellä tai juhlistaa jotain, kun tuomisinasi oli mieliviiniäni – ihan niin kuin kuherruskeväänämme. Olin odottanut sinun kertovan jotain. Tilanteestamme. Muuttaneesi mielesi Pariisin matkasta, virityksistäsi, jotka jäytivät mieltäni. Olin kai toivonut jonkinlaista *big twistiä,* käännettä, niin kuin elokuvissa. Minulla ei ollut uutta sanottavaa ja vanhaa en halunnut toistaa.

Tajuaako ihminen, kun hänen mittansa alkaa täyttyä? Ei välttämättä. Sitten, kattila voi kiehahtaa yli, kuin huomaamatta, normaaliaskareissa, ihan pienestä, yllättäen, ihan varkain.

Nousen pöydästä ja otan esiin joulua varten ostamani kaksi taulupohjaa ja akryylivärit. Piirretään keittiöntaulut!

Ryhdymme keskittyneinä toimeen olohuoneen pöydän ääressä. Sinä olet nopeampi kuin minä. Työsi on valmis, avaat television, otat laukkusi ja menet keittiöön. Eteisaulan peilin kautta näen sinun kävelevän makuuhuoneen käytävään. Ahaa. Sinulla onkin puhelin korvallasi ja näen sinun puhuvan siihen, vaikka en televisioääniltä kuulekaan ääntäsi.

– Valmista on, huudan, ja palaat keittiön kautta olutlasi kädessäsi pöytään.

Olen maalannut palmussa keikkuvan apinan, paljon aavaa merta ja etualalle kynttilän, kaloja, vihanneksia ja hedelmiä. Sinä olet kirjoittanut tauluusi tilan täydeltä: *Jos joku puuttuu ruoanlaittoon, sillä menee niska taittoon!* Oikeassa reunassa on naisfiguuri, jonka pää roikkuu kuin hirttoköydessä, kasvoihin silmien kohdalle olet vetänyt ruksit.

Kerään värit ja pensselit kassiin ja vien sen kaappiin.

– Vien roskat ulos. Korjaan pöydän kun tulen takaisin, sanon hosuessani takkia päälleni.

– Kaipaan raitista ilmaa. Yksi tie ja kaksi asiaa, huikkaan livahtaessani ulos.

Pudotan pussin roskalaatikkoon ja ajattelen silmät kostuen, että joutaisin sinne itse.

On jo myöhä, likaisen harmaata. Kävelen *Laivakoiraan* ja menen sisään.

Ruokailimme ravintolassa ensimmäisenä syksynämme, mutta kun en enää saanut mielilihapullianikaan perunamuusilla alas, kävimme siellä enää joskus harvoin oluella. Kunnes sitten lounastin siellä viimeisen kerran. Ja muistan hiuspehkon, terävät pikku hampaat ja lauseen, johon minusta ei olisi ollut, ei nyt eikä ikinä, ei moiseen räikeään tunkeutumiseen toisten elämään. *Olen rakastunut sinun aviomieheesi.* Ja kuinka lause värähtelee nykyhetkessä.

Ja menneisyydessä. Ohikiitävänä muistona tunnistan hienovaraisen itseni vastaavanlaisesta, mutta minun tyylini oli toinen, silloin ajat sitten.

Ravintola on kuin valtava hytti, tuttavallinen miehistö, mukavat matruusit. Seinällä pelastusrengas! Sisällä on harvakseltaan väkeä. Ei juorulehden meluisaa jengiä, ei Ottoa, ei Aihoa – ei lepakoita looseissa lymyämässä. Suuntaan kohti pöytää, jossa mieshenkilö istuu yksin.

– Voinko istua tähän hetkeksi?

Sanon, etten ole istunut miesmuistiin yksin ravintolassa, mutta nyt kaipasin ulos. Mies elehtii tarjoilijaa. Esittäydyn, ja mies ojentaa kätensä. Erol. Hän ottaa taskustaan käyntikorttinsa.

– Hauska tutustua, sanon katsoessani korttia.

Kerron asuvani nurkilla, ja Erol kertoo hänkin muuttaneensa nurkan taakse, Telakkakadulle, asumuseron vuoksi. Tarjoilija tuo oluet pöytään. Juon nopeasti omani, ja Erol tilaa lisää. Olen pulpunnut puhetta nuoresta avioliitostani ja viitannut mieheni viihtyvän ravintoloissa, kirjoittavan elokuvista, tietävän niistä ilmiömäisen paljon, kun tajuan, että vastapäätä istuva ihminen on kuunnellut minua. Kun olen puhunut.

Ja Erol kertoo, että hänen avioelämänsä on muuttunut sisko ja sen veli -suhteeksi, vaimon taholta, ja että heillä on kaksi lasta, vaimon edellisestä liitosta. Hän on ikäiseni mies ja on puhunut. Ja minä olen kuunnellut.

– Joudut työssäsi ratkomaan tilanteita, ihmissuhteita. Sovittelemaan? Huomioimaan eri näkökantoja, kysyn.

– Sinun kanssasi on helppo puhua.

Sitten hän katsoo minua ja jatkaa, sinussa on sykettä.

Tässä on nyt jotain. Jäykistyn.

– Haluan aloittaa kaiken alusta, Erol sanoo.

Siitä vaan, nopea siirto. Minä haluan rakentaa sille, mitä minulla jo on. Senkin voi aloittaa ikään kuin alusta, kääntää laivaa hitaasti, ottaa uuden kurssin, ei koko laivaa tarvitse vaihtaa, ajattelen. Mutta Erol on juristi kansainvälisessä suuryrityksessä. Isoja kurssinmuutoksia.

– Minun mieheni odottaa minua, sanon ja katson kelloa. Kello käy kohti puolta yötä.

Haluan kotiin.

– Saanko saattaa sinua? Erol kysyy.

– Jos haluat.

Sanat voivat olla käänteentekeviä, ja taas ajattelen hetkeä silloin kauan sitten, kun olimme nuoria Cannesin yössä. Yksi lause voi tehdä onnelliseksi, siitä voi seurata hedelmällisessä maaperässä enemmän kuin ymmärsit koskaan, ja silloisten ratkaisujen voi myöhemmin nähdä muuttaneen ratkaisevasti elämän suuntaa. Kaukaiset hetkemme ovat alkaneet välähdellä mielessäni, vaikka nykyhetkessä piti olla kaikki.

Ulko-ovella Erolin ilme on niin iloinen. Kysyn, haluaako hän tulla käymään meillä.
– Tapaan mielelläni aviomiehesi, Erol sanoo pitäessään minulle ovea auki.
– Haluan kysyä mieheltäsi, mikä on hänen mielestään maailman paras elokuva.
Naurahdamme molemmat.
Kiipeämme portaat, avaan oven ja Erol astuu eteisaulaan. Seisot vastassa, Erol esittäytyy ja ojentaa kätensä tervehtiäkseen.
Ja myrsky päästää raivonsa valloilleen. Nyrkki heilahtaa Erolin ohimoon ja silmälasit sinkoavat päästä. Peililiukuovea päin attasealaukkuineen lennähtävän Erolin käsi huitoo ilmaa ja hän kaatuu. Rikkoutunut peili romahtaa helisten alas. Tönäiset minut pelipöytää vasten ja lakoan kaatuvan pöydän ja sen päällä olevan kristallisen kynttelikön mukana päin ruukkua lattiaan. Menet keittiöön, hakemaan, kuten Erol minulle myöhemmin kertoo, varmaan veistä. Siinä vaiheessa Erol poistuu paikalta.
Mitkä ovat viimeiset havainnot tapahtumahorisontissa?

Tästä eteenpäin tapahtumille ei ole todistajaa. On vain lääkärinlausunto, jossa naispotilasta todetaan kuristetun. Lisäksi hänen oikeaa jalkaansa on tallottu niin, että turvotuksen ja sinerryksen lisäksi siinä saattaa olla nivelsidevamma. Tutkittaessa on tullut esiin vasemman silmän ulkosyrjän mustelma ja vasemman poskipään punoitus ja turvotus potilaan kertomaan nyrkiniskuun sopien. Myös otsan vasemmalla puolella on punoitusta. Lausunnon lopussa todetaan, että fyysiset vammat parantuvat, mutta psyykkinen toipuminen vie aikaa. Potentiaalisesti pahoinpitely on ollut henkeä uhkaava.

On myös tieto, että naishenkilö on soittanut kotiosoitteestaan Pursimiehenkadulta pian puolen yön jälkeen hätäkeskukseen.

Aamulla naishenkilöä tullaan hakemaan ulos kopista. Hän istuu betonilattialla ja nojaa seinään aamutakissa ja tuijottaa tyrmän oven avaavaa miestä.

– Ylös! Voi tänne jäädäkin.

Onko ylivilkas mielikuvitus heittänyt hänet vuosisatoja taaksepäin, Bastiljiin, ehkä Toweriin, syytettynä maanpetoksesta, vallankumouksen lietsomisesta? Jostain äärimmäisen vakavasta rikoksesta joka tapauksessa. Odottaako mestauslava! Lentävätkö kivet! Onko hän huumekaupasta syytettynä jossain ihmisoikeuksia polkevassa takapajulassa, terroristiepäiltynä Guantánamon vankileirillä? Missä ajassa ja paikassa hän on? Peräti kivikaudella? Tämä naishenkilö, ihmisarvonsa, vapautensa ja koskemattomuutensa menettänyt, tämä nimetön – minä. Eihän tällaista ole.

– Ylös! pissakuilun viereisen, kaakeloidun maanpäällisen helvetin portin avannut mies tiuskii suomen kielellä.

Loputonta käytävälabyrinttia vanginvartijan perässä onnahdellessani äännähdän käheästi, tännehän voisi unohtua ja kuolla.

– EU:n väki kävi täällä ja antoi erinomaiset pisteet, vartija ärähtää.

Tiskillä minulle annetaan kassiin tungettu takki ja ruma pusero. Mitä muuta tarvitsisinkaan.

Heikoksi käynyt kehoni tärisee, olen kauhuelokuvassa, jossa heittelehtii jättiläiskokoinen lähikuva. Sinun hymystäsi. Sinä sait tämän aikaan! Sinä! Sinä teit tämän, veit minut maailman äärille.

Ääneni vavahtelee, kun vaadin saada puhua koppibunkkerin vastaavan kanssa. Kuka vastaa vapauden riistostani? Millä perusteella minut on tuotu tänne – ruumisarkkuun! Paikan nimen ääneen sanominen on ylivoimaista. Minut on tuhansin raipoin häväisty.

Minut ohjataan sairaanhoitajan luo, joka tutkii vammojani ja kysyy, haluanko tavata lääkärin.

– Minä haluan tietää, millä oikeudella ja kenen toimesta minut on tuotu tänne, vapisen kuin nurkkaan listitty eläin, hengitykseni katkeilee nyyhkytykseksi.

– Ilman avaimia, rahaa, puhelinta, lisään hysteerisenä.

Päätäni särkee, koko kehoani särkee ja kivistää. Tunnen, että hengitykseni salpautuu hetkellä millä hyvänsä ja sydämeni pysähtyy, minut oli heitetty häkkiin kitumaan kuin arvottomin hylkiö. Pieneen valkoiseen kammottavaan koppiin. Koppi kuin kuolema. Kuole sinne. Laukaus olisi ollut armollisempi. Sydämeni takoo, avaruus huutaa, sillä en saa mielestäni, mitä olin nähnyt.

Olin nähnyt kivettyneen katseesi, kun minua pakotettiin yöllä ulos asunnosta. Kun olin jo riisuutunut, kääriytynyt paksuun froteekylpytakkiin ja nääntyneenä linkannut olohuoneen divaanille.

Olin nähnyt, kuinka maisema vaihtuu ihmiskasvoilla, mykkäfilmin kirkkaasti valaistut mustavalkoiset kasvot vajoavat hitaana ristikuvana tummissa varjoissa hampaat paljastavaksi ihmissuden pääksi ja rakastamani pehmeä kissaeläin muuttuu verenhimoiseksi pedoksi.

Olin nähnyt jäänsinisinä, läpäisemättöminä hehkuvat silmät, kasvot, joissa kuin naamion takaa huulten kutsuva kaari alkaa värähdellä halveksivasti, kääntyy kavalaan hymyyn, jossa karehtii kostonriemu. Kun virkavalta on saapunut kotiimme ja sinä hallitset tilannetta.

Sydämesi on sulkeutunut nyrkkiin. Haluat kuolla minulle. Puserran silmäni kiinni, kun ne ovat rävähtäneet auki.

61. Suuret toiveet

Olen nousemassa portaita toisen kerroksen tasanteelta kolmanteen, kun ruokakassi käy raskaaksi. Pysähdyn hetkeksi. Tuntuu ylivoimaiselta nousta viimeiset askelmat ja astua asuntoon. Näen punertavan valon pilkottavan jugendtyylisin kasviaihein koristellusta lasi-ikkunasta oven yläpuolella. Kauppareissuni ei ole kestänyt puolta tuntia, mitä minä kuvittelen. Olin ilmoittanut sinulle puhelimitse tulevani tänään kotiin, jos sitä nyt siksi saattoi sanoa. Olin pyytänyt, ja olit luvannut pysytellä poissa.

Olin käynyt asunnossa *Myrsky-yön* jälkeen siistimässä sitä. Olin kauhonut peilin sirpaleet, rikki menneen ruukun nukkumatteineen ja kristallikynttelikön palaset sanomalehdissä mustiin jätesäkkeihin, kantanut ne roskiin ja imuroinut eteisen. Olin tyhjentänyt ruokapöydän viimeisen ehtoollisemme jäljiltä, purjeveneineen, simpukkoineen.

Viimeisellä ateriallamme purtemme ei ollut löytänyt suotuisaa tuulta purjeisiinsa. Se ei ollut löytänyt satamaa, ei tyventä. Se oli törmännyt tuhoisasti valtavaan jäävuoreen ja uponnut. Totaalinen haaksirikko. Se katkaisi matkanteon lopullisesti.

Kuulostelen oven takana ääniä asunnosta. Kaikkialla on hiljaista. Miksi tunnen läheisyytesi? Kuin kuulisin huokauksen, leijuisit jonain henkenä ilmassa? Minun täytyy olla rauhallinen, vaikka kaasuvalo palaa päässäni. Pelot toteutuvat, ellei niitä kohtaa, ajattelen avatessani oven eteisaulaan, jossa pelipöytä seisoo pystyssä, paljaana. Pöytälamppu palaa sivupöydällä. Majakkani.

Sytytän keittiön valot, vaikka luulin jättäneeni ainakin jonkin niistä palamaan lähtiessäni kauppaan. Minua kylmää, kuin kostean sammaleen lemahdus. Tunnen taas läheisyytesi, mutta se on heikkohermoisuuttani.

Lasken kassin keittiötasolle ja riisun takin. Katseeni osuu eläinten ruokakuppeihin. Vincent ei ollut ovella vastassa. Missä Vincent on! Sydämeni syöksyy laukkaan, sytytän kiireesti keittiön kattospotit ja ruokasalin kristallikruunun.

Ja näen sinut.

Istut ruokasalissa. Pelästyn ja tunnen paniikin nousevan kuin hitaasti etenevä tuli sytytyslangassa. Henkeäni alkaa ahdistaa kuin tukehtuisin hitaasti. Mietin kuumeisesti mihin jätin astmasuihkeeni. Jähmetyn paikoilleni, ja hetken minusta tuntuu kuin olisin astunut elokuvaan. Olet odottanut minua täällä, pimeässä.

Et liiku, et huomioi mitään. Istut pää alaspäin. Kuin tuomion saaneena. Puran ruokatavaroita jääkaappiin hidastetusti, sydän takoen. Yritän hallita elintoimintojani, hengittää syvään ja rauhallisesti. Otan käsipuhelimen varovasti laukusta ja puristan sitä kämmenessäni. Pelkään alkavani täristä, kun kuulen rapinaa, ja Vincent tulee kuin vaivihkaa jalkoihini. Kumarrun hellimään sitä nopeasti. Siirrän viimeiset ostokset jääkaappiin.

En tiedä mitä tehdä.

Ensimmäinen huoleni *Myrsky-yön* jälkeen oli hakea Vincent asunnosta. Marin kanssa. Sinä olit ottanut Theon. Avaimet olivat sovitusti rapputasanteella olevassa ruukussa, kuivuneen kanervan joukossa.

Olin astunut asuntoon kuin aavemaiseen, rappeutuvaan kartanoon, jossa elämä on pysähtynyt leikaten, niin kuin suurissa odotuksissa tapahtuu romahduksen jälkeen. Pilaantuvat herkut juhlakatetussa pöydässä rottien riemullisesti riepoteltavana, petetyn morsiamen huntu riekaleina, hääpuku hapertumassa hämähäkin seiteissä, kun petos on niin valtava, että maailma lakkaa.

Heti eteisen vaalealla marmorilattialla vääntyneet mustasankaiset silmälasit, linssit murskana, pelipöytä kumossa, särkynyt kristallikynttelikkö ja spektaakkelinomaisin, romahtanut peililiukuovi rykelmänä sädehtivää kidemurskaa ja kauemmas lentäneet sirpaleet kuin siroteltuina tässä valoa taittavassa, lumoavassa tilataideteoksessa. Peilin sirpaleet kuin lattialle heitetty, pehmeästi polveileva, kimalteleva viitta.

Ja ikiaikainen ruukkuni, ihmeellisesti kuin veitsellä kahtia halkaistuna, toinen puoli pyörähtäneenä olohuoneen oven suuhun, toinen kynnyksen toisella puolella. Ja kun luulin voivani pelastaa ruukun, se hajosi käsiini kuin sisäisten jännitteiden haurastuttamana.

Sodan autio, äänetön näyttämö, jolla näen käteni takovan rintaasi, kuinka sinä saatat! Täydellinen epäusko, kun kätesi tukkivat kurkkuni, tukahtuva parkaisuni, haluatko sinä tappaa minut! Kaoottiset keskiyön hetket, kun pelko ja hätä valtaavat tilan, iskut vievät tunnon ja tajun, ja järkytyksen huipennuksena nääntynyt säpsähdys, kun minua nostetaan, ja sinä seisot valvomassa nöyryytyksen toimeenpanoa ja näen välähdyksenä naamiosi taakse ja toden ja kuvitelman raja katoaa. Ja voisin vannoa, että tämä ei voi olla totta, tämän kaiken täytyy olla halpahintaista elokuvaa. Todellakin, sinun livenä ohjaamaasi inhorealismia.

Seison eteisessä. Mikään ei elä tässä pysäytyskuvassa. Mikään ei liikahda asunnossa. Kutsun Vincentiä. Mari odottaa oven suussa, kun etenen varovasti keittiöön kuin pelkäisin jonkun käyvän kimppuuni. Vincentiä ei näy. Näen, että koirankipossa on ruokaa. Vincent, huhuilen. Keittiötasolle asetettu käsilaukkuni sojottaa kuin huutomerkki. Sen vieressä keittiötauluni, *Carpe!*, fileerausveitsellä viilletty. Apinan hautajaiset.

Tuijotan tuhottua taulua. Vincent! Suljen silmäni, vereni pakkautuu, olen hetkessä, jossa kaikki on mahdollista. Kuulen rapinaa ja pieniä uikahduksia. Nappisilmät tapittavat ruokasalin ovella.

Menen polvilleni, kutsun koiraani kuiskaten, ja kun se tulee, hitaasti, häntä viistäen matalalla, sivelen sen päälakea ja poskia, painan pääni sen turkkiin ja se painaa päänsä. Otan sen syliini ja se nojaa kuononsa olkaani, paijaan sen selkää ja kuiskin hellimäsanoja. Tunnen sen nenänpään ihollani, ja sitten se kääntää katseensa minuun ja katsoo suoraan silmiini ihan hiljaa. Suukottelen sen päätä ja painan kaulaani vasten.

Kun lähdemme, Vincent kävelee kevyesti keinahdellen vieressäni, häntä pystyssä kippuralla.

Mutta nyt olen palannut Pursimiehenkadulle oltuani pitkässä paossa

Marin luona. Olin käynyt asunnossa vain hakemassa Vincentin, nopeasti, sydän pamppaillen, ja sitten rohkaistuttuani siivoamassa sen.

Ja nyt minun pitää kohdata sinut. Olin sanonut, etten halunnut nähdä sinua. Miksipä olisit kunnioittanut sanomisiani?

Ei nyt, ajattelen, mutta tietenkin, jossain vaiheessa meidän täytyisi puhua.

Istuudun ruokapöytään. Nostat päätäsi. Tunnut haluavan sanoa jotain.

– Kun ei voi enää luottaa toiseen, sanot karhealla bassolla ja jauhat pastillia.

– Se vie pohjan.

– Kun luottaa toisen sanaan.

– Kun luottaa toisen sanaan.

– Ja toisen toimista ei tiedä, sanot ja lasket päätäsi.

– Kun toisen toimista ei tiedä.

Katsot minuun ja nyrpistät huuliasi.

– Kun luottaa toisen rakkauteen, sanon.

– Ja toinen pettää, sanot.

– Ja toinen pettää. Se on murhaa, sanon ja katson sinuun.

– Miksi toit tämän kämmykän kotiimme? kysyt ja kohennat asentoasi biedermeier-nojatuolissasi. Istut nurkassa, kasvosi häilähtelevät hämärässä.

– Miksi toit lennokin?

– Tämähän on painajaista!

– Tämä on painajainen.

Olemme hiljaa. Sitten sanot.

– Sinulla on uusi mies.

– En rakasta sinua enää.

Tuijotan sinua.

– Poikaystäväsi soitti minulle.

– Vedit aika kovaa, sanon ja ajattelen, reagoit ikään kuin välittäisit. Reagoit kuolettavasti yli.

– Pyysin kotirauhaa.

– Sitähän minäkin, sanon ja hymähdän.

– Onko tämä Erol suurikin tähti? Kuoli keski-iässä.

– Ei mennä nyt elokuviin.

– En korvaa silmälaseja, en mitään kotirauhan rikkojille. Lopetin puhelun heti. En puhu kunniattomien kanssa.

– Etkö? Oletteko nyt tyttöystäväsi kanssa tyytyväisiä? Onko rikottu, tuhottu riittävästi. Saatu kaikki säpäleiksi.

– Voinko nukkua työhuoneessa, lähden heti aamulla. En olisi taakaksi.

Olen sanaton.

– Kuka tämä uusi poikaystäväsi on!

– Minä olen naimisissa.

– Niin minäkin.

– Et noudata minun suhteeni omia ontuvia sääntöjäsi. Ja olet mustasukkainen.

– Se on minun luonnossani.

Väsähdät, niin minäkin. Kehoni on raskas kuin nyrkkeilysäkki.

– Olet pettänyt minua, sanot.

– Olet pettänyt minut.

– Isket, otat miehen tosta vaan.

– Isket! Aivan! Olet pettänyt minut kaikilla mahdollisilla tavoilla, sanon ja tajuan, miten epätodellinen tilanne on. Todella, kuin elokuvaa. Annat ymmärtää, että et ole tehnyt mitään väärin – vaan minä.

Painan ruhjottua poskeani ja katson sinuun. Et ole huomaavinasi mustelmilla olevaa silmääni, koko punaisenmustaa kasvojeni sivua. Näetkö edes minua? Puheesi on onttoa, olennaisen kiertävää sanailua, ajattelen, mutta asenteesi on paljastava. Ja näen välähdyksenä sisimpääsi.

Nousen pöydästä.

– Vaimo! Äänesi on miehekäs. Siinä on vaativa sointi.

– Hyvää yötä, ja hyvästi.

62. Meidän vastaeronneiden kesken

Ajattelen häkellyttävän kaunista naista, jonka näin kauan sitten bussissa. Hän istui muusta maailmasta irronneena, katse eteenpäin, mutta silmät tyhjyyttä ammottaen. Katsoin häntä piilottaen katseeni. Munchin *Huuto* näyttää räjähdysmäisen tunnetilan, nainen bussissa ilmensi ilmeettömästi myös jotain sanoinkuvaamatonta tunnetta. Nainen oli kivettynyt – äärimmäiseen järkytykseen? Mitä hänelle oli tapahtunut?

Mikä ihmistä järkyttää raskaimmin?

Rakkaimpien menetys, kuolema, mikä?

Jäätynyt kaunotar menetyksen äkkisyöksyssä. Bussissa, ihmisten joukossa, elottomana.

Jätös.

Miksi ajattelen tätä naista?

Olin nähnyt kielletyn kuvan. Ei sellaista tunnetilaa saanut näyttää, eikä sitä ollut säädyllistä katsoa.

Yritän sopia säännöistä saman katon alla.

– En käy täällä usein. Nukun työhuoneessa. En ole taakaksi.

Suljen suuni. Ei sinulle ollut kysymyksiä säännöistä.

Tulet, menet, ilmoittamatta, ja minä, minä olen häkissä siivet sijoiltaan, liverrys kurkkuun kuolleena. Surun osuma sydämessäni.

Ja minä odotan, odotan, että sisin sulaisi, veri alkaisi terveesti kiertää, uskaltautuisin ulos ja avaruuden humina hellittäisi. Odotan piilossa katseilta. Kulisseissa. Lyötynä, haavoilla, monenkirjavilla mustelmilla. Kultaisessa häkissä.

– Olen nähnyt kymmeniä tuhansia elokuvia, sanot eteisessä tehdessäsi lähtöä töihin. Istun ruokasalissa ja odotan oven kolahtavan kiinni.

Miksi toit maailmaani alhaisimmat? Nostatit upottavan pohjamudan, sameat liejut, käynnistit koston ja kiusaamisen. Halvat naamioleikit - niljakkaan kuurupiilon ruokakaupan kassajonossa, jossa teeskentelet tietämätöntä käytävällä piileskelevästä lepakosta. Kehtasit vaatia minulle ostamaasi timanttisormustakin takaisin, antaaksesi sen laahuksellesi.

En minä halunnut viettelijöitä, baarikärpäsiä, ankeriaita, en halunnut bettybluita - enkä Godardia elämääni. En minä halunnut toden ja valheen karusellia, en vellontaa rajatilassa. En halunnut tulla vedetyksi kaksoiskorvausten verkkoihin - kun vakuutuksia elämän kovimpiin vahinkoihin ei ole. On vain pelin säännöt

Halusin katsoa kanssasi rakkauselokuvamme taivaan täyttävältä laajakankaalta, lapsellisen, hullunkin ehkä, mutta aidon rakkauselokuvan, jossa rakkaus ei lopu leikaten filmipöydässä vaivattomasti uuden alkuun. Jossa rakkaus ei lopu nopeasti ja kivuttomasti, jännitteen ja toiminnan ylläpitämisen kannalta tehokkaasti, alati vietellen vavahduttavien käänteiden odotukseen niin kuin viihde on meidät koukuttanut, rohkeisiin siirtoihin, aina vain kovempiin vetoihin, sillä rikotun ja ruman saa siivottua pois silmistä, mutta tunnetta ei sydämestä, ei sitä saa leikattua, ei se lopu leikaten.

En ehdi alta pois, kun astut sisään, yllätät, tulet ja haluat suudella. Kun väistän, tartut minua kiinni olkapäistä.

– Suutele minua, sanot, ja kun rimpuilen vastaan, painat huulesi huulilleni ja tarraat sitten hiuksiini, painat pääni polviin ja minut lattiaan.

– Se oli Otellon suudelma, sanot ja jään lattialle, kunnes kuulen oven sulkeutuvan takanasi.

Ja niin minä istun yössä, käyn ruosteista uraa. Sellaista on rakkaus, ei se noudata sääntöjä. Se salamoi, sylkee ja sähisee, ilkkuu ja irvistää, ja sekin sen on kestettävä, sekin kärsittävä. Niin istun yössä kasvoni pahoinpideltynä, sydämeni polttavilla mustelmilla, mieleni lyijynraskasta mustaa harsoa, etkä sinä sitä näe. Ei kukaan.

– Kaikki mikä peittää on eduksi, vitsailet katsoessasi itseäsi seinäpeilistä. Sinulla on mustat merkkilasit silmilläsi. Ja tajuan, on huhtikuu.

Minua kouraisee, kun lähdet musta laukku olallasi, pitkiä hiuksiasi hulmauttaen, taakse katsomatta. Kuuntelen saappaittesi loittonevaa kopinaa portaissa. Jäljelle jää vain hiljaisuus, jossa minulla ei ole mitään odotettavaa. En enää koskaan kuule sanoja, joita kaipaan. Et tule koskaan sanomaan edes olevasi pahoillasi.

Niin minua särkee, ja niin minä suren paikoilleen kivettyneenä, silmät tyhjinä, maailmasta irronneena. Poissa ihmisten silmistä.

Mitä minä teen? Tuijotan olohuoneen kattoa. Taivas on tyhjä. Miten minun käy, menetettyäni – mitä. Rakkauden? Illuusion. Puhtaasta ja aidosta. Suuresta. Olisiko minusta edes tavalliseen. Mihinkään. Jäljellä on vain pudotusta tyhjään.

Tiedän vain, että halusin tehdä sinut onnelliseksi! Jakaa elämäni, kaiken kanssasi. Meidän kuolemaa suurempi rakkautemme! *Kaikki, minkä taivas sallii*! Muistathan. *Kunnes kuolema meidät erottaa.*

Melodraamat, film noirit, miten niistä olin pitänyt. Pahuuden kiehtova kosketus. Salailut, tunnekylmät juonittelut, niin ylilyövää – niin elokuvaa. Öiset kadut ja tihenevä sumu, askelten kaiku kierreportaissa, raottuvat ovet. Läikähtelevät varjot ja heräävät epäilykset. Kohtalokkaat virheet, kohtalokkaat repliikit ja kohtalokkaat naiset, ihmiset yön silmässä.

Petokset, murhat – naurettavan epärealistista. Tämä *genre,* niin mustavalkoista, liioiteltua – ei sellaista esiinny elämässä. Viettelijättäret, kapakoissa katseitaan jakavat, ja heidän humalluttamansa miehet – niin kuin vain elokuvissa.

Niitä oli ollut ihana katsoa.

63. Kuumetta veressä

Soitan Benille, kun tunnen hallitsevani ajatuksiani, ja ääneni. En halua rasittaa häntä, en paljastaa tuen tarvettani.

Tapailen pirteää tempoa puheeseeni, mutta kun kuulen Benin ystävällisen äänen, hengähdän. Vaihdettuamme alkutervehdykset kysyn onko hänellä hetki aikaa, ja hän sanoo rennosti, on.

– Oletko tavannut Armaania?

– Olen kerran ja olen puhunut puhelimessa.

– Tiedät kai tilanteestamme?

– Tiedän, että Atlantilla on ollut tuhoisa valtamerilaivojen yhteentörmäys.

– Armaanin voi käydä kuin Pyrrhoksen, Beni jatkaa, ja saan heti muistutuksen hänen erikoisalastaan, antiikin ajoista.

– Tulee niin kuvainnollisesti, naurahdan.

– Se voitti, lisään.

– Armaanin lapset kärsivät tässä menossa, Beni sanoo ja hänen vastuullinen asenteensa leviää lämpönä linjalle.

Yhtäkkiä minua hirvittää. Muistan Ainin oudon käytöksen hänen käydessään viimeksi meillä Brasilian matkamme jälkeen. Oliko edes kiittänyt tuliaisista? Hän oli ollut kummastunut koko lyhyen käynnin ajan, jotenkin varuillaan. Ihmeissään, ystävällisyydestäni?

Ja muistan taas, että on niin paljon mistä en tiedä.

– Tiedät kai Armaanin tilanteesta työpaikalla?

– Hänen pitäisi lopettaa juominen, Beni sanoo.

Huokaan syvään. Äänessäni ei ole enää pirteyttä kun alan vuodattaa.

– Olen rukoillut, että hän menisi katkaisuhoitoon. En tiedä onko hän käynyt edes lääkärissä tai terapiassa. Kunpa hän löytäisi luovuutensa, saisi kiinni jostain.

– Tätä menoa hän juo itseltään työpaikan, Beni sanoo ja langalle laskeutuu kuolemanhiljaisuus.

– On niin itsepäinen. Silloin kerran oli puhe, Dagmarinkadulla, muistatko. Mikä luonteenpiirre, *tragic flaw*, sinulla oli mielessä?

– Se mitä sanoin.

– Ei se ollut vastaus. Tai mistä se johtuu?

– Vastasit siihen itse, Beni sanoo, kiertelee.

– Tahaton arviointivirhe, joka johtaa päinvastaiseen. Kärsimykseen. *Hamartia.* Molemmilla, Beni jatkaa.

Kohtalokas erehdys, huh.

– Puuttuu enää *hybris*, sanon. Ja sanakirja.

– Juuri se. Toisen häpäisy ja nöyryyttäminen.

Menen mykäksi. Olinko minä luullut liikoja itsestäni, ollut ylimielinen, mielessäni käväisee, ja saanut rangaistuksen. Ainakin minua oli rangaistu!

– Ja *katharsis*! Kunpa saisin selvyyden. Haluaisin puhdistua tästä tragediasta! En tiedä, mitä Armaani tekee – tai tuntee. Hän on täysin vieras. Olen niin surullinen, enkä tiedä mitä tehdä. Haluan toimia oikein, sanon ja vedän henkeä.

Beni on hiljaa.

– Beni, en ole koskaan halunnut nöyryyttää ketään, kävellä yli – en sairasta voittajantautia, jatkan.

Beni on hiljaa.

– En tiedä mitä minusta on enää jäljellä, henkäisen. Beni on edelleen oudon hiljaa.

– Uskotko, että elämä jotenkin rankaisee vääristä teoista?

– Ei ainakaan oikeuslaitos.

– Entä rakkautta vastaan tehdyistä rikoksista?

– Jos ne onkin tehty rakkauden nimissä, Beni sanoo, ja häkellyn.

– Tiedät varmaan mitä Armaani on tehnyt. Mitä meillä tapahtui, sanon, vaikka oikeastaan en haluaisi edes puhua asiasta. En halunnut leimata sinua mitenkään.

– Toit toisen miehen teille yöllä kotiin. Iskemäsi uuden poikaystävän.

Menen sanattomaksi kuin iskusta palleaan. On minun vuoroni olla hiljaa. Tietenkin! Sinun sepitteesi on levinnyt totuutena ympäriinsä, poliisillekin. Olet puristanut sydämeni murskaksi kämmeneesi. Nyrkkiisi. Mutta kerroitko Benille miksi – siis miksi halusit poliisien vievän minut pois asunnosta?

– Rakkaus on tyranni. Niinhän sanoit, muistatko? Ei säästä yhtäkään. Olit oikeassa, vaihdan aihetta sillä alan nääntyä. Kivenlohkareen vierittämiseen. Turhaan merkityksen etsimiseen.

– Voisitko yrittää puhua Armaanin kanssa? Puhua hänelle järkeä, saada hänet hakeutumaan hoitoon, sanon ja virisen toivoa.

Beni on hiljaa. Ajattelen, että puhelu on syytä lopettaa, kun muistan Benin sanoneen nähneensä sinut. Missä, milloin?

– Stockan ravintolassa, kun hän halusi esitellä uuden tyttöystävänsä.

– Kiitos kun puhuit kanssani, Beni. Kiitos kaikesta, lopetan puhelun ja ajattelen, että olen vain itseni varassa. Ja tiedän, etten enää puhuisi Benin kanssa.

Beni ei kaiketi koskaan saisi tietää totuutta haaksirikkoyön tapahtumista. Se miten minut häpäisit ja minua nöyryytit oli *kohtalokas erehdys,* mutta sitä et tehnyt hyvässä tarkoituksessa. Mitä Beni siitä sanoisi? Ketä tässä pitäisi rangaista *hybriksestä?*

Minä olen nainen, jolla on omatunto. Suoja pahalta?

Ei, ei suoja pahan teoltakaan.

Teet lähtöä eteisessä, katsot minuun. Merkitsevästi.

– Minä menen töihin.

Kun astun Vincentin kanssa kadulle, ehdin nähdä takkisi liepeen heilahtavan *Titanicin* ovesta sisään. Kävelen viivytellen kadun yli, ja samassa jo tulet ulos hattarasi kanssa. Taitaa siinä olla Aijukin.

Olisit voinut veisata rakkauden veisumme loppuun toisinkin. Mutta sinä kiihdytit maailmanlopun menoa. Soitat ja sanot, ettet tule pariin päivään kotiin, taakaksi, ja kuulen naurua taustalta. Soitat perään, ja nyt äänesi on heikottavan pehmeä, kun kysyt miten veljeksemme voivat. Olet taksissa matkalla töihin, otat toisen roolin. Ja äänesi herättää ikävän.

Kastelen kukkia, mitä niistä on jäljellä. Kolibrin korkeimmat varret ovat romahtaneet, matalissa on vielä voimaa. Sanomalehdet ja muu posti kasautuu huojuvaksi rakennelmaksi. Elokuvalehdet kasaan siistiin pinoon. Laskut kokoan erilleen ja maksan ne. Kunnes ajattelen, että sinunkin kuuluu osallistua talouden ylläpitoon, vaikket mitään ylläpidäkään. Selaan tiliotettasi.

Ja mielessäni viuhahtaa ruoska.

Veloituksia Stockan kosmetiikka- ja naisten vaateosastolle, iso lasku *Kosmoksessa*, *Pilvilinnan* hotellilasku. Yksi tuntuva pano, tilillesi siirretty apuraha Tati-tutkielman tekoon. Suunnittelemaamme Pariisin matkaa varten.

Vereni alkaa kiehua. Hengitykseni kiihtyy. Haluan ulkomaailmaan.

Mutta en hoiperrellen, heikkona, joksi valahdin heti, kun näin sinut liehakkosi kanssa. Vaelsit kotikaduillamme laahuksinesi kuin kulkisit jo ruumissaatossani. Pääsi ylväästi pystyssä maailmojen yläpuolella, kädessäsi raskaat ruokakassit. *Titanicin* kannella oli aina joku tähystämässä minunkin liikkeitäni.

Olin nähnyt ikkunasta sinun seisovan risteyksessä ja ojentavan mustatukalle ruusun, ja sydämeni lävistivät tuhannet tikarit ja niin syvälle ne sattuivat, että keho taittui kahtia, pää polviin. Murhasit minua julkeasti silmieni edessä.

Olin saanut postissa postimerkittömän kirjekuoren, jossa oli Uspenskin ylätasanteella, sinistä taivasta vasten meistä otettu kasvokuva. Sama kuva, jonka olin laittanut tavaroittesi joukkoon punaiseen kassiin. Kasvoni oli peitetty mustalla tussilla. Musta silmä ei riittänyt, hymähdin, mutta kyllä, olipa havainnollista. Musta aukkohan syntyy, kun tähti luhistuu oman vetovoimansa vaikutuksesta. Tähti kuolee. Mustaksi aukoksi.

Osuvampaa olisi ollut mustata molempien päät ja jättää jumalainen taivas kehystämään mustaa. Rakkauttamme.

Halusin jaloilleni, mutta horjahdin helposti. Mikä minua olisi tukenut. Suru ei kannattele.

Sitten kuin siivekkäiden henkiolentojen ohjaamasta oikusta olen tulossa Vincentin kanssa lenkiltä ja satut vastaan Perämiehenkadulla, liehakkosi liehuen kannoillasi. Heikkona naisena hänen on kiiruhdettava kaulaasi, lennähdettävä pelokkaana syliisi ja suudeltava sinua kiihkeästi. Siinä silmieni edessä.

Ja kuin ikiaikaisten jumalten sanansaattajien noitumana kävelen koirani kanssa kadulta luotisuoraan rautaportille, sisäpihaan, portaat ylös kolmanteen kerrokseen, työhuoneeseen, jossa avaan tietokoneen, etsin kaikkien tiliesi pankkitunnukset ja tunnusluvut taulukosta, näppäilen ne, enkä ole uskoa silmiäni. *Don't get even, get everything.* Tulistuneet demonini puhaltavat tuulta, veressäni kohisee, siipeni räpyttävät tuhansilla. Teen siirron.

64. Kolme väriä: Sininen

Aamulla ensimmäiseksi soitan Sadun käsipuhelimeen.

– Hei minä tässä, nyt on akuutti tilanne. Voisinko tulla aikaisemmin vastaanotollesi?

– Hienoa, huomiseen!

Saisin järjen langasta kiinni. Tilisiirto – ja tilitietosi, mieletöntä. Kun ei ollut rajoja, ei jumalia. Oli raha. Antaa palaa! Tästä et selviäisi. Puhelin soi. Sinä soitat. Sinulla on kiire ja Venla painaa päälle.

– Se on jättänyt viisi viestiä puhelimeeni ja huutaa rahaa. Voisitko soittaa lakinaiselle ja tarkistaa, pitääkö minun nyt vielä maksaa jotain. Olen maksanut jo viisisataa euroa.

Selvitän asian ja soitan sinulle.

– Ei tarvitse maksaa. En enää hoida asioitasi tämän jälkeen, ymmärrä se, sanon.

Enkä enää provosoidu Venlan vaateista, kuten ennen. Olikohan edes vaatinut? Tunnen jo sinut.

– Meidän täytyy puhua. Soitatko minulle iltapäivällä, pyydän.

Iltapäivällä menen *Vanhaan Ankkuriin* ja tilaan härän sisäfilepihvin ja *Sangre de toroa*. Soitan sinulle. Et sinä minulle soittaisi.

– Erotaan pois, aloitan asiallisesti.

Yhtäkkiä puhelin tuuttaa varattua. Katkesiko puhelu, vai mitä tapahtui? Epäilin enenevässä määrin toden ja kuvitelmien sekaantuvan mielessäni. Epäilin ystävättärienkin tarkoitusperiä. En luota enää mihinkään, tuijotan puhelimen näyttöä.

Sen kunniaksi! Siemaisen viiniä. Elämää on eron jälkeenkin. Vaikeinta on aika ennen eroa, niin kuin eronneet ystävättäret hokivat, ne vuoden päivät, kun eroa pyörittelee mielessään. Tosin minä olin herännyt horroksestani vasta hiljan. Eläinten vallankumoukseen! Sikojen röhkintään, hirnahdan melkein ääneen ja juon ison kulauksen humalluttavaa viiniä.

Silmien sulkeminen on vaarallista, päätyy mestauslavalle. Verenhimoisen, nälkiintyneen väen toimesta, vihattuna kuningattarena, joka ei näe alakerran kuohuntaa sovitellessaan helmiä kaulaansa. Ei nukkevaltiatar voi jatkaa elämäänsä räsynukkena, neulojen lävistämänä woodooleluna, irvin mielessäni ja tyhjennän viinilasin. Apua, missä on Axel von Fersen? Missä uloskäynti, missä vaunut, missä pakoreitin avustajat! Linnakkeemme menetetty, kuningaskin luopunut, valtansa viety. Syrjäytettynä, miten minun käy? Kuningaskunta hevosesta. Olen tullut onnettomaksi hulluksi tässä valtakunnassa.

Minun on erottava aviomiehestäni. Piste. Putoan kuin kivi rotkoon. Oli kai siellä seuraa. Syrjäytettyjen erityisosastolla.

Nostan verenpunaista viiniä huulilleni, ja ajatus erosta kuristaa henkeäni. Mutta ajatus armottomasta tyylistäsi aiheuttaa kuolemankauhua sekin. Vanavedessäsi vetämäsi laahuksen näkeminen repii silmänpohjani verille. Te yhdessä muutatte vereni lyijyksi. Ei ollut vaihtoehtoa. Oli teloituksen aika.

I can't stop loving you - -. Kuka nämä nauhat valitsee, vai onko ravintolassa jukeboksi? *- - in dreams of yesterday - - .* Työnnän palan lihaa suuhuni ja pureksin sitä hitaasti. Minun on vahvistuttava.

Olisi pitänyt puuttua hälyttäviin seikkoihin ajoissa, ja mieleni harhailee kauas, keväiselle terassille, koskemattomiin, täysiin viinilasillisiin. Sinuun puuskuttamassa perääni. Mitä minä olin loppujen lopuksi nähnyt? Oman epävarmuuteni.

Ja muistan sydämeni helähdyksen, kun näin sinun ilmestyvän kulman takaa odottaessani sinua Kino Engelin edessä punainen kassi kädessäni. Mutta sinä nappasit kassin kädestäni, väistit katseeni ja harpoit ohitseni suoraan elokuvateatteriin ja alas katsomoon. Ja näen ristikuvana pääsi sylissäni, vettyneet siniset silmäsi, itkusi, ja jo päälle kiilaa kuva huultesi kavalasta kaaresta, voittajan ilmeestäsi. Tämän kovuuden edessä heittäisin henkeni.

Kun erosta aletaan puhua, se johtaa eroon, eräs ystävätär oli sanonut päivällä puhelimessa. Erossa on vaikea hyväksyä se, että on epäonnistunut, hän oli jatkanut. Minä haluan tajuta miksi. Kai ero pitää jotenkin käsitellä! Mietitkö sinä koskaan, miksi sinulle tuli ero? olin parahtanut ja ystävätär oli sulkenut puhelimen.

Kummallista, eikö juuri parin ensimmäisen vuoden pitäisi olla onnellisinta aikaa, toinen ääni kuorossa oli pahoitellut. Kuinka kauan te olitte onnellisia? Miksi minulle puhutaan tällaista? Tyhjennän viinilasin. Mielessäni myllertää. Odotanko taivaallista väliintuloa, jumalallista ratkaisua, yllättävää pelastusreittiä? Kaikkeutta syleilevää sovitusta. Maailmat yhdistävää anteeksiantoa. Kaikki ei voinut olla tässä. Äkisti, raa'asti.

Yesterday, all my sorrows seemed so far away. Yesterday came suddenly - - . Kuka näitä eilispäivän kappaleita soittaa? Kyyneleet alkavat valua poskilleni. Lähden pois, katoan – mutta enhän minä voi.

Olen ainoa asiakas ravintolan takaosassa, kukaan ei näe minua. Pyyhin poskiani. Liha on mureaa, ja pakotan itseni syömään pihvistä edes puolet. Minun täytyy laittaa itseni kuntoon. Pitkiä lenkkejä Vincentin kanssa, kampaajalle. Huomenna pyydän rauhoittavia lääkkeitä ja kysyn Sadulta olennaiset kysymykset: mitä nyt on tehtävissä ja millä eväillä minä jaksan yksin.

Yksin. Kauhea sana. Olisin taas yksin. Vaikka olinhan ollut yksin, jo kauan – itsepetoksessani. Kummallista, kuinka voi elää onnellisena valheessa.

Yksinäisyydestä olimme puhuneet – mutta silloin meillä oli toisemme. Musiikki käy voimilleni. Taidemuoto, jossa tunne väräjäsi! Oli käynyt niinkin, että en kestänyt tunteellista odotusmusiikkia puhelimessa, oopperoista puhumattakaan. Hiljattain kuulin autossa radiosta Kasevan *Tyhjää* ja itkin putouksena. Meidän piti olla yhdessä, kuolemaan asti.

Katson lohdutonta lihan jätöstä edessäni, tyhjää lasia. Silmäni vuotavat taas poskeni märiksi. Olen juonut unelmat tyhjiin kuin viinin lasista. Niinhän unelmista pääsee, juomalla. Pitäisikö tilata uusi pullo, hirnahdan melkein ääneen. En joisi suruuni, vaan unelmaani, hymähdän. *Yesterday came suddenly* - -. Nyt minuun koskee liikaa.

Olen rynnistämässä ulos ravintolasta, kun puhelin soi. Samalla kovaäänisistä kajahtaa *Tulenliekkinä saavuit kerran.*

– Saanko tulla kotiin. Jäi epäselväksi. Etten ole taakaksi.

– Onhan se vielä sinunkin, sanon hitaasti. Vaikkei *ihan,* noin juridisesti, jätän sanomatta. Ja mitä ihmettä sinä *taakkaa* hoet?

– Onko tullut postia?

– En tiedä. En ole kotona.

– Aha. Moi.

Soitan perään.

– Voisitko hakea unipillereitä, sinulla on resepti. Minulla on terveyskeskusaika vasta huomenna. Meidän on puhuttava – käytännön asioista.

– Lääke on laukussa. Olen käynyt apteekissa.

– Täytyy puhua tästä eroasiasta.

– Hyvä. Sulla on uudet kuviot. Olet itse sanonut niin.

– En ole sanonut niin. Sinulla on ollut omat kuviot jo iät ajat.

– Mulla on tässä vielä kaksi leffaa. Näin muuten älyttömän hyvän leffan juuri äsken --.

– Ero on sinulle helppo, olet valmistautunut hyvin – pitkään ja hartaasti. Varmaan alusta alkaen! Minulta tämä vie hengen. Vaihtoehtoa ei kuitenkaan ole. Olet katkonut siipeni, turhaan olen räpytellyt, paikallani. Kyllä minä halusin saada jotain aikaan, huokaan. Hengitykseni on kiihtynyt ja pelkään purskahtavani itkuun.

– Olen sydänjuuriani myöten järkyttynyt miten paha – sydämetön – minua kohtaan olet ollut, ja olet. Järkyttynyt valheellisuudestasi ja pelin pidosta. Murhaleikeistäsi. Ja käännät vielä kaiken minun syykseni.

– En ole pitänyt mitään peliä, olen toiminut avoimesti.

– Se avoimuus onkin niin lämmittänyt mieltä.

– Olen aina kertonut rehellisesti, missä olen.

– En ole salannut.

– Olisit salannut!

– Ei ole tarvinnut lukea rivien välistä.

– Haa! Et koskaan vastannut edes tekstiviesteihini?

– Mihin tekstiviesteihin?

Taas tätä vitsikästä mitätöintiä, alan kuumeta.

– Tekstiviesteihin, joissa pyydän sinua kotiin, lepertelyjä, joita olen lähettänyt.

– En ole saanut tekstiviestejä.

– Niin varmaan! Aina joku syy, varmaan operaattori – tai omaa vikaani. Ja syytät, että ajan sinut toisen naisen syliin. Etkö vastaa itse tekemisistäsi? Kyllä sinä sinne ihan itse kävelet.

– Kun ajetaan pois kotoa. Taakka.

Minua heikottaa ravintolan ovella. Nojaan eteisen seinään. Tunnen itseni sairaaksi. Kunpa kuolisin, pääsisin pois.

Selvisin ehkä sairaudestani, mutta en sinusta. Tapa jo, survaise, mutta älä syytä minua väärin. Älä enää koskaan sano minulle, että *ajoin sinut pois kotoa*.

65. Matkalla 5: Talo meren rannalla

– Haluan vain katsella markkinoilla, en tarvitse mitään. En halua mattokauppoihin, varoitan Alia autossa. Niistä ei päässyt sietokyvyn rajoissa ulos ja silloinkin joko matto kainalossa tai syyllisyyttä tuntien odotusten pettämisestä.

Emme ole kävelleet montaa metriä kauppa-alueella, kun Ali tervehtii innokkaasti mattokaupan ovella seisovaa miestä ja ohjaa minut sisään.

– En halua ostaa mattoa.

Mattokaupassa alkaa välittömästi hien pintaan nostava voimallinen näytös. Istumaan, istumaan! Saanko esitellä, kaksi miestä häärii ympärilläni ja toiset kaksi alkavat heitellä ja levitellä mattoja lattialle. Niitä vilisee ylinopeutettuna kuvien sarjana edessäni.

– En tarvitse mattoa.

– Teetä vai kahvia? Katsokaa nyt, käsintehtyjä, hienoa käsityötä. Erikoishinta, vain teille.

Mattoja on lentänyt jo iso pino jalkojeni juureen.

Pakkomyynti ei ole nyt kuitenkaan niin rasittavaa kuin joskus basaareissa, joissa meno saattoi kiihtyä painostavaksi.

Minun kanssani sinua ei huijata, muistuu mieleeni, kun näen miten tyytyväinen Ali on ostaessani kaksi pientä mattoa useiden omenateelasillisten jälkeen. Maksan tinkimisestä ja Alin läsnäolosta huolimatta sen verran ylihintaa, että myyjä johdattaa meidät juhlallisesti toimistoon, jossa Ali pääsee tekemään syvempää tuttavuutta kauppiaaseen. Huomaan sivuhuoneessa naisen kangaspuiden ääressä. Matonkutoja työssään.

– En minä näitä tarvinnut. Haluan vain katsella, sanon jatkaessamme matkaa. Matot ovat rullalla Alin kainalossa.

– He ovat ystäviäni, hän sanoo.

– Haluaisin juoda jotain, sanon huomatessani teehuoneen.

– Siellä ei tarjota alkoholia. Tee lisää ostoksia, ja mennään sitten jonnekin. Kävelemme kauppakujia ristiin rastiin, verkkaiseen tahtiin. Liikkeiden eteen kadulle on asetettu tuotteita esille houkuttelevasti. Tavaraa on vaatteista käsitöihin, koruihin, valaisimiin, mausteisiin ja kodinkoneisiin. Myyjät seisoskelevat kauppojen ovella, seuraavat potentiaalisten asiakkaiden liikehdintää ja tulevat hanakasti juttusille, jos ohikulkija vaikuttaa vähänkään kiinnostuneelta.

Ostan pussillisen pieniä mosaiikkineliöitä ja sitten näen sirot, punaiset nahkakengät. Sopivan korkuiset korot. Teen kaupat tingittyäni hinnan kolmasosaan. Ali opastaa minua nostamaan rahaa luottokortilla seinästä.

– Nosta nyt reilusti käteistä, tarvitset rahaa.

– Eiköhän markkinat ole nähty, sanon ja taitan setelit lompakkooni.

Ali ohjaa minut autolleen kuin arvokkaan, suojeltavan esineen. Hän asettaa ostokseni takapenkille, ja ajattelen hyvilläni miten upean pinnan mosaiikeista saa. Sitten hän kiiruhtaa avaamaan minulle oven ja tukee minua kädestä istuutuessani etupenkille. Tunnen olevani herkästi rikkimenevää lasia.

En ole tottunut tällaiseen palveluun, tällaiseen naisen kohteluun. Olenko koskaan, mielessäni käy. Tajuan äkisti vanhentuneeni. Hyödykkeeksi.

Ali ajaa hämärtyvässä alkuillassa takaisin Välimeren rantaa myötäilevää tietä ja kääntyy sivutielle, joka päättyy mereen. Hän pysäköi auton matalan, modernin rakennuksen eteen, vastapäätä muurin ympäröimää yksityisaluetta. Edessämme avautuu ranta, aallot kierivät pehmeästi vaaleaan hiekkaan. Pysähdyn hetkeksi katsomaan merelle, tuuli pyörittää hiuksiani. Muurin vierustalla huojahtelevan palmun edessä kiiltää kyltti: *Myytävänä.*

– Tämä on uusi paikka, juuri avattu, Ali sanoo ohjatessaan minua kohti ravintolan sisäänkäyntiä.

Menemme aulan läpi baariin, ja Ali tilaa oluet. Istumme toisiamme vastapäätä pienen pöydän ääreen sohville.

Oluet humahtavat nopeasti, tarjoilija tuo pähkinöitä pöytään.

– Otetaanko toiset? Ali kysyy.

– Voitko yleensä ajaa - -.

– Sinun täytyy kokeilla paikallista erikoista, sehän nyt kuuluu asiaan, Ali sanoo.

Juoma on hetkessä pöydässä. Siemaisen lasista, se on viinaa. Päätän pysytellä miedoissa.

Tarjoilija tuo laskun pöytään, Ali tilaa minulle lasin valkoviiniä ja itselleen oluen. Sanon tarjoilijalle maksavani juomat.

– Kiitos hienosta päivästä, Ali. Nostan lasiani.

Ali nyökkää ja huitoo tarjoilijaa. Tilaa uuden oluen.

– Vaimoni kanssa meni vaikeaksi, kun hän alkoi määräillä, kuinka pitkään saan istua iltaa. Ei naisen pidä sellaiseen puuttua.

– Teille tuli sitten ero, sanon ja minua hymyilyttää.

– Vaimo tuli käymään täällä, pyysi takaisin Berliiniin ja olisi halunnut jatkaa, mutta en minä halua. Minulla on hyvä nyt, kukaan ei määrää minua.

– Et ole mennyt uusiin naimisiin?

– Paikallisen naisen kanssa en mene. Ei se toimisi. Vaimo istumassa kotona, Ali sanoo ja luulen ymmärtäväni. Ali on oppinut länsimaiseen elämänmenoon.

Tarjoilija tuo laskun, ja Ali tilaa lisää olutta.

– Kohta olisi aika syödä jotain, sanon ja alan tehdä lähtöä.

– Haluatko syödä? Haluaisin mennä ravintolaan, josta olen kuullut, Ali sanoo.

– Toki.

Kuuntelen Alin puheita ja katson, kun hän tyhjentää pöytään tuodut lasit. Hoidan laskun, ja Ali on valmis lähtemään.

– Sovitaanko, että kumpikin maksaa osuutensa jatkossa, sanon.

Kävelemme baarin ohi, ja nappaan tiskiltä ravintolan mainoskortin.

Ravintola on sisustettu ylellisesti kullalla ja sametilla. Marmorilattiat kiiltävät, kattokruunut kimaltavat ja peilit säihkyvät ja heijastavat isot viherkasvit moninkertaisina. Ilmapiiri on kallis ja kohtelu sen mukaista. Meidät ohjataan pöytään ja tilaamme ruoat, meriahventa. Juomaksi kuivaa valkoviiniä, Ali haluaa olutta. Katselen ympärilleni kauniissa ruokasalissa. Viereisessä pöydässä istuu yliruskettunut keski-ikäinen nainen kahden nuoremman miehen seurassa. Ali kertoo tuntevansa toisen näistä paikallisista miehistä, sen, joka asuu tämän vaalean saksalaisen naisen kanssa. Nainen on kuulemma rikas, ostanut täältä talon. Aina kun vilkaisen pöytään, miehet puhuvat keskenään ja nainen hymyilee hengessä mukana, tirskahtaa välillä. Kuin ymmärtäisi, mutta ei itse sano mitään. Ei varmaan hallitse kieltä, mutta on ehkä rakastunut. Kauhea kohtalo, huomaan ajattelevani: ei yhteistä kieltä, ei maaperää, ja kaikki nämä maailman gabrielit.

Saamme kokonaiset kalat eteemme, ja tarjoilija poistaa ammattiottein kalastani nahan ja ruodon. Ali käy perkaamattoman kalansa kimppuun omin välinein ja tilaa lisää olutta. Meriahven on yleinen kala ja suosikkini. Valkoisen lihan mausteeksi riittää suola ja korianteri ja *Chardonnay* saa ruoan sulamaan suussa. Ali on selvittänyt ateriansa ennen minua.

– Pyydämmekö laskun?

– On ollut hieno päivä, hymyilen Alille.

Lasku tuodaan pöytään, ja maksan oman osuuteni käteisellä.

Ali katsoo minuun vakavana ja sanoo, että hänellä ei ole rahaa.

Pyydän tarjoilijan pöytään ja kysyn, miten toimia, kun aion maksaa vain oman osuuteni. Tarjoilijan ehdotuksesta maksan koko laskun luottokortilla. Kun tarjoilija tuo minulle Alin osuuden käteisenä, Ali on jo baaritiskillä.

Pyydän taksin. Matkalla hotelliin sovin kuljettajan kanssa, että hän hakee minut aamulla hotellistani. Minulla on osoite.

66. Viisi vuodenaikaa

Tulen Sadun vastaanotolle kuin luottoystävän hoivaan.

– Ero on ainoa vaihtoehto, sanon riisuessani takkia.

– Ero voi olla ehkä tässä vaiheessa liian rankka juttu, siitähän on jo puhuttu. Erillään asuminen voisi tehdä hyvää. Saisit tilaa ja vapautta yrittää itsesi herraksi. Olen huolissani siitä, mitä saman katon alla asuminen miehesi kanssa tekee sinulle, Satu sanoo ja heittää tuttuun tapaansa pullean jalkansa toisen päälle.

– Miehesi on käyttänyt eroa pelivälineenä, Satu jatkaa ajatuskulkuaan.

– Hän pitää sinua varuillaan, haluaa saada sinut tuntemaan olosi epävarmaksi. Sinä olet kiltti tyttö ja siedät kaiken. Kun nielet kaiken, et myöskään loukkaa häntä. Erolla uhkaamalla hän saa sinut pysymään aisoissa.

Olen hiljaa. Siis pelkkää juonen kuljetusta - - ja miksi? Alanko taas kiertää kehää kuin omaa häntäänsä jahtaava koira.

– Meidän on erottava. Ei ole kyse uhkailuista tai tahdosta. Vaan pakosta, sanon ja nielaisen. Suupalan haarukassa.

– Onko hän valmis saamaan apua? Hänen pitäisi olla selvin päin, kun puhutte erosta, niin että voit luottaa siihen, mitä hän sanoo. Juomisen lopettamiseen liittyy voimakas pelko. Joutuuhan silloin ottamaan vastuun itse itsestään ja asioista. Selvin päin on rankkaa tajuta, mikä paska on ollut. Monet avaavat pullon korkin uudestaan juuri tässä vaiheessa, Satu jatkaa.

– Hän ei hae apua.

– Oletko lukenut Jarouchin kirjan *Läheinen*?

– Mistä se kertoo?

– Huume- ja alkoholiriippuvaisesta miehestä ja hänen kamppailustaan. Se on hyvä kirja, vaikka kirjoittajalla on selvästi käsittelemättömiä asioita. Hän syyttää viranomaisia vääristä asioista. Eivät he kaikkeen voi puuttua, Ruotsissakaan!

Kaikkeen, puuttua! Entäpä Suomessa, selän takana, aivoissani särähtää. Viranomaisten salattu tietoverkosto. Kammetaan ihminen omasta asunnostaan.

Satu on kertonut työskennelleensä Ruotsissa toistakymmentä vuotta. Hänen ensimmäinen miehensä oli alkoholisti. Hän lähti avioliitosta, kun mies riehui puukon kanssa ja heidän poikansa yritti tulla väliin. Satu oli iskenyt kyntensä miehen kasvoihin.

– Joudun taistelemaan nöyryyytyksiä ja raivoani tätä – väliintulijaa vastaan. Toisaalta mietin, miten toimia vastuullisesti.

– Ei kannata jäädä taistelemaan miehestä mustasukkaisuuden vuoksi. Mieti, rakastatko häntä. Ratkaisujen kanssa on elettävä loppuelämä. Kun asioista sovitaan, on aloitettava puhtaalta pöydältä. Useimmiten epäonnistutaan juuri siinä, että aiemmat riidat tuodaan pöytään, vaikka ne on sovittu ja on päätetty, että niihin ei palata, Satu sanoo.

Satu puhuu eloisasti edessäni. Kun ongelmia ei selvitetä, ne seuraavat seuraavaan suhteeseen. Haavojeni vuoto ei tyrehdy näin, mietin. Olen liian yksin, kiertoradallani.

– Miehesi on syöksykierteessä, tuntee, ettei riitä mihinkään miehenä. Joillakin naisilla on voimakas hoivavietti. Haluatko sinä elää hoitosuhteessa vai parisuhteessa? Sadun kysymys on retorinen.

Särestö käy mielessäni ja yhtäkkiä kaipaan häntä.

Sadun puhe kaartaa yhä kauemmaksi sisimmästäni. Pohjimmaisesta surustani. Minua alkaa heikottaa.

– Alkoholi muuttaa persoonallisuutta, voi aiheuttaa hiipivää paranoidisuutta ja vääristyneitä ajatuskuvioita.

Keskittymiskykyni alkaa heiketä. Sadun sanat soljuvat tasaisena virtana.

– Useat alkoholistit ovat *boarderline*-persoonallisuuksia. He kieltävät tosiasioita. Jos heitä vastaan asettuu poikkiteloin, toinen persoona tulee esiin. He ovat usein manipuloivia. Selittävät asiat niin, etteivät ole niissä osallisia – vaan joku muu. He ovat niin kauan viehättäviä, kun saavat sen, mitä katsovat oikeutetuksi. Lyömisen rajatilatapaus selittää sillä, että on pitänyt lyödä.

Hätkähdän. Poikkiteloin. Toinen persoona tulee esiin. Kieltävät tosiasioita. Manipuloivia. Niin, valehtelevat itsensä vastuuttomiksi. Lyövät, kun se on "luonnossa".

– Joskus tuntuu, että Armaanin persoonassa on jotain veret pysäyttävän pahaa.

– Ja minussa on herännyt – olen puuttunut hänen rahankäyttöönsä, lisään hiljaa.

– Meissä kaikissa on se paha. Jotkut vain kontrolloivat sen paremmin. Alkoholi löysää myös pahan kontrollia. Luulen, että jokainen on jossain elämänsä vaiheessa halunnut tappaa jonkun. Ainakin minä, Satu sanoo.

– Niin joo, iskit kynnet kasvoihin.

Turha sanoa, että minä en ole koskaan halunnut *tappaa ketään*.

– Miehesi kokee ehkä olevansa epätoivoisessa tilanteessa. Mitä alemmas hän sinut saa, sitä suuremmalta hän itse vaikuttaa. Sinähän tässä olet se pahan juuri! Jotenkin hänen täytyy tajuta, että hän on säheltänyt liittonne karille. Hän ei tule sitä myöntämään. Hän ratkaisee asian pyyhkimällä suhteenne yli ja siirtymällä seuraavaan. Teidänkin avioliitossanne häntä painavat edellisen liiton syytökset ja syyllisyydet.

Surkeuteni on täytynyt näkyä jotenkin järkyttävästi. Olen ollut vastaanotolla yli ajan, eikä Satu yritäkään päättää istuntoa. Kuuntelen kuin juristin loppupuheenvuoroa oikeudenkäynnissä, jossa kantaja on luhistumaisillllaan eikä mikään tuomio tai rangaistus häntä lohduta.

– En ole koskaan ymmärtänyt viisikymppisten miesten intoa tarrautua nuorempiin naisiin. Se liittynee ikääntymiseen, miehisyyden tuntoon, haluun aloittaa alusta – mitä ei tule tapahtumaan. Varmaan se kohottaa myös itsetuntoa. Miehesi ehkä kuvittelee pelastuvansa toisen naisen kanssa. Ties vaikka tekaisisi lapsen, Satu jatkaa.

Miksi sanot noin, tuo satuttaisi. Ellen tietäisi. Mustapeuhko ei voinut saada lapsia.

– Hän on sterilisoinut itsensä, niin olit kertonut minulle, ja muistan kuinka ilmaan muotoutui kysymysmerkkejä. Olisitko sinä siis halunnut, lapsia – olisit tietenkin, olin ajatellut. Sekin asia oli siis selvitetty. Miksi mustatukka oli tehnyt niin lopullisen päätöksen? Ajatukseni olivat leijuneet hetken hämmentyneinä ja huokaukseni hiipui hämäriin nurkkiin. Asia ei kuulunut minulle, miksi kerroit? Yksityisasioita.

– Pystyykö Armaani olemaan uskollinen? kysymys pulpahtaa yhtäkkiä jostain syvältä.

– Hän mustamaalaa sinua, liikkuu toisen naisen kanssa. Mieti, mitä se tekee naiseudellesi, Satu sanoo.

Toinen nainen, niinpä, ja mieleeni tulee viimeinen kerta kun vietimme hetken keskenämme jotenkin normaalisti.

– Armaanin syntymäpäivän vietto keskeytyi, kun tämä ulkopuolinen lähetteli tekstiviestejä ja roikutti Armaania puhelimessa. Oli taas joku hätä. Sitä ennen meillä oli jopa ihan mukavaa, kerron Sadulle ja muistan, kuinka ilahduin soitostasi.

– Syödäänkö yhdessä? olit soittanut ja kysynyt. Myönnyin heti.

Sanoit hakevasi pizzan Neronesta, ja ehdin levittää syvänpunaisen kaitaliinan ruokasalin pöydälle ja kirjoittaa kortin, johon siteerasin Camus´n ajatusta *yhdessäolosta, jossa ei johdettu toista, ei seurattu toista vaan kuljettiin rinnakkain*. Pärskähdit luettuasi sen. Silmäni kostuivat. Olimme molemmat hetken hiljaa.

Sitten liidokki oli soittanut, ja olin hillinnyt itseni. Tovin.

– Emmekö me sopineet kotirauhasta.

– Sillä on ongelmia koulussa.

– Onko se mennyt koulun penkille?

– Se opettaa sijaisena, ja nyt sitä pidetään äkkijyrkkänä.

– Taivaan vallat, opettaa! Onko se edes pätevä?

– Hoitanut kaiken Jyväskylässä. Se on lisensiaatti.

– Sanoit, että on työtön ja istuu väliaikaishommissa Elokuva-arkiston vastaanotossa.

– Istui ja ihastui minuun.

– Ja nyt minun pitää kuulla hänestä.

– On arvioinut oppilaan tyhmäksi, koska poika ei osaa mitään. Poikaa pitäisi paapoa, kun se on ison pomon poika.

– Jestas, ei noin sanota kenestäkään. Onko sillä kasvattamisen alkeellisintakaan tajua - -.

– Sitä irvitään nyt, kun se uskalsi sanoa asian suoraan.

– Ai nyt häntä irvitään! Ei, ei, ei. Uskomatonta, sanon ja pyöritän päätäni.

– Nyt riittää. Vielä yksi soitto, johon vastaat, niin - -.

Nappaan puhelimesi ja soitan liekit leiskuen mustatukan numeroon. Hengitykseni on kiihtynyt. Muistan olevani vastaanotolla ja katson Satuun.

– Ei keneltäkään voi vaatia, että sietää toisen naisen soitteluja. Sen nyt sanoo jo säädyllisyys. Sen verran pitää olla hienotunteisuutta, Satu sanoo.

– Haluan säilyttää malttini, mutta vaikka päätän olla hiljaa, saatan suuttua. Pyytäisin reseptiä rauhoittavalle lääkkeelle.

– Minä en voi sitä kirjoittaa, enkä ole varma, olisiko se edes hyväksi. Diapamiin tulee nopeasti riippuvuus. Se turruttaa ja vain siirtää surun käsittelyä.

– Ok. Käsittelen sen nyt saman tien.

– Mieti itseäsi. Tee rajat selviksi. Sinä olet hyvä nainen, ei sinun tarvitse sietää mitä tahansa. Itsetunnon menetys tuntuu olevan jo liian pitkällä.

En tunne *itseäni,* en tunnista itseäni edes peilistä. Satu on oikeassa. Minua ei ole. Enkä tunnista Satuakaan, jos hän tulisi vastaan kadulla.

Kysyn, mitä Sadun entiselle miehelle, sille alkoholistille, kuuluu. Löysi uuden, mutta suhde ei kestänyt. Sen sijaan Sadusta ja uudesta naisesta tuli ystäviä. Nyt mies on kolmatta kertaa naimisissa varsinaisen justiinan kanssa ja homma sujuu. Mies saa viikon vapaata pään täyteen juomiseen vuodessa.

Oloni on tyhjiin puristettu. Haluan pois. Lopullisesti. Nousen pois-
tuakseni ja tartun takkiini. Mieltäni kaihertaa jokin Sadun puheissa.
Asia, joka ei ole tullut esiin ja josta Satu ei voi tietää. Enkä minäkään.
Hän mustamaalaa sinua.

67. Kauas pilvet karkaavat

– Puhutko poikaystäväsi kanssa?

Seisot ruokasalin ovella. En ole kuullut tuloasi ja pelästyn. Lopetan puhelun Marin kanssa ennen kuin se on edes alkanut.

– Kun kehuit Erolia, päätin, että kaikki on loppu, sanot ja istuudut ruokapöydän päähän.

En ole kehunut Erolia. Ei ole yleensäkään ollut kehumista. Olen hiljaa.

– Meillä ei ole enää yhteistä tulevaisuutta.

Olen edelleen hiljaa, ja palaat tuttuun aiheeseen, Venlan rahavaateisiin. Nyt hän vaati kahdeksaa sataa euroa. En tuohdu.

– Se on kivaa, että sulla on poikaystävä. Teidät on nähty yhdessä.

Kävelen keittiöstä.

– Kuulitko?

Tulen takaisin ruokapöydän ääreen.

– Jos haluat puhua, niin puhutaan käytännön asioista, sanon.

– Vincent on sen verran mieleen jäävä koira, että se paljastaa sun liikkumisesi, sanot syyttävästi.

– Ai minun? kysyn melkein huvittuneena.

Pidät tauon.

– Aion mennä uusiin naimisiin, sanot kaivaessasi olkalaukustasi oluttölkin.

– Pitää hoitaa meidän ero ensin. Haluaako se uusikin?

– On puhuttu. Ostan asunnon ja muutetaan yhteen.

Millä rahalla, jätän sanomatta.

– Aha. Teidän täytyy muuttaa yhteen pikimmiten. Esimerkiksi välittömästi.

– Jos mua jatkuvasti ajetaan kotoa pois, näin käy. Jos mulle huudetaan painu helvettiin, sä et omista täällä mitään. Luuletsä, että mikään mies kuuntelee sellaista pitkään.

– Minä en ole puhunut omistamisista mitään, sanon ja pääni turrassa rattaistossa naksahtaa. Paljastit itsesi. Kaikki mikä on minun, on myös sinun, voisin muistuttaa sanoneeni sinulle, hymähdän mielessäni.

– Kaikenlaiseen paskaan sitä joutuu, sanot, nouset ja potkaiset kassia lattialla.

Sitten ilmoitat lähteväsi asunnosta parin kuukauden kuluttua, ottavasi kirjat ja taulusi.

Mielessäni lyö punaista, joka vaihtuu nopeasti raskaaksi huminaksi.

– Haen loput kamat myöhemmin. Minut on ajettu täältä niin monesti.

En lähde tähän hokemaasi mukaan. Sinä teet mitä teet, et kysy, et kerro. Etkä saa minua anelemaan, että jäisit, jos siihen pyrit. En anna sinun kiristää minua tunteillani, enää. Minulle ei tulisi mieleenkään kiristää ketään omilla tunteillani.

– Etkö sinä vieläkään ymmärrä mistä on kyse? Onko ihan mahdotonta nähdä tilannetta minun kannaltani?

– Ootsä maksanut tän kuun vuokran? Minä en sitä maksa. En aio olla täällä kovin paljon.

– Missä sinä olit viikonlopun?

– Mitä se sulle kuuluu. Enää. Aijun luona. Taidehallissa perjantaina, irtisanottujen läksiäisissä.

Menet jääkaapille ja otat oluen. Juot suoraan tölkistä.

– Milloin sinä ryhdistäydyt?

– Heti kun siihen annetaan mahdollisuus.

– En ole estänyt sinua menemästä vieroitushoitoon. Keskityn tästedes vain omien asioitteni hoitoon.

– En ole pyytänytkään.

Seison ovella ja yhtäkkiä tunnen sääliä. Näytät isolta lapselta, tukkasi hieman sekaisin, takkisi repsottaen. Olen ollut sinulle liian ankara, ajattelen ja minuun sattuu. Sinähän olet sairas. Tukahdutan haluni ottaa sinut syliini, paijata poskeasi.

– Minä haen huomenna avioeroa, sanot.

Olen hiljaa.

– Miten me asumme?

– Voidaan sopia säännöistä.

Tosiaan. Nehän meillä pitivät. Haen paperiarkin nopeasti työhuoneesta, asetan sen eteesi pöydälle ja pyydän sinua kirjoittamaan: Armaani haluaa eron.

– Kirjoita nyt. Haluan sen *mustaa valkoisella*. Armaani haluaa eron.

– En kirjoita.

– Et osaa shakkia sen vertaa, että tietäisit, että kun nappulaan tarttuu, se on jo siirto.

Herään kuudelta aamulla ja seuraan ristikkoikkunoista seinään lankeavia luonnottomiksi venyneitä, värähteleviä kuvioita. Toivon, että voisin herätä uuteen päivään muistin menettäneenä. Hyvällä mielin.

Avaan makuuhuoneen oven hiljaa ja kuulen vaimeita ääniä. Olet olohuoneessa.

Peseydyn nopeasti, taputan peittävää meikkiä vasemman silmän alle. Violettia kuultaa edelleen läpi, ja lisään puuteria. Häpeämerkkini. Kunpa tämä hullu ilveily olisi vain pahaa unta. Huoneesta poistuminenkin on työlästä. Yhtäkkiä olen kuolemanväsynyt ja rojahdan takaisin sänkyyn. Olen muuttunut hylyksi. *Toiseksi naiseksi.*

Sinä et tiedä, enkä kerro koskaan sinulle, missä romahdustilassa olin itkenyt vankikopissa, miten henkitoreissani olin, kun Mari haki minut aamulla hoiviinsa. En kerro koskaan, mihin mitättömyyteen, täydelliseen valkoiseen tyhjään hajosin. Tomuksi.

Enkä koskaan kerro, minkälaisen kohtelun sain, kun halusin selvittää, miten pahoinpidelty nainen voidaan viedä yöllä kodistaan, poliisin toimesta.

Ensimmäinen tapaaminen miespuolisen virkavallan edustajan kanssa poliisiaseman ylimmissä kerroksissa kääntyy rauhoitteluksi, poliiseillakin on huonot päivänsä. Pyydän nähdä poliisin raportin tapahtumien kulusta. Kai sellainen on? Alkaa vetkuttelu, paperin pyöritys pöydällä. Enkö nyt voi nähdä raporttia, ei asia voi olla salainen. Minä olen se, joka soitti hätäkeskukseen ja jota pahoinpideltiin. Minä olen se, jota asia koskee, yritän ehtyvillä voimillani.

– Tämä ei johda nyt mihinkään.

Ei todellakaan.

Toisessa tapaamisessa on enemmän väkeä. Aiemmin tapaamani miehen lisäksi kaksi poliisipukuista nuorta miestä ja sosiaalityöntekijä Kampin palvelukeskuksesta. Kampin naisen avaus on tyrmäävä.

– Eikö sinua kyllästytä olla toinen nainen?

Istun sanattomana. Ilkeä isku tulee yllättävästä suunnasta, enkä ymmärrä asioiden yhteyttä. Päässäni lyö tyhjää.

– Mistä on tarkoitus puhua? saan ääni hoiperrellen kysyttyä.

Katson vastassani olevia ilmeettömiä kasvoja. Kukaan ei vastaa, mutta saan itse kiinni punaisesta langasta.

– Kuinka minut pahoinpideltynä on voitu viedä omasta kodistani?

Siihen en saa vastausta. Miespoliisien ja Kampin naisen tuolirinki tiivistyy ympärilleni. Virkavalta todellakin siirtää tuolinsa kaareksi eteeni, ajaa minut nurkkaan kuin saaliseläimen ja alkaa pommittaa minua asioiden pyörittämisen turhuudesta, ajan haaskauksesta, energian suuntaamisesta vääriin asioihin, kun pitää keskittyä oman elämän hallintaan, työhön, eteenpäin menoon ja itsenäisen elämän rakentamiseen.

– Aviomiehesi on seurustellut jo pitkään naisen kanssa, joka on tehnyt teistä rikosilmoituksen – jonka tosin sitten perui. Ei kannata heittäytyä poikkiteloin selvässä asiassa, Kampin nainen sanoo napakasti.

– Miksi te ette pysy asiassa. Selvässä asiassa, sanon ja haukon hiljaa henkeäni, sivallukset polttavat poskiani.

Poikkiteloin! Uskomatonta. Pääsisin paremmin eteenpäin, jos tämä vääryys selvitettäisiin minulle. Vapisen kauttaaltani ja haluan lähteä, heti, mutta en pääse ovelle, kun Kampin nainen pysäyttää minut, nostaa kätensä pääni päälle ja laskee ne hitaasti alas sulkien minut kuin kolmion sisään ja sanoo:

– Olet hyvyyden pyramidissa, hyvä ympäröi sinut. Sinulla on hyvä olla.

Tämä ei ole todellista! Pyramidissa! Hyvä olla! Loukattuna. Entisten loukkauksien lisäksi! Tuijotan naista, tätä *abradakabra*-loitsijaa, täydellisessä epäuskossa. Tätäkö on oikeusjärjestys? Mielen muokkausta! Tilanne on niin absurdi, että hetken olen räjähtää nauruun. Mutta tilanne ei ole *kalkkunaelokuvaa*, se on suunniteltua vallankäyttöä, ihmisarvon halventamista, mielessäni kuohuu ja sitten välähtää: itsepuolustusta. Siinä hetkessä olen liian ällistynyt ja heiveröinen reagoimaan ovelaan manipulointiini. Kävelen syvässä sumussa ulos. Hyvä olla!

Pysähdyn kadulla hengittämään syvään. Nytkö minusta on päälleni vyörytetyllä loitsulla ajettu riivaaja ulos – suggeroitu kiltiksi. Näinkö minut mitätöidään, harhautetaan hyökkäämällä asian vierestä henkilökohtaisuuksiin. Miksi? *Itsenäisen elämän rakentamiseen, työhön,* mielessäni alkaa kyteä.

Tuki suusi ja kävele kolmiossa. Ihan kolmiodraamassa! Kävelen kotia kohti kuin tyrmäystippojen jäljiltä. Luu kurkkuun vaan. Mitäpä ihminen itsekunnioituksella tekisi. Tai anteeksipyynnöllä.

Olin nähnyt taktiset taitosi ja saatoin kuvitella suustasi, rauhallisella äänelläsi, mitä tahansa. Sen minä olin halunnut tietää, miten temppusi teit. Sinä sirpaleiksi hajonneiden peilien yönä.

Erolin olisi pitänyt olla mukanani poliisitapaamisessa. Hän oli tarjoutunut, mutta en ollut halunnut vaivata häntä. Kun kerroin hänelle tuulimyllytaistelustani, hän kiristeli hampaitaan.

– Virkavalta rikkoo ihmisoikeuksia, ei siitä meteliä synny. Sinulla on oikeus saada selvitys vapaudenriistosi perusteista, Erol sanoi, ja olisin voinut suudella häntä. Joku oli puolellani.

Ja tajuan, poliisilaitos oli onnistunut päämäärässään. Tukkimaan suuni. En ollut jatkanut selvityksen vaatimista, enkä sitä koskaan saanut.

Samalla minulle oli valjennut muutakin. Oli minuun liittyvää tietoa, jonka sisällöstä en tiennyt mitään. Joka saattoi olla väärää, yksipuolista, jopa mustamaalausta.

Purin järkytystäni Erolille, joka kuunteli vakavana. Ihmettelin, levisivätkö poliisille jätetyt tutkimuspyynnöt ja rikosilmoitukset terveysasemille? Kuinka laajalle yhden tahon esittämiä väitteitä pumpattiin? Asianomaisen tietämättä.

– Miten virkavalta levittää tietojaan? Mikä riittää totuudeksi?

– Totuus on se, mikä on soveliainta. Päättäjän näkökulmasta, Erol sanoi.

68. Playtime

Merkitsen päivyriini torstain alkuiltaan *Biljardisali*. Olen sopinut tapaavani Erolin pelin merkeissä.

Päivyri katoaa.

Niin kuin oli kadonnut muitakin tavaroitani, myös sinulle antamiani lahjoja, kuten havuntuoksuisella eteerisellä öljyllä täyttämäni vanha puhallettu lasipullo. Minne? Samaan osoitteeseenko, jonne Stockalta oli ostettu sukkia, sekä arkisempia että kalliimpia, kuten kerroit, kun kysyin. Olit aloittanut uudet soidinmenot, ja ne alkoivat levyistä ja kirjoista ja etenivät alusvaatteisiin ja yöasuihin. Huulipunaan.

Siirrämme tapaamisemme Erolin kanssa *Kellarikrouviin*.

Tänään iltapäivällä tapaan Mustikat. Siivousfirman naiset jäävät tekemään Pursimiehenkadulle perussiivousta, kun lähden viemään auton korjattavaksi. Sivupeili on jo toisen kerran huitaistu sijoiltaan. Se on roikkunut pitkään kaula katkaistuna veltosti peltiä vasten.

Auto jää korjaamoon, ja kävelen reippaasti Runeberginkatua Eteläiselle Hesperiankadulle tuttuun kampaamoon, jossa en ole käynyt sitten Uspenskin. Minusta tehdään blondi. Hiusten mallia kohennetaan. Kiharat föönataan suoriksi.

Syön *Elitessä* lohikeiton, kuljeskelen Töölön katuja ja suuntaan mielimuseooni Taidehalliin. Muistan kuinka kohtasimme museon nurkilla, sattumalta ja – kohtalokkaasti, ajattelen, voimatta ikinä arvata mitä siitä seurasi. Teen museossa nopean kierroksen ja tutkin myymälän kirja-annin. Tennispalatsin edessä tajuan, etten ole ollut elokuvissa aikoihin. Niin kuin en missään muissakaan riennoissa. Suuntaan ystäväpariskunnan kotiin.

Mustikat alkavat heti valaa minuun voimaa.

– Aloita joku projekti, tee sisustuskirja, art decosta, sinähän tiedät siitä kaiken. Tehkää yhdessä jotain, elokuvakäsikirjoitus tai tee sinä, Armaanikin innostuu.

Minut on istutettu katettuun pöytään, jossa viinilasit täytetään kysymättä. Siirrän kohteliaisuudesta katkarapusalaattia lautaselleni.

– En tiedä, mitä jaksan, puhun hapuillen.

– Elän murhassa.

– Usko itseesi, kyllä sinä pystyt.

Mustikat ovat tyhjentäneet lautasensa ja kaatavat lisää viiniä laseihin. Ikään kuin mikään kääntäisi suruani iloksi.

Ei minussa ole latausta. Mikään ei lohduta minua. Mustikoiden hyväntahtoisuus vain kääntää veistä haavassani. Silmäni kostuvat.

– Se on vain roska, yritän hymyillä.

Jospa kipuni on vain taivaalla tulipallona syöksyvän tähdenlennon savuavaa vanaa. Kohta hajoan kosmiseksi pölyksi, ajattelen, kun käsipuhelin soi.

– Milloin aiot tulla kotiin? kuulen äänen, joka herättää kaipuun, vieläkin.

– Ehkä iltauutisten aikoihin.

Tiramisun jälkeen alan tehdä lähtöä. Kaipaan Vincentin pehmeää turkkia, nappisilmien vakaata katsetta. Sekin on yksinäinen, jäänyt liikaa yksin, mielessäni värähtää ja jätän täyden viinilasini juomatta.

Hyvästelen Mustikat ja kiitän heitä sydämeni pohjasta, kaikesta. Kuinka ihanaa heidän on vanheta yhdessä, ajattelen nähdessäni heidän painautuvan toisiinsa ja vilkuttavan minulle oven suusta.

Kun tulen yöllä kotiin, sisäovi ei tahdo aueta. Olet kasannut oven eteen pelipöydän, tuolin ja pölynimurin. Saan kiemurreltua itseni oven raosta eteiseen, jonne ilmestyt myrskyn merkkinä. Sanon viettäneeni mukavan illan täydellisen herrasmiehen kanssa ja poistun makuuhuoneeseen.

Aamulla tulet makuuhuoneeseen. Kiskot peitot päältäni ja revit pitsialushousuni riekaleiksi. Pikashakissa peli äityy hätäiseksi.

Parketti hohkaa kiiltävänä, pinnat on pyyhitty, takka puhdistettu, vuo-
devaatteet vaihdettu, kylpyamme ja sauna desinfioitu, keittiö raivattu.
Vincent ja Theo pyörivät tuuletetuissa tällyissä. Tomaatti- ja kanan-
munatahrat verhoista ja matosta saan siivota itse. Purkamattomiin ta-
varoihisi, laatikoihin, levysoittimiin ja levypinoihin siivousfirma ei ole
koskenut.

Tulet kotiin. Kysyn, tuoksuuko puhtaalta. Ei tuoksu.

– Et edes viitsi siivota! On rahaa!

– Ole realistinen. Minäkö aina, yksin. Pitkälti toistasataa neliötä.

Laitan veden valumaan kylpyammeeseen, lorautan tuoksuvia öljyjä
laventelivaahdon joukkoon. Etsin päälle pantavaksi tyylikästä mustaa,
päätän jakkupuvusta ja mustasta pitsitopista, suklaanruskeasta kul-
tasolkisesta nahkavyöstä, valkaistuja hiuksiani ja asukokonaisuutta
pehmentävästä, kahvin ja kerman sävyin kuvioidusta kapeasta pas-
miinasta.

Tulet makuuhuoneen ovelle. Asetan pasmiinan värejä toistavat leo-
pardikuvioiset kengät ja olkalaukun valitsemani vaatekerran viereen
sängylle. Olen alusvaatteisillani, näen peililiukuoven kautta katseesi,
sen tunsin. Mieleeni pyörähtää kuva kaukaa, sormesi mittaamassa vyö-
täröäni, ja sanat, jotka pyrkivät jo huulilleni. Jaksammeko vaikeudet.
Haluatko..

Astun ammeeseen ja sivelen vaahtoa käsivarsilleni. Ilmaannut am-
meen viereen ja katseesi kauhoo vaahtoa. Minä katson sinuun, istu am-
meen reunalle, tule lähelle, puhu minulle. Seisot hiljaa, siirrät katseesi
jostain kaukaa, muista maailmoista minuun – ja käännyt kannoillasi.
Hetki on ohi. Emme me näe toistemme sisimpään, emme me tavoita.

Meikkaan kevyesti, aavistus kullanruskeaa luomiin, punaruskeaa
poskipäille. Rajaan huulia rusehtavalla, kun tulet kylpyhuoneen ovelle.

– Minne olet menossa?

– Syömään.

– On rahaa!

– On seuraa.

– Rikas poikaystävä maksaa!

Levitän hehkuvaa lohenpunaa huulilleni. Ravisutan vaalennetut hiukseni tuuheaksi ja pöyhin otsatukkaani. Vielä sipaisu *Cinémaa* ranteisiin ja korvan taakse.

– Milloin tulet kotiin?

– En tiedä, ehkä uutisten aikoihin.

Kävelen *Kellarikrouviin*, enkä tiedä mitä ajatella. Jospa voisimme olla ystäviä?

Napostelemme Erolin kanssa tapaksia ja pyöritän keihästämääni suupalaa dippikastikkeessa. Istumme kahden hengen pöydässä, jolla palaa kynttilä. Erol on hyväntuulinen ja iloitsee tapaamisestamme. Hänen hyvin leikatut tummat hiuksensa kiiltävät terveinä, hän on liikemiesmäisen tyylikkäästi pukeutunut, kapeaa solmiota myöten. Pieni pyylevyys sekin pukee häntä. Hän on miellyttävää seuraa, mutta hänen elämänilonsa liukuu kuin vesi iholtani. Minussa ei ole tarttumapintaa. Mutta kun en ajattele omia asioitani ja keskityn Eroliin, minäkin piristyn.

Hän tiivistää tilanteensa. Nyt kun asumuseroa on jatkunut, vaimo ei ole enää yhtä halukas eroon.

– Ei kannata erota, sanon.

– Minun olisi pitänyt tajuta, että miehesi tekee jotain sinulle.

Haluan vaihtaa puheenaihetta. Suupala on jo tungettu kurkustani alas, sulattelen sitä. Loppupelin viimeiset asemoinnit.

– Onko Salomon tuomiolla enää sijaa nykymaailmassa? kysyn hetken mielijohteesta.

– Se on sydämen ratkaisu. Uskoakseni hyvin harvinainen, Erol sanoo.

Kyyneleet kihoavat silmiini. Aarteet sisimmässä, joita kukaan ei näe, ei jaa. Harvinainen, aito helmi, simpukassa. On hiljaa piilossansa. Tartun puhelimeen ja soitan sinulle.

– Voisitko viedä Vincentin ulos?

– En.

Ajamme Pursimiehenkadulle. Noustessani taksista sanon, että ilta voisi osaltani jo päättyä.

– Olen niin odottanut meidän syövän yhdessä jossain hyvässä pai-

kassa, Erol anelee ja odottaa taksissa *Titanicin* edessä, kun teen pika-
lenkin koiran kanssa.

– Nyt mennään *Sassoon!*

Pyyhällämme taksilla ravintolaan. Maistelemme viinejä baaritiskillä,
ja Erol valitsee ruokaviinin. Syömme korkeilla tuoleilla, korkeassa pöy-
dässä, ja katseeni viipyy autiolla, pimenevällä Kauppatorilla yksin alas-
tomana seisovassa Havis Amandassa.

Erol on energinen. *Irish coffeelle* vielä Viiskulman *Old Skipper'*siin, ja
hän katsoo minua uusilla silmälaseillaan sokeana.

– Olet hyvin kaunis. Tiedätkö sen?

Erolin katse on niin lämmin, että nielaisen. Vien käteni hänen kä-
teensä ja puristan sitä.

Valomerkki tulee ja hän riisuu sanoiksi sen, mitä on viestittänyt illan
mittaan. Hän haluaa rakastella.

Salamasuhde, tämä tarjolla oleva rakkaus, joka on sekin kaiketi vain
halua, ei se ole minua varten. Rakkaus, ja rakastuminen vaatii paljon
energiaa. Minulla ei sitä ole. Minulla on ollut valtava tarve olla yhdessä,
en olisi millään halunnut erota. Ja nyt, olen tyhjä.

Erol haluaa saattaa minut taksilla kotiin. Hyvästelemme, ja ennen
kuin nousen autosta, annan hänelle suukon poskelle. Otan hänen kas-
vonsa kämmenteni väliin ja katson häneen. Eikö minusta näy, jos et
muuten tajua? Sipaisen hänen poskeaan, kiitän hyvästä seurasta ja auto
starttaa eteenpäin *Titanicin* edestä.

Aamulla nousen ja haen kahvin ja Vincentin makuuhuoneeseen. Kat-
son rikki revittyjä alushousujani. Todistusaineistoa. Sitä sanaa olit käyt-
tänyt, kun kerroit nauhoittaneesi puheitamme pienelle haastattelunau-
hurille – ärsytettyäsi minua. Aineistoa mistä – ja ketä varten – ja hetken
minua kylmäsi. Hulluudestani. Sinä haluat tehdä minusta hullun.

Ihan vapaasti, *my dear, I don't give a damn.* Lapsellisuuksistasi. Lähetän
Erolille tekstiviestin: *Kiitos on pieni sana eilisestä.*

Innokas, viriili Erol on irrallinen taivaankappale, meteoriitti, joka kiitää taivaan kantta ja haluaa vetää minut mukaansa. Mutta kun se lopulta iskeytyy maahan, jäljelle jää rokonarpisia kuoppia.

Soitan sinulle ja sanon, että on parempi, että pysyt poissa. En halua riidellä.

Enkä halua tätä julmaa karusellia, mellastusta rajatilassa! ajatukseni kiihtyvät mielessäni huutoon.

– Ilmoita mitä tarvitset, toimitan ne Alepan kassalle.

Soitat ja alat luetella tarvitsemiasi tavaroita. Uusi soitto, haluat ne kaksi levyä, jotka ovat pinossa päällimmäisinä.

– Voisit vähän rajoittaa.

Uusi soitto.

– Haluan ne levyt.

– Mihin toimitan levysoittimen ja kaiuttimet?

Et sano mitään, ja lisään hiljaa:

– En halua kiusata sinua niin kuin sinä minua. Haluan olla rauhassa.

Olen kylpyhuoneessa puolipukeissa, kun puhelin soi. En ehdi vastata, kun ovi jo käy ja tuijotamme toisiamme kylpyhuoneen peilistä. Pyydän sinua odottamaan pukeutuakseni ja yritän sulkea ovea. Tunget sisään ja näen tv:n kaukosäätimen sojottavan taskussasi. Yletyn toiseen taskuusi ja saan käteeni puhelimesi.

– Anna säädin takaisin tai et saa puhelintasi.

Suihkautan hajuvettä poskellesi ja sinä tartut partavaahtoon ja suihkutat valkoisia pilviä paksuina palloina ja juovina päälleni. Livahdan makuuhuoneeseen, ja pian vaahtoa on nokareina, sätkyilevinä viiruina seinillä ja peileissä. Paiskaat minut sänkyyn, tulet hajareisin päälleni ja vedät käsivarteni auki kuin ristille. Painat kasvosi kiinni omiini ja nuolaisen vaahtoa huuliltani. Tuijotamme toisiamme silmät rävähtämättä, käsivarret jännittyneinä. Hetken ajattelen, että voisin muuttaa asemiamme. Voisin avata kämmeneni, lopettaa vastarinnan, antaa periksi. Yhden kerran. Tuliruusu aukee.

– Tapan sinut!

Punehtuneilla kasvoillasi on kiristynyt ilme.

– Voi kun vois tappaa!

Pakotat puhelimen irti kädestäni.

Ryntään keittiöön. Sanon soittavani poliisille. Ovi kolahtaa kiinni perässäsi.

Peitän vaahdosta tahmeat hiukset huiviin, pukeudun nopeasti ja heitän takin päälleni. Käsilaukkuni on kadonnut, mutta avaimeni ja puhelimeni ovat takkini taskussa. Lähden Vincentin kanssa poliisiasemalle.

Soitat, ja sanon aikovani tehdä sinusta rikosilmoituksen *Myrsky-yön* pahoinpitelystä, jatketuista tappouhkauksista sekä varkaudesta. Haen myös lähestymiskieltoa sinulle ja mustatukalle. Mustatukkaa vastaan nostan syytteen kotirauhan rikkomisesta. Sen jälkeen puhelin soi taukoamatta. Annan soida. Nyt tulee loppu.

Poliisiasemalla puhelimeni soi edelleen vähän väliä ja ajattelen, etten ole koskaan ollut näin tavoiteltu. Odotettuani aikani naispoliisi hakee minut huoneeseensa, hyväksyy koiran väkinäisesti. Istun tietokonetta vastapäätä ja esitän tutkintapyyntöni. En näe poliisin kasvoja. Kysymyksiä putoilee hitaasti päätteen takaa. Vastaan nopeasti ja odotan kärsivällisesti uutta kysymystä. Paijaan Vincentiä. Soittosi jatkuvat, mutta katkaisen ne. Lopulta suljen puhelimen.

Lausuntojen kirjaaminen on käsittämättömän viipyilevää. Olen tarkastellut jokaisen esineen huoneessa, seurannut pyöreän seinäkellon sekuntiviisarin kiertoa kehässä. Pitkälle yli toista tuntia. Sanon poliisille olevani väsynyt.

Kun viisari nytkähtää taas uudelle kierrokselleen, venyn sivuttain nähdäkseni ihmisen koneen takana. Poliisi tuijottaa päätettä. Lukeeko hän jotain? Ei ihme, että aikaa kuluu. Siellä on varmaan jotain askarruttavaa. Jotain, josta en tiedä. Mustatukan syytteisiin, *Liskoyöhön* liittyvää? Niin, siellähän on sinunkin todistajanlausuntosi! Mustamaalauksesi! Kiinnostavaa rikoshistoriaa. Siellä on tietenkin äärimmäisen salainen poliisin raportti *Myrsky-yöstä,* jota minulle ei koskaan näytetty! Jota tuloksetta vaadin. Voisiko poliisi jopa joutua vastaamaan vapaudenriistostani, härregud, ei ihme, että aikaa kuluu. Samassa tunnen olevani syyllinen – ja halpa. Näytänkin varmaan hyllyvässä mielentilassani siltä. Hiukset vaahdossa huivin alla. Painan pääni Vincentin otsaan. Avaan puhelimeni, ja se soi heti. Kysyt takkisi perään. Takkisi? Nyt ei ole tekaistujen *missonmun* -aarioiden aika. Sanon olevani edelleen poliisiasemalla ja pyydän sinua palauttamaan käsilaukkuni ja kaukosäätimen. Huudat, todellakin, että käsilaukku on koko ajan ollut keittiön pöydällä, kaukosäädin sen vieressä ja että säädin on sinun!

Katson pyöreän kellon napaa, jonka ympärillä viisari jatkaa ikuista nytkähtelyään. Kiertää yhtä ja samaa kehää. Ei asioita näin ratkaista. Noitaympyrässä.

– Minulla on vähän heikko olo. Kun tämä tuntuu kestävän, voisimmeko käsitellä akuuteimman, lähestymiskiellot.

– Lähestymiskielto käsitellään oikeudessa, ja sen saaminen vie aikaa. Ei siis maksa vaivaa.

Sanon, että tulen hoitamaan lausunnon loppuun toisen kerran. Toisessa elämässä, ajattelen.

Olen kuolemanväsynyt kun tulen kotiin. Käsilaukkuni on keittiön pöydällä, kaukosäädin sen vieressä. Niiden viereen on nostettu John Updiken kirja *Kunnes rakkaus meidät erottaa*. Kirjaa vasten nojaa iltapäivälehdestä repäisty otsikko: *Ero tuli*.

Soitat.

– Sevillan parturista, iltaa. Vaahtoamisen - -. Katkaisen lauseesi ja kapakan taustametelin napakalla painalluksella.

69. Sadan vuoden yksinäisyys

Luonto oli herännyt, en vain ollut huomannut. Kun kävelen Marin kanssa Vincent hihnassa keinahdellen Töölönlahtea ympäri tunnen tuoksun, kuulen kuiskeen. Puut ja pensaat vihertävät ja niistä pullahtelee silmuja. Nurmet aaltoilevat kevättähtien ja idänsinililjojen sinisen sävyissä, mukulaleinikit kukkivat. Kevät on tullut vauhdilla ja kuin varkain! Voin ryhtyä töihin puutarhassa, onnenpensas kukkii varmaan jo keltaisena, on niin innokas, että tekee kukat ennen lehtiä. Voin vetäytyä puutarhaan, asua siellä kesän! Kirjoitella ihan itse *omaa* käsikirjoitusta.

On pantava myyntiin Pursimiehenkadun asunto, hoidettava omaisuudenjako. Vilkaisen Maria, mietin kertoako. Pankissa oli käynyt ilmi, että olit maksanut todellakin vain murto-osan kauppakirjaan merkityn omistusprosenttisi edellyttämästä summasta. Väitit sitkeästi kauppakirjan prosentin pitävän, oikeudessakin. Olin esittänyt laskelman velastasi, siitä aiheutuneine kuluineen. Ja kuinkas ollakaan, väitit minun olevan velkaa sinulle. Olinhan tehnyt siirtoja. Joskin ei ollut paljon mitä säästötililtäsi siirtää. Tati-tutkielmaa varten saamasi apurahan verran olin sinua rokottanut.

– Miksi minun elämäni on näin vaikeaa?

– Jaksaisitko helpompaa?

– Miehet ovat pelkureita ja pettureita – paitsi ensirakkauteni.

– Se onkin sinun traumasi. Tai ehkä haet hieman hulluja.

– Mistä ne tunnistaa? Ajoissa.

– Tunnekylmyys voi olla jo perimässä, tai sen laukaisee jokin nöyryyttävä kokemus, Mari sanoo lähestyessämme Linnunlaulua.

– Kysyin Armaanin syntymäpäivänä hattaralta, mihin hän pyrkii häiriköinnillään, ja hän sanoi, että luulisi akateemisen loppututkinnon suorittaneen tajuavan, mihin hän pyrki. Tai että ehkä se vaatisi lisensiaatintutkinnon – tai edes jotain työntekoa. Sanoin, *etten tekisi mitään mitä hän tekee.*

– Armaani osaa lietsoa. Hän johtaa omaa teatteriaan, Mari sanoo. *Julmuuden teatteria,* ajattelen.

– Sinun ei pitäisi tempoa puhelimia, ei alentua puhumaan sen naisen kanssa, Mari lisää napakasti.

– Kuule, en edes viitsi toistaa, mitä törkyä olen saanut kuulla. Armaani syöttää sille minusta kaikenlaista, todella provosoivaa. Täytyy sanoa, että pehkon tyyli on muuttunut. Se on oikein pullistunut ylimielisyydestä.

– Vihjasiko hän sinun olleen uskoton? Kuuleeko Armaani hänen soittonsa?

– Jotain, joo, poikaystävistäni, se nappaa puhelimen Armaanilta. Jotain Beniin liittyvää kummallista. Pääni ei riitä miettimään tällaisia, sanon hiljaa. Kun rajat tulevat vastaan, ajattelen. Ja kun kaikilla rajoja ei ole.

En halua puhua tästä pullistelijasta – en juopottelusta, tyhjäntoimittamisesta, inhottaa niin paljon. Kunnon ryppäs häpeää ja inhoa, päässäni.

– Persoonallisuushäiriöisten ihmisten määrä on ollut jo pitkään kasvussa, Mari virnistää.

Katsomme tummanpuhuvien pilvien nopeasti vaihtuvia heijastuksia Oopperatalon lasiseinässä. Taivaan liikkeitä laajakankaalla.

– Joo, ja sitten on näitä rakkaudenkuvitelmiin sairastuneita. Illuusioiden romahtamisen on havaittu olevan tuskallinen prosessi. Ihminen ei luovu mistään kuin vasta pakon edessä, yritän virnistää.

– Entäpä kaikki salajuopot miehet ja yhteiskuntakelvottomat kotirouvat!

– Juu, nämä vastuuseen kasvaneet viisikymppiset! Kannattaa panna merkille heidän kypsä ikänsä. Miten hehkeitä eläkepäiviä heillä onkaan odotettavissa, Mari sanoo ja ottaa laukustaan sateenvarjon.

Taivaalta on ropsahdellut sadepisaroita. Pysähdyn ja taivutan pääni taakse. Tunnen pehmeät pisarat kasvoillani, annan niiden näppäillä ihoani ja vedän kosteaa ilmaa keuhkojen täydeltä.

Kävelemme rivakasti Töölöntorille. Kahvilateltassa on vapaa pöytä, ja sidon Vincentin tuolin jalkaan. Haemme kahvit ja croissantit.

– Jonain päivänä ajattelet, että Armaani oli vain lyhyt episodi elämässäsi. Näet siinä kaunistakin, ystäväni sanoo.

Peruuttamattoman menetyksen tunne kouraisee sisintäni. Tunnen murenevani.

– Rakastan Armaania vieläkin, sanon, rintaani ahdistaa ja lähden nopeasti wc-rakennukseen.

Kun tulen takaisin pöytään, Mari kertoo tavanneensa Särestön.

– Pyysi lähettämään terveisiä. Tiesikö Armaani takausasiasta?

– Ei, en halunnut tehdä siitä numeroa. Särestöhän hoiti asian. Luotin siihen.

– Luotat paljon - -.

– En enää. En aio enää koskaan tulla petetyksi.

– Silloin voi jäädä yksin.

– Minä olen yksin.

– Et sinä ole yksin.

– Sitten olen kadottanut itseni. Rakkaudessa kai kadottaa.

– Ei rakkaudessa tarvitse yksilöllisyydestään luopua. Tai riippuu yksilöllisyydestä!

– Minä kun halusin kaiken tai en mitään! Nyt ei ole mitään. Vain raastava ikävä Armaania. Tunnen itseni sairaaksi.

– Sinulla on ikävä sitä, mitä luulit välillänne olleen. Rakkauskuvitelmaasi.

– Minulla on järjetön tunne, että eromme on iso virhe. Katastrofi, josta en selviä – tai Armaani.

– Keksi itsellesi uusi harrastus, ala ottaa tanssitunteja.

– Tanssitunteja infantiileille.

– Jokin peli. Aikuinen.

– Shakki! Olenpa saanut aikamoisen tukkapöllyn. Pelit saavat osaltani riittää.

– Armaani pahoinpiteli sinut.

– Ei hän sitä tarkoittanut, tosissaan. Kaikille teoille on syynsä. Tai se on hänen luonnossaan, sanon ja tiedän tekeväni vääriä myönnytyksiä.

– Ei se ollut se pahin asia, murhaavin, lisään hiljaa.

– En ole nähnyt sinua noin – sietävänä. Hyvätapaiset matkustajat kuolivat ensimmäisinä *Titanicin* haaksirikossa.

– Hyvillä käytöstavoilla ei pärjää, joo. Moraali on heikkoutta barbaarien elinvoimaisuuden rinnalla. Ja meidän kun piti osata ilmaista tunteitamme, osata rakastaa, sanon ja silitän Vincentin päälakea.

– Peili on sirpaleina, heijastuskuvat hajalla, kaikki kuvat. Merkitys mennyttä, sanon ja alan huuhtoutua syvyyksiin.

– Haloo! Maa kutsuu! Selvisit Antarktiksestakin. Nyt piristyt! Oletko jo pistänyt Pursimiehenkadun myyntiin? Muutat ja vaihdat maisemaa!

Antarktis tuntuu kaukaiselta, ajattelen. Sairauteni ei ollut mitään verrattuna valitsemaani pelastuskeinoon.

– Tupaantuliaiset jäivät pitämättä, sanon hiljaa.

Mari räjähtää nauruun.

– Nyt riittää! Pidät tupaantuliaiset uudessa kodissasi.

Mari nousee hakeakseen meille toiset kupit kahvia.

Kun kaikki jää kesken. Eikä mitään yritetä edes korjata. Eikö ihminen todellakaan voi muuttua! Yhtään, edes vähän, ajattelen ja sormeilen croissantin muruja lautasella.

– Ei Armaani sitä taulua kaniin vienyt. Löysin sen sängyn alta.

– Mistä sinä puhut?

– Olen syyttänyt väärin. Sotkenut asiat. Minä aiheutin kaiken.

– Tarjoilija! ystävätär nostaa käden ilmaan.

– Minä ne avaimet piilotin. Saastan kodistamme.

– Nyt ryhdistäydyt.

– Onni on kuin höyhen, tuuli sen ilmaan lennättää.

Mari alkaa nauraa.

– Hattaraksi taivaalle.

– Älä. Minuun sattui. Kääreet on repäisty kasvoilta. Et sinä ymmärrä. Dadadaa.

– Rakastit väärää miestä. Ei siihen kuole.

Tarjoilija tulee pöytään, ja Mari tilaa kaksi *Irish coffeeta* – joita ei kahvilasta tietenkään saa.

– Ei Armaani ikävöi edes veljeksiämme. Kuinka lapsekkaan onnellinen hän oli Stockan kukkaosastolla Vincent sylissään, kun yhtäkkiä ihmisiä kerääntyi ihastelemaan pentuamme kuin fanilauma tähden ympärille, pyyhin poskiani.

– Nyt ryhdyt järjestämään elämääsi. Kohtaat uuden miehen - -.

– Etkö sinäkään tajua.

– Oletko tavannut Erolia?

– Erol on asumuserossa. En minä siihen aio sotkeentua.

– Niinhän sinäkin olet.

Mari huomaa ilmeeni.

– Kyllä sinä itsesi löydät, Mari lisää nopeasti.

– Haluan tehdä jotain realistista – todellista, jolla on tarkoitus. Jotain, millä ei ole mitään tekemistä saavutettujen etujen kanssa, sanon ja rapsutan Vincentin leukaa. Sykkeeni alkaa kiihtyä.

– Ei ole mitään, jos sitä ei voi jakaa. Minä voin pahoin, koko maailma voi pahoin, alan räpyttää tuhansilla, näen ystävän ilmeen ja tasaan hengitystäni.

– Ilman ystävyyttä – yhteisöllisyyttä ei olisi mitään, pinnistän kasvoni hymyyn.

Niin yhtäkkiä voivat tähdet sammua ja on vain pimeää.

– Yhtä oomme kaikki, lapsoset maan. Nyt olet kyllä liian onneton, Mari hymyilee rohkaisevasti.

– Tiedätkö, haluan maalata pienen taulun, jossa naiskasvoinen leijona katsoo luottavaisesti suoraan eteen. Se lepää pompeijinpunaisella maaperällä, sillä on kultainen harja ja sen silmistä heijastuu taivas. Elämässä on värejä.

– Muutakin kuin pompeijinpunaista, joka on tuhon – maanjäristyksen väri. Ne rauniot ovat maailmankuuluja! Mari nauraa ja vakavoituu nopeasti.

– Elämä ei ole mustavalkoista. Eikä mykkää, sanon.

– Kuule, tiedän mistä saa *Irish Coffeeta*, ja siis ihan *kohtuuttomasti*, katson Marin hyväntuulisiin *Barbie*-kasvoihin ja alan irrottaa Vincentin hihnaa tuolin jalasta.

70. Matkalla 6: Tuhat ja yksi yötä

Aamulla ponnahdan sängystä, laitan kahvin tippumaan ja käyn suihkussa. Kietaisen kylpypyyhkeen ympärilleni ja juon maitokahvin terassilla. Ihoani kihelmöi, kuuntelen kanojen kotkotusta ja katson nousevaan päivään. Taivas on värjäytynyt hennon punertavaan valoon. Palmu pollein! Ehkä ajatukseni kantaa, ajattelen, mutta ei suinpäin heittäytyen. Pukeudun nopeasti ja menen pihanurmikolle. Taitan palmusta keltaisen siementertun, onnen amuletikseni.

Taksi kaartaa hotellin eteen. Alin varjo häivähtää kaupan ovella, kun astun autoon. Näytän kuljettajalle baarista edellisiltana ottamaani korttia – tähän osoitteeseen.

Matka taittuu odotuksen vallassa, ja seison edellisenä iltana näkemäni *Myytävänä*-kyltin vieressä meren rannassa. Aallot heittelehtivät kivikossa, hiljenevät hiekkaan. Taksinkuljettaja istuu autossa ja odottaa.

Muuri on liian korkea, sen yli ei näe kurkottamallakaan. Portti on lukossa. Kävelen rantaan ja kipuan kivelle, jolta näen muuria vasten kasvavan sinisadeköynnöksen, hiekkarantaa, matalan töyrään ja kaistaleen hoitamattoman näköistä pihaa. Hyvä! Otan puhelimen esiin ja soitan sydän pamppaillen kyltissä olevaan numeroon.

– Olen kiinnostunut myynnissä olevasta talosta, menen suoraan asiaan ja luen ääneen kadun nimen mainoskortista.

– Kyllä, juuri se, rannassa, vinosti vastapäätä uutta ravintolaa.

– Minulle sopisi vaikka heti. Olen jo täällä, talon edessä.

– Hienoa!

Pääsen katsomaan taloa! Miksen älynnyt kysyä talon hintaa!

Ja muistan, miten ylivoimaiselta urakalta Pursimiehenkadun asunnon myynti, tavaran pyörittäminen taas kerran ja uuden kodin etsiminen oli tuntunut – ja nyt se oli takana. Kuten järjetön vääntö rahasta, puhelut, joissa sitkeästi kielsit tosiasiat linjoille lentävän, asiattomuuksia luikauttelevan mustatukan säestyksellä.

Olin halunnut jakaa kanssasi kaiken, mielessäni käy haaleasti. Väärämielisyytesi oli sattunut minuun, mutta sitten oli sattunut – vielä lisää.

Menen odottamaan välittäjää ravintolan terassille ja tilaan kahvin. Mitä muurin takaa paljastuu? Ainakin iki-ihana sinisade, ja merinäköala! Pitää huomauttaa pihasta, kysyä, kuinka kauan paikka on ollut myynnissä. Kysyä vesijohdoista, sähköstä ja viemäreistä. Talon ylläpitokulut, taivas, en selviä tästä. Mutta ei minun tarvitse päättää heti mitään. Olen tullut vain katsomaan.

Jos hinta on sopiva ja talo kelvollinen, pyydän mukavaa pariskuntaa ja insinöörimiestä hotellista katsomaan sitä kanssani. Insinööri osaa arvioida rakennuksen, villat ja eristeet, rakenteet ja niiden puutteet, ehkä korjauskustannuksetkin. Perustan – kaikkien paperien on oltava kunnossa, ajattelen, kun saan kahvin eteeni ja maksan sen samantien.

Talo on meren rannalla, minkälaiset näkymät sieltä avautuvatkaan! Siemaisen kahvia. Voisin avata yhden seinän ja teettää siihen lattiasta kattoon ulottuvat lasiliukuovet. Näen jo valkoisten verhojen pullistuvan purjeina merituulessa, leuhuvan avoimista liuku-ovista. Taustana aava sini.

Auto kaartaa minua odottavan taksin perään, ja siitä nousee tummapukuinen mies. Kiiruhdan välittäjää vastaan ja heilutan kättä.

– Kiitos, kun tulitte näin lyhyellä varoitusajalla, hymyilen ja esittäydymme.

– Mennäänkö katsomaan taloa? mies hymyilee.

Kävelemme portille, ja välittäjä alkaa sovittaa avainta lukkoon.

71. Miksi miehet vaihtavat vaimoa

– Olen puutarhassa. Olen muuttanut tänne.

Olemme kumpikin hiljaa.

– Teen ruokaa, lipstikkakeittoa, sanon ja vaihdan puhelimen toiseen käteen.

Kuin vakuudeksi sekoitan lipstikkasipulisilppua paistinpannulla niin, että öljy sihahtaa. En sano, että on huono hetki, odotan vieraita. Vierasta, jonka sinäkin tunnet. Jolle tarjoan mansikoita, sato on kypsynyt. Meillä ei ole keskenämme enää muuta puhuttavaa kuin raha-asiat.

– Odotat vierasta.

En vastaa.

– Miten veljekset jaksavat?

Vastaan, hyvin. Olet hiljaa ja jatkan.

– Theo viilettää ja väijyy, elämänsä perusmaisemassa, tähtäimessä aina jotain.

– Se on vapaana.

– Se on vapaana, mutta ei häivy tiehensä. Pysyy pihapiirissä. Tulee luokse, kun sitä kutsuu. Vastaa kutsuun, ymmärrätkö.

Olet hiljaa.

– Vincent on laihtunut hirvittävästi, se syö niin vähän. Minua on lohdutettu sanomalla, että koirat eivät syö helteellä. Olen itsekin laihtunut.

Olet edelleen hiljaa. Ajattelet varmaan, että Vincent reagoi näin poissaoloosi. Tai minä.

– Kun minulla on niitä tavaroita siellä Pursimiehenkadulla. Tarvitsisin ullakon avaimet, kun pääsy sinne silloin estettiin. Haluan maalaustelineen - -.

– Ei estetty. Eikä se ole ullakolla. Enkä minä pompi käskyjesi mukaan etsimässä tavaroitasi.

– Missä maalausteline on?

– En tiedä. Kellarissa. Sinähän viihdyt alakerroissa, mutta et viitsinyt käydä siellä sen vertaa, että olisit hakenut talvirenkaat sieltä viime talvena. Olisi kiva saada vaihdettua ne edes ensi talveksi.

– Itse hukkasit kellarin avaimet.

– Sinähän renkaat sinne veit. Et varmaan muista, mihin komeroon. Avaimia en ole nähnyt sen jälkeen. En edes tiedä, missä komerossa renkaat ovat! Joskin hukkasit tärkeämpiäkin avaimia - -.

– Sinä veit ne minulta, piilotit.

– Mistä avaimista tässä puhutaan?

– Sinä veit, hukkasit, kaikki avaimet.

– Hah! Jos mies ei osaa käyttää oikein, vaalia hänen haltuunsa annettua avainta - -.

– On lukkoja, joihin avain sopii. Mies menee sinne, missä portti aukeaa!

– Nytkö lukko on lauennut. Ovi auennut.

– Apposena.

Lorautan vettä paistinpannulle niin että öljy räiskähtelee.

– Että viitsit vonkua tavaroista! Varastit minulta kirjoja, valkosipulipuristimen - -.

– Imuroit tiliäni. Palautat rahani pennilleen tai tulee tuoni.

– Myönnä huijauksesi. Tilisiirrot on kuitattu.

– Kirjoja tuli vahingossa. Häälahjoista haluan itselleni Godardin dvd-kotelon. Muut lahjat saat pitää.

– Otit vahingossa tärkeimmät taidekirjani. Marilyn-kirjatkin, uppoa niihin. Vahingossa unohdit maksaa asunnostakin! vedän henkeä.

– Á bout de souffle.

– Mitä?

Vedämme molemmat henkeä.

– Viimeiseen asti, kieroilua, sanon.

– Olen kuullut, että olet palkannut juristin hoitamaan asioita.

– Kuullut. Minähän sanoin, että otan juristin hoitamaan minulle koituneen vahingon petoksestasi. Korkojen kera. Ja tiedoksi vielä kerran, että omistusprosenttisi asunnosta ei ole se, mikä kauppakirjassa on. Koska et ole maksanut sen edellyttämää summaa asunnosta!

– Ei se niin mene! Minä olen ottanut selvää! Kauppakirjan prosentti pitää! Ja minä en maksa juristeista, välittäjistä, en mistään mitään. Eikä meillä ole avioehtoa. Puolet kaikesta kuuluu minulle.

– Jotain rajaa! Juristi lähettää sinulle avioehdon allekirjoitettavaksi. Ja laskun.

– Mikä sen juristin nimi on. Minä soitan sille!

– Hänhän on minun juristini!

Olet hetken hiljaa, jatkat.

– Ja poikaystäväsi.

– Tunnetko termin oikeudenmukaisuus. Niin, ja kohtuus? *Kohtuullisuus*, muistatko, haloo! Ovatko kadonneet vokabulaarista? Keittokomerossa alkaa jo haista kärventyneeltä.

– En vaadi kissaa itselleni. Se jonka nimeä ei saa sanoa on sitä mieltä, että otamme yhteisen kissan.

– Se on hyvä ajatus. Ei Vincentiä ja Theoa saa erottaa toisistaan, kun ne ovat toisiinsa kiintyneet, tottuneet pennusta asti - -.

– Avovaimoni on sitä mieltä, että - -.

– Avovammasi ei kiinnosta minua. Enkö ole sanonut, etten puhu muusta kuin käytännön asioista, sinun ja rikoskumppanisi tekemisistä en halua tietää mitään!

– Rikoskumppanin?

– Mieti sitä. Hyvää päivän jatkoa. Suljen puhelimen, ja lipstikkasipulisilppu on palanut karrelle. Kytee hiilloksena palaneilla raunioilla.

Menin lankaan, provosoiduin, ajattelen siivotessani ylikuumentuneen ruoanlaiton jälkiä keittiössä. Mieleni tekisi käpertyä kerälle, mutta Aino on tulossa puutarhaan ja minun on tehtävä uusi keitto.

Pian peli päättyisi ja hiipuisi nostalgiaksi. Vihlaisut, ne tulivat yllättäen, ja ajattelen hiljattain kaupassa näkemääni makeisrasiaa, jonka kannessa kumpuili mansikoita. Samanlainen rasia, jonka olit tuonut iloissasi meille kotiin, kun elimme mansikkabuumia ja teimme taulun, jossa leijaili mansikoita vaaleanpunaisen pohjan täydeltä ja lopussa niitä oli vain yksi.

72. Sammuva tähti

Huomenna on helteisen heinäkuun viimeinen päivä, ja näen sinut ensimmäisen kerran sitten muuttosi. Häivyit silloin sillä aikaa kun juoksin Vincentin perään. Hyvästejä ei jätetty, ei silloinkaan kun vihdoin palautit asunnon avaimen minulle ennakkonäytösten välissä Bristolin edessä – uuvuttavan jaakauksen jälkeen. Iskit avaimen käteeni, käänsit selkäsi ja menit takaisin elokuviin. Sanomatta sanaakaan. Ja voin nähdä lintuperspektiivistä hahmon lähestyvän toista - vain heidän singahtaakseen kavahtaen äkisti eri suuntiin.

Allekirjoitamme huomenna toimeksiannon Pursimiehenkadun asunnon myynnistä. Olit kysynyt välittäjältä, tulenko minä tapaamiseen. Tietenkin, miksei hän tulisi, kiinteistövälittäjämme oli vastannut, sama, joka oli hoitanut kaupat ostaessamme asunnon kaksi vuotta sitten.

Silmäilen hyvilläni puutarhan siistejä kukkapenkkejä, pöyhittyä maata, leikattuja pensaita. Sain tasattua patiota reunustavien syreenien latvat viivasuoraan, ja niin kuin pelkäsin menettäväni tasapainoni heiluessani korkeilla tikkailla. Olen ollut huolehtivana läsnä, hoitanut ja tarkkaillut päivittäin kasvustoa, ja se näkyy. Kaunista ja täydellistä. Theo kiehnää säärtäni vasten lyhyeksi ajetulla nurmikolla, ja menen mökkiin.

Arkkipino verannan pöydällä on jo paksu. Selailen sivuja, ja jään miettimään. Mitä on suuri rakkaus? Luen muistiinpanoistani *Korinttilaiskirjeiden* itse asiassa melko mahdotonta määritelmää rakkaudesta.
Kaiken se kestää, kaikessa uskoo,
kaikessa toivoo, kaiken se kärsii.
Rakkaus ei koskaan katoa.
Vaativa jumala! Eikö mitään rajaa! Ei Jumala luonut ihmistä, vaan ihminen loi jumalat, eikö! Rakkaus on suurin, kyllä. Kestääkö se, ja

kärsii kaiken? Ihan vaan itsekseen. Ilman käden ojennusta? Traagista. Sitäkö on suuri rakkaus?

Pelkään tavata sinua, saatan syyllistyä ylilyönteihin. Olisi häpeällistä purskahtaa itkuun tai juosta suoraan syliisi tai suuttua. En luota itseeni. Minulla on niin hirvittävä ikävä. Eikö kaikki ole ollutkin vain elokuvaa, painajaismaiseksi äitynyttä farssia, jonka lopputekstien päälle esirippu laskeutuu, valot sytytetään ja voimme poistua katsomosta päätä pudistellen – olipa myrskyistä menoa.

Mutta tarinamme tyylilaji oli toinen. Eikö siihen kuulunut sovitus? Vai oliko rakkautemme vain melodraamaa.

Soitat ja varmistat tapaamispaikan ja ajan.

– Kunpa sinut olisi saanut elämään normaalia arkea. Huomiseen, sanot ärsyttävän rauhallisesti, ja taustalla vesi kohisee ja astioita kolistellaan tiskialtaassa. Soitat pian uudestaan ja sanot.

– Minulla on nainen, joka rakastaa minua yli kaiken.

Sydämeni sanat, joita käyttää nyt toinen.

Sanani sinulle vain puoli vuotta sitten Brasiliassa, siellä rannalla, jolla meri ja taivas sulivat samaan sineen ja aallot hellittivät lyöntinsä rantaan, tuuli levähti lempeästi huokaisten ja palmut kallistivat kruununsa rukoukseen, rannalla ennen auringonlaskua. Kun sanoin sinulle, *minä rakastan sinua yli kaiken.*

Pieni sydämeni niin täynnä siellä rannalla, sykkien sovitusta, siruna kaikkeudessa. Laskeva aurinko loisti silmistäsi verestävänä, enkä uskaltanut kädelläni hakea omaasi. Siirsin katseeni mereen, kuin liikkuvaan, hiilenväriseen hiekkaan ja taivaanrantaan, maailmojen taitekohtaan.

Miten sinun käy? Jos.

Miten yleensä käy maailmassa, jos rakkaus lakkaa. Miten siinä käy?

Pienet sydämet maailman rannoilla, hylättyinä, ne kärsivät ja hidastavat elintoimintojaan.

Rannalle käveli yksin nuori hoikka nainen, jolla oli vaaleat pitkät hiukset. Hän istui eteemme hiekalle ja kietoi käsivartensa vyötärölleen. Kuva oli täydellinen, tähtiotos, ja me katsoimme kun hän katsoi yhä korallinpunaisemmaksi värjäytyvää taivasta, ja olen varma, että jaoimme saman mielikuvan.

Lähdimme hitaasti hotellille. Katsoimme vielä kuinka nainen jäi istumaan yksin tyhjälle rannalle yöhön putoavaan iltaan, edessään musta taivaanranta, jossa ei ole kiintopistettä.

Pysähdyit, katsoit vielä viimeisen kerran merelle ja sanoit, että maapallon näkee kaareutuvan horisontissa. Pyöreään piiriinsä, ajattelin, ikuiseen kehäänsä, jossa peli jatkuu, samoilla nappuloilla.

Mutta nyt puhun kanssasi puhelimessa, kiertäen pientä kehää mökin verannalla. Sanothan myös:

– Mietin eroamme vuoden.

– Kiusasit minua vuoden.

– En kiusannut.

– Sinä et ole koskaan rakastanut minua.

– Kyllä olen.

– Rakastit jotain enemmän. Kaiken yli.

– Minä rakastin sinua, lujaa!

– Kouriintuntuvasti.

– Rakastin, mielettömästi. En olisi mennyt kanssasi naimisiin, ellen olisi rakastanut sinua. Olen itsetuhoinen, mutta en niin itsetuhoinen! Ero tuhoaa sekin.

– Sinulla tämä rakkaus kestää - -.

– Sitä saa mitä tilaa.

– Ja kohteet vaihtuvat, tuoppien myötä.

– Olet suurin virhe elämässäni!

– Siis se suloisin, sanon ja ajattelen, että joutaisimme molemmat jäähylle, rangaistusaitioon, pelikieltoon.

– Teit kaikkesi tuhotaksesi avioliittomme, alat kiihtyä. Sinä siis, todellakin.

– Minä? Minä rakastin sinua.

– Mutta sitten se loppui.

– Sinä et rakastanut minua, sanon, enkä vieläkään uskalla kysyä kysymystä loppuun.

– Minä elätin sinua, jyrähdät.

– Älä nyt väitä, etten olisi maksanut mitään. Minähän maksoin asunnon! Ylläpidin taloutta. Tähän en lähde, sanon ja vedän henkeä.

– Rahani eivät menneet maailman turuille, minä olin kotona! Maksoin kovan hinnan sairaudestani. Ja mielenrauhasta! kiihdytän ja tajuan, etten ole sitä saanut vieläkään.

– Tosiasiat ovat olemassa, et voi niitä muuttaa, jatkan.

– Minä olen jo muuttanut!

– Pysy siellä.

– Sinähän et päässyt Stockallekaan ilman autoa.

– Sinä et päässyt töihin ilman taksia.

– Pesit pyykin ilman pesuainetta, jylähdät.

– Sinä et saanut konetta edes käynnistettyä!

– En halua olla kanssasi missään tekemisissä! Paitsi käytännön asioissa! Äänesi nousee.

– Sitähän minä olen sanonut koko ajan. Pystytkö muuhun kuin repliikkien matkimiseen?

– Sinun repliikkisi ovat surkeaa imitaatiota surkeista elokuvista. Blaanche, lisäät venyttäen.

– Sinä olet kävelevä baarikaappi. Tarraa laahukseesi! Köpitä keppihevosellasi.

– Kävelevä katastrofi tietää mistä puhuu.

– Sanoo kävelevä defenssi. Pakene niihin elokuviisi. Kuvitelmatehtaiden tuotoksiin. Ammattina eskapismi. Sinä ja sinun iloinen anarkiasi, hullu Pierrot! Istut päivät katsomassa elämän korviketta, josta revit elantosi!

– Kaikki lapseni vihaavat sinua.

En mennyt tapaamiseen. Allekirjoitin toimeksiannon myöhemmin välitystoimistossa. Soitat minulle tavattuasi kiinteistövälittäjän.

– Kyllä minä tiedän, että sinulla on minua ikävä, sanot pehmeästi.

Olen hiljaa.

– Ainakin niinä öinä, kun nukut yksin.

Olet yksin, tiskaajasi ei ole kuuntelemassa, ajattelen. Äänesi sametti.

– Minulla on paljon erilaisia tunteita. Enkä häpeä niitä.

– Minä tulen aina piittaamaan sinusta. Ei kaikki katkea kerralla, ei se niin mene, sanot ja kuuntelen hiljaa. Jatkat:

– Mikään ei ole niin tyhmää kuin yrittää muuttaa toista. Sinä yrit tehdä minusta jupin.

– *I loved you more than I could,* sanon rauhallisesti.

– Kuka se sinun poikaystäväsi on? Kyllä sinä minulle voit kertoa. Olenhan minäkin avoimesti –.

– Kädet laajassa kaaressa, oikein avokämmenellä.

– Kerro nyt, kyllä sinä miehen itsellesi olet löytänyt.

Kun en sinusta sellaista osannut tehdä, ajattelen.

– Minun pitää nyt mennä.

– Poikaystävä odottaa.

– Ketä niistä tarkoitat?

Olet hiljaa ja sanon sitten, että ehkä voisimme joskus, kun mielet ovat rauhoittuneet, tavata ja keskustella.

– Sovitaan niin.

– Sääli meitä, sinua, minua, sanon ja ääneni puuroutuu.

– Minä en sääli ketään.

73. Love Story

Kiiruhdan Vincent hihnassa autoon. Olen käynyt Pursimiehenkadulla vaihtamassa vaatteita, latonut pakastimesta ravut ja raputarvikkeet kylmäkassiin ja nyt minulla on kiire tapaamaan Särestöä ja sitten takaisin puutarhaan valmistelemaan näyttämöä. Haluan tehdä kukka-asetelman, harkita kattauksen värit ja ehtiä hengähtää ennen vieraiden saapumista. Ennen juhlaa pitää olla tyventä. Vältän paineita, olen nykyään hajamielinen ja hermostun vähästä.

Olen kutsunut Mustikat illanviettoon. On syntymäpäiväni.

Käynnistän moottorin. Polttoaineen punainen merkkivalo syttyy palamaan. Juuri nyt! Taidan olla jo myöhässä lounaalta Särestön kanssa *Katajanokan Kasinolla*. Saan käännettyä auton vinoon ahtaassa parkkitilassa, kun moottori sammuu. Uudet käynnistysyrityksetkään eivät auta. Bensa on loppunut, asiassa ei ole neuvotteluvaraa. Avaan ikkunan, on helteistä.

– Olen tulossa, myöhästyn vähän, soitan Särestölle.

Tilaan taksin ja ajan Hietaniemen Teboilille täyttämään tavarasäiliöstä ottamani kanisterin, palaan auton luo ja lorotan nestettä tankkiin. Osa bensasta valuu aukon sivuille ja katuun, enkä malta tyhjentää kanisteria kokonaan. Pyyhin hikeä otsalta. Pitää päästä jo eteenpäin. Työnnän kanisterin takaistuimen jalkatilaan, istun auton rattiin ja hurautan moottorin käyntiin.

Olen jo kaasuttamassa, kun muistan. Paperilyhdyt! Ne luovat omenapuiden oksilla pikantin tunnelman pimenevään elokuun iltaan.

Nousen kuumissani autosta Vincent perässäni. Aurinko paistaa häijysti silmiini ja siristelen silmiäni. Siirrän katseeni hitaasti katua alas. Olen tunnistavinani terassilla tutun hahmon, tutun asennon.

Ja näen sinut.

Nauliudun kadulle auton ovi auki, suonissani tykyttää ja mieleni tekisi hypätä takaisin auton rattiin. Tunnen suussani oudon maun, vai onko se haju? Autio katu hehkuu auringossa ja istut yksin *Titanicin* ulkopöydässä. Mies kannella. Laivamme eivät ole kohdanneet lähtösi jälkeen.

Kävelen hitaasti kadun yli kohti tähystyspaikkaasi. Päätän olla hyväntuulinen, onhan syntymäpäiväni. Sinä et sitä varmaan muista.

– Moi! Olet ollut puutarhassa, väristä päätellen, hymyilet kun lähestyn pöytääsi. Sädehdit auringonkehrässä, rintakehäsi vahva untuva hehkuu kuin kulta. Paitasi kaulus on syvälle auki.

– Olen tulossa sieltä. Ja menossa sinne.

– Koeta päättää.

– Terveisiä Ainolta.

– Terveisiä Beniltä. On täydessä *hybriksessä.*

Sivuutan ivallisen heittosi ja ajattelen sivuuttaa sinutkin, kun kurottaudut paijaamaan Vincentiä. Olet käärinyt valkoisen paitasi hihat ylös, ruskettuneet käsivartesi hehkuvat nekin kultaa.

– On ollut ikävä, sanot ja työnnät pääsi koiran kuonoon.

– Olisi mukava joskus nähdä Theoa.

– Joskus, joo, sanon ja ajattelen, että ehkä nyt olisi oikea hetki kysyä. Halusin saada vastauksen sinulta kasvotusten.

– Oletko saanut tehtyä töitä? kysyt ja jähmetän kasvoni. Minähän vain siirtelin tavaroita paikasta toiseen. Saan ajatuksen.

– Olen miettinyt meitä – tunteita. Hetket karkaavat nopeasti - - ovat jo ohi, kun tajuaa niiden merkityksen, siis *mistä on kysymys.* Olen yrittänyt, haluaisin ymmärtää - -.

Hörppäät lasista.

– Olen kirjoitellut, hahmotellut kohtauksia.

– Älä nyt vaan saa.

Puristan huuleni yhteen.

– Istu alas. Vai odottaako poikaystävä?

– Minun täytyy käydä kotona. Tänään on syntymäpäiväni.

– Onneksi olkoon.

Katseesi ei väistä, kun katsot minua suoraan silmiin ja hymyilet. Kehossani kihelmöi.

– Minä menen nyt.

– Saanko tarjota syntymäpäivän kunniaksi?

– Pidä Vincentiä, en viivy kauan, ääneni käheytyy. Kyyneleet kihoavat silmiini ja käännyn nopeasti jatkamaan matkaa.

Ylhäällä asunnossa soitan *Kasinolla* odottavalle Särestölle.

– Olen pahoillani, mutta en ehdi sinne. Selitän myöhemmin. Aikataulut ovat levinneet. Nähdään myöhemmin. Olen todella pahoillani.

– Näyttää menevän impulsiivisesti.

Niin menee impulsiivisesti, ajattelen apeana. Niin menee elämä, yhtä impulssia.

Haen paperilyhdyt kaapista ja katseeni osuu kenkälaatikkoon. Punaiset kengät, jotka ostit minulle häihin. Olen käyttänyt niitä Uspenskin siunaustilaisuuden jälkeen kerran, yksivuotishääpäivänämme, jolloin ruokailimme kaupungin pienimmällä, yhden pöydän terassilla Huvilakadulla. Tilanteesta on kaksi tarjoilijan ottamaa kuvaa, toinen suudelmastamme, ja toinen ystävyyden maljasta, jossa juomme laseistamme käsivarret lenkissä toisiamme silmiin värähtämättä katsoen. Kuinka paljon kuvat voivatkaan valehdella.

Työnnän jalkani käsin kirjailtuihin punaisiin korkokenkiin.

Solahdan sujuvasti sinun Porto de Galinhasin kylässä minulle ostamaasi liehuvahelmaiseen mekkoon, jonka värit räiskyvät kuin oranssi, kullankeltainen liekkimeri. Mekko on seissyt käyttämättömänä, sillä se on liian räikeä makuuni. Mutta nyt, keinahtelisin tulenliekkinä luoksesi.

Näen itseni peilistä. Auringon paahtamat kasvot, raidatkin hiuksissa vaalentuneet. Pörrötän hiukseni tuuheiksi. Sipaisen *Cinéma*-hajuvettä korvien taakse ja punaan huuleni värillä, jota minun piti aina tunnustaman. Kaunis, niin kuin olit sanonut. Nainen, josta ei pääse irti. Ei sinun jälkeesi ole mitään, *no hay banda*, puheesi kumpupilveä, upottavaa hutua. Ei minusta pääse, niin. Ilman rakkautta ei ole mitään, vain humiseva tyhjyys. Timanttini välähtää nimettömässä. Jotain puuttuu. Helmikorvakorut. Haen ne korulippaasta, kiinnitän ne korviini ja mielessäni välähtää kuva meistä istumassa aitiossa kuin yksityisnäytöksessä, omassa ylhäisyydessämme. Ikuisuudet sitten kuherruskeväänämme. Katson peiliin. Pisaranmuotoiset helmet heilahtelevat korvissani, suuni hehkuu syvää punaa. *Yhden kerran elämässä, tuliruusu aukee..* Katson itseäni kuin vierasta. Olen kuvasi.

Olen melkein valmis. Haen työhuoneesta liuskanipun, löydän etsimäni sivun. Miksen näyttäisi sitä sinulle?

Peli loppuu, kun toinen ei voi enää tehdä siirtoa. En ole enää mukana pelissä, olen vain nainen, joka on romahtanut ja yrittää jaloilleen. Haluan saada vastauksen.

Silmäilen tekstiä. Olkoon väräjävä, arvostaisit kuitenkin vilpittömyyttäni. Rakkauteni on totta, täyttä tulta, kuten surunikin. Ehkä innostuisit saamastani ajatuksesta. Voisihan se olla sovitus.

Osaanko minä kertoa tämän tarinan?
Jaksanko, kykenenkö?
Kuinka rakastin sinua koko sydämeni voimalla, tulenpalavalla, en himolla,
vaan halulla
tulla onnelliseksi, rakentaa vihdoin pesä ja kietoutua rakkauteen.
Miten tämän tarinan voi kertoa särkemättä sydäntään, vielä kerran.
En tiedä mitä tapahtui, kun mikään ei enää meitä olisi voinut erottaa.
Miten osata sanoa kaikki se mikä jäi meiltä kesken.
Pääsimme tuskin alkuun, kun on jo liian myöhäistä.
Miten helposti pää taipuu giljotiiniin, kun teloituksen aika lähenee.
Sinua, sinua..

Taitan liuskan laukkuuni, kiiruhdan portaat alas ja seisahdan ulko-ovelle. Vedän aurinkolasit silmille, hengitän syvään ja pysähdyn hetkeen, jossa kaikki on vielä mahdollista, yllättävimmätkin käänteet. Astun kadulle.

Tunnen auringon poltteen selässäni, parfyymin tuoksu leijuu ihollani ja lähestyn sinua kuin magneetin vetämänä, hitaasti, korkeissa koroissani. Kylvet kullankeltaisessa valossa valtaistuimellasi. Istut hievahtamatta paikallasi ja tuijotat kohti. Taivas on auki.

Katukuilussa tuulee ja odottamaton puuska pullistaa hameen helmat korkealle. Painan helman polvien väliin ja jatkan matkaa keinuvin askelin kohti miestä, josta huokuu outo, maaginen rauhallisuus, jonka katse on lempeän järkähtämätön. Jos toimisin vetovoiman lakien mukaan, olisin jo sylissäsi.

Teen matkaa luoksesi pitkin samettista viittaa kuin hidastuskuvassa, helmat heilahdellen, tuulen henkäily hiuksissani, ja sinä odotat minua paahtavassa auringossa, tummat aurinkolasit silmilläsi. Itsevarman näköisenä – kuin elokuvatähti laajakankaalla.

Olet siinä epätodellisena, yhtä tavoittamattomana kuin aikojen alussa. Näen utuisen pehmeyden leviävän kasvoillesi. Hymyilet kuin itseesi vajonneena. Hymyilet minulle.

Sillä sinun hymysi, sinun sylisi, minun maailmani. Mansikkapaikkani, elämäni, aurinkoni.

Sinä, paikkani auringossa. Olen vierelläsi. Seisahdan, voisin koskettaa olkapäätäsi.

– Täältä ei saa *Keltaista leskeä*.

Pöydällä on kuohuviinipullo ja kaksi lasia. Kapeassa maljakossa on tuskin avautunut ruusu.

– Mistä tähän on löytynyt ruusunnuppu?

– Henkilökunta hoiti, sanot ja heität jalkasi reiden yli. Farkkujen lahje nousee ruskettuneella säärelläsi.

– *Rosebud*, väläytät nopean hymyn.

Vedän Vincentin viereeni ja istuudun sinua vastapäätä. Paijaan Vincentin poskea ja päälakea.

– Sallitteko täyttää maljanne?

– Kanarialintu ottaa vastaan. Kiittää nupusta.

Kaadat kuohuvaa laseihin. Hymyilen sinulle. Kilautamme laseja.

– Sen kunniaksi.

– Sen.

Yksi elämän hetkistä täyttyy, kun juomme ja katsomme toisiimme katseen värähtämättä.

– Haluan näyttää sinulle jotain – nuppuni, katson sinuun vakavana ja otan taitetun arkin laukustani.

– Lue se, se on vain luonnos. Voisit ottaa aiheesta kiinni, omalla tavallasi.

Tartut taitettuun paperiliuskaan, avaat sen ja luet.

Olet hiljaa, liian pitkään.

– Eikö melodraama ole genremme – *film noir*? Se on vain johdanto - -, mutta olen hahmotellut tunteita, tilanteita. Kun osuimme toistemme ohi. Puhuimme ohi, tai emme puhuneet – tai kysyneet - -. Tunteita on vaikea kuvata olematta naurettava.

Alan hieroa Vincentin päälakea. Olen ajautunut kiperään luisuun.

– Sinä ymmärrät. Osaat ohjata. Olen tehnyt tekstiä sinua varten.

Nojaan eteenpäin ja siirrän varovasti kättäni kohti pöydällä lepäävää kättäsi. Tavoitan katsettasi. Mieleni tekisi kurottaa kohti poskeasi.

– Minä kuolin, kun sinä jätit minut. Kun minulta ei kysytty, kurkkuni käheytyy.

– Et koskaan kysynyt, kertonut, mitään, sanon ja nielaisen.

Kirjoitit ja ohjasit omaa käsikirjoitustasi minun tietämättäni.

Istut hiljaa ja näen vakavat huulesi.

– Mutta sitten se loppui. *No happy ending*, sanot ja vedät kätesi pöydältä. Katsot minuun rävähtämättä kuin kameran silmä.

Korvissani humahtaa.

– Niin, et rakastanut. Tarpeeksi. Rakastitko sinä minua koskaan? Kysyn, viimeinkin.

– Jaksatkohan sinä, kykenetkö? Ilmehdit ja värisytät ylähuultasi pelokkaana hiirenä.

– Tässä uudessa roolissasi? Kuka senkin on kirjoittanut, ja kuka on miespääosassa? Ei taida tulla onnellista *loppua*, sanot, painotat viimeistä sanaa ja vedät huulesi kavalaan kissahymyyn. Vien käteni Vincentin turkkiin.

– Et himolla vaan halulla, pyörit unissasi etkä tiedä mitä tapahtui, väännät naamaasi ääliömäisesti.

– Älä! En todellakaan tajua kaikkea. *Sinua.* Etkö ole leikkinyt tunteillani jo tarpeeksi?

– Sinä se leikit tulella, sanot ja heität käsivarret ristiin rinnalle. Otat tuiman ilmeen.

– August, tänään on syntymäpäiväni.

– Hyppääpä reidet auki syliin. Siriseni, sinä kihelmöivä hekkuma.

– Sinä olit elämäni suuri rakkaus. Ainoa.

– Kanarialintu jatkaa vaan liverrystään. Ei tunnu missään, naurahdat, tyhjennät lasin ja katsot vierestäni ohi.

Asuntoamme siivoamassa käynyt, *Titanicin* jengiin kuuluva nainen lähestyy pöytäämme ja heiluttaa kättään. Hänen suunsa liikkuu, mutta korvissani kohisee. Katukuilu ammottaa polttavan tyhjänä. Sytytän tupakan käsi vavahdellen.

– Miten teillä menee? Miten matka meni?

– *Trés bien.* Pariisi on aina Pariisi. Käytiin moikkaamassa *Mona Lisaa,* hieno nainen.

– Ja olette saaneet kodin kuntoon? Voin tulla siivoamaan.

Nainen seisoo vieressäni. Pingotan suutani tervehdykseen, mutta hän näkee vain sinut.

– Hyvin, tavarat on purettu ja pantu paikoilleen. Pihakin kukoistaa. Otettiin oma kissa, sen nimi on *Pusu.* Aleksi on piirtänyt siitä monta kuvaa, sanot ja hymyilet leveästi.

– Ja rakkaus kukkii?

– Palavasti. Meillä on hyvä kotosalla, Jalavatiellä.

Päässäni tärisee, alan vapista. Myrkky korventaa sisuksiani, kurkkuani kuristaa. Tartun Vincentin hihnaan ja pöytä keikahtaa, nupulla ollut ruusu vaaseineen kaatuu pöydälle noustessani äkisti. Tumma suruharso sumentaa silmäni ja huitaisen juomalasit ja kuohuviinipullon sirpaleiksi maahan kääntyessäni. Särkyvän lasin helinä kertautuu korvissani kuin savuavien lasisten pilvenpiirtäjien romahdus itsetuhoisessa osumassa.

Hetkessä, jota silmä ei näe, yhdessä silmänräpäyksessä sisin hyytyy, räiskyy hetken ja palaa mustaksi. Kukaan ei näe mykkää huutoani kun pakenen.

Korkoni hakkaavat tulisina lieskoina katuun, helmani roihuavat liekeissä kun lähden pöydästä kuin rajun pyörteen tempaisemana. Otan askeleet autolle lennossa, avaan oven, korkoni uppoavat pehmeään asfalttiin ja huitaisen tupakan kädestäni. Kuulen Vincentin sydäntäsärkevän ulvahduksen, lennähdän, ja kylkeäni repii kipu koiran riuhtaistua raivokkaasti, kuoleman hädässä.

On kuin avaruus vetäisi ilmaa hitaasti sisään, syvään, pidätellen viimeiseen hengenvetoon. Ilmassa leijuu hetken maaginen rauha, odottava hiljaisuus. Hahmot kääntyvät, äänet vaimenevat ja sitten palava voima purkautuu räjähtäen, kullankeltainen, oranssinmusta valo leikkaa hulmahtaen sinitaivaan ja tähdet putoavat mustaan.

74. Matkalla 7: Kirje tuntemattomalta naiselta

Vieraani saapuvat pian. Olen asettanut lasit tarjottimelle ja avannut viinipullon. Palmun oksan keltainen kukinto kaartuu ylväässä kaaressa korkeassa lasissa. Olen pukeutunt valkoiseen kotelomekkoon ja markkinoilta ostamiini punaisiin, matalakorkoisiin avokkaisiin. Kaulaani olen kietonut löyhästi seepraraitaisen sifonkihuivin. Hiljattain vaaleiksi raidoitetut hiukseni olen vetänyt pannalla taakse. Huulissani on lohenpunaa, poskillani aurinkopuuteria ja hiukseni vahvana harjana. Luulenpa, että hehkun. Hotellituttavistani on tullut ystäviäni. Miten innostuneesti he ovat lähteneet mukaan hankkeeseen, sydämessäni läikähtää. Miten huolellisesti he katsastivat talon ja ideoivat toimintaa: opetusta, käsitöitä, myyntiä, näyttelyitä. Voisin varastoida kalusteita ja sisustustavaroita taloon, välittää ja myydä niitä, tilaa oli vaikka myymälälle. Sähköinsinööri piti rakennusta kelvollisena, perusta oli kunnossa, korjaustarve kohtuullinen. Ja oli hän löytänyt uudet kengännauhatkin, sitä naurua. Palaset loksuvat paikoilleen.

Kolibri selviytyy, kun se säätelee elintoimintojaan.

Katson paperipinoa. Ehkä yksi tähti syttyy, kun toinen sammuu.

Nimilehdellä lukee lyhyesti: *Kohtauksia.*

Otan kynän ja lisään alle: *Eräästä unelmasta.* Pyyhin sen yli ja kirjoitan: *Tähti on syntynyt.* Ja sitten pyyhin senkin yli ja kirjoitan: *Suuresta rakkaudesta.* Ja vielä sivun alareunaan, *P.S. Kutsuthan ensi-iltaan.* Hymähdän ja lisään: *Aitioon.*

Työnnän nipun kuoreen. Lähetän sen sinulle postitse.

Mutta mieltäni askarruttaa. Ne kaikki sanat, joita emme tarkoittaneet, kaikki ne jäätävät, kyyniset sanat ja ne sanomatta jääneet. Epätodet. Ne kauniit, rakastavat. Mikä oli tunteiden yhteys sanoihin – kun niihin ei voinut luottaa. *Hyväksy minut sellaisena kuin olen*, ajattelen ja mietin Särestöä. Mieltäni lämmittää yhteisymmärryksemme. Sellaisina kuin toisillemme olemme.

Kuva on minun rajaamani. Se ei kerro kaikkea, se harhauttaa, valehteleekin, se suojelee. Vai olisiko pitänyt kertoa sekin, kuinka yläkerran pikkurouva soittaa ovikelloa myöhään illalla ja kertoo hätääntyneenä sinun makaavan rappukäytävässä tajuttomana. Saan sinut naapurimiehen avulla raahattua eteisemme lattialle. Aamulla et usko kun kerron tapahtuneesta. Olen sepittänyt kaiken.

Näkökulma on yksipuolinen, se ei voi olla muuta. Silti se on totta. Mutta sinä rajaat oman kuvasi, kerrot tarinan omalta kannaltasi. Kerrot mitä minä jätin kertomatta. Ja kerrot, *miten sinä rakastat.*

Olen tehnyt sovinnon itseni kanssa, itsekseni, kun sinun kanssasi en voinut tehdä. Ja silti, minua askarruttaa. Suuret rakkaudet. Pitääkö niiden päättyä traagisesti ollakseen suuria? Vai ovatko ne vain elokuvien tarjoamaa romanttista harhaa. Kun rakkaus vain - *on.*

Mikä meidät loppujen lopuksi erotti toisistamme?

Olenko tajuamattani kirjoittanut vastauksen kysymykseeni? Vai onko se jossain rivien välissä? Vaikeasti ymmärrettävissä kuten mustan aukon arvoitus? Kaikki se valo, joka katoaa kun tähti romahtaa. Mustaa aukkoahan ei silmällä näe. Ei sitä pimeyttä, kun rakkaus lakkaa. Jää vain tapahtumahorisonttia kiertävä säteily.

Vedän nipun kuoresta ja etsin kohtauksen, jossa soitat minulle onnettomuuden jälkeen.

– Harvoin oikeassa elämässä tapahtuu, että näkee vaimon, siis autossa räjähtävän. Ilotulitus, syntymäpäivänä, sanot ja lyhyt, yksi hetki, kuin oranssinmusta auringonpimennys, välähtää takaumana mielessäni.

– Onneksi et pysynyt korkeilla koroillasi, niillä minun, hämmennyt hetkeksi, - - koirahan pelasti sinut.

Kuuntelen ääntäsi linjalla pää käsieni välissä, nojanani pahvilaatikoita. Istun lattialla muuton jälkeisessä kaaoksessa. Olin löytänyt

Säreston avulla uuden asunnon Lauttasaaresta – jossa vihdoin pitää tupaantuliaiset, kuten Mari oli nauranut johtaessaan muuttoihini rutinoituneiden ystävättärien avustuksella tavarasirkusta.

– Bensaa autossa kesäkuumalla, vähän niin kuin siinä leffassa, jossa stendari sytyttää auton palamaan, hymähdät ja jatkat.

– Loukkaannut herkästi, vähästä ja pahasti, olet niin dramaattinen. Järjestit taas aikamoisen kohtauksen, sanot pehmeällä äänellä.

Vähästä, pahasti, sano vielä, sitä saa mitä tilaa, ajattelen väsyneesti. Kerro minulle vielä, että tätä kaikkea ei olisi tapahtunut, jos olisin muuttanut alun perin Jalavatielle. Omaa syytäni, kaikki, sano sekin. Olen uuvuksissa, en jaksa puhua.

– Tulen viemää, naurahdat, kyllä siinä pokka pettää.

Pokka. Petti pahasti muukin. Kuvitelmat, hermot. Voimat. Räjähdyksen alkuvoima leviää puhelinlinjalle.

En petä enää itseäni. Olet astunut valkokankaalta, emme elä enää elokuvaa.

Ja kuuntelen puhettasi kuin tylsistynyt tulkki suuressa yleiskokouksessa: kenelläkään ei ole ollut niin paljon kirjoja kuin meillä yhdessä, kuinka meillä oli sitä ja tätä, kaikki. Ja vielä, kenenkään muun kanssa sinulla ei ole ollut niin, enkä halua kuulla, en käyttämilläsi sanoilla, intiimeistä hetkistämme. Ja kaikki on niin kuin sanot, jos vain ja kun, jos ja jos, kun odotuksemme eivät kohdanneet, ja kun yritin muuttaa sinua, ja muutit, ja todellakin, repäisen taivaan, kuun ja tähdet, riuhtaisen lakanat kasvoilta ja sanon yhtä lopullisesti kuin naarasleijona vapauttaa saaliinsa katkaisemalla yhdellä rauhallisella rusauksella sen niskan: *tätä kaikkea ei olisi tapahtunut, jos sinä olisit rakastanut minua.*

Osuiko roska silmään, kun linjalta kuuluu vain raskasta hengitystä? Ja kun en enää jaksa, minulla ei ole tuntoa, ei kysyttävää eikä sanottavaa ja haluan lopettaa puhelun, kuulen haavoittuneen äänen.

Mansikkani, *mansikkavaimoni*, ja kuuntelen minulle vierasta ääntä, tuttuja sanoja, mutta vierasta, tukahtuvaa ääntä, joka on paksu ja kangertelee ja sortuu lauseen lopussa.

Poistuiko yleisö, saatoitko olla ensimmäisen ja viimeisen kerran tosi, kun kuulen, kuinka paine murtaa padon ja sanot: *Minä rakastan sinua.*

Laitan paperiarkit takaisin kuoreen ja suljen sen. Kuuluu iloisia ääniä, oveen koputetaan ja menen avaamaan.

Olin ajatellut soittavani sinulle täältä vielä viimeisen puhelun, kertovani lähettäväni postia, ettei joudu vääriin käsiin, ja sanovani jotain, kun tajusin, etten tiennyt mitä. Mitä sanottavaa minulla olisi? Ehkäpä, että *onni on kuin höyhen, tuuli sen matkaan lennättää.*

The End

Epilogi

Esirippu laskeutuu

En saanut kutsua hautajaisiisi. Tiedon kuolemastasi sain kriitikko-ystävältäsi, herttaiselta hupattajalta, joka soitti minulle. Kun olin järjestänyt aikoinaan rakkauden riittimme, häämme ja siunaustilaisuuden Uspenskissa, myös kuoleman riitti oli läsnä. Vannoimmehan rakastavamme toisiamme, kunnes kuolema meidät erottaa. Tulin hautajaisiisi jättääkseni sinulle hyvästit. Ensimmäisen ja viimeisen kerran.

Hautajaisvieraat odottivat kappelin pihalla tilaisuuden alkua. Isääsi en nähnyt. Hän oli ainoa henkilö, jonka kanssa olisin halunnut puhua, ottaa kädestä. Venla lähestyi minua ja sanoi koleasti, ettei voi kutsua minua muistotilaisuuteen, koska ravintola oli täynnä. Beni katsoi minua tuimasti ja hänen kanssaan ei syntynyt keskustelua. Olisin ehkä kysynyt jotain kuolemaasi liittyen. Lisätieto olisi vain järkyttänyt minua entisestään, ehkä murtanut näennäisen hallitun ulkokuoreni. Oletin tietäväni kuolinsyyn, olithan saanut potkut työpaikastasi. Ja kun kuulin jonkun takanani puuskahtavan: kun ei voi pakottaa pakkohoitoonkaan, ajattelin, että niin siis sitten, *viimeiseen hengenvetoon*. Punatukkainen kasvoton luikahti nurkan taakse eikä tullut esiin. Muutama kollegasi ja tuttavapariskunta yllättyi iloisesti nähdessään minut, ja vaihdoin muutaman sanan.

Istuin siunaustilaisuudessa takarivissä, vähän niin kuin aikoinaan elokuvien ennakkonäytöksissä. Kriitikkokollegasi istuivat ryppäässä edempänä. Kuin hiljaa odottaen, että valot sammutetaan, esirippu aukeaa ja elokuva alkaa. Mutta nyt esirippu laskeutui lopullisesti. Näin etupenkeillä Venlan ja lapsesi, Aleksin ja Ainin, isäsi ja myös ensimmäisen vaimosi vieressään poikasi Aaro ja tämän tyttöystävä. Muistopuhetta ei pitänyt pappi, vaan kirkkoon kuulumaton mieshenkilö. Hän kävi läpi elämääsi, kertoi työstäsi, kahdesta avioliitostasi, lapsistasi ja kiitteli viimeiset ajat sinua hoivannutta naishenkilöä. Avioliittoamme ei mainittu sanallakaan. Sitä ei ollut solmittukaan, eikä siis minua, ainakaan aviovaimonasi, ollut olemassakaan.

Venla lapsineen sekä ensimmäinen vaimosi poikansa kanssa asettivat yhtaikaa näyttävät kukkaseppeleet arkullesi ja jättivät nopeat, tuskin kuuluvat hyvästit.

Tämä tarpeistasi viimeiset ajat huolehtinut punahiuksinen henkilö sanoi arkullasi, kukkansa nopeasti laskettuaan, kunnioittavansa muistoasi. Kuten myös kissanne Pusu.

Laskin arkullesi punaisen ruusun. Luin saattosanani kirjoittamastani kortista: *Hyvästi jää, rakas,* ja huuleni alkoivat vapista. Tein ortodoksisen ristinmerkin, painoin pääni alas ja jäin seisomaan vierellesi. Halusin vielä hetkeksi viipyä silmiesi sinessä, tavoittaa katseesi, minut lumonneen hymyn. Rakkauden hymyn. Halusin nojata pääni vielä viimeisen kerran olkapäätäsi vasten. Olin päästänyt jo irti, mutta silti minua nyt painoi valtava murhe. Lähdit liian varhain. Rintaani pakahdutti, silmäni kostuivat. Näinkö ohjasit itsesi tähtiin. Näinkö romahdit mustaan. Hengitykseni salpautui, kunnes tukahtunut nyyhkäys rikkoi kirkkosalin hiljaisuuden.

Nyökkäsin isällesi palatessani paikalleni, muiden omaistesi katseita en sumusilmilläni etsinyt enkä halunnut kohdata.

Kun arkkusi alkoi liukua hitaasti piiloon ja loppusoitto kajahti ilmoille, nousin ja poistuin hiljaa kappelista. Pihalla vilkaisin taakseni ja näin Ainin ryntäävän ulos vuolaasti itkien. Sydämessäni läikähti ja hetken olin kiiruhtaa halaamaan häntä.

Mutta eihän minua ollut. Eikä avioliittoamme. Kuvitelmaa kaikki tyynni. Kaikki oli ollut totta yhtä paljon kuin valhetta. Kuin unta, tai elokuvaa, ja näen kuin valkokankaalla, ylhäältä lintuperspektiivistä itseni seisomassa kappelin pihalla. Kamera nousee nousemistaan, maisema avautuu ja kuva laajenee laajenemistaan, kunnes kappeli on pienentynyt pisteeksi ja katoaa avaruuden täyttävään kimaltavaan tähtipölyyn. Minä ja kirkkoväki mukanaan. Kaikki samaan tomuun.

Ja siellä valkokankaalla välähtää nopeasti toinenkin, jykevämpi kirkko, jonka jyrkkiä portaita me laskeudumme rinnakkain häikäisevässä valossa silmiä siristellen, riisisateessa. Kuva hajoaa samaan kimmeltävään pölyyn. Hääsuudelmamme katedraalin tasanteella, korkealla, laajan taivaan kaaren alla on sekin vain tyhjyyteen nopeasti hiipuva välähdys.

Elämä on unta, jollaiseksi sen unelmoimme, ajattelen. Unta vain, elämämme.

Ainin lohduttomuus osui johonkin herkkään säikeeseen, musersi sydäntäni. Käännyin nopeasti ja jatkoin matkaa autolleni.

Kaikki oli mahdollista, yllättävimmätkin käänteet. Minut oli kirjoitettu ulos viimeisestä kohtauksesta. Siten oli pyyhitty pois koko käsikirjoitus, avioliittomme – rakkauteni. Olitko sinä itse ohjannut loppukohtauksen vai jättänyt sen auki, muiden kirjoitettavaksi? Olisitko saattanut olla julma, kuolemaan asti?

Käsikirjoituksen kohtalo saa jäädä minulle arvoitukseksi. Se jää keskeneräiseksi, kuten oli jäänyt niin moni muukin asia elämässämme. Mutta hautajaisissa oli avautunut näkökulma, seikka, jota en ollut niinkään ajatellut. Tai ainakaan sen myrkyllistä voimaa. Se oli taitoasi, luonnettasi omimmillaan.

Istun autossa pää painuksissa ja tasaan hengitystäni. Pyyhin poskiltani kuin rankkasateen jäljiltä vanoja, joiden alkulähde on jossain sisimpäni syvyyksissä. Laitan laulumme soimaan cd-kasetilta ja hyräilen sanoja hiljaa. *And I love you so -- life began again the day you took my hand*, ja olen hetkessä sokaisevassa auringonvalossa, sinä vierelläni autossa kun tulevaisuus vielä haki muotoaan. *-- and you loved me too - your thoughts were just for me -- the book of life is brief, and once a page is read, all but life is dead --*, painan kädet silmilleni ja purskahdan itkuun.

Sumupilviä on kerääntynyt taivaalle, tuuli kahisuttaa lehtiä kappeliin johtavan tien varressa. Pisarat ropisevat auton etulasiin ja tummanharmaa kuuropilvirypäs sataa rummuttaen alas. Avaan auton ikkunan, vedän raikasta ilmaa keuhkojen täydeltä ja ojennan käteni ulos. Kuulen kuiskeen. Suljen silmäni ja sade silittää kättäni.

Voi rakkaani, kuolemaan asti.